섬진강 만월

김 진 명 장 편 소 설

섬진강 매운탕집

집사재

섬진강 맑은 물

초판 1쇄 발해일 | 2012년 8월 10일
개정 2쇄 발행일 | 2019년 12월 26일

지은이 | 김진명
발행인 | 최화숙
편 집 | 유창언
발행처 | 집사재
출판등록 | 1994년 6월 9일
등록번호 | 제1994-000059호

주소 | 서울시 마포구 서교동 377-13 성은빌딩 301호
전화 | 335-7353~4
팩스 | 325-4305
e-mail | pub95@hanmail.net / pub95@naver.com

ⓒ김진명 2015
ISBN 978-89-5775-168-8 03810
값 15,000원

분단의 아픈 세월 속에 살아온 우리 민족은 남과 북이 충돌할 때마다 쓰라린 기억을 되살리며 살아간다. 나는 어릴 적부터 남북한의 크고 작은 사건이 생기면 태산이 꺼질 듯 토해내는 어머니의 근심 소리를 듣곤 했다.

시골의 아낙네인 어머니는 '이 육(?)' 사건이 터지면 모두가 살 수 없는 세상이 온다며 절망적인 고통의 기억을 전해줬다. '이 육(?)' 사건이 무엇일까? 남북한 간의 긴장이 촉발될 때마다 어머니가 말씀하신 '이 육(?)' 사건은 자라나는 나에게 궁금증을 더욱 유발했다.

나는 80년대 암울한 시대에 젊음을 보냈다. 당시 내 주변에는 운동권이 있었고, 멀리 감시 세력으로 규정되던 '애국자'들이 있었다. 그 안에서 내가 겪었던 혼란은 지금도 회상하기조차 싫은 끔찍한 기억으로 남아 있다.

나는 6·10민중항쟁 역사현장을 온몸으로 겪으면서, 다음 해 전주대

학교 총학생회장에 당선되었다. 어렵게 대학 보냈더니, 자식 버렸다는 동네사람들의 입방아에 밤잠을 설치는 어머니의 가슴앓이와 시위가 있을 때마다 절규하듯 탄식하는 어머니의 '이 육(?)' 사건 기억을 되새기게 되었다. 하지만 그 당시 그 어떤 곳에도 '이 육(?)' 사건의 실마리는 없었다.

내가 아는 것은 어머니께서 큰형님을 출산한 지 사흘도 지나지 않아 '이 육(?)' 사건이 발생했다는 것뿐이었다. 나이 어린 산모에게 엄청난 충격이었을 '이 육(?)' 사건은 임실 지역 주민들에게 극비로 취급된 사건으로 날짜와 연도마저 불분명했다. 강산이 두 번이나 훨씬 지나버린 2010년 12월 겨울, 나는 억눌린 열정을 삭이기 위해 어머니 가슴속에 묻어 두었던 '이 육(?)' 사건의 전말을 찾아 방황하기 시작했다.

나는 큰형님의 출생 날짜, 48년 정월 대보름날과 출생 이후 날짜를 토대로 그해 정월 대보름날 이튿날이 2월 26일임을 알고 구전으로 전해온 '이 육(?)' 사건의 정확한 날짜가 2월 26일임을 알게 되었다. '2·26' 사건의 년도와 날짜를 확인한 나는 녹음기와 메모장을 배낭에 집어

넣고 주민들의 증언을 녹취하며 강변을 따라 마을과 산과 들로 헤매고 다녔다.

주민들을 만나 '2·26' 사건의 자료를 수집하면서, 지난 6·10 민중 항쟁의 도화선이 되었던 고 박종철 고문치사사건처럼 은폐되고 왜곡된 역사적 사실들을 반드시 햇볕 아래 낱낱이 밝혀내라는 어머니의 운명 같은 유언임을 깨달았다. 그들의 청춘을, 그들의 몸부림을, 우리 민족 역사의 가장 알려지지 않은 부분을 어떻게 드러낼 것인가? 그들의 생생한 삶과 불같은 염원을, 그리고 장렬한 죽음을 어떻게 이야기할 것인가를 나는 수없이 고민했다.

그리고 살아남기 위해 좌로 밀리고 우로 밀리며 섬진강변과 회문산에서 죽어간 수천 명의 양민들 넋을 무엇으로 달래야 하는지 수많은 밤을 뜬눈으로 지새우며 글을 썼다. 총탄에 쫓겨 등에 업고 왔던 아이마저 버리고 도망칠 수밖에 없었던 피난민들!

회문산의 참혹한 현실을 만천하에 알리고 싶고 끝없이 변형되어가는 인간들의 군상을 고발하고 싶었다.

모두가 잠든 이 시간, 침묵으로 수천수만 년을 하늘에 떠 있던 저 달은 어떠한 영혼들을 위로하기 위해 오늘도 빛나고 있는 것일까?

회문산 망월봉에서 평화의 달이 뜨기를 소망하는 임실 유격대의 삶과 죽음!

해방 전·후 인간다운 삶과 행복한 사회를 꿈꾸며 시작한 사회주의 운동, 민족통일과 조국해방을 실천해 보겠다고 참여했던 2·26 사건 관련자들과 양민들! 이들에게 평화의 나라는 진정으로 없는 것일까? 망월봉에서 고향이 지척인데도 갈 수 없는 처지를 한탄하며 애타게 소리치는 산사람들의 절규가 만월이 되어 망월봉 아래로 흐르는 섬진강에 염원처럼 떠오른다.

만월은 평화를 소망한다.

과거 선인들은 먼 훗날 나에게, 소설 책명으로 쓰라고 전북 임실 덕치 망월마을 앞으로 흐르는 섬진강에 만월교라는 다리 이름을 남겨 주었다. 그리고 망월마을 뒤편에 우뚝 솟아있는 망월봉은 도도히 흐르는 섬진강에 떠오르는 만월을 오늘도 지켜보고 있다.

나는 전쟁이 없고 평화로운 그날을 섬진강에 또다시 떠오르는 달에게 소망해 본다. 한반도의 비핵화와 남북의 평화공존 상호발전을 위한 평화정책이 다시 추진되어, 한반도에 긴장이 사라지고 평화가 정착되는 민족화해의 그날이!

생명평화의 그날이 오기를 그려보면서…….

전쟁 때문에 억울하게 죽어간 섬진강 양민들의 넋을 위로하고 애환을 달래기 위해 임실 2·26 사건을 소재로 작품화한 것임을 밝힌다.

2014년 1월
김진명

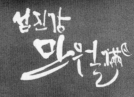

1948, 농지 개혁과 단독 정부 수립 반대

정월 대보름굿

"깨갱 갠지 갱 개개갱……."

해질 무렵, 임실 성수 회치골에서 달집 태우기를 시작하기 전 망우리 굿판이 벌어지고 있었다.

어제 정월 대보름날을 조용히 지낸 주민들은 오늘 달집 태우기를 하기 위해 아침부터 망우리 준비를 서둘렀다.

달집을 만드는 마을 청년들은 필요한 물건들을 챙기느라 마을 곳곳을 헤집고 다녔다.

회치골은 남녀노소 할 것 없이 달집 만들기 준비에 분주했다.

"오늘 증말로 헌데?"

"그런게벼."

"어제 허면 더 안나았을까?"

"어젠 보름이라 집안 손님도 보내야 허고, 애들도 객지로 되돌려 보

13

내려면 바뻐서 지대로 준비나 허겄어?"

"어쨌거나 오늘 심을 바짝 써서 지주들 맴을 제대로 고쳐먹도록 허고, 양코배기와 이승만 똘마니들도 따끔허게 혼내줘야 허겄는디!"

"임실군 전체가 오늘 들고 일어선다고 허니께, 사단이 나도 큰 사단이 날 것이거만?"

"북쪽에서는 진작부터 친일헌 놈이나 지주덜 토지까지 몰수혀서 농민들에게 분배를 혔다고 허는디, 남쪽은 아직도 미군정이 뭉그작거리면서 지주놈덜 배만 채우고 있당게!"

"토지 개혁이 늦어지니께, 지주놈들이 그 틈을 이용혀서 소작논 죄다 팔아넘기고 있는 거 아니겄어? 곡촌 양씨도 대대로 지어 온 소작논을 지주놈이 행촌 권 주사헌테 팔아넘겼다고, 양씨가 약을 먹었다잖여!"

"실은 우리도 걱정여. 지주 영감탱이가 올해 안에 논 안 사 가면 다른 곳에 팔아 버리겠다고 맨날 협박허고 있어. 그 영감탱이 오늘밤에라도 자다가 뒈져 버리면 좋것어."

남쪽은 해방된 지 3년이 지났어도 토지 개혁 방향조차 정하지 못하고 우왕좌왕하며 '유상 몰수 유상 분배'와 '유상 몰수 무상 분배' 그리고 '무상 몰수 무상 분배'로 나눠져, 지주들은 토지 개혁을 반대하거나 토지 개혁 논의가 장기화되는 과정에서 그들의 토지를 방매하며, 토지 개혁 피해를 사실상 모면하고 있었다.

임실군은 산간지역이다.

산간지역인 임실군은 평야지대와 달리 밭이 많고 논이 적다.

　들이 적고 수리시설이 빈약한 임실군에 물줄기를 끌어들여 논농사를
지어 쌀을 수확할 논이 적었다.

　논이 인구에 비해 턱없이 모자라는 임실군에 3할을 지주들이 소유하
고 있었다.

　양민들은 논이 없어 밭을 개간하여 밭농사를 경작하고 생명을 연장
하는 식량으로 쌀을 얻기 위해 대부분이 지주들의 소작논을 경작하며
살았다.

자작논이 있는 일부 양민들도 춘궁기를 벗어나기 위해 지주들의 소작논을 경작해야만 했다.

평생을 생명식량으로 경작해 온 소작논을 하루아침에 빼앗길 상황에 처한 양민들의 원성은 하늘을 찔렀다.

이러한 양민들의 원성은 남한단독정부 수립을 위한 제헌국회선거 공표로 더욱 거세졌다.

북쪽에 비해 토지 개혁에 미온적인 남쪽이 남한단독정부 수립을 위해 제헌국회의원 선거를 한다고 하니까 임실의 양민들은 소작논을 완전히 빼앗길까 봐 농기구를 들고 일어난 것이다.

논농사가 적은 임실 양민들은 모 한포기라도 심어 쌀을 수확할 땅을 장만하는 것이 소원이었다.

농번기가 되면 방구들이라도 파서 모를 심고 싶어 했던 양민들이다.

"쥑일 놈들여! 서울에 거주하는 악질 민상훈 지주놈이 조상 차례 핑계로 설 다음날 임실에 내려와 12개 면 지주들을 모아놓고 입을 맞췄다네. 소작인들이 사지 않으면 다른 사람에게 팔아넘기기로 혔다는 거여!"

"나두 들었구만, 그날 모인 지주놈들만 오십여 명이 넘었댜! 임실군 내에서는 죄다 모인 셈이지."

"쥑일 놈들여! 술판이 다음날 새벽꺼정 벌어졌는디……, 경찰서장·서북청년단장·촉진대 회장도 같이 있었디야."

"서울에서 내려온 지주놈들이 그날 밤 서장이랑 대접헌다고, 어린 머슴 딸과 산지기 딸을 깨벗겨 놓고 밤새 술시중을 들도록 혔댜."

"쥑일 놈들, 지 새끼들이면 그렇게 허겄어? 소리 안 나는 총이 있으면 꽉 쏴 쥑이고 싶은디, 가심이 다 쓰리네."

농기를 들은 이동만과 용기를 들은 홍지경이 회치골에 들어서자 주민들은 달집 주변으로 모이며 연호했다. 농기에 '농자천하지대본'이라고 쓰여 있고, 용기에는 '민족분단 조장하는 미군정과 이승만은 물러가라!'라는 글귀가 크게 적혀 있었다. 상쇠 영감 양진환이 입장단을 연달아 불러대며 망우리 굿판을 연출하자, 풍물패들은 각자의 악기를 두드리며 장단을 맞추어 갔다.

"덩기 덩기 덩따 궁따……."

"더덩 덩기 덩따 궁따……."

설장구 신옥금은 신들린 사람처럼 풍년을 기원하는 장구를 두들겼다. 북잡이 최홍석은 한여름 뙤약볕 해 가리는 구름을 염원하며 북을 치고, 징잡이 배기훈과 정상호는 여름의 시원한 그늘 밑 바람을 연상하며 시원하게 징을 울렸다. 망우리굿 소리와 춤이 함께 어우러져야 하는데, 춤에는 상모 임순택과 고깔소고 정원모를 따라갈 사람이 없었다.

임순택과 정원모는 달집 주위를 휘몰아 돌면서 주민들의 넋을 빼놓았다.

소고춤 패거리가 한바탕 놀이를 하다 뒤로 물러나자, 대포수 양홍석은 풍물패 원 안으로 들어가며 오만한 몸짓으로 허리춤에 달아놓은 날

짐승을 자랑하고 다시 원 바깥으로 사라졌다.

대포수가 원 밖으로 물러나자, 배꼽이 반쯤 보이는 각시 조성내는 음탕한 미소를 지으며 원 안으로 들어갔다. 오랫동안 색기를 못 맡은 땡초 고석철이 목탁을 자발맞게 두드리며 각시 등 뒤를 바짝 따라다니고, 헐렁이 김봉기는 발기한다고 허리춤을 붙잡고 쫓아다녔다.

회치골 앞마당은 아낙네와 남정네들의 호기 섞인 웃음소리가 촉촉이 뒤섞여 가고 있었다. 흥겨운 풍물 마당에 상쇠 영감 양진환은 입장단을 불어대며 쇳소리를 자아냈다.

"오방신장 합다리굿 잡귀 잡신을 몰아내고 명과 복으로 굿을 치세!"

"깨갱 깨갱 깬지갱 개갱 갱갱 개개 갠지갱 개갱……."

왕방리 성모와 효촌 재택이 할멈 뒤를 따라가며 "해방이다, 해방이다!" 소리치자, 각시와 땡초가 배꼽을 잡고 웃으며 들어오더니 "엿 먹어라!" 주먹감자를 주며 비웃고 지나갔다. 달집 주변에서 구경하던 아낙들이 각시와 땡초에게 항의를 하자, 미군 모자를 쓰고 나타난 대포수가 나무로 만든 총으로 주민들과 아낙들을 위협하고, 주민들과 풍물패들은 항의하듯 악기를 두들겨댔다. 상쇠 영감 쇳소리는 "웃갱, 웃갱"하며 고래 굴뚝 치는 소리를 내고, 장구는 "떵 떵"하며 복장 터지는 소리, 북은 "쿵 쿵"하며 벽창호 두드리는 소리, 징은 "벅 벅"하며 벙어리 악쓰는 소리를 냈다.

회치골의 봉기

성수면 월평리 월굴 마을 이종진 집 싸리문은 아침부터 청년들이 바쁜 발걸음으로 북적댔다.

청년들은 며칠 전부터 사발통문을 돌리며 회치골에서 정월 대보름 굿판을 연다는 소문을 내고 다녔지만, 참여 주민이 몇이나 될까 걱정이었다.

청년들은 어제까지 달집 준비를 마무리하고, 아침부터 마을을 돌기 위해 이종진 집에서 회의를 마치고 싸리문을 나선 것이다.

수철리 황달수가 지추바우에서 대운재로 내려오다 최윤덕을 만나자, 형제처럼 반갑게 다가가 묻는다.

"윤덕이 고생 많지! 대운제와 주암리 사람들 망우리에 몇 명이나 나올 것 같여?"

"몰러겄어! 지금 주암, 대운재, 양암, 도화동꺼정 한바탕 돌고 오는 길인디, 걱정이구만……. 나머지는 현팔이한테 맡기고, 평지에서 성모 만나기로 혀서 나가고 있구만."

"그려? 그나저나 오늘 망우리 때 우리 쪽이 쬐금 나가면 체면이 안 설 턴디."

달수와 윤덕이는 평지에서 기다리는 성모를 생각하며 잰걸음을 재촉했다.

"윤덕이! 달수! 여기여."

왕방리 성모와 효촌의 찬만이 먼저 나와 있었다.

"성모! 왕방리에서는 몇 명이나 나온댜?"

황달수가 성모에게 다가가 호기 있는 목소리로 물었다.

"왕방리, 대파리, 물푸리골까지는 모두 다 나온다고 혔어! 근디 효촌과 평지가 걱정이네."

"무슨 일 있당가?"

"효촌과 평지 사람들은 지난번 2·7 투쟁 때 자기네 동네만 고생혔다는 것이여! 이번 일에는 뒤로 빠지겠다고 허는 것이구만."

"그러면 쓰간디! 그때 우리도 안 혔간디? 모두 심을 모아야 좋은 세상 만드는 것이지, 아무튼 심을 모을 수 있도록 동네를 돌아봐야 허겠어."

"그럼 싸게 돌자고. 성모와 윤덕이는 평지를 돌고, 나허고 찬만이는 효촌과 갱변 뜸까지 돌고 나서 회치골로 갈 테니, 이따 원삼봉에서 윤태를 만나 볏짚을 가져오도록 혀."

삼봉리 대밭 뜸에 사는 노윤태는 금동, 검바우, 장산동, 창터까지 돌고 원삼봉 처갓집 헛간에서 볏짚을 싣고 가기로 했다. 마을 청년들은 경험 많은 동네 선배들과 함께 청솔가지와 생대나무, 수숫대 등을 망우리를 위해 준비해 왔다. 월평리와 오류리 청년들은 생솔가지를 해 오고, 봉강리와 삼청리 청년들은 생대나무와 수숫대를 가져오고, 삼봉리·태평리·오봉리·왕방리·성수리·양지리 청년들은 마을마다 돌면서 달집 태우기를 알리면서 볏짚을 가지고 오도록 했다.

풍물패들은 아침부터 성수면 소재지인 양지리 집집을 돌면서 지신밟기와 익살스러운 각설이타령을 하고, 달집에 사용할 만한 마른나무와 짚단을 조금씩 갹출하며 집주인에게서 술과 음식을 걷어갔다.

어~얼시구 시구 들어간다. 저~얼시구 시구 들어간다.
작년에 왔던 각설이 죽지도 않고 또 왔네.
밥은 바빠서 못 먹고 죽은 죽을까 봐 못 먹고
떡은 떫어서 못 먹고 술만 슬슬 넘어간다.
어허 품바가 잘도 헌다. 어허 품바가 잘도 헌다.

양지리 학당 임재택이 구성진 각설이타령으로 많은 음식과 술을 얻어낼 수가 있었다.

최흥식은 동네 청년들과 함께 긴 대나무 4개를 움집과 유사하게 원추형으로 세우고, 그 꼭짓점을 묶었다. 달집 속에는 불에 잘 타는 볏짚, 생대나무, 수숫대, 마른나무 등을 넣고 바깥쪽에는 생솔가지로 차곡차곡 싸서 그 위에 생대나무를 입힌 후, 또다시 생솔가지를 차곡차곡 쌓았다. 그 위에 볏짚으로 엮은 이엉을 중간 반절 정도 씌워 놓고 칡덩굴로 감은 후, 불을 지필 수 있도록 달문이라고 하는 작은 문을 맞은편에 만들어 놓았다.

망우리를 하면서 달을 불에 그슬려야 가뭄이 들지 않는다는 믿음은 풍년에 대한 간절한 소망이었다. 어린애들은 해가 지기도 전에 논두렁

21

에서 불 깡통을 원형으로 돌리며 분위기를 충전시켰다.

각 마을에서 일찌감치 올라오신 어른들 틈 사이로 두루마기를 단정하게 입은 이종진의 갸름한 얼굴이 보였다. 청년들이 주민들을 모집하기 위해 월평리로 떠나고 점심때가 한참 지난 후, 이종진은 월평리 앞 둔남천을 건너 천동재를 걸어서 회치골로 들어온 것이다.

달집을 마지막으로 점검하고 있는 최흥식 옆에서 구본식과 오은섭이 생솔가지 위에 기름을 끼얹었다. 망우리가 잘 탈 수 있도록 골고루 기름을 끼었는데, 생솔가지는 기름을 잘 빨아들이는 대신 마른나무와 대나무는 기름을 뱉어냈다.

성수중학원 심종현 선생은 검은테 안경을 쓰고 양복 차림으로, 고사(告祀)를 지내기 위해 박만식과 함께 상을 차리는 중이었다. 마른나무에 기름을 끼었고 있던, 쌈살이 오은섭이 제사상을 차리고 있는 우직한 구본식에게 장난기 어린 한마디를 던진다.

"본식아, 제사상 잘못 차리면 니 색시에게 오줌싸개 귀신 붙는다. 조심혀라!"

"걱정 말거라. 요새는 귀신도 집사에게 아부허는 시상이라 감 놓아라 대추 놓아라 하지 않는다는 것도 모르냐?"

좌측부터 대추·밤·곶감·배·사과를 놓고, 다음 줄 좌측 끝에 북어포·콩나물·숙주나물·무나물·식혜를 차려놓았다. 뒤이어 두부탕을 놓고 좌측부터 쇠고기적과 명태전을 상에 올려놓았다. 밥과 국은 좌측과 우측에 놓고 그 중간에 수저와 대접을 놓았으며, 향상에는 축문·향로·향합을 놓고 그 밑에 퇴줏그릇과 제주를 두었다.

음식을 날라온 동네 아주머니들은 술맛 좋다며 한 모금씩 마시고 희희낙락하며 명태전을 씹었다.

"산서댁, 오늘 우리도 재미지게 놀아 보제, 농사철 되면 일벌레매냥 일만 허야 쓰께, 오늘 실컷 놀아 보자고?"

"오늘 술도 마시면서 실컷 놀아 보게!"

"새댁도 올해 농사 잘 질라면 오늘 재밌게 놀아!"

"아줌씨, 이제 저는 농사 안 질라만요!"

"새댁, 그게 무슨 소리여?"

"농사가 재미가 있어야 짓지요! 농사 지봤자, 지주헌테 소작료로 다 내주고 터무니없는 개격으로 강제 공출혀서 뺏어 가는디, 무슨 재미로 농사를 짓것써유!"

"썩어 죽을 놈들, 해방되게 좋은 시상 올 줄 알았는디, 왜정 때보다 더허는 것 같여."

구례댁은 혀끝을 차고 미군정과 이승만에게 욕을 해대면서 음식을 날랐다.

미군정은 일제 시대 때 농민을 핍박했던 공출제를 강행했다. 47년에 는 공출량을 강제로 늘리고 수매가는 시장 가격보다 오분의 일도 안 되 는 헐값으로 거두어 갔으며, 일제 시대에도 없던 하곡 수매까지 강행하 여 농민을 파탄으로 내몰았다. 게다가 미군정이 농지 개혁을 단행한다 고 해놓고 차일피일 미뤄 지주들은 소작지를 비싼 값으로 강매하는 경 향이 생겨, 그로 인해 돈 없는 소작인들은 남의 손에 빼앗기는 예가 비 일비재했다.

"지주놈들은 소작논을 다른 사람들에게 팔아먹고, 미군정 놈들은 일 본놈들이 소유했던 땅덩어리들을 양코배기 똥 닦아 주는 놈들에게 팔 아 처먹고 있으니, 나라가 어디로 갈는지 모르겠당게!"

옆에 있던 월평리 이동만 마누라가 거들었다.

미군정은 일제 시대 때 일본인들이 강제로 수탈한 토지를 공개적으로 처리하지 않고, 미군정청 내 미군이나 한국인 통역관, 일제 순사, 공무원, 모리배 등과 야합하여 토지 개혁이 실시되기도 전에 음성적으로 불하하고 있었다.

구정 무렵부터 임실 삽치재에서는 나무꾼들이 대목장을 보기 위해 장작을 성(城)처럼 쌓아놓고 팔고 있었다. 삽치재에서는 오수, 남원 길목으로 임실, 성수를 이어주는 곳으로 나무꾼들에게는 설날과 정월 대보름은 더할 나위 없이 좋은 장터였다. 조청을 고우는 데는 화력 좋은 참나무 장작이 제일이다. 그래서 소나무 장작보다 한 배 반은 비싸게 팔리고 있다. 여염집 아주머니가 장작을 사려고 소달구지를 끄는 머슴과 함께 나와 흥정을 하기도 하고, 임실을 지나가는 오수 요릿집 사장이 배달을 요구하기도 했다.

삽치재 장터는 밤늦게까지 이어졌다. 장터는 국밥도 팔고 술도 팔고 있어 혼잡스럽다. 임실, 오수를 지나는 길목은 장보러 나온 사람들로 통행이 어려울 지경이다.

어제가 정월 대보름이라 오늘 밤도 둥근달이 떠오르면, 삽치재와 저너머 성수면 온 동네를 비롯 회치골을 훤하게 비쳐 줄 것이다.

해가 서산으로 넘어가자 온 동네 사람들은 속속 회치골 망우리 굿판 주변으로 모여들었고, 오랜만에 만난 사람들은 안부를 묻는 등 새해 인사를 나누면서 오늘 일에 대해 궁금해했다.

"망우리를 징허게 크게도 맹그렀네, 누가 이걸 다 맹그랐댜?"

"아줌매, 안녕허시요. 아재도 잘 계시지라? 동네에 큰 행사가 있응께 요로코롬 만나네유."

"조카댁도 잘 지내지~잉. 살기가 팍팍헌게 만나지두 못허구 사네그려. 근디 오늘 웬 사람이 이러코롬 많다냐?"

"순경과 서북청년단 놈들 혼내 줄려고 헌데요."

"지주들허고 순경과 서북청년단들은 한 패거리니께 혼나도 싸지, 싸! 그런디 순경과 청년단원 놈들도 놈들이지만, 촉진대 놈들은 어떻게 헌댜? 그놈들은 우멍혀서, 주민들 등치고 간 내먹으면서 사는 지주들 똘마니 놈들인디!"

"그려도 촉진대는 사람은 때리지 안 허잖여? 허지만 청년단원 놈들은 어른 아도 몰라보고 날뛰는 징헌 놈들여!"

옆에 있던 남원댁이 들려오는 말을 거들었다.

"촉진대가 사람을 안 패긴 왜 안 패? 그놈들은 지네들하고 생각이 다르면 일가친척도 없는 놈들여!"

해방되고 건준위와 조선인민공화국이 와해되고 남쪽에는 좌우익을 가릴 것 없이 수많은 단체가 생겨났다.

촉진대라고 불리는 독립촉성중앙회는 통일 정부 수립보다는 남쪽에서 공산당 불법화를 주장하는 이승만 박사의 계열 조직이고, 그 후에 자유당으로 변신하였다. 서북청년단은 대공 투쟁의 능률적인 수행을 위해 조직한 우익청년 단체로 이승만 계열인 독립촉성중앙회에서 지원을 받아 활동하고 있었다.

심종현 선생이 달맞이 제사상을 정결하게 차려놓고 물러나자, 제사상 양옆은 최흥식과 구본식이 제사상 음식을 도와주기 위해 서 있고, 제주인 송병섭 어르신이 제사상 위에 놓여 있는 신위를 바라보며 무릎을 꿇고 앉아 음을 하는 집사의 소리에 맞춰 제를 지내기 시작했다.

집사는 한바탕 망우리 굿판을 이끌었던 상쇠 양진환이었다.

"분향 강신!"

상쇠 양진환이가 꽹과리에 맞춰 목청을 가다듬고 음을 토해냈다.

제주인 송병섭 어르신은 손끝을 깨끗이 씻고 왼쪽 집사 최흥식이 준 강신 잔을 향로에 세 번 돌려 속을 정결케 한 다음, 오른쪽 집사 오은섭이 따라 준 술을 받아 향로에 세 번 돌린 다음 제사상에 올려놓았다.

"제주, 재배하세요."

상쇠가 제주에게 재배를 청하면서 읊었다.

"배~ 흥."

"제주, 참신(參神)하세요."

또다시 제주를 중심으로 모두 재배를 했다.

"배~흥."

"초헌(初獻)관 상위 잔에 술을 채워 올리세요."

최흥식이 잔을 제주에게 건네주니, 제주는 오은섭이 따라 주는 술잔을 최흥식을 통해 제사상에 올리게 했다.

"제주, 독축(讀祝)하세요."

제주 이하 모든 사람들이 꿇어앉자, 제주가 축문을 읽어 내려갔다.

"유세차 정해년 이월 스무다섯날 성수 노인 송병섭이 아뢰옵니다.

올해 풍년 농사 기약해 주시옵고, 여기에 모이신 모든 분들의 가정이 아무 탈 없이 지내시길 바라오며, 모든 사람이 평화롭게 잘 살 수 있도록 도와 보살펴 주시옵소서.

그리고 토지 개혁 빨리 하셔서 소작논 빼앗기지 않도록 해 주시고, 공출로 헐벗고 굶주린 농민들 불쌍히 여기시고, 남북이 하나 되어 잘 사는 나라 되게 도와주시옵소서."

"상~향."

송병섭 제주가 다시 재배를 하고 물러나자, 오은섭이 '아헌관'을 위해 제사상 위에 있는 술잔을 제사상 아래에 놓여 있는 퇴주잔에 부었다.

"아헌관, 나오세요."

아헌관 이종진은 술잔을 받아 올리고 재배를 하면서 무언가를 빌었다.

"배~흥."

"종헌관 나오세요."

종헌관 심종현 선생도 술잔을 받아 올리고 재배를 하면서 염원을 빌었다.

"배~흥."

"주민들 여러분! 차례대로 나오셔서 음복하십시오."

나이 많으신 제주가 음복주를 마시자, 마을 사람들이 제사상으로 와 음식을 먹으며 달뜨기를 기다리고 있었다.

천동재 위로 달맞이하러 간 노윤태가 "달이 뜬다! 망우리야!" 하는 소리가 회치골에 메아리쳤다. 동네 사람들은 손에 든 횃불에 불씨를 붙이고 횃불이 없는 사람은 합장을 하며 "망우리 불이야", "달 끄실르자", "아들 낳고 딸 낳고 우리 손자 망우리여" 일제히 소리지르며 불을 지핀다.

달집에 불이 붙자, 양진환은 목청을 가다듬고 소리쳐 입장단을 읊었다.

"물 묻은 바가지에 깨 달라붙듯이, 복이 다갈다갈 붙으라고!"

"과부에 홀아비 달라붙듯이, 처녀에 총각 달라붙듯이 복 많이 충만하라고 우리가 굿을 한번 쳐 보는디, 이렇게 치겄다!"

"깽개 깬 지갱 갱개 깬 지갱 웃개 갠 지갱 깽개 갠지갱……."

신명나는 망우리굿 소리와 함께 어우러진 주민들은 달집 주위를 돌면서 액운을 없애고 복만 충만하기를 기원했다. 달집을 태우는 날 가장 먼저 달을 보는 사람은 재수가 좋다고 했다. 삼봉리 노씨는 고등학교 다니는 큰 아들의 행운을 위해 빌고 집안의 무운을 빌고 또 빌었다. 달집이 잘 타야 마을이 길하고, 도중에 불이 꺼지거나 더디 타면 액운이 닥칠 조짐으로 여겼다.

보름날 아침에 백지로 옷을 지어 아이들의 옷 속에 넣어 두었다가 달집 속에 집어 던져 태우면 일년 내 액이 없어진다고 한다. 달집 태우기는 힘들고 어려웠던 기운과 부정을 함께 태워 없애는 정화력을 적극 차용한 액막이 의식이다.

운봉댁은 삼재 든 곽씨의 동정을 몰래 떼어 달집에 태우면서 신년 운세를 빌었다.

지사댁은 억지로 아들 삼수 손목을 잡고 연초부터 삼수가 날려 온 연을 불사르기 위해 달집 앞으로 끌고 갔다.

삼수는 연을 빼앗기지 않으려고 울면서 뒷걸음질을 하며 끌려갔다.

지사댁은 연과 함께 삼수의 액운을 쫓아내기 위해 액막이로 연을 태웠다.

달집에 불을 지르며 새해 소망을 축원하는 것은 풍년을 기원하며 액막이를 하는 것이다. 회치골에 나오지 못한 사람들은 장독대 뒤에 정한수 떠 놓고, 새해에는 온 가족이 평화롭고 하는 일마다 잘되기를 빌었다.

회치골에 모인 사람들은 집집을 돌면서 거둬 온 음식과 술을 서로 나눠 먹고 마셨다. 어르신들은 주로 새해 안부와 농사일, 그리고 여운형 선생과 김구 선생, 이승만 박사에 관심이 많았고, 아주머니들은 집안 소식, 자식 이야기에 꽃을 피웠다. 청장년들은 미군정의 부당한 운영 문제, 일제 경찰 재임용 문제, 토지 개혁 문제, 그리고 남한 단독 선거 반대를 화제로 밤새 정담을 이어갔다.

"미군정에 의해 임용된 일제 시대 경찰, 황민화 교육자 출신을 처단하고, 친일파들이 부당하게 소유한 토지를 하루빨리 회수해서 무상으로 분배해 줘야 헙니다. 민족 통일을 이룩하기 위해서는 남한 단독 선거를 반대하고, 미군정의 반민족적 정책을 폭로해야만 헙니다."

심종현 선생은 주민들에게 미군정의 부당함을 주장하며 단결을 호소했다.

"올쏘, 올쏘, 올아!"

"성수 지서장도 일제 때 얼마나 악랄혔어! 삼봉리 독립운동헌 사람들을 그놈이 죄다 밀고헌 거여."

"나라가 독립되었다 혀도, 그때 그놈들은 지금도 그놈여."

평소에 점잖고 겸손하기로 소문난 심선생의 주장에, 함성을 지르고 귀를 의심하며 속내 말을 이었다.

심종현 선생은 일제의 국어 말살 정책으로 학교를 떠나야 했다. 그는 전주 지역 보통학교에서 쫓겨나자 고향으로 귀향해서 국어 지키기를 계속하고 농사일을 하다가, 성수중학원에서 국어 선생으로 교편을 다시 잡게 되었다.

일본은 1940년대 들어 식민지 통치를 보다 강화하면서 민족을 말살 지경에 빠뜨리는 정책을 추진하고 있었다. 대표적인 것은 세뇌 작업으로 한국인의 정신을 일본인으로 만들려는 황국 신민화 정책이다.

일본은 황국 신민화 정책을 추진하는 과정에서 한국인의 이름과 성을 일본식으로 바꾸도록 창씨개명 정책을 추진했다. 한국인이 한국말을 자유롭게 하지 못하게 하고 일본어만을 사용토록 하는 일본어 교육 정책이었다. 조선어 교육을 폐지하고 일본어로 강의하며 일본어를 기본 과목으로 가르치고, 학생들의 학교 생활에도 일본어만을 사용토록 하였다.

성수중학원은 일제 말 42년에 심진표 선생의 손자인 심희만 씨가 집안 재산을 처분하여 양지리에 사설 강습소를 열고, 보통학교에 진학하지 못한 청년들을 가르치면서 시작되었다. 귀향하여 농촌 계몽 운동을 하는 심종현 선생도 '심씨' 집안의 형님인 심희만을 교장으로 모시고, 전주에서 못다 한 후학 양성에 온 힘을 쏟아왔다. 8 · 15 광복 후 중등

학교가 없는 임실군에 처음으로 사립 성수중학원을 정식으로 허가받아 개교하자, 향학심에 불탄 청소년들이 임실 지역뿐만 아니라 멀리 진안과 장수에서까지 이곳으로 몰려들었다.

유학자 심진표는 1901년 성수 양지리에 사립 영진소학교를 세워 초대 교장에 취임했는데, 이것이 임실군 근대 교육의 시초라고 볼 수 있다. 성수중학원을 세운 심희만, 심종현은 심진표 교장의 제자들이다.

"존경하는 성수면민 여러분, 토지는 농사를 짓는 농민들의 것입니다. 소작제를 폐지하고 지주들이 가지고 있는 소작논을 몰수하여 일본인들에게 강제로 빼앗긴 토지를 농민들에게 나누어 줘야 헙니다. 한민족 분단을 획책하는 남한 단독 정부 수립을 위한 5월 10일 국회의원 선거를 막아야 헙니다. 남북한 합동 정부 수립을 위해 민족지도자 김구 선생과 김규식 선생에게 힘을 보태 줘야 합니다. 5월 10일에 남한 단독으로 선거를 치른다면, 북한은 이것을 빌미로 북한 정부를 만들 것입니다.

만약 이번 선거로 남한 단독 정부가 이루어진다면, 우리 민족은 영원히 허리가 부러진 채 서로를 멸시하고 증오할 것입니다. 이번에 한반도에 통일 정부를 만들지 못한다면, 우리 민족은 영원히 분단 국가로 살수밖에 없을 것이고 머지않아 후세들은 서로에게 총부리를 겨누며 살아갈 것입니다."

이종진은 지난 2월 10일, 38선을 베고 쓰러질지언정 일신의 구차한 안일을 취하여 단독 정부를 세우는 데 협력하지는 않겠다는 김구 선생의 성명서를 설명하며 열변을 토하고 있었다.

이종진은 일본 와세다대학에서 유학한 지식인으로, 일제 시대 치안 유지법 위반으로 두 번 장기간 옥고를 치렀던 독립운동가였다. 이종진은 유학 시절 이강국, 박규문, 최달성 등과 함께 일본인 교수 밑에서 공산주의 서적을 읽으며 좌익 공부를 했던 인물 중 하나였고, 조국 해방과 민족 독립을 소망하며 염종철과 함께 섬진강 동지회 모임을 결성하여 시위하다가 구속되기도 하였다. 일제 시대 공산주의 운동으로 독립 운동을 한 이종진은 몰락한 왕족의 후손으로 성수면 월평리에서 빈민으로 살고 있었지만, 그의 아버지 이광찬은 어려운 가운데에서도 이종진에게 민족과 조국을 위해 항상 헌신할 수 있는 교육을 시켰다.

해방이 되고, 이종진은 고향에 돌아와 열 살 아래인 심종현 선생과 교분을 맺으며 농촌 문제와 한민족 교육 문제, 해방 정국의 민족 통일에 관한 많은 이야기를 나누며 농촌 계몽 운동을 해 왔다.

성수 회치골 달집이 모두 타고 잉걸불만 남아 있다. 하지만 주민들은 집으로 돌아가지 않고 무엇인가를 기다리고 있었다. 성수 주민들은 이미 지난 2월 7일, 남한만의 단독 선거를 저지하기 위해 남로당이 선동한 전국적인 무장 투쟁이었던 2·7 구국 투쟁을 경험한 바 있었다. 이종진은 2·7 구국 투쟁 실패로 느슨해진 조직을 강화하고, 북한을 방문하는 김구 선생 일행들에게 민초들의 의지를 보여 주고 싶었던 것이다. 자정이 지나면서 청년들은 조심스럽게 조를 확인하고 움직이기 시작했다.

"홍식이, 지서를 점령하기 전에 반드시 먼저 통신선을 끊어 버려야 허네. 그리고 본식이가 홍식이를 밑에서 잘 바쳐줘야 허니께, 심쌘 청년 서너 명 더 데리고 가야 혀."

"심 선생님, 걱정 붙들어 매소. 힘쎈 덕팔이, 지향이, 칠성이를 데리고 갈 꺼시오."

"꼭 성공해야 혀."

"윤태 성님! 맨손으로 다리를 뜯기는 무척 어려울 것이요. 성님만 믿어요."

검은테 안경을 쓴 심종현 선생이 조별로 챙기면서 성공을 다짐하며 격려했다.

"여러분들의 오늘 고생은 진정한 민족 해방과 분단되지 않는 조국을 만드는 데 초석이 될 것이요. 다들 몸조심허시고, 삽치재에서 강신관 동상이 불을 피우면 몸을 피하시오."

심 선생은 조원들을 위로하고 격려했다.

조별로 나눠진 청년들은 아침부터 삽치재에서 장작을 팔고 있는 오류 마을 강신관의 신호를 염두에 두고 긴밀히 몸을 움직이고 있었다. 천동재에서 달맞이했던 삼봉리 노윤태와 몇몇 청년들은 지서 앞 교량을 파괴하기 위해 출발했고, 세심한 봉강리 최홍식과 우직한 삼청리 구본식 그리고 덕팔이, 지향이, 칠성이는 전선을 끊기 위해 전신주에 올라가고 있었다.

자정이 넘어 임실 동정을 살피던 삽치재 강신관이 돌아오고, 전선줄

을 끊으러 갔던 최흥식과 구본식, 덕팔이, 지향이, 칠성이도 임무를 완
수하고 돌아오는 길에 지서 앞 목재다리 철근 못을 뽑고 있는 노윤태와
청년들을 보고 온 것이었다.

　지서 옆 목재다리는 철도 침목에 아스팔트 원료인 '아부라'를 잔뜩
발라 말린 것을 'ㄷ'자 꺽쇠로 고정하여 만든 것이다. 다리 밑으로 삼
봉리에서 내려오는 물은 중촌 시냇가에서 섬진강 지류인 둔남천과 만
나게 된다.

　노윤태는 삼봉리 청년들과 함께 지서 옆, 다리 밑으로 들어가 소리
나지 않게 다리를 파괴해야만 했다.

청년들은 '빠루'와 '장도리'로 'ㄷ'자 철근못 꺽쇠를 뽑기 위해 작업 중이었다. 다리를 얽어 놓은 철근못 하나가 빠지자 나머지는 쉽게 빠져나갔다.

무사히 다리를 파괴한 노윤태와 청년들은 논두렁을 타고 중촌 앞 시냇가 언덕으로 달려갔다. 회치골에 있는 주민들도 이종진을 중심으로 달빛 따라 골짜기를 내려와, 지서가 훤히 보이는 중촌 앞 시냇가 언덕에 당도했다.

이곳 사람들은 중촌 앞 시냇물을 둔남천이라 부른다. 둔남천은 성수산의 상이암 돌벽에 '고려 왕건의 환희담'과 '조선 이성계의 삼청동'이 새겨진 곳으로, 찬 이슬방울이 흘러 도랑을 만든다.

기개 있는 도랑은 수천리 갈골에서 내려오는 도랑과 만나 시내를 만들고, 투구꽃이 활짝 핀 지추바우 앞을 휘감고 돌아 대운재와 주암 배바우를 넘어온 시냇물과 합수하여 '둔남천'이라 이름을 얻고, 평지 삼거리로 굽이친다. 평지는 원중 대판리에서 산자락을 타고 내려오는 물이 왕방리 용소를 넘어 조치·효촌을 지나, 평지 삼거리에서 둔남천과 합류하여 버드내 들판을 적시고 중촌 앞 시냇가 언덕에 당도한다.

이렇듯 자연스럽게 당도한 중촌 앞 시냇가 둔남천 언덕 위에 주민들도 이심전심으로 물에 밀리듯 올라와 있었다.

주민들의 행동을 심상치 않게 여긴 지서 순경들은 초저녁에 지서를 지키고 있다가 자정이 넘어서자 모두 돌아가고, 당직자 순경 부부만이 숙소에서 자고 있었다.

"친일파 지서장을 쫓아내자! 악질 서북청년단과 촉진대를 몰아내자! 토지 개혁을 조속히 실시해라! 남한 단독 선거를 반대한다!"

구호를 외치며 주민들은 지서를 에워쌌다. 자다가 깜짝 놀란 순경 부부는 급습하는 주민들을 향해 다급하게 총을 쏘아댔다.

"탕, 탕, 탕."

앞서 있던 두 명의 주민이 그 자리에서 쓰러지자, 격분한 주민들은 괭이와 쇠스랑 그리고 몽둥이를 들고 지서 안으로 쳐들어갔다. 지서는 순식간에 주민들에게 점령되어 책상과 철제 캐비닛이 부서지고, 순경 부부도 눈 깜짝할 사이에 그 자리에서 피살되고 말았다.

주민들은 총에 맞아 죽은 시신을 앞에 두고 통곡하다, 횡포를 일삼는 미군정에 분통을 터뜨리며 일제 총독 치하 지서장, 친일파, 악질 지주, 일제 강점기 시대 공무원과 대한청년단원들을 혼내 주자고 소리치며 지서를 불태워 버렸다.

지서를 불태웠다는 소식을 접해 들은 친일파 지서장과 악질 지주, 촉진대, 서북청년단원들은 공포 분위기를 파악하고 임실 소재지로 도망쳤다.

날이 밝아 오자 주민들은 하얀 광목천에다 '미군정 물러가라, 이승만은 각성하라'는 글씨를 쓴 기다란 천을 대나무에 매달고 양지리를 시작으로 오봉리·왕방리·삼봉리 등을 돌며 구호를 외쳤다.

점심때가 되자 임실에서 온 트럭 두 대가 부서진 다리 앞에서 멈추더니, 무장한 사람들이 차에서 내려 총을 난사하며 다리를 건넜다. 무장한 사람들은 다름 아닌 경찰을 위시해서 촉진대, 서북청년단원들이었다. 이들은 초저녁에 도망간 지주들과 일제 강점기 때의 공무원들을 앞세워 성수로 밀어닥친 것이다.

시위대는 경찰들의 총소리에 놀라 개미떼처럼 흩어졌다. 독기가 오른 순경들과 청년단원들은 이 잡듯이 동네를 뒤져, 지서 습격 사건 관련자가 잡히면 사람들이 볼 수 있는 지서 앞에 묶어 놓고 몽둥이로 개 패듯이 팼다. 이종진은 월평리 집에서 말티재를 통해 달아났고, 최홍식·구본식·오은섭 등은 성수산 쪽으로 도망갔지만, 심종현은 개학을 준비하기 위해 학교에 나왔다가 교무실에서 잡히고 말았다. 그날 그렇게, 심종현을 포함해 주동자 삼십여 명은 임실 본서로 잡혀갔다.

말티재를 넘어 관촌역에서, 전주로 가는 석탄 열차 위에 올라탄 이종진은 눈을 감은 채 어제 일들을 떠올렸다.

이종진은 회치골에서 '토지를 농민에게 돌려주고 한민족 분단을 획책하는 남한 단독 정부 수립을 반대' 하기 위해 주민들을 선동했다.

"남북한 단일 정부 수립을 위해 민족의 지도자 김구 선생님과 김규식 선생님께 힘을 보태 줘야 합니다. 5월 10일 남한 단독으로 선거를 치른다면, 북한은 이를 빌미로 새로운 북한 정부를 만들 것입니다."

목청껏 소리친 자신의 모습을 회상했다.

무상과 유상을 오락가락하는 토지 개혁 방안에 지주들은 밤잠 이루지 못하고, 서울에 거주하는 지주들이 설 다음날 임실 소재지에 모여

작당하면서부터 문제가 시작되었다. 지주들의 작당은 경찰서장을 비롯 우익 단체들의 동조 아래 이루어진 사실이 임실군 내에 퍼지면서 농민들의 불만은 극에 달했다. 농촌 계몽 운동을 주도했던 유학파들은 이들에게 경고 메시지를 보내기로 논의했다.

"미군정은 일본인들에게서 몰수한 토지들을 미군정 내 통역관과 일제 순사 출신 경찰관, 공무원 등에게 몰래 처분하면서도 토지 개혁은 차일피일 미루고, 지주들은 소작논을 비싼 값으로 다른 사람에게 팔아넘겨 농사짓는 소작인들은 울분을 토하며 자살하는 지경에 빠졌습니다.

이러한 임실의 상황을 논의하고자 여러분들을 오시라고 한 것입니다."

이종진은 신평 염종철 주조장에 모인 유학파와 농촌 계몽 운동가들에게 미군정의 부당성을 설명했다.

신평 염종철 주조장 골방에서는 각 면에서 온 한정우, 김삼석, 이종진, 오재천, 장명균, 최상술, 이민희, 소춘수 등이 모여 회의를 했다.

"임실에 지주들이 차일피일 미뤄지는 토지 개혁 시기를 이용하여 소작논을 팔아먹고 있습니다. 서울에 거주하는 지주들도 내려와 소작논 팔아먹기를 부추기고 있습니다. 이러한 시기에 소작민과 농민들을 위해 우리가 무엇인가를 해야만 헙니다."

"우리는 지난 2 · 7 구국 투쟁의 후유증을 털어 버리고, 또다시 우리는 3 · 1절 투쟁을 준비해야만 헙니다. 그러나 3월 1일이 되려면 아직도 보름이 더 남았습니다. 그때까지 소작민을 위해 우리가 아무런 행동도 보여 주지 않는다면 지주들은 소작논을 죄다 팔아먹고 말 것입니다. 3월 1일이 돌아오기 전에 우리들이 지주들과 기관 놈들에게 지속적으로 경고를 보내야만 헙니다."

염종철 주조장 골방에 모인 사람들은 열띤 토론을 하며 소작민과 농민이 시위할 수 있는 일정을 조정하고 있었다.

"다가오는 3월 1일 투쟁을 활성화시키고 목전에 닥친 지주들의 작당을 봉쇄하기 위해서, 3월 1일 전에 임실군 전 지역에서 무력 시위를 만들어 갑시다. 정월 대보름은 열흘 남았습니다. 보름날은 도외지에서 친지들도 오가고 배웅도 혀야 하기 때문에, 보름 다음날인 26일 새벽을 기점으로 거사허기로 준비헙시다."

이렇게 시작하여 2월 26일 새벽, 임실 전 지역에서 지서 습격이 시작되었고, 지서 없는 지역은 동이 트는 아침 일찍부터 가두 시위를 하게 되었다.

이종진의 머릿속엔 지나온 날들의 기억들이 뒤엉켜 맴돌았다. 해방 소식과 더불어 서대문형무소에서 고향으로 돌아오자, 임실 거리는 기쁨과 웃음꽃이 넘쳐나는 민중들로 출렁이고 있었다. 만나는 사람마다 신뢰와 반가움이 듬뿍 배어나 있었고, 희망찬 얼굴은 따뜻한 봄햇살과 같았다.

억눌리고 메마른 민중들은 무엇인가를 기대하면서 스스로 단합하고 화합하며 서로를 격려하고 있었다. 친일파를 몰아내고 독립운동가들과 함께 겨울을 몰아내고 새봄을 준비하는, 민족의 염원이 서려 있는 무언의 약속들이었다.

그동안 독립운동을 하는 데 꾸준히 자금을 보내줬던 염종철 선배, 오재천, 한정우, 김삼석 등을 규합해서 민중들의 욕구를 실현하기 위해 군 단위 조직을 서둘렀던 지난 세월들이 주마등처럼 스쳐 지나갔다.

동네마다 일제 때 구장을 새로운 이장으로 바꾸면서, 8 · 15 광복 직후 여운형 중심으로 발족한 조선건국준비위원회 임실 지부가 결성되었고, 군민들은 자발적으로 하나가 되어 내일의 희망을 꿈꾸었던 임실이었다.

임실 군민의 열렬한 환영은 두 번씩이나 옥고를 치른 독립운동가들에게 영광이 되었고, 그 뜨거운 박수는 미래 조국과 민중들에 대한 무한한 책임을 일깨워 주었다.

해방 후 여운형을 중심으로 한 조선건국준비위원회와 사회주의, 공산주의, 민족주의 그리고 이승만을 포함한 모든 지도자들이 '전국인민대표자대회'를 소집하여 이승만을 주석, 여운형 부주석, 내무장관 김구, 재정부장 조만식 등 남북을 포함하여 조선인민공화국을 선포하였다. 그에 따라 임실 건준 지부는 인민위원회로 바뀌면서 군민과 하나 되는 새 시대을 열어가게 되었다. 친일파, 친일 지주, 고등계 형사들이 물러간 상태에서 임실 군민들은 인민위원회에 적극적으로 호응했고, 이종진 위원장을 포함해 인민위원회를 맡은 책임자들은 군민을 위해 헌신적으로 일을 했다. 지주나 유지가 인민위원회에 참여한 경우는 염종철처럼 신망받고 독립운동에 공로가 인정되는 사람으로 한정하였다.

거침없이 해방 조국 건설을 위해 내달렸던 새시대 조국 세우기는 미군정의 개입으로 지도자들 간의 균열이 생겼고, 북쪽은 소련파가 소련 군정의 힘을 빌려 오기섭 등 국내파 조선공산당들을 억누르고 북조선공산당을 단독으로 만들어 지도자 간의 반발을 불러일으켰다.

소련파 김일성은 공산당이 허용되는 나라에서 하나의 공산당 지부만이 설치할 수 있는 콤민테른 원칙을 깨고, 이미 결성된 조선공산당을 무시하며 북조선공산당을 만들었다.

이종진은 북조선공산당의 독단적인 창당으로 닥쳐올 분단의 아픔을 예상하고 어제도 목청껏 소리를 외쳤던 것이다.

'남북한 단일 정부 수립을 위해 민족의 지도자 김구 선생님과 김규식 선생님에게 힘을 보태 줘야 합니다.'

조선인민공화국은 건국준비위원회의 활동을 계승하고 일제 잔재 청산을 방침으로 채택하였으나, 남쪽에 입성한 미군정은 이를 인정하지 않았고, 해외 독립운동가들과도 협의를 거치지 않았다.

미군정의 부인과 친일파 처벌을 비판하는 이승만은 주석직 취임을 거부하고, 김구는 대한민국의 임시 정부의 정통성을 주장하면서 여운형과 박헌영의 통합 제안을 거부하기 시작했다. 조선인민공화국은 미군정의 부인과 와해 공작으로 위기를 맞은 가운데 이승만과 김구의 거부로 좌초되어 가고 있었고, 미군정은 이 기회를 이용해 인민위원회 해체를 가속화시키며 공산당 활동 불법화와 동시에 체포를 감행하였다.

여운형 · 박헌영의 조선공산당은 남쪽에서 불법 매도되고, 북쪽에서는 주도권을 장악한 김일성을 포함한 소련파에 의해 외면당했다.

유랑민 신세가 된 좌파 세력은 여운형, 박헌영 주도로 민족주의 민족전선을 결성하여 활동을 시작했으나, 좌파 세력의 합법 활동은 지하 활동으로 전환될 수밖에 없었고, 활기찬 인민위원회 조직은 와해되면서 간부들 대부분 감옥에 갇히게 되었다.

해방이 되었지만 잡혀온 사람들은 일제 때 독립투사에서 공산주의자로 둔갑되어 감옥에 갇혔고, 잡아온 경찰들은 일제 때 고등계 형사에서 해방 조국의 민주주의 인사가 되어 애국지사들을 탄압했다.

미군정은 남쪽에 미국식 정권을 세우기 위해 혁명 세력을 탄압·말살시키고, 강제적 경제 정책인 미곡 수매로 인민들을 괴롭히고 있었다. 미군정의 배급 제도는 강제로 시행된 미곡 수매와 관리들의 부정으로 불공평하게 지급되고, 인민은 굶주림에 시달리며 미군정에 대한 불만이 극에 달하고 있었다. 46년 9월 24일, 굶주림에 지친 이리 지구 철도 노동자들은 역장을 포함한 간부들까지 파업에 돌입하여 전보실과 검사실을 전소시켰다. 28일에는 완주의 철도 종업원 700여 명이 파업에 참가하였고, 이 여파로 임실 지역 관내의 관촌과 오수역은 마비 사태가 발생하였다. 관촌과 오수역을 마비시킨 총파업은 섬진강을 따라 일제 때부터 철도청이 있었던 순천 철도 노동자, 삼팔 이남에서 세 번째로 큰 규모의 탄광 지대였던 화순 탄광 노동자, 항구로서 일본과의 뱃길이 열려 있었던 여수 부두 노동자에게 민중 항쟁의 도화선이 되어 10월 마지막 날 전 지역으로 불붙은 듯 번져 나갔다. 앞서 10월 1일에 대구에서 경남 전 지역으로 내려온 민중 항쟁은, 섬진강을 거슬러 올라와 전남에서 용광로가 되어 버린 것이다. 갑오년 동학 농민 봉기가 전북 고부 황토현에서 일어나 그 불길이 삽시간에 전주성을 뒤덮고 전남을 휩쓸더니 섬진강을 건너 경남으로 옮겨 붙은 것과는 달리, 미군정에 대한 불만은 서울을 비롯 전국에서 시작되어 동서의 섬진강을 넘어 화순에서 폭발한 것이었다. 호남과 영남이 산맥으로 가로막혀 있다 하지만, 민중들의 함성은 섬진강을 따라 민족의 혼과 맥으로 이어가고 있었다.

"식민지 정책을 조장하는 미국은 물러가라!"

"미곡 수매 반대하고 농지 개혁 단행하라!"

조선노동조합전국평의회는 자주 관리 운동에 대대적인 탄압을 가하기 시작한 미군정에 맞서, 철도 노조를 중심으로 미군정을 향해 굶주린 배를 움켜쥐고 총파업에 돌입했다. 여기에 전화국, 우체국 노동자들도 가담하면서 전국적으로 25만 명 이상 노동자가 총파업에 참가하였고, 사무직 노동자들이 가세하면서 파업은 지방으로까지 확산되기 시작했다. 이종진은 화물열차 석탄 더미를 움켜잡은 두 손으로 자신의 얼굴을 감싸 버렸다. 일제 시대 두 번의 투옥, 해방 후 독립투사의 영광과 공산당 지하 활동, 2·7 구국 투쟁, 2·26 지서 습격 사건으로 이어지는 아픔과 괴로움은 견디기 어려운 고뇌였다. 이종진은 산으로 들어가지 못하고 도회지 전주로 피신하는 자신을 자학하면서, 오목대 고개를 올라가는 기차에서 뛰어내려 친척집으로 숨어들었다.

생명을 안은 물줄기

임실군 성수면 중촌 시냇물은 삼봉리 고덕산 자락 피안골에서 시작한 물로, 세 개 봉우리를 뒤로하고 이루어진 죽전·원삼봉·신덕을 휘감고 내려와, 금동을 거쳐 내려오는 물과 만난다. 그렇게 만난 물은 석현 마을을 거쳐 신촌을 돌고 이종진의 고향 월평을 바라보며 오류 앞을 지나, 오수 평당·종동 쪽의 섬진강을 그리워하며 흘러간다. 성수지서 뒤 고개를 넘어 성수 도인리 두목재 앞에서 시작되는 물줄기도 당당리·화성리 앞을 지나, 섬진강에서 다시 만날 것을 약속하며 신평 쪽으로 흐른다. 임실·성수·오수·신평·관촌·삼계에서 26일 새벽 일제히 지서를 습격하기로 계획하고, 운암·신덕·청웅·강진·덕치·지사에서는 26일 아침 농지 개혁 촉구와 남한 단독 선거를 반대하는 가두시위를 하기로 했다. 임실읍은 미군정 경찰 전투력에 비해 조직력이 부족해 주민들은 어쩔 수 없는 소극적인 움직임만 있었고, 나머지 11개 면은 행동으로 보여 줄 수 있는 조직력을 갖고 있었다. 오수의 오재천은 이종진·염종철 등과 연계하여, 오수에서 실패한 2·7 투쟁의 실패를 극복하고 3·1절 기념 투쟁의 기폭제를 만들어, 소작논을 팔아먹는 지주들의 작당을 봉쇄하기 위해 2·26 사건을 일으켰던 것이다. 오수 오재천은 친구인 최락헌, 이민희 등과 토지 개혁 운동을 전개하면서 남한 단독 선거를 반대하고 남북한 단일 정부 수립을 위한 투쟁활동을 전개해 왔다.

성수에서 내려가는 둔남천은 오수 봉동·봉천·오산을 지나며, 대명리에서 노산·주천·한암리에서 흘러오는 시냇물을 감싸안는다. 하나 된 물은 오수 소재지로 진입하여 삼계 두월리와 삼월리 등에서 흘러오는 개울물과 만나 오수천변을 가로질러 흐르다가, 오수리에서 섬진강 지류인 오수천과 만난다. 오수천은 장수·산서·오성 골짜기에서 지사·영천 앞에 사창들과 졸보들을 먹이고, 남은 물은 또다시 흘러 원산·사촌에서 내려오는 염수천과 합수하여 내려간다. 염수천을 끌어안고 내려간 오수천은 방계에서, 덕재산 줄기 골짜기부터 시작하여 대정·관기·안하를 거쳐 내려오는 도랑이 금평·금곡 골짜기의 도랑과 목평에서 합류한 물을 살며시 받아들인다. 이렇게 내려온 오수천은 방계 자대울 들과 계산 들에서 식량의 생명수로 쓰인다. 오수 내동·금암·동후 마을로 내려가 오수 관월리 끝자락에서 둔남천과 합류한 오수천은 신기리를 넘어 둔덕리 동촌을 지나 방축 마을에서, 대정리 도랑과 둔기리 시냇물을 휘감고 내려온 율천을 받아들인다. 율천을 받아들이고 방축을 지난 오수천은 남원 사매의 월평·서도·수촌을 지나온 월평천을 우번리 마을 삼계 석문 앞에서 받아들이고, 삼계 삼은리로 내려간다.

우번리 마을은 남원장과 오수장을 보기 위해 올라오는 순창 동계 주민과 삼계 산수리·삼은리 주민들이 줄을 지어 지나가다가 쉬어 가는 곳으로 이동 인구가 많고 큰 마을이다. 둔덕리 우번 마을 주막집은 쉬어 가는 주민들이 쉬면서 막걸리 한잔하고, 남원장과 오수장을 향해 방축 둑길을 타고 서도와 신기로 걸어가기 위해 충전하는 곳이다.

오수 대정리도 정월 보름 다음날 아침, 집집마다 풍물패들이 지신밟기와 망우리 준비에 여념이 없었다. 정월 대보름에 풍물패들은 집터와 가정을 지켜 주는 지신에게 고사를 올려 잡신을 쫓고 복을 부르는 내용

의 덕담과 노래를 하며, 대문 · 마당 · 장독대 · 뒷간 · 부엌 · 대청마
루 · 안방 등을 돌면서 풍물을 신명나게 울렸다. 풍물은 꽹과리 · 북 ·
장구 · 징 · 태평소가 어우러져 한 박자를 구성지게 만들어 내고 있으
며, 소고패 · 양반 · 각시 · 스님 · 포수가 그 박자를 밟으며 뒤따랐다.
풍물패의 멋인 조연격인 각시, 스님, 양반의 몸짓은 주민들의 웃음을
끊임없이 자아냈다.

　스님 분장은 남원 보절댁이고, 삽삽한 칠복이가 각시로 여장을 했다.
지신밟기가 끝나면 마을 풍물패들은 제방 둑길로 나와 흥겨운 풍물소
리를 신명나게 울려댔다. 둔덕리 · 신기리 · 관월리 풍물패들은 서쪽 둑
길 위에 한 줄로 서서 동쪽을 바라보며 풍물을 두드리고, 동쪽 제방 둑

길에서는 용정리·남신리·금암리 풍물패들이 서쪽을 바라보며 풍물을 울려대다, 밤이 이슥해지면 방축 삼거리 둑길에서 율천을 따라 내려온 대정리·둔기리·용두리 풍물패들과 세 갈래 둑길을 차지하고 달님을 바라보며 신명나게 두드린다. 풍물패의 오색 저고리와 어린아이들의 색동저고리가 달빛에 반사된 오수천은 쪽빛 물결로 굽이쳐 여인네들의 가슴을 흔들어 놓고 섬진강으로 흘러간다.

다음날 대정리 오재천 집으로 각 마을 청년들이 삼삼오오 짝을 지어 모여들었다. 얼굴이 큰 오재천은 일본 유학 시절부터 이종진을 만나 공산주의 서적을 접하는 모임에 가입하게 되었다. 오재천보다 너댓 살이 많은 이종진은 타국인 일본에서 고향의 향수를 달래 주는 조국의 친형이고, 오재천에게는 지주 같은 인물이었다. 일본 유학생 시절 이종진과 오재천은 식민지 국가의 설움과 제국주의로부터 해방에 대한 청년의 역할과 농촌 계몽 운동에 대해 논의를 해 왔다. 해방 후 고향에 돌아온 오재천은 이종진을 찾아 농촌 계몽 운동에 앞장섰고, 네 살 아래인 심종현 선생을 이종진의 소개로 알게 되어 다양하게 시국을 논의하게 되었다.

오수 대정리에서 농촌 계몽 운동을 시작한 오재천은 고향 친구 최락헌과 건준위 오수 지역을 운영하면서, 소작 쟁의 분쟁도 앞장서 처리하곤 했다. 오재천 집에 모인 청년들은 밤새 윷놀이와 술잔을 기울이며 시간을 보냈다.

안방에서는 오재천과 이민희가 인접 마을에서 모인 청년들과 술잔을 기울이며 시국에 대해 이야기를 나눴다. 이민희의 소작인들에 대한 토지 분배가 주 화제였다. 얼굴이 둥근 이민희는 오수 대정리 사람으로, 서울에서 대학을 다녔고 집도 부유하며 온건한 사람이었다. 이민희는 소작인들을 타박하지 않았다. 배 굶는 이웃과 소작인들을 위해 곳간 열쇠를 열어 놓고, 춘궁기에는 봄에 쌀을 빌려주고 자발적으로 갚도록 하는 덕망 있는 지주였다. 신평에서 시집와 홀몸으로 이민희를 키워 온 어머니는 너그럽고 다정다감한 아들을 대견스럽게 생각하며, 아들의 의견을 존중하며 살아왔다. 해방된 다음 해, 대대로 내려온 집안 농토를 소작인들에게 무상으로 나누어 주었다. 굶주리지 않고 헐벗지 않으며 공평하게 대접받고 잘사는 사회주의를 몸소 실천하고 있었는지도 모른다.

"그 많은 전답을 무상으로 소작인들에게 나눠 줄 수 있는 배짱이 어디에서 나왔능겨?"

이명노가 말을 꺼낸다.

"농토의 소유는 농사를 직접 짓는 사람의 것이라고 생각혔지. 만물은 개인이 소유하는 것이 아니라 총유하는 것이라고 생각해. 인간은 누구나 공평하고 본인의 식량은 자기가 만들어야 한다고 생각혔기 때문이지. 가정 식량은 내가 생산하고 명노네 식량은 명노가 책임져야 한다는 것이지. 내가 지을 수 없는 농토는 다른 사람이 지어 쓸 수 있도록 하는 것이 최선이라고 생각헌 것이지. 내가 지을 수 없는 농토는 모두 다 농사를 직접 지었던 분들에게 돌려주려고 하는 것뿐이지."

"며칠 있으면 민희 얼굴만 한 보름달이 떠오를 텐디, 올해도 넉넉하고 좋은 일만 있으면 좋겠구만!"

사랑방에서는 최락헌이 마을 청년들과 전술을 짜고 있었고, 마당에서는 두 패로 나눠져 윷놀이를 하고 있었다. 이종진과 신평 염종철을 만나고 온 오재천과 최락헌은 2월 26일 새벽 임실군 전 지역 지서를 점령하기로 한 일정에 맞춰, 삼계지서를 습격할 준비를 해 왔다.

최락헌은 사랑방에서 청년 이십여 명을 세 패로 나눠, 한 패는 곽상만이 조장으로 임실에서 오수로 들어오는 통신선을 끊도록 했고, 다른 한 패는 박대식을 조장으로 남원에서 들어오는 금암리 앞 다리를 부수고, 나머지 한 패는 신점쇠를 조장으로 임명해 남원 서도를 거쳐 용두리를 지나 둔기리로 들어오는 구름다리를 파괴하도록 전략을 세웠다. 통신선이 끊어지고 다리가 파괴되면 남아 있는 청년들은 일제히 지서를 점령하기로 했다. 자정이 되기 전 작전 명령이 하달된 세 패거리가 대정리를 떠났고, 남아 있던 수십여 명은 자정이 지나 최락헌의 지휘 아래 삽과 쇠스랑·낫 그리고 몽둥이를 들고 둥근달이 비추는 밤길을 따라 지서 쪽으로 걸어갔다. 오수 관월리 둔남천 둑에 도착한 일행은 통신선을 끊으러 간 패거리들을 기다리고 있었다. 30분도 지나지 않아, 곽상만 패거리가 빠른 속도로 임무를 완성하고 관월리 둑길로 돌아왔고, 나머지도 임무를 완수하고 돌아왔다. 최락헌은 육십여 명을 다섯 패로 나눠 오수장터 나무전을 지나, 네 패는 사방으로 흩어져 지서를 에워싸게 했다. 나머지 한 패는 오재천과 함께 지서 정면으로 다가가 신호를 보내기로 했다. 오재천이 지서 옆에 몸을 기대고 지서 안을 바라보자 순경 두 명과 촉진대 회원 한 명, 서북청년단원 두 명이 화투를 치고 있었다.

오재천이 신호를 보내자, 다섯 패거리 오십여 명이 순식간에 들이닥쳤다. 지서 안에 있는 순경과 촉진대원, 청년단원은 도망가지도 못하고 그 자리에서 붙잡히고 말았다. 순경 두 명과 청년단원은 애티가 가시지 않은 젊은이고, 나머지 두 명은 근엄한 촉진대 회원과 악명 높은 서북청년부장인 정판석이었다. 정판석은 장날이 되면 청년단원들을 데리고 불순분자 검열을 한다며, 부녀자들을 삼거리에 세워 놓고 노골적으로 성희롱을 서슴지 않던 악다구니 폭력배였다. 일제 시대 검사였던 형을 배경 삼아 상인들에게서는 자릿세를 걷고, 심지어는 공무원·순경들에게도 돈 상납을 강요하는 폭력배였다. 이러한 정판석은 대정리에서 이민희와 어릴 적 함께 커 온 소꿉친구다. 그의 아버지 정씨는 이민희 집안의 가복 생활을 하다 조부 때 노비 문서가 폐지되어, 이민희 집안의 소작논을 붙여먹고 사는 사람이었다. 이민희 조부는 노비 제도가 폐지되자, 모든 가복들에게 경제적 독립을 꾀할 수 있도록 소작논을 떼어 주었다.

"어르신, 죄송하구만요. 우리가 떠나면 누가 어르신을 모신다요?"

"정 서방, 나가서 열심히 살고, 이 토지로 빨리 독립허도록 혀."

"이렇게 많은 토지를 주시면, 어르신네는 쪼들려서 어떻게 헌데요?"

정씨는 큰아들 판문이와 작은아들 판석이가 있었다. 큰아들 판문이는 어릴 적부터 명석하여 집안의 모든 희망이었다. 그 후 판문이가 검사가 되자, 정씨는 소재지인 오수리로 이사를 하여 포목점을 운영하며 살았다. 오수리에서 포목점을 운영하던 정씨는 검사 아들을 둔 위세로 거들먹거리며 부임해 오는 기관장마다 간섭하면서 살다 죽었다. 정씨가 죽자, 그의 작은아들 판석이가 못된 짓을 그대로 물려받고 생활하다 서북청년단 오수부장이란 완장을 찬 것이다.

"재천 위원장, 저 정판석이놈의 새끼! 양쪽 다리를 당장 분질러 놓아야 써. 그렇지 않으면 주민들에 대한 행패가 멈추지 않을 것이여."

"우리는 사람을 죽이려고 지서를 점령한 것이 아니잖아요. 잘못된 미군정과 미국 하수인들에게 경종을 울리기 위해 우리가 봉기한 거시니까요. 인명 피해 없이 거사를 마무리해야 혀요!"

"민희 동상 말이 옳네. 앞으로는 나쁜 짓 하지 말라고, 정판석이와 저놈들에게서 각서라도 받아 두도록 허지!"

옆에 서 있던 오재천은 책상 서랍에 있는 종이와 연필을 정판석이에게 내밀었다.

너무 쉽게 지서를 빼앗은 오재천 일행은 정판석과 순경 그리고 서북청년단원들에게서 각서를 받고 집으로 돌려보낸 후, 지서에 불을 질렀다. 지서가 불에 타올랐지만 주민들은 동요하지 않았다. 오수 소재지를 점령한 오재천 일행은 아침이 되자 오수역에서부터 불에 탄 지서 앞까지 거리 시위를 하고, 장터를 지나 오수천을 따라 물 아래로 내려갔다. 오수는 임실뿐만 아니라 남원과도 도로가 직통으로 뚫려 있어, 머지않아 경찰들이 들이닥칠 위험이 있기 때문에 오재천 일행은 철수를 해 버린 것이다. 해가 중천에 뜨기 전 남원과 임실에서 순경과 촉진대 그리고 서북청년단원을 태운 트럭 세 대가 오수지서 앞에 도착했다. 새벽에 돌아간 청년부장 정판석을 비롯 청년단원들이 나타나 공중에 "탕" "탕" 총을 쏘며 공포 분위기를 만들고, 주동자들을 잡으러 대정리로 향하고 있었다. 정판석은 오재천을 잡으러 대정리로 달려갔지만, 오재천은 이미 남원 쪽으로 도망을 갔다. 순경과 서북청년단은 집 안에 남아 있는 오재천 동생을 마을회관 앞으로 끌고 나와 옷을 벗기고 형을 찾아내라며 매질을 해댔다. 끝까지 형의 소재에 대해 불지 않는 오재천 동생에게 혹독한 매질을 가한 정판석은 그를 우물 기둥에 매달아 놓고, 최락헌을 잡으러 자리를 떴다. 최락헌은 아침 일찍이 둔덕리에 사는 작은 숙부집으로 몸을 피신하는 통에 집에 없었다. 최락헌을 찾지 못한 정판석은 부엌으로 들어가 솥단지와 항아리를 부수고, 마누라 머리채를 움켜잡아 마을회관으로 끌고나와 온몸에 물을 뿌려 가며 장작으로 사정없이 후려갈겼다. 열 살배기 아들이 따라나와 울며불며 매달려도 소용이 없었다.

"니 아비가 오늘 여기에 나타나지 않으면, 니 어미를 요 장작으로 패 죽일 것이다. 어미 살리고 싶으면 도망간 니 아비를 당장 데려와라!"

어린 아들은 겁을 먹고 아버지를 찾아 집을 떠났고, 청년단원과 순경들은 아이의 뒤를 따라나섰다. 어린 아들을 따라 둔덕리에 도착한 청년단원들은 최락헌을 손쉽게 체포할 수가 있었다. 이날 오후 오재천 동생과 최락헌 등 이십여 명이 오수에서 잡혀갔고, 이민희는 오수천을 따라 순창으로 달아났으며, 신점쇠는 덕과면 용산리를 지나 지사로 도망을 쳤다.

"성님 계시오? 문 좀 열어 보시오, 나 점쇠요."

새벽녘 오수지서가 불탔다는 소식을 들은 김홍기가 아침때부터 지사면 안하리 사랑방에 모여 마을 주민들과 대책회의를 하고 있는데, 오수에서 신점쇠가 쫓겨 여기까지 급히 온 것이다.

"누가 왔다구?"

"저 점쇠여요."

신점쇠는 부랴부랴 방으로 들어갔다. 지사면은 미군정의 치안이 미치는 지역도 아니었지만 오수와는 근거리에 있고, 오수와 이웃 마을처럼 다니기 때문에 맘 놓고 행동할 수도 없는 곳이다.

"성님, 새벽에 오수지서가 불타 버렸어라. 재천이 성님도 도망갔고, 락헌이 성님도 작살나게 얻어맞고 청년들이랑 잡혀갔어라. 오수는 순경들과 촉진대 놈들 그리고 청년단 놈들까지 남원·임실에서 와, 두 눈에 불을 켜고 온 동네를 이 잡듯이 뒤지고 있어라."

"민희 성님은 어떻게 됐능가?"

"민희 성님은 원통산으로 간다고, 오수천을 따라 내려갔어요!"

지사 거리에서 단독 선거 반대하는 가두시위를 하기 위해 모여 있는 마을 청년들이 불안한 기색으로 대화를 듣고 있었다.

"대책회의는 나중에 하고 일단 몸을 숨기는 것이 최상책인 듯싶어
요."

신점쇠 말을 듣던 김홍기는 마을 청년들에게 입을 열었다.

"여러분! 촉진대, 청년단들과 순경들이 이 마을로 올난지 모르닝께,
일단 돌아가 몸을 숨기고 있으시오. 다들, 어서! 빨리 돌아가시오."

청년들이 돌아가고 점쇠와 마주앉은 김홍기는 오수천을 따라 이민희
가 갔다는 순창으로 떠나기 위해 보따리를 바삐 쌌다. 밤이 되자, 김홍
기는 부인과 아들을 놔두고 신점쇠와 오수천 물길을 따라 내려갔다. 오
수 내동·금암·동후 마을을 지나 관월리 다리 밑에 당도하자, 둥근달
이 고목나무 가지에 걸려 있었다. 언제 올지 모를 신세를 달은 김홍기

와 신점쇠를 숙연하게 내비추고 있었다.

타오르지 않는 봉화

삼계면은 일찍이 지리산 천황봉 망우리를 신호 삼아 2·7 구국 투쟁을 벌였던 지역으로 경찰과 촉진대, 서북청년단의 삼엄한 경계를 받고 있었다. 삼계는 일제 시대 때 유학을 다녀온 지식층이 사회주의 사상을 전파했고, 45년 해방 전후로 좌익 사상을 받아들여 사회주의 의식이 성숙됐던 곳이다.

2·7 구국 투쟁을 벌였던 장명균은 남원농업전수학교를 졸업하고 남원에서 직장 생활을 하던 삼계 산수리 사람이다. 장명균은 남원에서 직장 생활을 하던 중 가두시위 주동자로 몰려 일본 순경에게 쫓기는 신세가 되었다. 일본 순경에게 쫓기던 장명균은 임실 한정우의 도움으로 일본 유학길에 올랐고, 해방 2년 후 고향으로 돌아와 농촌 계몽 운동을 했다. 농촌 계몽 운동은 오수 오재천을 비롯 성수의 이종진과 함께 신평 염종철 사장 주조장에서 보름에 한 번씩 만나면서 더욱 활기를 띄었다.

"동상 있당가? 동상!"

장명균은 유영수 집에 찾아와 대문을 두드렸다.

"누구시오."

방문을 열면서 유영수가 고개를 내민다.

"동상! 나 명균이여."

"성님! 어서 오십시요."

방에서 엿을 만들고 있던 유영수는 장명균을 안으로 맞이했다.

"이렇게 누추한 곳까지 어쩐 일로 오셨어요."

"동상도 보고, 엿도 좀 얻어먹으려고 왔네."

삼계는 오래전부터 겨울이면 집집마다 엿을 만들어 어려운 살림을 보충하고 있었다. 소작인들에게는 겨울철 엿농사가 일 년 논농사 소득보다 낫다고들 했다.

"성님! 요 아랫목으로 앉으시요. 엿도 드시고요."

"아니, 괜찮네! 여그가 앉기 편하네. 실은 동상하고 상의할 일이 있어왔네."

"뭔 일인디요?"

"지난 2·7 투쟁 때 고생 많이 혔는디, 또 준비 좀 혀야 쓰것네."

"………."

옆에 앉아 있던 유영수 부인이 무어라 말을 하고 싶은데, 입만 삐죽거리며 말을 못하고 있었다.

"헙시다. 세상 걱정 없는 성님 같은 분도 허는디, 내가 안 허면 쓰것오."

"고맙네, 동상."

"언제 만날까요?"

"글피, 여기서 만나기로 허면 어떻겠는가?"

"그렇게 허시죠, 성님!"

"봉현리하고 세심리는 영수 동상이 맡고 산수리와 후천리는 내가 맡을 테니, 동상이 필히 신경을 많이 써야 허겄어."

"알았어요, 성님."

"그럼 나 가네. 그리고 제수씨 미안허요."

장명균이 방문을 열고 나가자, 입을 삐죽거리는 마누라를 향해 한마디했다.

"남정네들이 허는 일에 여자가 웬 참견을 헐려고 그려!"

"제가 언제 참견했다고 그러세요?"

유영수 부인은 아무런 말도 못하고 엿을 손질했다.

며칠 후, 장명균은 봉현리 유영수 집에서 같은 마을 장덕열, 홍동표와 세심리 김성식, 송병연, 정준모, 후천리 임채호와 산수리 심재덕과 함께 모여 2월 26일 남한 단독 정부 수립 반대를 위한 삼계지서 점거를 논의했다.

"미국은 한반도를 분단시키려 하고 있어. 거기에다 이승만은 미국에 꼭두각시 역할을 하고 있고 이번 5·10 남한 단독 선거를 막지 못허면, 우리는 평생 남북으로 나눠져 살 수밖에 없네. 우리는 이걸 막아야만 혀!"

임채호가 걱정이 된 듯이 장명균의 말을 받아친다.

"지난번에 우리만 허다가 순경들한테 잡혀 몽둥이찜질 당했잖여요……."

옆에 앉아 있던 김성식이 불안한 목소리로 임채호 말을 거들었다.

"그렇게요. 그때 청년단 한기탁이 나를 못찾으니까, 집 안의 장독대를 모조리 깨부수며 옘병을 떨었다잖여요."

"그려요, 후천리 노삼택이는 그날 마을회관 앞에서 장작개비로 무지막지하게 맞아 아직도 못 일어나고 있써요."

임채호가 역시 부담이 된다는 듯이 다시 김성식의 말을 받아냈다.

"아제! 이번에는 우리 삼계는 쪼까 뒤로 빠집시다."

김성식이 또다시 임채호 말을 이었다.

정적이 흐른 뒤, 논리가 정연한 정준모가 나섰다.

"이번 거사는 삼계만 허는 것이 아니라, 신평·성수·오수·관촌이랑 모두 헌다잖여. 그렇게 지난번허고는 많이 다를껴! 그러니까 우리도 심을 합쳐 싸우야지. 빠지기는 왜 빠진디야……."

송병연이도 힘을 모아야 한다고 거들고 나섰다.

"맞어, 지난번에는 우리허고 성수만 혔는디, 이번에는 오수랑 지사랑 임실이랑 신평이랑 죄다 헌다고 헌께 우리가 더 앞장서서 해야 혀."

산수리 심재덕이 맞장구를 치며 동조했다.

"그려, 그렇게 허드라구."

유영수 집에 모인 청년들은 대부분이 지난 2·7 구국 투쟁 후유증을 앓고 있었다.

한동안 말이 없던 청년들 속에서 침묵을 깨고 나이 많은 홍동표가 나서서 말했다.

"그려도 임실군이 다 허는디, 우리만 안 허면 삼계면이 체면이 아니제. 저 악다구니 같은 청년단 놈들 혼쭐 좀 낼 수 있도록 심 한번 쓰게, 동상들 어떤가?"

홍동표의 중재로 한참 동안 침묵을 보이다 의기투합하는 쪽으로 분위기는 모아져 갔다.

듣고만 있던 장덕열이 말했다.

"동표 성님 말씀대로 임실군이 다 헌다니께, 이번 크게 한번 혀서 지난번에 몽둥이로 맞은 앙갚음을 시원하게 혀 버립시다."

"그려, 덕열이 말맹키로 이번엔 크게 한번 허고 조국 통일허면 되제,

앙 그려?"

"앙 그리면 호랭이라고? 좋아, 헙시다."

여기저기서 찬성의 의견이 쏟아져 나왔다.

"오늘은 이만 헤어지고 담에는 세심리 병연이 집에서 만나기로 헙시다."

2 · 26 거사를 위해 25일 밤 저녁을 먹고 세심리 송병연 집에서 모이기로 결정하고, 지서를 점령하기 위해서는 각자 청년 열 명 이상을 데리고 나오며, 참석할 때는 호신용 몽둥이를 하나씩 들고 오기로 했다.

장명균은 심재덕과 후천리에서 김성식을 배웅하고 광제마을을 돌아 오수천을 따라 산수리로 돌아오는데, 밤하늘에 잔별들이 유난히도 반짝이고 있어 박애숙과의 아픈 기억들이 주마등처럼 떠올랐다. 어둠이 짙으면 별들은 더욱 아름답고 투명하게 빛나는 법이고, 세상이 밝아지면 그 빛도 자연스럽게 자취를 감추는 것이다.

해방되기 2년 전, 항일 지사 이태현이 남원경찰서 앞에서 자결했다는 소식을 듣고 몰려드는 군중들과 함께 거리로 뛰쳐나와 시위 도중에 박애숙과 일본 순경에게 쫓기고 있을 때도, 밤하늘은 오늘 밤처럼 별이 영롱하게 밝아 있었다.

장명균은 남원공예수리조합 직원으로 근무할 당시, 항일 지사들과 비밀리 연락하면서 직장 내 사회주의 항일 조직을 결성하고 있었다.

박애숙은 전북도립의원 간호원으로 일을 할 때, 남원에 사는 큰형부의 영향으로 항일 지사들과 교류를 하고 있었다. 시위 주동자로 쫓기는 장명균과 박애숙은 많은 사람들의 눈을 피해 구례 섬진강변과 남원 서도역을 거닐며 연민의 정을 쌓았다.

"명균 씨는 섬진강변 모래더미에 피는 깽깽이풀꽃이 예쁘다고 했지요? 저는 깽깽이풀꽃보다 꽃향유가 이뻐 보이는데요! 이름도 이쁘고요."

"그려요? 깽깽이풀꽃 이름은 다소 거칠게 다가오지만, 실제는 애숙 씨만큼 이쁘게 피는 꽃이고요. 꽃향유보다 더 이쁜 꽃인디요!"

"정말로요! 깽깽이풀꽃이 나만큼 이쁘다고요?"

"그럼요, 애숙 씨보단 쬐금 덜 이쁘고 꽃향유보단 훨씬 이뻐요!"

"그렇다면 명균 씨만 믿고 오늘부터 깽깽이풀꽃을 좋아헐레요! 제가 깽깽이풀꽃을 좋아허면 명균 씨가 저를 평생 깽깽이풀꽃처럼 이뻐하실 것 아니겠어요? 호호."

구례가 고향인 박애숙은 항일 열사 이태현의 자결 사건 시위 주동자로 몰려 전북도립의원을 그만두고, 장명균과 서도역 기차를 이용하며 항일운동가 연인으로 변해 가고 있었다.

"애숙 씨! 일본 유학을 가면 수배도 해제되고 징용에 빠질 수 있다고 허는디, 어떻게 혀야 좋을지 모르겠습니다."

"명균 씨, 현재 일본은 전쟁에 모두 미쳐 있어요. 이 판국에 전쟁에 끌려가 죽는 것은 개죽음이나 다름없어요. 전쟁은 멀지 않은 것 같으니까, 몸을 피하는 것이 우선이라고 생각헙니다."

"유학 가면 애숙 씨는 어떻게 지낼 것입니까?"

"제가 걱정되나요? 호호. 하루는 압록에서 재첩 잡고, 또 하루는 산수리 앞 오수천에서 다슬기 잡고, 그래도 심심하면 섬진강 길 따라 걸으면서 깽깽이풀꽃을 좋아하는 임 생각하죠!"

장명균은 징집을 피하여 일본 유학을 떠났고, 박애숙은 조국 해방과 떠난 임이 돌아올 날을 기다리며 농촌 계몽 운동을 계속 이어가고 있었다. 조국은 해방이 되었지만 징집을 피해 떠난 장명균은 돌아오지 않고, 좌우로 분열되어 버린 해방 정국 소용돌이 속에서 박애숙은 부모의 강요로 시집을 가야만 했다. 박애숙의 아버지는 세월만 보내고 있는 딸을 억지로 마산으로 시집보낸 것이다.

어둠이 짙게 깔리고 별들이 촘촘하게 빛나고 있는 밤, 시려 오는 가슴을 쓸어내리며 산수리 마을로 장명균은 들어갔다.

정월 대보름날 아침, 한기탁이 차례를 마치고 외출복을 갈아입고 있는데, 삼은리 사는 종친 한태수가 한기탁 아버지께 세배하러 왔다가 한기탁의 방으로 들어와 낮은 소리로 무언가 전하고 있었다.

"지금도 정보를 주면 포상 대가로 쌀 닷말 주는 것이여?"

"무슨 정보 있습니까?"

"며칠 전에 유영수가 찾아와 명균이 성님 이야그를 허믄서, 나보고 내일 밤 세심리 송병연이 집으로 몽둥이를 들고 오라고 허든디."

"그래서요?"

"간다고 혔는디, 요로코롬 조카허고 상의허고 갈라고 물어 보는 것이여.”

“몇 명이나 모인다고 헙디까?”

“정확히는 모르겄는디, 웬간한 마을 청년들은 죄다 모이는개벼!”

“아재, 그 말이 참말이지요?”

“내가 언제 헛소리허는 거 봐써? 근디 포상금은 지금도 있는 것이
제?”

“말씀 고맙구만요. 누구한테 절대 얘기하지 말고, 포상금은 확인허
고 집으로 보내 줄 거니께 절대 나헌테 얘기했다고 누구한테도 말허지
마시요.”

한기탁은 눈에 광채를 내보이며 부랴부랴 밖으로 나갔다. 한기탁은
평소에 자기를 깔보듯 대하는 장명균이 발발 떠는 모습을 머리에 떠올
리며 삼계지서로 달려갔다.

저녁밥을 먹고 송병연의 집에 동네 청년들이 모여들었다. 송병연 아
버지는 동네 사랑방에 가고, 어머니는 자리를 비켜 주느라고 마실을 떠
났다.

봉현리, 후천리, 두월리, 삼은리, 세심리 등에서 청년들이 몽둥이를
들고 모여들었다. 삼은리 한태수가 보이지 않자, 유영수는 초조하게 그
를 기다리고 있었다.

“명균이 성님, 태수가 안 오네요. 성님 오늘 태수 보지 못했습니껴?”

“오늘 우리 집에 인사하러도 안 왔어. 진외가집이라고 해마둥 오는
디 오늘은 안 왔네. 무슨 일 있나?”

유영수는 한태수를 기다리기 위해 대문 앞에 서성이고 있었다.

세심리에 검은 그림자가 달빛을 뒤로하고 송병연 집 앞으로 다가왔다.

담벼락에 거북이처럼 몸을 납작 붙이고 장총을 세웠다. 총을 든 순경과 서북청년단들이었다.

"탕 탕 탕……."

순식간에 총부리에서 불꽃이 튕겨나가자, 대문 앞에서 서성이던 유영수와 마루에 걸터앉은 마을 청년 두세 명이 토방 밑으로 쓰러졌다. 순경들이 집 안으로 몰려들자, 방안과 마루에 앉아 있던 청년들은 담을 넘고 뒷문으로 줄행랑을 쳤다.

"탕 탕 탕……."

갑자기 세심리는 총소리와 군화발 소리로 요란했다. 총소리를 뒤로한 채 도망가는 청년들이 논두렁에서 쓰러져 죽고 개골창에서 한쪽 팔이 떨어져 죽고, 또 그렇게 죽어갔다. 미군정의 남한 점령 정책에 대한 항의가 이처럼 처참한 죽음을 맞이하게 될 줄은 아무도 몰랐다. 장명균은 다행히도 그 자리를 피해 죽계를 넘어 신안리 한정우 집으로 도망칠 수 있었다.

"지서장님, 그 여우같은 장명균과 정준모 등 몇 놈만 빼놓고 나머지는 일망타진했습니다."

"한 부장, 너무 고맙고 감사허네. 한 부장 아니었으면, 오늘밤 우리 모두는 저승길에 있었을 것이네."

강변의 횃불 쌈

관촌은 임실군의 관문이자 오수 · 남원 · 구례 · 순천 · 여수로 통하는 소통의 길이요, 전주로 이어주는 진입로다.

관촌 병암리의 천석꾼 김봉근 아들 김삼석은 임실 한정우 권유로 일본 동경대학에 유학한 지식인으로, 일제 시대 서울에서 신문사 기자로 활동했다. 해방 후 고향에 돌아온 김삼석은 조선인민공화국 전북 지역 부위원장을 맡으면서 인근 주민들에게 사회주의 사상을 교육시켜 온 사람이다. 천석꾼의 아들이지만, 김삼석은 소작인들의 애환에 발 벗고 나서는 농촌 계몽운동가다. 김삼석은 임실 지식인들과 교분을 쌓고 소통하는 데 중추적 역할을 하고 있으며, 나이 많은 신평 염 사장을 중심으로 임실군 농촌 계몽 운동을 계획하고 준비하던 인물이다. 김삼석의 영향으로 관촌 청년들의 농촌 계몽 운동과 소작 쟁의 운동이 시작됐다. 김삼석은 토지 개혁 조기 실시와 5월 10일 남한 단독 선거를 반대하고 김구 선생 사상을 뒷받침하는 임실군 내 2 · 26 거사를 성공시키기 위해, 병암리 고순봉 · 황은성과 주천리 박종기와 방현리 최종대, 막동의 박태일, 공덕의 이길동을 집으로 불러 논의했다.

"동상들! 헐 일들도 많을 턴디 이렇게 와 주어서 고맙구만. 다름이 아

니라 민족 분단을 자행하는 미군정과 이승만 독단을 막기 위해 2월 26
일 날 임실군 전체가 거사를 일으키기로 혔네."

"거사를 어떻게 하기로 혔는디요?"

"26일 새벽 임실군 전체가 지서를 습격허고, 아침에 단독 선거 반대
거리 시위를 허기로 혔네."

"관촌은 동네가 넓고 순경들이 깔려 있어, 비밀이 지켜지지 안 허면
지서를 뺏을 수 없는디요?"

최종대가 김삼석을 쳐다보면서 말했다.

"비밀은 거사 승패에 기본이고, 비밀을 지키지 않는 사람은 나중이
라도 엄중허게 책임을 물을 걸세."

김삼석이 최종대 말에 단호한 쐐기를 박았다.

"그럼 거사를 성공하기 위해 어떤 방법을 써야 헌데요?"

"26일 새벽이면 정월 대보름 다음날 새벽이니께, 망우리를 태워 주민들을 모으면 되지 않겄소! 성님, 위장도 할 수 있꼬요……."

고순봉은 최종대의 물음에 망우리로 거사를 위장하자고 제안했다.

"망우리를 지을래면 솔가지도 있어야 허고 대나무가지도 있어야 허는디, 그것들이 어디서 다 난데요?"

박태일은 마을마다 정월 대보름날 망우리를 하고, 또 다음날 망우리를 다시 한다는 것에 대해 부정적인 생각이 들어 말을 던졌다.

"맞어요, 동네마다 24일은 망우리를 허는디 솔가지랑 별도로 어디다 냄겨 놓았다가 가져온데요? 설령 냄겨 논다 혀도, 마을 사람들이 죄다 가져다 태워 버릴 턴디."

옆에 있는 관촌 막동의 황은성도 박태일 말을 거들었다.

"삼석이 성님! 망우리를 헐려면 동네에서 허야 쓰고, 망우리하는데 딴 동네 사람들이 오면 순경들이 의심헐 꺼고 허니, 차라리 '횃불 쌈'을 헙시다."

"그려! 참 좋은 생각이구만. 은성이 동상 말대로 '횃불 쌈'이 좋겄어. 냇가를 중심으로 물아래와 물우가 '횃불 쌈'을 허면서 사람도 모으고 위장도 허고. 내가 갱변에 모닥불 서너 개 피워 놓을 테니께요."

옆에 있던 주천리 박종기가 황은성의 제안을 정리했다. 물아래 병암리·도봉리·시기·용산리·주천리 등과 물위인 관촌리·유산리·방수리·방현리·신전리 등이 나누어 '횃불 쌈'을 하다 마을을 돌고, 지서와 가까운 공덕 마을 길동이네 앞마당으로 모이기로 했다. 물위의 책임자는 방현리 최종대와 막동 박태일이 맡기로 하고, 물아래는 고순봉과 황은성이 맡기로 했다. 박종기와 청년들은 주천리 냇가 양쪽으로 조그맣게 모닥불 두 개를 만들어 놓기로 했고, '횃불 쌈'의 상징적인 디딜방아대는 공덕에서 이길동이 준비하기로 했다. '횃불 쌈'이 끝나면 공덕 마을 이길동 집에서 모여 있다가 유산리 닥메 고개를 넘어 지서를 습격하기로 했다.

김삼석 머릿속에는 관촌 순경들은 별 문제가 되지 않았지만, 임실에서 출동하는 경찰력을 차단할 수 있는 대책이 없었다. 그들을 차단하기 위해서는 오원교와 오원철교를 파괴하거나 차단을 시켜야 하는데, 그러한 대책은 없었기 때문이다. 관촌 오원교와 오원철교는 전주·남원의 소통지이자 관촌 면민의 설움과 한이 서린 통곡의 다리였다.

전쟁 수단으로 중국 대륙까지 철도를 건설한 일본이 전라선 철도를 놓고 오원철교를 건설하기 위해, 관촌 면민과 임실 군민을 강제 동원하여 맨손으로 건설한 다리였다.

24일, 물위에는 박종기 집에서, 물아래는 황은성 집에서 마을 청년들을 모아놓고 모레 새벽 거사를 위해 점검을 하고 또 확인했다.

다음날 해지기 전부터 주천리 냇가를 끼고, 물위와 물아래 사람들이 횃불 쌈 도구들을 가지고 모여들었다. 긴 대나무에다 솜뭉치를 달고 나왔고, 어떤 이는 쇠줄에 옷뭉치를 만들어 기름을 끼얹고 나왔으며, 불

깡통도 작은 것부터 큰 것까지 동원됐다. 주천리 앞 횃불 쌈은 섶다리 가운데 박힌 디딜방아 가지에 걸려 있는 아낙네 속옷과 가슴싸개를 차지하는 쪽이 이기는 것이고, 그 마을은 일년 내 평안을 누린다는 놀이다.

성미산 아래로 섬진강 상류인 오원천에 달이 막 비치기 시작했다. 섬진강 상류인 오원천은 나뭇잎 새에 고인 한 방울의 물이 떨어져, 서로를 부르고 모여 진안 마령 원시암을 만든다. 실낱같은 물줄기는 가재와 송사리를 키우는 작은 도랑이 되고, 그 도랑은 마이산으로 접어들어 수마이산 봉우리에서 생긴 한 가닥의 도랑을 만나 개울이 되어 흐르다 식량이 되는 논과 밭을 적시고, 여러 개울물을 만나 몸을 키워 시내를 이룬다. 시냇물은 진안군 성수면 용포리를 지나 임실군 관촌면 회봉리를 넘어 막동에 다다른다. 막동에 도착한 물은 여러 골짜기 개울물을 모아 흐르다 경치 좋은 방수리에서 잠시 숨을 돌린다. 흐르는 물은 상월·신전리에서 내려오는 냇물과 만나 오원천이 된다.

두 사람이 겨우 비껴 건널 수 있는 기다란 섶다리를 사이에 두고, 물위 주민들과 물아래 주민들이 마주보고 불 깡통을 돌리며 모닥불을 피우기 시작했다. 양쪽 둑 위엔 동네 구경꾼들이 손에 손을 잡고 불구경과 달구경을 동시에 하고 있었다. '횃불 쌈'을 시작한 동네 청년들은 디딜방아대를 중심으로 횃불을 쏘아댔다. 섶다리가 비좁아 앞으로 나갈 수 없는 청년들은, 양쪽 언덕에서 불 깡통을 원심력을 이용해 상대방 쪽으로 던지며 조금씩 앞으로 나아갔다. 디딜방아 양쪽 다리에는 아낙네의 속옷과 가슴싸개가 뿌연 연기에 그을리며 펄렁거린다.

"디딜방아는 우리 것이다, 저 위에 속것을 차지하여 동네 평안 만들어 내자!"

"아낙네 가슴싸개를 차지하여 터진 봇도랑을 막아 보자!"

물아래 청년들이 횃불을 들고 섶다리를 건너려 하자 물위 청년들이 불 깡통을 휘돌리며 가로막고, 그 밑으로 고기잡이 횃불을 든 청년들이 상대를 뒤로 밀치고 있었다. 뒤로 밀리는 청년들은 앞으로 전진하는 청년들과 부딪쳐 냇가로 떨어지기도 했다. 물위 청년들이 밀리더니, 물아래 청년들은 섶다리를 반절이나 건너와 디딜방아대 위에 걸려 있는 아낙네 속옷과 가슴싸개를 차지하고, 그것을 머리에 둘러쓰고는 "만세"를 부르며 앞으로 나아갔다. 물아래 청년들이 '횃불 쌈'을 이긴 것이다.

밤늦게까지 양쪽은 서로 액막이를 보내며 액땜을 하고, 풍년 농사를 기원하며 마을의 무사와 안녕을 빌었다. 둑에서 구경하는 주민들은 하나둘씩 집으로 돌아가고, 청년들은 서로 인사를 나누며 공덕 마을 길동이네 앞마당으로 모여들었다. 한밤중에 길동이 집 마당에 모여든 주민들은 막걸리를 나눠 마시고 유산리로 넘어가는 산등성이로 옮겨 갔다.

산 위에서 망을 보고 있던 이용만이 달려와 상황을 전달한다.

"삼석이 아재! 지서에 지프차가 드나들고 있어요. 비밀이 샌 것이 아닌지 모르겠어요?"

주민들 손에는 괭이, 쇠스랑, 도끼, 몽둥이, 장작개비 등이 들려 있었다.

지서 안 지프차는 예상했던 대로 임실을 드나드는 차였다. 거사 비밀이 탄로나, 지프차가 임실에서 왔다면 큰일이다.

김삼석은 잠시 생각에 잠기다 명령을 내린다.

"지서에 지프차가 없어지고 조용해지면 돌진할 테니, 그때꺼정은 조용히 있으면서 상황을 주시하도록 허게!"

주민들도 지서가 조용히 잠들기를 기다리며 유산리 산등성이에서 몸을 낮추고 기다리고 있었다.

새벽이 되자 지서는 고요해지고, 지서 처마밑에 켜져 있는 오촉짜리 전구만이 바람에 흔들리며 매달려 있을 뿐이다.

김삼석의 신호에 맞춰 주민들은 지서로 다가갔다. 주민들 앞에 있던 이용만이 고무줄 새총을 쏘아 현관 밑에 달려 있는 전구를 깨뜨리자, 주민들은 일제히 환호성을 지르며 지서 안으로 돌진해 들어갔다. 그런데 캄캄했던 지서 안에서 생각지도 못했던 총소리가 터져 나왔다.

"탕 탕! 탕!! 타앙 타~앙!"

지서 담을 넘고 문을 부수던 주민들은 비명을 지르며, 순식간에 혼비백산이 되어 사방으로 뿔뿔이 흩어졌다. 도망치는 주민들 뒤통수를 향해 순경과 촉진대, 서북청년단원들은 칼빈총을 갈겨댔다. 관촌리 독갑실로 쫓겨가다 총을 맞고 넘어지는 사람, 새뜸으로 향하다가 논두렁에

처박힌 사람들, 지아골·오원천 방향으로 달리다가 총에 맞아 죽은 사람들 모두가 처참한 사건이 되고 말았다.

그날 밤 칠팔 명의 주민이 총에 맞아 죽고 다친 사람은 수십 명이 넘었다. 아침이 밝자, 순경들과 촉진대·서북청년단은 마을을 수색하여 지서 습격에 참여했던 주민들을 공터로 끌어내어 몽둥이와 개머리판으로 찍어 가면서 무자비한 고문을 했다. 잡혀온 사람들은 임실 본서로 끌려갔고, 도망간 주동자들의 집은 불태워져 공포에 떨게 하였다.

소용돌이치는 섬진강

'물 반 고기 반' 민물고기가 많은 신평 창인리 보는 관촌에서 흘러온 오원천을 안아 내고, 임실에서 내려오는 임실천을 기다리고 있다. 임실천은 독산 산등성이에서 시작한 실개천이 돌 밑에서 동면하는 개구리를 감싸고 흐르다가, 고산들 골짜기에서 내려오는 물을 모아 피라미를 토실하게 살찌우며 흐른다. 영양분이 풍부한 물은 정월리 마을 사이로 흘러 양지 뜸·음지 뜸의 문전옥답 농업용수로 쓰인다. 그리고 두만리와 지산리에서 내려오는 물줄기와 합류하여 임실천을 이룬다. 도랑이 정월리 앞에서 작명되어 임실천이란 이름으로 흐르는 물은 오정리 삼거리를 시작으로 임실 읍내를 가로질러 흐르면서, 주민들의 생활용수와 하천 살리는 물이 되어 흐른다. 임실 두곡리와 용운리 앞을 흐르는 임실천은 신평 창인리에서, 관촌에서 흘러온 오원천과 하나가 된다.

창인리에서 오원천으로 하나가 된 물은 신평지서 앞에 도달하여 지장·오궁·금정리에서 흘러 내려오는 지장천과 신평에서 만난다. 여러 곳에서 밀려오는 물은 두꺼비 떼처럼 밀려온다 하여 이곳에서 '섬진강'이란 이름을 얻었다. 섬진강은 실핏줄 같은 모든 개울물을 보듬고 역동적 기운을 전달하는 임실군의 대동맥이 된다.

임실군에서 태어난 모든 물방울은 도랑과 개울이 되어 시내로 흐르고, 그 시냇물은 천이 되어 섬진강으로 흘러 들어간다. 이렇게 섬진강으로 흘러 들어간 임실군의 작은 물방울들은 임실 군민의 심장이 되어 모든 생명의 원천이 된다. 섬진강 심장에서 뿜어져 나온 생명수는 동맥이란 시냇물을 따라 정맥에 전달되고 도랑과 개울, 실개천을 따라 모세혈관으로 전달되어 양민들의 마음을 적시고, 또다시 섬진강으로 흘러들어 간다.

'시암내' 라고 불리는 신평면 원천리는 크지 않은 산들이 병풍으로 둘러져 있다. 앞에는 넓지 않은 걸멧뜰이 펼쳐져 풍수지리에서 말하는 배산임수로 알맞은 터다.

시암내 앞 삼각지점은 오원천과 지장천 물줄기가 만들어 준 강변 둔치다.

이곳 강변은 물줄기에 의해 퇴적된 모래가 쌓여 백사장을 이루고 있다.

지난해 여름에도 이곳에서 상씨름판이 벌어졌다.

임실군을 비롯해 원근각지에서 몰려든 씨름꾼들과 북적되는 구경꾼들의 먹거리를 위해 한 달 동안 난장도 벌어졌다.

강변에는 낡은 천막으로 만들어진 음식점에 구경꾼들이 삼삼오오 모여 앉아 씨름 이야기로 꽃을 피운다. 한여름 뙤약볕을 차양으로 막은 국밥집에는 모래판의 열기로 식을 줄 모르며 달궈졌다.

힘깨나 쓰는 사람들은 죄다 시암내 강변으로 모여든 셈이다.

덩치가 황소만 한 사람, 키가 보통 사람 두 배에 가까운 사람, 눈동자가 부리부리하며 손기술이 좋다는 사람 등등 많은 씨름꾼들이 모여들었다.

씨름꾼들은 백사장에서 구경꾼들에게 둘러싸여 힘과 슬기를 겨루게 된다.

시간제한 없이 시작되는 씨름판은 마지막 승리한 사람에게 장사라 부르고 상으로 광목이나 쌀가마니를 주었다.

씨름은 우리나라의 고유한 풍속으로 힘과 기술을 발산하는 경기이다. 큰 고목나무를 뽑아올리듯 들어 올리는 배지기는 씨름의 으뜸 가는 기술이다.

"쪽도 못 쓰는구만!"

"긍게 말여. 완규 배지기에는 모두다 나가 자빠진당게."

"저 장사는 덩치만 컸지, 풋살인게벼?"

"맞어. 넘어져서 일어나지도 못허네. 히히."

"만세! 우리 완규만세!"

완규장사 친척들과 동네사람 구경꾼들은 승리를 환호하는 목소리가 물결을 출렁였다.

환호하는 친척들 곁에는 초췌한 모습으로 근엄해 보이는 아버지 김형국이 빙그레 웃고 있다.

장시간 승부를 내지 못한 두 선수 못지않게 김형국도 두 손에 땀이 가득 고였다.

한 시간여 동안 샅바를 잡고 용트림을 한 두 선수의 결승 경기는 시암내 완규장사의 승리로 끝났다.

시암내 완규장사는 몸집이 두 배나 큰 거구를 배지기로 고목나무 뽑듯이 들어 꼬꾸라뜨렸다.

전주 근처 좁은목에서 온 거구장사는 작년 한벽루 장사를 한 사람이다.

판정을 알리는 징소리가 울리자, 세피리와 해금, 아쟁이 선창을 하고 뒤를 이어 꽹과리와 장고가 장사 탄생을 축하하는 풍악을 알렸다.

"삐~이이, 애~앵잉, 아~앙웅."

"깨~갱 갠지 갱, 더덩 덩기 덩따 궁따."

깽깽이 해금과 남정네의 한을 풀어주는 아쟁의 소리는 논두렁처럼 올라붙은 완규장사와 동네 남정네들의 불붙은 가슴을 파고들었다.

동네 남정네들은 완규장사를 목말 태워 백사장을 한 바퀴 돌고 차양이 넓게 가려진 국밥집으로 몰려갔다.

환대를 받으며 국밥집에 들어가 자리를 잡은 완규장사는 몇 년 전 일본에서 일어난 일이 생각났다.

이국만리 타국에서 식민지 국민의 설움과 고향향수를 잠시나마 잊었던 그 순간도 오늘과 같은 환호가 메아리쳤기 때문이다.

완규장사는 몇 년 전 일본 규슈 탄광에서 본인보다 두 배가 훨씬 넘는 불량배 일본 스모선수 출신을 개골창에 처박은 일이 있었다.

탄광소장은 개처럼 일하지 않는 조선탄광노무자들을 혼내 주기 위해 스모선수 출신 불량배를 고용한 것이다.

탄광으로 강제 징용된 조선인 노무자들은 허리 한번 펼 수 없는 막장에서 메케한 석탄 냄새를 콧속으로 들이마시며 사지가 뒤틀린 노역을 강요받았다.

조선인 노무자들은 어둡고 축축한 막장에서 눈만 보일 정도로 시꺼먼 석탄을 뒤집어 쓴 채 일을 하고, 때가 되면 불빛이 미처 닿지 않는 곳에서 안전모를 쓴 채 바닥에 앉아서 도시락을 먹었다.

불량배는 막장일이 끝난 조선탄광노무자를 잠시도 쉬지 못하도록 하기 위해 스모를 가르쳐 준다며 닦달을 했다.

불량배가 스모를 가르쳐 준다는 것은 짐승처럼 순종화된 노무자를 만들기 위함이었다.

몸집이 코끼리만 한 스모선수 출신 불량배는 탄광작업에 방해가 된다고 생각되는 조선탄광노무자를 불러 스모시합을 제안했다.

불량배의 닦달에 마지못해 시합하다, 어깨라도 부딪치게 되면 뼈 골절은 기본이었다.

조선탄광노무자 중 힘깨나 있어 보이는 완규장사에게 불량배는 스모시합을 제안했다.

징용자의 설움과 고향향수에 사로잡힌 조선탄광노무자들은 주먹을 불끈지며 완규장사에게 불량배를 때려눕혀 본때를 보여 주기를 갈망하는 눈빛이었다.

완규장사는 생각했다.

'저 거구와 부딪히면 어깨가 절단날 것이다. 발목걸이 기술로 불량

배를 제압하자!'

완규장사는 탄광사원의 호루라기 소리와 함께 순간적으로 코끼리처럼 달려오는 불량배를 피하며 다리를 걸었다.

코끼리만 한 불량배의 몸집은 허공에 붕 뜨더니, 오 미터는 더 굴러가 개골창에 처박힌 것이다.

"만세! 만세, 김완규 만세!"

"만세! 만세 조선인 징용자 만세."

탄광노무자들은 일본 규슈 탄광촌의 막장이 터지라고 만세를 부르며 환호했다.

"만세! 만세 대한……."

탄광소장은 호루라기를 "휙, 휙"하고 불어댔다.

탄광노무자들은 흥분에 겨워 '대한독립만세'를 잘못 외칠 뻔했다.

정신을 가다듬은 탄광노무자들은 호루라기 소리에 관계없이 밤새도록 "만세"를 외쳤다.

"징말로, 완규 씨름 기술은 스모선수도 못 당허는 것만."

"그려, 완규 씨름 기술에 스모가 쪽도 못 쓰는 것만?"

"후리 개상놈의 자식! 속이 다 후련허네."

"말 조심혀, 보복허면 어쩔려고 그려?"

"그 불량배 새끼땜시 만덕이는 지금도 어깨를 못 쓰며 막장 일을 허잖여."

"그려도! 고향으로 돌아갈 때꺼정 입조심허면서 살아야 혀."

'쪽도 못 쓴다'는 말은 상대해 보지도 못한 채 기가 눌리어 꼼짝 못 하는 것을 가리키는 말이다.

씨름판에서 상대한테 배지기로 들렸을 때, 자신의 발등을 상대의 종아리 바깥쪽에 갖다 붙이면 상대가 더 들지 못하고 내려놓지도 못하며 힘을 빼면서 애를 먹인다.

이런 기술을 '발쪽을 붙인다'라고 하는데, 시암내 완규장사가 배지기를 하면 어느 누구도 그런 기술을 써보지 못하고 당하기가 일쑤였다.

차양이 가려진 난장 국밥집 안에는 완규장사의 무용담으로 꽃을 피우고 있었다.

씨름판에는 으레 국밥장수 외에 떡장수, 엿장수, 노리개장수, 신발장수까지 온갖 장사꾼들이 모여 난장을 벌였다.

구경나온 아낙네들이 노약해 집안에 계시는 시아버지를 위해 떡을 사서 보자기에 담자, 철없는 아이들은 한입 달라며 보챈다. 하얀 모시 저고리를 입은 여염집 아낙네는 엿을 사서 아이들 입에 넣어준다. 젊은 처자들은 유혹하는 노리개장수의 입담에 치마를 살랑이며 다가가기 위해 고개를 돌린다.

살림꾼 아낙네들은 오래오래 신을 통고무신을 만지작거리며 가격을 흥정하기도 했다.

난장이 벌어지는 삼각지 백사장 강변은 꽃과 풀들이 사계절 동안 서로를 격려하듯 피었다가 스스로 지는 곳이다.

시암내는 해방 전부터 다른 곳보다 빨리 개화된 지역이었고 난장을 벌릴 수 있는 만큼 큰 세력이 존재해 왔다.

시암내는 임실군에서 개신교 신도가 가장 많은 곳이었다.

임실군에 개신교가 가장 빨리 들어온 곳은 신덕 양바리교회였다.

시암내 김형윤과 김형국은 1907년경에 김제 금산교회에서 들어온 신덕 양바리교회를 초창기부터 다녔다.

동학에 영향을 받은 스무 살 청년 김형국은 서양종교에 심취하여 주변 마을 젊은이들을 전도하며 신학문에 열중했다.

김형국은 김형윤과 함께 삼일에 한 번씩 산을 넘어 양바리교회에서 예배를 드리고 문맹자들에게 '울림터'라는 야학교를 세워 한학과 성경 읽기를 가르쳤다.

몇 년 동안 산을 넘어 양바리교회에 다닌 김형국과 김형윤은 시암내 청년들을 대상으로 전도해 나갔다.

개신교 신도가 많아진 시암내는 선교사들의 도움으로 하천교회를 건립하여 목사를 맞이하고 타지역 면과 활발한 교류를 가졌다.

이자익 목사를 모신 김형윤과 김형국 신도들은 교회부흥과 문맹퇴치 교육에 앞장섰다.

이자익 목사는 마부였다.

경남 남해도에서 태어난 이자익은 동학의 소용돌이에 전주로 올라와 김제 금산리 조덕삼 갑부의 식솔이 되었다.

조덕삼 집안의 식솔이 된 이자익은 낮에는 말을 돌보는 마부 일을 하고, 밤에는 주인 조덕삼과 함께 데이트선교사를 모시고 신앙공부에 몰두했다.

성실하고 신앙심이 두터운 마부 이자익은 조덕삼 추천으로 장로로 추대되었다.

갑부 조덕삼은 자신의 마부 이자익을 장로로 추대하고 과수원을 선교 재단에 헌납하여 금산교회를 세웠다.

그리고 1910년에 이자익 장로를 평양신학교에 입학시켜 목사수업을 받도록 하였다. 평양신학교에서 목사수업을 마친 이자익 장로는 1915년에 전라노회에서 목사 안수를 받고 임실 신평으로 내려와 김형윤, 김형국과 함께 하천교회를 개척한 것이다.

하천교회는 임실 신평에 새로운 바람을 일으키며 개신교 부흥에 교두보가 되었다.

타지역과 활발한 교류를 가진 시암내 사람들은 다양한 정보와 새로운 문물을 받아들이며 큰 힘을 만들어 갔다.

양바리교회에서 전파된 시암내의 개신교 부흥은 임실과 강진, 오수로 전도되어 지역 복음화와 문명퇴치에 앞장섰다.

김형국의 심혈로 문맹퇴치와 신학문 교육이 열정적인 시암내는 일본 유학에서 돌아온 주조장 큰아들 염종철의 귀향으로 더욱 활발해졌다.

김형국보다 열 살이 아래인 염종철은 일제의 대륙침략정책이 추진되자 귀국한 낭만적 사회주의 사상가였다.

"성님, 신은 죽었다고 니이체는 말합니다. 신을 믿는 것입니까?"

"그럼! 신은 죽지 않고 영원불멸하시지. 신이 없다면 불완전한 인간은 무얼 의지하며 살겠나? 니이체도 죽음을 앞에 두고는 신을 믿었다고 하지 않는가?"

"동학사상에 심취한 분이 어떻게 서양종교에 앞장선 겁니까?"

"동학과 서양종교는 결국 하나일 걸세! 예수 선조인 수메르족과 동이족인 우리 선조는 같은 민족이라고 하지 않는가?"

"저도 그러한 이야기는 들었는데 어떻게 같은 민족이라고 볼 수 있나요? 너무 터무니없는 논리 아닐까요?"

"근거가 전혀 없는 논리는 아니라고 보네. 수메르족이 유목민에게 쫓겨 동서남북으로 흩어질 때, 북쪽으로 이동한 수메르인이 시베리아를 거쳐 해 뜨는 쪽으로 이동해서 여기까지 온 우리 선조들 가운데 섞여 있을 거라고 생각할 수 있지. 그때 서쪽으로 이동한 수메르인들 가운데 이스라엘 신앙의 조상이라는 아브라함도 있었다고 하는 것이지. 결국 수메르족의 아브라함과 동이족 백이·숙제의 하나님은 수메르 신관을 가지고 있다는 거야."

"그렇다고 치고요. 그런데 동양 묵자와 서양 예수의 하느님이 어떻게 같을 수 있다는 겁니까?"

"방금 이야기한 대로, 예수는 아브라함의 후손이고, 묵자는 백이·숙제의 후손인 우리와 같은 동이족이기 때문이지. 그리고 묵자와 예수는 겸애와 사랑으로 무차별적인 박애 사상이 너무나도 똑같은 것이 공

통점이지. 마치 쌍둥이 같다는 느낌이 들 정도로 말이지. 그리고 천신
사상이 우리와 같은 것이란 말이지. 이것들 역시 한 줄기에서 뻗은 두
가지라고 해야 될 것 아닌가?"

"그럼, 인종마다 피부색이 다른 것은 어찌된 일입니까?"

"종철이 동상이 몰라서 물어보는 건 아니겠지? 인종은 환경에 따라
변하듯이, 북쪽으로 이동해 수천만 년을 시베리아와 중앙아시아를 거
쳐 남쪽으로 이동해 살면서 변했던 것이지."

"그럼, 결국 다윈의 진화론과 같은 것 아닙니까?"

"그렇게 생각할 수도 있지. 하지만 환경의 변화도 결국은 자연의 변
화 아닌가? 하나님이 인간을 만들기 전에 자연을 창조했고, 하나님이
창조한 자연도 하나님의 섭리에 변화하고 있는 것이기 때문이지."

"하기야, 예수가 최초의 사회주의자이고 민중봉기자인 줄도 모르니
까요."

시암내의 김형국과 염종철은 동학과 개신교를 토론하며 사회주의 사
상과 인간의 존엄성을 논의했다.

일제는 대륙침략 정책의 일환으로 중일전쟁을 선포했다.

중일전쟁의 포화를 터뜨린 일제는 내선일체를 표방한 황민화정책을
감행하며 야스쿠니 신사참배를 강요했다.

장로교 평북노회를 포함해 많은 교회들이 일제의 폭압에 못 이겨 신
사참배에 동참했으나, 시암내의 하천교회 이자익목사와 신도들은 끝까

지 저항했다.

일제말기의 신사참배 강요는 민족정신을 말살하기 위한 것이었으며, 신앙의 자유를 박탈하는 것이었다.

신앙인 개인뿐 아니라 교회 전체와 기독계열 학교 모두가 당하는 수난의 시기였다.

신사참배 반대는 교회와 학교의 폐쇄로 이어져 신앙과 교육의 기회마저 앗아갔다. 1938년 제27차 장로회 총회에서 신사참배가 가결된 후 여전히 거부하는 신도들은 더욱 심한 핍박을 받았다.

시암내 하천교회 신도들은 신사참배 거부로 지서 순사들에게 매일같이 불려가 조사를 받고 심지어는 고문까지 당했다.

고문에 시달린 신도들은 교회를 떠났다.

김형윤 장로는 고향을 떠나 친형님이 계시는 전북 이리로 이사를 가고, 김형국은 식구들을 남겨두고 산으로 들어갔다.

일본 순사들의 횡포로 목사와 신도들을 잃은 시암내 하천교회는 결국 문을 닫았다. 신사참배를 거부한 김형국은 활고지 안으로 들어갔다.

활고지는 동학 농민봉기 때 관군에게 몰린 농민들이 마지막까지 혈전을 버렸던 신덕면 오궁리라는 곳이다. 활고지는 지형이 활 모양으로 구부러져 있어 외부에서 침략하기가 매우 어렵게 되어 있었다.

활고지 솔봉날골은 활 모양에서 가장 많이 휘어져 있는 한오금처럼 마을 앞으로 튀어 나와 있어 시암내에서 접근해 오는 적을 미리 발견하여 격퇴할 수 있었다.

지장리 쪽 침목골과 완주 용암리 쪽 큰대판골은 활시위를 메는 심고 자와 같이 양 끝이 좁다란 계곡 오솔길로 되어 있어 관군들이 온다 하여도 한 줄로 접근할 수밖에 없었다.

활고지는 호랑이 입안을 들어가듯 활의 줌통을 지나야 한다.

활고지 뒷산에는 시루봉이 우뚝 솟아 있고, 그 뒤로는 사방이 절벽이다.

시위를 당기기 위해 화살을 메는 절피처럼 시루봉이 우뚝 솟아 있는 것이다.

시루봉에서 활을 줌통과 일직선으로 겨냥하여 활고지 입구를 꿰뚫어 볼 수 있다.

동학농민의 난 때도 적은 숫자의 농민군으로 석 달을 넘게 저항할 수 있었던 것은 활고지의 지형 덕택이었다. 주민들도 활고지에 들어갈 수 있는 방법은 비재로 통하는 외길밖에 없다.

비재길을 지나 활의 줌통을 거치듯 활고지 안으로 들어가는 길이 유일한 길이었다.

산으로 들어간 김형국은 활고지에서 초근목피와 큰아들 완규가 삼일에 한 번씩 가져다주는 음식으로 연명해 나갔다.

큰아들 완규는 순사들의 감시를 피해 삼일에 한 번씩 아버지가 계시는 활고지를 찾는 효자였다.

김형국은 완규가 전해오는 동네 소식으로 세상 돌아가는 것을 생각하며 지냈다.

일제 강권통치에 숨을 죽이며 술 도가니에 기포를 띄우는 염종철은 술 배달하는 소달구지를 통해 독립자금을 전달해 갔다.

섬진강 물로 술을 만드는 시암내주조장은 신평·신덕·운암·관촌을 넘어 소재지인 임실과 섬진강댐 공사장 입구인 강진까지 소달구지로 배달했다.

시암내주조장 사장은 술도가지의 막대한 이윤으로 섬진강 백사장에서 해마다 상씨름판을 벌려 난장을 열며 정치세력을 만들어갔다.

임실군의 모든 정치세력은 섬진강의 시작점인 시암내 백사장을 바라보는 주조장으로 결집해 들어간 것이다.

염종철은 산으로 들어가 비어 있는 김형국의 자리를 충실히 이어가고 있었다.

시암내주조장 염종철 사장은 섬진강의 포근한 성정처럼 언제나 너그러운 마음과 밝은 얼굴로 남녀노소를 가리지 않고 좋아했다.

타지에서 온 그 누구라도 마다하지 않고 교분을 쌓으며 사귀기를 거부하지 않고 즐거움으로 생각하며 지내는 사람이었다.

마을 사람들도 40대 후반 염 사장을 좋아하고, 심지어 마을 대소사까지 의논하며 살아갔다. 염 사장은 일본에서 유학하며 독립운동을 하는 이종진의 후원자였고, 서울에서 신문사 기자로 활동하다 고향으로 돌아온 40대 초반인 관촌의 김삼석과 격이 없이 지내는 사이였다.

염 사장은 시암내주조장에서 이종진을 통해 보름에 한 번씩 지인들을 만났다.

주조장 모임은 횟수가 잦아지면서 새로운 사람들이 참석하여 인원이 점점 늘어났다.

이종진을 통해 시작한 모임은 일본에서 함께 유학한 관촌 김삼석, 오수 오재천, 삼계 장명균, 임실 한정우 등이 정기적으로 모이고 이후 성수 심종현, 오수 이민희, 신평 최상술, 소춘수 등이 모임에 참석했다.

이민희는 염 사장의 조카뻘이며, 오수에서 아들 혼자만을 바라보며 살아가는 이민희의 어머니는 시암내에서 시집간 염 사장의 이종사촌누나였다.

시암내댁이라고 불리는 이민희 어머니는 젊은 시절에 홀로 되어 이십여 년을 홀로 살아가는 과부댁이다.

염 사장은 형제가 없는 이민희가 항상 안쓰러웠다.

염 사장은 외가 동네를 자주 찾아오는 이민희에게 같은 또래 소춘수와 가깝게 지내도록 주선해 줬다. 염 사장의 동네 형님 아들인 소춘수는 성실하고 똑똑한 청년이었다.

소춘수와 이민희는 항상 친형제처럼 지냈다.

염 사장은 시암내댁이 재혼하지 않고 오수에서 아들을 키우며 생활하는 것이 항상 마음에 걸리고 안타깝기만 했다.

최상술은 좌익 열성분자로 염 사장의 고향후배이자 사돈이다.

그는 해박한 지식과 논리를 가지고 있는 얼굴이 사각진 사람이다.

염 사장은 최상술의 좌익사상에 개의치 않고 언제나 고향 친구를 대

하듯 편하게 대했다. 최상술의 숙식은 언제나 시암내주조장 골방이었
다.

최상술은 신덕·상운암·하운암 청년들에게 존경의 대상이었다.

그의 안식처 시암내주조장 골방은 최상술의 이종동생인 북창의 서대
수와 덕암마을 청년들로 항상 북적댔다.

소춘수는 몇 해 전부터 시암내 하천교회에 다녔다.

하천교회에서 소춘수는 김형국의 권유로 양바리교회부터 운영했던
'울림터' 야학을 운영하는 책임자이기도 했다.

집안이 가난한 소춘수는 동네 사랑방 서당에서 김형국에게 어릴 적
부터 한학을 배웠다.

훈장인 김형국은 소춘수의 총명함을 보고 지역에 유능한 지도자로
키우고 싶어 학문전수에 특별한 예우를 한 것이다.

김형국은 소춘수에게 한학을 가르치면서 하천교회에 인도했다.

하천교회 '울림터' 야학은 김형국이 양바리교회에서 그랬던 것처럼,
소학교마저 들어가지 못한 문맹 청소년들을 대상으로 소춘수가 삼일에
한 번씩 한학과 성경을 가르쳤다.

소춘수는 '울림터' 야학을 하면서 인간의 존귀함을 깨달고, 염 사장
의 영향으로 농촌 계몽운동과 인연이 되어 최상술 지휘 아래 임실북부
지역 거사준비의 실무 책임자가 되었다. 소춘수는 2·26 거사를 성공
시키기 위해 다양한 방법을 찾아 백방으로 뛰었다.

소춘수는 염 사장을 찾아갔다. 소춘수가 주조장에 들어서자, 골방에

기거하던 최상술이 술밥을 찌는 헛간에서 반갑게 맞이했다.

"춘수! 어서 와."

주조장 마당 모퉁이에는 깨진 가마솥 뚜껑 귀퉁이로 술밥 찌는 김이 모락모락 새어 나왔다.

"상술이 삼촌, 종철이 삼촌 안에 계시는가요?"

"응, 안에 있네. 대사를 준비하느라고 고상이 많지. 자, 어서 들어가지."

최상술과 소춘수는 염종철 사무실로 들어갔다.

"춘수, 어서 오게. 거사를 준비하느라 고상이 많지! 무슨 급한 일 있는감?"

"삼촌! 이번 거사가 인명 피해 없이 성공될 수 있는 방법을 찾고자 헙니다. 남한 단독 선거를 막기 위해서는 전국에서 봉기를 해야 허고, 전국적인 봉기가 되기 위해서는 먼저 면민들에게서 신뢰를 얻어야 헙니다. 그래야 그 심으로 김구 선생님이 김일성과 담판을 짓고, 남북한 동시 선거를 할 수 있을 것입니다. 그것만이 민족 분단을 막을 수 있다고 생각헙니다. 삼촌이 좋은 생각을 만들어 주십시오."

소춘수는 염 사장에게 간곡히 청을 했다. 염 사장이 고민을 하고 있자, 최상술이 먼저 말을 꺼냈다.

"춘수 조카! 희생 없는 투쟁은 있을 수 없네. 이번 거사가 성공헐려면 누군가가 희생을 하여야 허네. 혁명은 피를 먹고 성공헌다고 하지 않았나?"

"물론 희생 없는 투쟁은 있을 수 없다는 것을 압니다. 허지만 무고허게 사람들이 죽어간다면, 이것은 인민의 뜻이 아니라고 생각헙니다."

염 사장이 소춘수와 최상술의 대화를 듣고 있다가 한 가지 방법을 제안했다.

"무고한 사람들의 피해가 없이 거사를 성공시키려면, 우리들 중 누군가는 희생할 것을 책임지는 거사 계획을 만들어야 허네."

서로가 아무런 말없이 바라보고만 있었다.

"........."

"좋다네! 나도 무고한 희생 없이 거사를 성공시킬 계획을 고민허고 있던 참이네. 우선 무고허게 많은 희생을 없애기 위해서는 청년들이 강변에서 망우리를 하고 집으로 귀가허는 척허면서 가작골로 숨어 들어가게. 그러면 밤늦게 지서 순경들을 주조장으로 초대혀서 술을 먹여 재우겠네. 그렇게 허면 자네들이 새벽녘에 와서 순경들을 포박허고 지서를 점령허면, 아무런 인명 피해 없이 거사를 성공할 수 있을 것이네."

"거사가 잘못되면, 모든 책임은 염 사장님께 따를 턴디요?"

"그렇지 않다네. 거사에 성공하고, 우리가 원하는 좋은 세상을 계속 이어간다면 책임질 시간도, 희생당할 시간도 없는 것이네! 내 걱정 말고 아무런 인명 피해 없이 거사를 성공시키도록 허게."

소춘수는 염 사장이 만들어 준 방안을 가지고 섬진강변에서 망우리를 시작했다. 시암내 강변에서 시작된 망우리는 물위의 창인 · 대리 · 호암리와 물아래인 북창 · 피암 · 죽치 물 건너인 가덕리까지 온 동네가 빠지지 않고 모였다. 오백여 명이 훨씬 넘었다. 인근 신덕·운암에서도 청년들이 참석해 준 덕택에 사기는 더 충천되었다. 마을 청년들은 섬진 강이 시작되는 오원천과 지장천이 마주치는 삼각 꼭짓점 앞에 제사상 을 차려 놓고 제사를 지냈다.

초헌관은 염종철이 하고 아헌관은 최상술, 그리고 세 번째 종헌관은 소춘수가 잔을 올렸다. 밥그릇을 열고 수저를 꽂았다. 수저를 동쪽으로 향하게 꽂은 후, 술잔에 첨작을 하고 나서 갱과 숭늉을 바꾸어 올리고, 메를 세 번 떠서 말아 놓고 수저를 숭늉 그릇에 담았다. 모든 사람이 읍 을 하고 고개를 들자, 숭늉 그릇의 수저를 거두어 시접에 내려놓고 밥 그릇을 덮었다.

"진지 잘 잡수셨다."

집사가 읍을 하자, 모두가 안녕히 가시라고 절을 두 번 하고 축문을 불태웠다.

달이 떠오른다. 섬진강에 둥근달이 떠올랐다. 섬진강의 둥근 보름달 은 흥에 겨워 두드리는 풍물 소리와 망우리 태우는 메케한 연기에 섞여 다리 쪽으로 솟구치고 있었다. 청년들이 메케한 연기를 마셔 가며 송진 만 뭉쳐 있는 관솔에 불을 붙여 입바람을 넣자, 망우리 불꽃은 활짝 피 어 연주황의 불 혓바닥을 널름거리면서 타올랐다.

휘영청한 대보름달이 망우리에 가려지자, 둑길에 서 있는 주민들은 일제히 손을 모아 새해 풍년을 기원했다. 밤늦도록 망우리를 했던 청년 들은 가작골로 숨어 들어가 조별로 작전을 짰다.

신평지서 순경들은 초조한 기색으로 보루대에서 전투 태세를 갖추고 있었다.

"수고들 허십니다."

염 사장이 지서 안으로 들어가 인사를 했다.

"염 사장이 밤늦게 웬일이십니까?"

지서장은 반가운 듯 다가와 손을 내민다.

"망우리하던 청년들도 모두들 귀가했는데, 늦게까지 고생 많으십니다. 언제 끝납니까?"

"우리도 이제 끝내야죠."

"그럼 잘됐네요. 상황 마무리허시고 저희 집에 준비해 놓은 술이나 한잔허게 가시지요?"

염 사장의 제의에, 지서장은 머뭇거리고 있었다.

"음식도 준비해 놨으니, 한 분도 빠짐없이 다 가시면 좋겠습니다."

재차 청하자 순경들은 못 이기는 척 맞장구를 치며 군침을 삼켰다.

"당직 순경 한 명만 있고 모두 주조장으로 가기로 허지."

지서 요원들은 순경 한 명만 남겨두고 주조장으로 향했다. 추운 보루대에서 떨고 있던 터라 따뜻한 주조장 방에 앉자마자 모리미 술을 거듭 마셨다. 모리미 술을 마신 지서 요원들은 취기가 빠르게 올라, 일부 순경들은 벌써부터 벽에 몸을 기대며 졸기 시작했다.

주조장에서 순경들이 술을 먹고 있는 동안, 소춘수와 청년들은 염 사장의 신호를 기다리며 지서 옆 지장천 다리 밑에 잠복해 있었다.

잠복해 있던 삼십여 명은 조용히 지서로 들어가 혼자 있는 순경에게 피해를 입히지 않고 생포하도록 하고, 나머지 오십여 명은 염 사장의 신호에 따라 총을 거두고 방안에서 자고 있는 순경들을 포박하도록 했다.

술을 권하던 염 사장이 지서장께 물었다.

"지서장님, 이념은 누구를 위한 것이라고 생각허십니까? 어떠한 이념도 인간에게 피해를 줄 수 없고, 이념에 의한 폭력은 정당화될 수 없다고 생각헙니다. 지서장님과 인연이 오늘 끝날지, 아니면 내일 끝날지 모르지만 지위고하를 막론하고 사람은 누구나 존귀하다는 것을 저는 늘 생각허고 살았습니다. 지서장님은 청렴하고 면민의 편에 서서 일을 허신다는 것을 잘 압니다. 그래서인지 신평에는 불량배 같은 청년단원들도 없고, 지주들도 대부분이 가난한 서민들을 보살피고 있다고 생각헙니다. 부디 그런 맘 변치 말고, 신평에 계시는 동안 많은 공덕을 쌓고 가시길 바랍니다."

"제가 어찌 염 사장님의 덕행에 비하겠습니까. 어지러운 시기에 태어난 것이 죄라며 죄지요."

손홍진 지서장은 해방되고 민족지도자들의 추천으로 뽑힌 간부 경찰이다.

주조장에서 신호가 왔다. 창인리 임동만과 대여섯 명의 청년들이 주조장으로 들어가 총을 노획하고, 뒤따라온 가덕리 이춘우와 이명수 등 사십여 명의 청년들은 넓은 주조장 방안으로 들어가서 자고 있는 순경들을 포박하여 나왔다. 염 사장의 도움으로 양쪽 모두 사상자는 한 명도 없었다.

　지서를 점령한 청년들은 지서를 전소시키고 노획한 십여 자루 총을 들고 마을 경비에 들어갔다. 지서에 불꽃이 활활 타오르고 있을 때, 정순모·엄순겸 등 십여 명은 관촌역 앞 국도변의 동태를 파악하기 위해 떠나고, 소팔행 등 이십여 명은 부서진 다리 두 곳으로 나뉘어 경계 임무를 하기 위해 올라갔다.

　소재지 마을 주민들을 안심시킨 소춘수는 아침이 되자 일찍부터 지서로 다시 모인 청년 십여 명에게 경비를 서도록 하고, 경비 책임자 이춘우에게 마을 청년들을 모아 이십 명씩 네 패로 나누어 대기하도록 지시를 했다. 이춘우가 총지휘를 하는, 네 패로 나눠진 조직은 몽둥이와 장작개비를 들고 사열 종대로 불타 버린 지서 앞에 대기하고 서 있었다. 마을 청년들 앞에 소춘수가 나타났다.

　"존경하는 여러분, 한민족이 일제로부터 해방된 지 어느덧 삼년이란 세월이 지났습니다. 해방이 되었다고 우리 모두 얼싸안고 춤을 추며 눈물을 흘렸지만, 우리에게 돌아오는 것은 미군정의 탄압과 지주들의 행패뿐입니다. 오늘 우리는 미군정과 지주들의 탄압을 거부하는 일환으로 지서를 전소시켰습니다. 이들에게 반성할 수 있는 기회를 주기 위해 우리는 지서를 불태운 것입니다. 우리의 단결된 의지를 뜨거운 함성으로 보여 줍시다."

　"토지 개혁 실시하고 미군정은 물러가라!"

"한민족을 두동강 내는 남한 단독 선거 반대한다!"

함성으로 새벽을 연 마을 청년들은 지주들을 찾아가, 소작논을 소작
인들에게 정당한 가격으로 매매할 수 있도록 문서를 받기 시작했다.

염종철 사장은 불타 버린 지서 앞으로 나가 경계 근무하는 청년에게
다가갔다.

"춘수는 아직 안 나왔는가?"

"아닙니다, 염 사장님! 춘수 대장은 초등학교 옆에 묘동 거리로 올라
갔구만요."

"그렁가……, 춘수 내려오면 우리 집에서 나와 점심 나누자고 전해

주겠는가?"

"암요! 전해 드리고말고요, 염 사장님!"

염 사장은 오늘 점심을 소춘수와 함께 하자는 말을 전하고 지서를 나와 신평다리 난간에 접어들었다.

다리 난간을 부딪치며 지장리에서 하천을 따라 내려오는 겨울바람이 염종철의 바지가랑을 매섭게 파고들었다.

염 사장의 아침나절은 여느 때보다 곱절이 길었다.

점심때가 되자, 소춘수가 염 사장의 안집으로 들어오며 인기척을 했다.

"삼춘, 안에 계세요?"

"어, 그려! 춘수 오는가?"

염 사장은 소춘수와 안방에서 겸상하며 이야기를 나눴다.

"춘수야, 오늘 점심이 마지막 점심이 될지도 모르겠구나. 어지러운 세상이다, 어떠한 고난이 와도 꿋꿋이 살아야 한다. 그리고 이것 하나는 마음속 깊이 명심하고 지내야 한다. 현재 우리는 이념을 가지고 대립하고 있다. 이념보다는 민족이 더 중요하다는 것을 항상 잊지 마라."

"예! 삼춘……."

"민족과 먼 훗날 자손들에게 부끄럽지 않은 행동을 하길 바란다. 붙잡히지 말아라. 살아남아서 헐벗고 굶주린 많은 사람들의 십자가를 니가 지고 가길 바란다. 민족이 얼마나 소중한가를 사람들에게 깨우쳐 주기 바란다. 민족이 하나로 통일되면, 민족보다는 인류가 더 소중하다는 것도 잊지 말고 살어라."

염종철은 유언 같은 이야기를 소춘수에게 전하고 있다.

"염 사장님! 아니 삼촌, 왜 이리 유약한 말씀을 하십니까? 지금 임실 읍만 빼고 11개 면을 우리가 죄다 장악했다고 합니다."

"아니다, 만에 하나를 생각하는 것이다."

점심을 먹고 해가 서쪽으로 넘어가자, 일부 악질 지주가 임실 본서 순경들을 이끌고 나타나 공포탄을 쏘면서 주동자 색출에 열을 올렸다.

"염종철, 빨갱이 새끼 어딨어? 그 새끼 집으로 안내해!"

염종철 안집으로 들이닥친 경찰들은 마주친 부인과 뚱뚱이 할머니를 몽둥이로 치고, 집안을 부수면서 애들마저 마당으로 끌고 나와 머리채를 흔들며 고래고래 소리질렀다.

"염종철 어디 갔나? 이 빨갱이 새끼!"

"나 여기 있다! 이 개만도 못한 놈들아."

주조장에 있던 염종철 사장은 안집으로 들어와 있는 경찰들에게 당당히 호통을 치며 양어머니를 부축하여 일으켜 세웠다.

"백주 대낮에 남의 집에 와서 행패를 부린 니놈들은, 어디서 온 불한당이냐?"

염종철이 달려드는 경찰들에게 호통을 치자, 경찰들은 주뼛주뼛 뒤로 물러섰다.

"나는 임실 본서에서 나온 사찰계 형사요. 조사할 것이 있으니 함께 갑시다."

"임실서에서 나한테 무슨 볼일이 있다는 것이요!"

"어젯밤 일로 진정이 들어와 조사를 허는 겁니다."

"알았오! 알았으니까, 이따 만납시다. 주조장에 들를 일이 있으니 이따 신평다리로 나가겠소."

염종철은 수갑을 채우려 하는 형사를 밀치고 뚱뚱한 어머니와 마누라를 안방으로 옮기고 난 후, 주조장으로 들어가 한동안 구석구석을 둘러보고서 신평다리 앞으로 나갔다. 신평다리 앞에는 시동이 켜져 있는 지프차 두 대와 대여섯 명의 형사들이 기다리고 있고, 다리 앞 주막거리에는 수십 명의 동네 사람들이 웅성거리며 서 있었다. 염 사장은 지프차가 서 있는 다리 방향으로 걸어가다 뒤로 돌아서서 고향 산천에 인사를 하고, 웅성거리는 동네 사람들에게 목례를 하며 지프차에 올라탔다.

염종철을 태운 지프차는 신평다리를 지나 임실 방향으로 떠났다. 이날 염종철을 포함해 사십여 명의 청년들도 임실 본서로 잡혀갔다.

신덕 금정리 앞 서나무골에 숨어 있던 소춘수는 뒷동산 당산나무 밑으로 내려와 임실 본서로 끌려가는 염 사장을 바라보며, 어릴 적 동학에 연루되어 관군들에게 당당하게 끌려가신 조부님을 떠올렸다. 소춘수의 선조는 애당초 신평 사람이 아니다. 소춘수 조부 고향은 신덕 양바리였고, 화전을 일구며 사는 화전민의 자식이었다. 소춘수의 조부님은 쪼들리고 미천한 처지에 어울리지 않게 글을 깨친 사람이다. 화전을 나간 부모님 몰래 집에 있는 누님의 도움으로 글을 깨우치게 되었던 것이다. 여덟 살이 많은 누님은 운암 쌍암리 최승우 동학교당에서 허드렛일을 도와주며 글을 깨우쳐, 동생에게도 글을 알려 주었다. 화전민이 글을 깨우친다는 것은 기뻐할 일이라기보다는 사치스러운 일이다. 화전민 부부인 소춘수 고조부 내외는 봄이 돌아오자 밭을 일구기 위해 불을 놓다가, 그만 역풍으로 비명횡사했다. 소춘수 조부는 동학교도들의 중매로 신평 김씨에게 시집가는 누님을 따라 신평 매형 집에서 살게 되었다. 매형인 김씨는 총명한 처남을 남달리 아끼고 총애했다. 소춘수의 조부는 매형 밑에서 인품 있는 한학자로 성장하여 염씨 집안 처자와 결혼을 하고, 동네 어귀로 분가해 나가 살았다.

학문이 깊고 인품이 출중한 소춘수 조부는 동학도들과 함께 탐관오리에 대한 분노를 행동으로 옮겼다. 임실의 동학 기세는 하늘을 찌를 듯 뻗어 나갔다. 동학군의 재봉기가 일어날 때, 소춘수 조부를 비롯 임실 농민군 5,000여 명이 합세하여 전투에 참여했다. 동학 농민군은 길게 가지는 못했다. 청군과 일본 군대가 앞을 다투어 관군을 대신해 동학군과 맞서게 되면서 전세는 돌변하기 시작했다. 동학군은 곳곳에서 패배했고, 무명옷에 피범벅이 된 동학도들의 시체는 논두렁 밭두렁을 가리지 않고 나뒹굴기 시작했다. 전세가 악화되자 동학군은 뿔뿔이 흩어져 산속으로 패주했다. 소춘수 조부도 산속으로 패주하였으나, 관군들이 남아 있는 가족들과 부하 동학도들에게 잔인하게 보복하는 것을 더 이상 볼 수 없어 자수를 했다.

신평다리에서 잡혀가는 할아버지를 잡고 매달리던 어린 소춘수, 그는 오늘도 그때와 같은 상황을 바라보며 눈물을 흘렸다.

소춘수는 당산나무 아래에서 머뭇거리다, 서나무골과 대나무골을 넘어 금정리로 넘어갔다. 한바탕 소용돌이가 친 마을에는 정적이 감돌고 있었고, 이를 묵묵히 바라보던 섬진강은 시암내 모래밭과 자갈밭을 지나 여우바위를 넘어가고 있었다.

남한 단독 선거 반대

대티보 여우바위를 넘어 피암 난장이나루터를 지난 섬진강은 삼밭골 · 덕암 · 피암리에서 흘러오는 개울물을 북창 관로봉 앞에서 흡수하며 굽이치다, 신라 중엽에 창건된 진구사를 지나 대티 골짜기 물을 다정히 맞이하며 흘러간다. 섬진강은 학암보에서 잠시 운암 월평리 앞 나룻배와 함께 숨을 고르고, 강물은 잔잔하게 흘러 신안팔리와 광석리를 도는 시냇물을 얼싸안고 흐른다. 섬진강은 학암교를 지나 운암 선거리 마을을 돌고 돌아온 시냇물과 함께 섬진강 댐으로 들어가 목마른 사람들의 생명수가 되고 기근에 허덕이는 농민들에게 식량수가 된다. 일제 시대 일본 제국주의는 '김제평야'의 넓은 곡창 지대 쌀을 생산하여 본국으로 송출해 가기 위해 농업용수가 절대적으로 필요했다. 김제평야에 필요한 농업용수 확보를 위해, 일본은 섬진강 줄기인 하운암 막은리와 정읍 칠보, 강진 옥정리를 막아 물을 가둔 뒤에 김제평야로 흘러 보냈다. 칠보수문을 통해 흘러간 물은 원평천을 통해 봉남, 광활, 만경평 야를 적시고, 다른 물줄기는 동진강을 따라 신태인, 이평등의 들판에 물을 먹인다.

섬진강 댐 건설로 쌀 생산은 증대되었으나 고향 마을과 문전옥답이 물에 잠긴, 댐 주변에 사는 운암·신덕·신평·강진·정읍 주민들은 터전을 빼앗기고 고향을 떠나는 유랑민이 되고 말았다.

신덕면은 지리적으로 사방이 산으로 둘러싸여 신평 방향으로만 길이 나 있었다.

경각산 큰 불재를 통해 완주 평촌으로 좁다란 능선이 있다 하나, 경 각산 봉우리가 너무 가파른 곳이기에 신평면과 연결되어 있는 길목만 지키면 사람도 차량도 마을에 들어가기가 쉽지 않은 지형을 가지고 있 는 곳이다. 신덕 서남쪽 양바리로 넘어오는 작은 불재도 능선이 가파르 고 험악한 박죽이산 봉우리 때문에, 봉우리로 이어지는 완주군의 염암 마을에서 진입하기가 불가능하다. 신덕면은 전주·완주·관촌·신평 등 미군정 반대 인사들이 오래전부터 은둔했던 곳이다. 인접해 있는 운 암면도 뱃길을 빼고는 신덕·신평면을 통해 외지로 왕래할 수 있는 유 일한 길이다 보니, 사회주의 사상자들의 은신처로 안성맞춤이었다. 이 러한 지형을 가진 신덕면과 운암면은 해방 후 미군정이 치안을 유지할 수 없는 지역이었다.

최상술은 신덕 안종덕, 청웅 한수동, 강진 정주만, 덕치 윤기섭, 운암 이기부와 함께 운암면 청운리 전기선 집에서 성공적인 2 · 26 거사를 위해 모였다.

전기선이 집에 도착하자, 전기선 외가 집안 동생이자 상운암 연락책 이기부가 미리 와 있었다.

"상술이 성님, 어서 오시오. 주만 동상, 기섭이 동상, 신덕, 종덕이 동상과 청웅 수동이 동상 어서들 오시게."

"기선이 동상 잘 있었능가? 온종일 걸었더니 장딴지가 터질려고 허네. 역시 청운리는 토끼하고 발맞추며 사는 동네가 틀림없구만."

얼굴이 각이 진 최상술은 뚝배기보다는 장맛이라고, 위트와 유머 감각이 뛰어나 주변 분위기를 살리곤 했다.

"성님, 청운리가 산으로 둘러싸여 있긴 혀도 세상 물정은 신평보단 낫수. 여긴 전화 있제, 라디오 소리 들리제, 전깃불까지 훤하게 들어오제, 여기가 군청 소재지보다 낫답니다."

운암 청운리는 용운리 강 건너편 마을로, 안동네인 거뜨미와 섬진강 강변 바깥 동네인 박실 부락이 있다.

박실 부락에는 섬진강 댐 건설에 쓰이는 모래와 자갈을 채취하는 공사장에 전기 발전기가 있고, 그 전기 발전기에 전선을 연결하여 청운리 동네 모든 집은 일제 시대 때부터 전기가 들어갔고 전화, 라디오도 있었다.

섬진강 건너편 용운리 사람들은 밤이면 대낮처럼 밝은 청운리를 부러워했다.

"어련허겄는가! 청운리에는 성은 전기요 이름은 선인 전기선이가 살고 있는디, 전기가 안 들어오면 무엇이 들어오겄는가? 전선이 없어도 전기선 손가락만 대면 전기가 들어올 턴디. 앙 그런가?"

"성님! 내 성이 어찌 전기요? 전씨 가문의 어엿한 장손이구만요. 제 이름은 선이 아니라 기선이인디요……. 아무튼 제가 잘못했수다, 잘못했소! 근디 남에 이름 가지고 그렇게 농담허면 우리 조상님들한테 벌 받는단 건 아시죠?"

"허~허, 전씨 집안 조상님들한테 벌 받기 전에 빨리 입 다물어야겄네."

전기선은 활달한 성격으로 일제 시대 때 만주를 다녀온 유식한 사람이다.

"그러나저러나, 상술이 성님! 설날 차례 잘 지냈습니까?"

"설날은 잘 먹고 열흘 굶었더니 지금은 허기져 배까죽이 등짝에 딱 눌러붙어 버렸네."

"알았쑤, 성님하고 동상들 온다고 혀서 술·고기 준비해 놨으니 걱정 마시고 실컷 드시고, 또 드십시요."

전기선 아내가 술과 음식을 들고 방으로 들어왔다.

"요 먼디까지 어쩌케 오셨다요? 많이들 드시유."

"제수씨, 고맙고 반갑수."

"성수님, 안녕허셨어유."

"예, 많이들 드시유."

"예."

전기선 부인은 음식상을 방안에 차려 놓고 부엌으로 나가고, 전기선은 최상술 앞에 놓여 있는 술잔에 술을 따르며 심각한 표정으로 말을 했다.

"성님, 미군정이 남한을 중심으로 냉전 체제를 구축하고 있습니다. 이러다가 북쪽은 사회주의가 들어서고 남한에는 민주주의가 맹그라져, 남북한은 이념 때문에 영원히 분단되는 것 아녀요?"

"기선이 말이 맞어, 지금 한민족은 영원히 씻을 수 없는 역사의 과오를 범하고 있어. 민족의 지도자라고 하는 모든 사람이 본인들의 욕망만을 채우기 위해 광분하고 있는데, 우리라도 나서지 않으면 한민족의 역사에 씻을 수 없는 죄를 짓고 말 거여."

"이 판국에 이승만이 국회의원 선거헌다고 난리를 피는 것은 무슨 심뽀다요?"

"그래서 보름 다음날 새벽에 임실군 전체가 봉기하여 미군정의 하수인인 순경들과 이승만 하수인인 촉진대와 서북청년단원들을 굴복시키고, 지서를 점령하여 불태우기로 혔네. 신덕·운암·청웅·강진·덕치는 아직 미군정 손이 미치지 못한 곳이고 순경과 청년단원들이 없으니께, 26일 새벽에 다른 면에서 지서를 점령하면 우리는 아침 일찍 주민들을 모아 놓고 시위하면서 미군정의 부당함을 알려야 혀."

"근디, 성님! 청웅은 가끔 순경을 태운 트럭이 모래재를 넘어왔다가 중산리에서 되돌아 가곤 허든디요.”

"수동이 동상이 모래재를 지켜야 혀. 순경들이 청웅이 무서워 아직
은 모래재를 넘어갈 엄두를 못 낼 꺼여. 그렇게 순경들이 넘어 오는 날
을 기다렸다 뽄때를 보여 줘야 혀. 그리고 25일 날 밤은 동네 청년들하
고 밤새워 모래재를 지켜야만 허고, 동이 트기가 무섭게 주민들과 거리
행진을 해야 혀.”

"강진, 덕치도 주민들을 모아서 26일 새벽에 임실 전 지역에서 봉기
가 일어난 일을 설명하고, 미군정 타도를 위해 가두시위를 하도록 해야
혀.”

"운암, 신덕은 기선이 동상과 기부, 그리고 종덕이 동상이 차질 없이
주민들과 여론을 만들어야 김일성과 담판을 짓기 위해 삼팔선을 넘는
김구 선생님에게 심이 될 것이구만. 그러니 이 중차대한 상황을 주민들
에게 알리도록 최선을 다해야 허네.”

"걱정 마십시오, 성님! 운암, 신덕, 강진, 덕치, 청웅은 아직 미군정
순경들이 얼씬도 못허고, 주민들도 일제 시대 순경이나 공무원들을 용
납 못허는거만요.”

"이번 거사가 성공하면 임실 소재지에 있는 본서 순경들도 꼬리를
감출 거여. 자! 2월 26일 거사를 위하여 술 한 잔 허세. 건배!”

이들은 방안에서 이야기꽃을 피우고 전기선 부인은 부엌에서 밤늦도
록 음식을 만들어 대접하고 있는데, 윗집에 사는 진경이 어머니가 도와
준다며 부엌으로 들어왔다.

"동상! 손님들이 어디서 이렇게 많이 왔데?"

"성님, 어서 오시쇼! 지 아부지 본다고 청웅과 강진, 덕치, 상운암, 신덕, 신평에서들 왔구만요."

"진경이 아부지가, 시암내서 오신 손님 있으면 동구간 소식 좀 알아 오래서……. 저번 구정에 시암내를 못 가서 궁금허다고 허는거만."

"신평 소재지 김씨들이 동구간이죠?"

"그려, 진경이 아부지가 동구간이라면 사족을 못 쓰닝께. 그래서 나보고 시암내서 오신 손님 있나, 얼른 알아 오래잖여."

"아마 얼굴이 각이 지고 나이가 제일 많은 분이 신평에서 오신 분일 거유. 지금 술상을 다시 올리려고 허니께, 술상 갈아 주면서 알아 올께유. 신평 누구 안부 물어 보면 될까유?"

"형국이 당숙 안부랑 그리고 진석이 할아부지, 윤규 시아제네 당숙모 소식이랑 알아 갖고 오면 좋겠어. 그동안 내가 설거지허고 있을께."

"성님, 알았어유. 그리고 설거지 안 혀도 되는디……."

전기선 부인이 술상을 바꾸기 위해 방으로 들어가고 진경이 어머니는 부엌에서 설거지를 하고 있었다. 방안으로 들어간 전기선 부인이 부엌으로 다시 나와 진경이 어머니에게 작은 소리로 말을 했다.

"다들 편히 계신대요! 아무 일 없으니 걱정 말래내요."

"그려, 다들 무고하단가?"

"예, 다들 무고들 허시대요."

"고마워! 그리고 미안헌데, 돌아오는 정월 보름 다음날 동구간 계가리 헐 때 시암내에 간다고 전해 달라고 혀줘. 알았제."

"예."

"동상! 혼자 두고 가니 걸음이 안 떨어지네. 애쓰소, 고마우이."

"성님, 고마웠어요."

진경이 어머니는 밝은 얼굴로 돌아갔다.

손님들도 밤새 이야기꽃을 피우다 날이 밝아 오자 모두 헤어졌다.

신덕 월성리로 돌아온 안종덕은 마을 청년들을 모아 놓고 2 · 26 거사를 준비했다. 신덕면은 노령산맥의 산간 구릉 분지로 사방이 산악에 둘러싸여 북쪽에 경각산(硬角山), 서북쪽에 치마산(馳馬山)이 병풍처럼 둘러싸여 있었다. 경각산 월성리 옥녀봉 아래 골짜기에서 옥녀동 계곡물이 생겨 조월리 들을 지나, 신기 앞 삼거리에서 큰불재 계곡으로부터 내려오는 물을 만나 시내를 이루며 흐른다. 신기 삼거리를 지난 물은 면 소재지였던 신덕리 들판을 적시면서 학산 · 수반 마을을 지나 사기소 · 어포리를 휘감고 흘러, 상사봉 앞에서 수천리 도지봉에서 내려오는 시냇물과 합류하여 방길리 · 외량리 · 내량리 물과 하나가 되어 섬진강 댐으로 들어간다.

안종덕과 동네 청년들도 섬진강 상류 물길 따라 26일 해가 뜨면 월성리와 수천리 두 패로 시작하여, 삼길리를 지나 운암 입석리까지 거리 행진을 하기로 했다.

26일 아침 동이 트자, 운암 입석리 구암 장터에서 전기선과 이기부가 하얀 광목에다 '한민족을 이간질시키는 미군정 물러가라' 는 구호가 적힌 천을 긴 대나무에 매달고 나타났다.

　운암 소재지 입석리는 금기리, 마암리, 사양리, 선거리, 학암리, 쌍암리, 용운리, 운암리, 운정리, 운종리, 월면리, 지천리, 청운리 등지에서 주민들이 미군정 타도를 외치며 합류했다. 주민들 앞에 전기선이 나와 미군정의 부당함을 강조하며, 오늘 임실군 내 모든 면에서 일제 순경과 공무원들을 몰아내는 거사가 일어나고 있다는 연설을 했다. 행사가 끝날 무렵, 안종덕이 이끄는 신덕면 주민들이 구호를 외치며 입석리에 당도했다. 열기가 고조된 운암 주민들은 신덕 주민들을 환영하며 남북 통일을 위한 미군정 타도를 목청껏 외쳤다.

"미군정과 이승만을 몰아내고 남북 통일 이룩허자!"

청웅면은 임실군 소재지인 임실읍과 인접해 있어 갖가지 전국 정세를 다른 곳보다 빨리 접할 수 있는 길목이지만, 도로 여건상 위험이 도사리고 있는 좁은 모래재가 있었다. 임실경찰서 순경들이 청웅면으로 들어가기 위해서는 모래재를 지나지 않으면 진입할 수 없고, 청웅 주민도 임실읍으로 나가기 위해서는 모래재를 넘어가야만 했다.

임실읍 오일 장날이 되면 청웅 주민들은 생필품을 사기 위해 소달구지에 곡식을 싣고, 손에는 삼베 등을 들고 모래재를 줄을 지어 넘어온다. 장터에는 온갖 종류의 생필품이 가득 차 있어 주민들은 곡식 등을 팔아 장을 보지만, 시장통을 헤집고 다니는 촉진대원들의 눈에 거슬릴까 봐 마음은 항상 불안했다. 청웅 주민들은 이 같은 지형 여건과 서북청년단의 횡포로 대부분 '네 것, 내 것 할 것 없이 모두가 평등한 세상'과 무산 계급의 세상이 온다는 사회주의 사상에 쉽게 동조하여, 지주와 주민들의 갈등이 심화된 상태로 공존하는 지역이기도 했다.

정월 대보름날 구고리 냇가 앞에서 아이들이 불 깡통을 돌리며 달맞이를 하고 있었다. 석두리, 남산리, 청계리, 옥석리는 마을마다 들판에서 달집을 태우고 새해 소망을 빌며 액막이 행사를 치르고 있고 향교리, 두복리는 어르신들이 낮부터 사랑방에 모여 제사를 지내며 마을의 대소사를 논의하고 있었다.

옥전 마을 사람들은 낮부터 회관에 모여 정월 대보름 맞이 행사를 끝마치고 일찌감치 집으로 귀가했다. 주민들은 대보름날 아침 제사상에 올릴 음식 장만을 마무리하고 집안 정리도 해야 했다.

밤이 깊어지자 청웅 한수동 집에서 전상율과 이기옥, 김길용이 모여 술을 마시며 대책을 논의하고 있었다.

"미군정 하수인 순경들을 혼내 주기 위해, 모레 새벽 임실군 전 지역이 봉기한다네. 우리도 준비혀야 허는 데 의견이 있으면 말혀 보게."

"청웅은 순경도 없는디 어떻게 헌다요?"

"순경이 없응게 더 좋지!"

"그럼 옥전리 지주들이나 혼내 줄까요?"

"그건 안 되네! 옥전리 지주들은 친일한 것도 아니고 그렇다고 악질 지주도 아닌데, 그 사람들을 괴롭히면 안 되지. 개인 사욕과 원한으로 주민을 괴롭히는 사람은 지위를 막론하고 우리가 말려야 혀."

"성님! 지난 장날에 명동 재식이가 촉진대에 끌려가 죽도록 맞았다는디요. 그 마을 지주놈이 촉진대에 밀고혀서 그랬대요!"

"그런 일이 다시는 안 생겨야 쓰겠지만, 재식이도 이참에 반성해야 혀. 개인 감정과 욕심으로 피해를 입히고 물건을 도둑질한다면 일본 앞잽이나 촉성회 놈들과 똑같은 것이여."

"그럼 어떻게 헌다요?"

"우리가 누구를 처단하기 위해 모인 것이 아니라, 주민 모두가 하나되어 미군정을 몰아내는 일이 제일 중요한 일잉게! 주민들에게서 신뢰받는 행동을 해야 혀. 다른 면에서 모레 거사를 일으키면, 우리는 그것을 주민들에게 알리고 동조하는 일이 가장 중요한 일이지. 우리가 중심이 되어 모레 해가 뜨면 거리 행진을 하면서 미군정 타도를 외치도록 해야 혀.”

“읍내에서 순경들이 트럭 타고 달려오면 어떻게 헌다요?”

“그래서 우리가 모래재를 지켜야 혀. 모래재만 지키면 순경들 절대 청웅에 들어올 수 없는 것이여.”

“성님! 모래재는 제가 동네 청년들 데리고 가서 지킬랍니다.”

“모래재는 상율이가 책임지고 지키고, 거리 행진에 참여할 주민들은 기옥이 하고 길용이가 책임지고 준비해야 혀.”

전상율과 마을 청년들이 모래재 봉우리에서 새벽부터 진을 치며 순경을 기다려도 트럭 한 대 오지 않았다. 이기옥과 김길용이 머리띠를 두르고 구호를 외쳤다.

“미군정을 타도하자!”

“미군정은 물러나라!”

주민들 앞에 선 한수동이 미군정의 만행과 이 박사의 독선적인 언행을 비판하며 주민들을 선동하고 있었다.

청웅 하천은 모래재 옆 암포와 중산리에서 시작하는 개울물이 옥전리 도랑과 거멍다리에서 합쳐져 시내를 흐르다, 두복리에서 내려오는 시냇물과 만나 큰 천을 이루고 있었다. 청웅에서 내려간 물은 신기, 백련, 이목리를 지나 갈담교 밑에서 상필, 하필, 필봉을 지나 내려온 계곡물과 함께 갈담천이란 이름을 달고 강동교 아래로 흘러 회진을 돌아서 섬진강으로 들어간다.

강진면은 백련산과 필봉산, 덕치의 회문산으로 둘러싸인 산악 지대다. 북쪽에는 섬진강 댐인 옥정호가 자리 잡고 있다. 강진은 일제 강점기 때부터 섬진강 상류를 막는 대단위 토목 공사를 통해 옥정호를 건설하고 있어 갈담 일대가 유흥가로 변해 있었다. 임실과 순창·정읍으로 연결되는 강진은 사통팔달로 숱한 외부 사람들이 들어와 인연을 맺고, 더러는 눌러 살기도 했다. 옥정호 건설 현장으로 인해 술집을 비롯 유흥가들이 즐비하여, 이 지역 사람들은 대체적으로 역동적인 성향을 가지고 있었다.

정주만은 청년들과 옥정호 건설 현장에서 폐기 처분한 목재를 가져와 장터에 단상을 만들고, 단상 뒤에는 하얀 다우다천 위에 '남북 분단을 획책하는 미군정을 쫓아내자'는 구호를 빨간색 글씨로 써서 걸었다.

내일이 갈담 오일장이기 때문에 장돌뱅이들은 순창에서, 정읍에서, 남원에서 이미 들어와 자리를 잡느라고 바삐 움직였다. 강진 정주만과 덕치 윤기섭은 아침 일찍 각자 마을을 돌며 주민들을 모았다. 아침 10시에 갈담 장터에서 만나 시위를 하기로 했다. 겨울 시장이고 대보름 끝이라, 주민들은 10시쯤이나 되어야 장터에 나올 수 있기 때문이다.

하운암을 거쳐 흘러 내려온 섬진강 댐 물은 강진 문방리·수방리 언덕에 소박하게 자리 잡은 마을들을 지나 옥정리 댐 문에서 낙하하여 용

115

수리 · 가리점 · 희여터로 흘러 만월교에서 갈담천을 맞이한다. 만월교 건너편에는 덕치면의 첫 동네 망월리가 한눈에 들어온다.

덕치 망월 마을 머리 뒤로는 회문산 망월봉이 오랜 세월 동안 주민들을 말없이 바라보고 있다. 마을 앞에는 섬진강이 흐르고, 강을 가로질러 수없이 많은 사람들이 건너다닌 만월교가 누워 있었다.

망월봉에서 무엇을 소망했기에 도도하게 흐르는 섬진강 만월교 밑에 둥근 대보름달이 잠겨 있는가?

정주만은 백련리를 시작으로 부흥리를 지나 갈담장으로 갔고, 윤기섭은 덕치 중원 삼거리에서 일중리 · 장암리 주민들과 함께 모여 물우리 · 회문리를 거쳐 망월리 앞 만월교를 지나 갈담장으로 오고 있었다. 갈담장으로 들어선 강진 · 덕치 주민들은 정주만과 윤기섭의 지시 아래 일사불란하게 구호를 외치며 장터 단상 앞으로 모여들었다. 단상에 오른 정주만은 근엄한 목소리로 주민들에게 호소했다.

"존경하는 강진, 덕치 주민 여러분! 우리 한민족의 염원인 남북 통일을 가로막기 위해 5월 10일에 국회의원 선거를 한다는데, 우리는 절대 미군정의 책동을 막아내야만 헙니다.

우리는 임실군 모든 지역에서 미군정 앞잡이와 일제 출신 순경들을 몰아내고 촉진대 놈들이 발을 붙이지 못하도록 해야만 헙니다. 그리고 이승만은 대한독립촉성회를 만들어 정권 탐욕에 미쳐 있습니다. 이승만은 각성하고 민족의 지도자인 김구 선생님과 함께 남북 단일 선거를 해야 헙니다."

"올쏘! 올쏘!"

덕치 윤기섭이 대열 앞으로 나와 구호를 선창했다.

"미군정은 물러가고, 이승만은 각성혀라!"

갈담장에서 터져 나오는 민중의 함성이 메아리가 되어 만월교를 지나 섬진강으로 흘러 들어갔다. 섬진강은 만월교를 지나 회문리로 흘러 물구리 · 두무동을 감고 돌아 약담봉 밑 월파정에서 순창군 구림면을 돌아나오는 구림천을 껴안고 새말 · 진뫼를 지나 천담을 향해 달려간다. 천담을 향해 달려가는 섬진강은 삼거리에서 사곡천을 받아들이고 원통산을 바라보며 구담을 굽이돌아, 순창 장군목을 지나 동계 · 적성으로 흘러간다.

2월 26일은 때마침 열리는 임실장이다. 아직 장터는 헤싱헤싱하고 장사치들만 모닥불을 피워 놓고 군담을 하고 있었다.

"새벽에 난리났떼."

"긍게! 성수랑, 관촌이랑, 신평이랑, 오수랑, 삼계랑 난리나고, 청웅, 강진, 덕치, 신덕, 운암도 사람들이 모여 데모허고 그렸댜."

"관촌에서 칠팔 명이나 죽고, 성수에서 두 명 그리고 순경 부부가 죽었댜! 삼계에서는 누가 밀고허는 바람에 방안에 있는 사람들이 옴싹 죽어 버렸댜."

"봉기헌 사람들도 이제 무기를 들어따제."

"그럼, 무기 안 들면 총 가진 놈들을 어떻게 바와."

"무기는 무슨 무기여, 쨍이·삽·낫·장작개비·몽둥이는 농민이 맨날 들고 다니는 농기구지!"

"이 사람 보게, 승질 나면 낫으로 사람도 죽이고 쨍이로 찍는 것이여."

"아무튼 이승만과 미국놈들이 잘못허고 있는 것이여."

"얼마나 핍박받으며 살아왔능가? 근디 일본 앞잽이혔던 놈들이 미국 앞잽이허면서 저렇게 설치고 다니는디 눈꼴 안시러워!"

"맞어! 처자식만 아니면 나도 확 불질러 버리겠어."

"헉! 말 조심혀, 저기 서북청년단 놈들이 와."

시장 모퉁이로 청년단 패거리들이 몽둥이와 총을 들고 부산하게 걸어와 국밥집으로 들어가자마자 사람들을 두들겨 패면서 끌고 나왔다. 몇 명은 뒷문으로 도망가고, 주모자급인 임실 읍내 박광선과 양병찬, 정달호가 피를 흘리며 나뒹굴어졌다. 서북청년단원들은 이도리 박광선과 정월리 양병찬·정달호를 경찰서로 끌고 가며, 구경하는 사람들에게 악담을 퍼붓고 갔다.

국밥 먹던 사람들도 혼비백산하여 그 자리를 떠나고, 시장에 나온 주민들도 서둘러 장터를 떠났다. 살벌한 시장 분위기에 점포들은 당장 문을 닫고, 장돌뱅이들도 짐을 꾸리어 떠날 준비를 하고 있었다.

점심때가 되자 장터는 개 한 마리도 없이 텅 비었다. 경찰서 앞은 총을 든 무장 경찰들이 사격 자세를 취하며 지나가는 모든 행인들을 검문하고, 잡혀온 사람들의 가족들은 경찰서 앞에서 통곡하고 있었다.

경찰서 주변에 사는 주민들은 군청과 등기소를 오가며 수군거렸다. 장터에서 시위하려다가 청년단원들에게 습격당한 윤일남은 지산리 최평호 집으로 도망가 숨어 있는데, 서북청년단 패거리들이 정월리 양병찬 집을 부수고 불태운다는 전갈을 듣고 지산리 주민들을 모아 앞산을 넘어 정월리로 쳐들어갔다. 윤일남이 지산리 주민과 함께 정월리로 몰려가자, 마을을 불태우던 서북청년단들은 위압감에 눌려 뒷걸음질을 쳤다. 숫자가 많아진 주민들은 순간적으로 사기가 충천되어 윤일남과 함께 청년단 패거리들을 단숨에 쫓아냈다. 수세에 몰린 서북청년단원들은 타고 온 소련제 트럭과 총마저 내려놓고 뒤도 안 돌아보고 도망을 갔다.

한밤중이 되자, 대부분 주민들은 집으로 돌아가고 윤일남은 지산리를 지나 두만리 마을로 들어갔다. 정월리에서 주민들에게 쫓겨 경찰서로 도망간 서북청년단원들은 김광일 서북청년단장에게 심한 꾸지람과 기합을 받았다.

혹독한 기합을 받은 청년단원들은 총과 제무시 트럭을 회수하기 위해, 새롭게 무장을 하고 자정이 지난 후 새벽을 틈타 정월리로 잠입했다. 서북청년단원들은 오정리를 지나 정월리로 들어가 자고 있던 이장을 깨웠다.

"아이구, 이 밤중에 웬일이다요?"

허창부는 개머리판으로 이장 옆구리를 심하게 후려 찍었다.

"시키는 대로 허면 어제 일은 없었던 걸로 헐 탱게. 윤일남이 어디로 갔는지 바른대로 말혀!"

"저는 몰라라. 어젯밤에 위로 올라갔어라. 지금 우리 마을에 없어라."

"정말이제, 말 틀리면 마을 사람 전부 잡아다가 구속시켜 버릴 것이여."

"예, 참말이구만요. 놓고 간 총은 여기 있구만요."

정월리에서 트럭과 총을 찾은 서북청년단원들은 지산리와 두만리를 탐문하여 윤일남을 붙잡아 경찰서로 끌고 돌아갔다. 윤일남은 밤새도록 두들겨 맞고 고문을 당했다. 유치장은 염종철을 비롯 심종현·최락헌·윤일남 등 백여 명이 넘는 주민들이 들어와 있었다.

아침이 되자 김광일 단장은 서북청년단 모든 단원들을 완전 무장시켜 대기해 놓은 트럭 3대에 탑승시키고, 정월리·두만리와 신안 일대를 토벌하러 나갔다. 청년단원들의 트럭 한 대는 정월리로 가고, 나머지 두 대는 지산리와 두만리로 직결했다. 마을에 도착한 청년단원들은 닥치는 대로 때려부수고, 덤비는 사람에게는 가차없이 총을 쏘아 버렸다. 청년단원들은 집 안에 있는 주민들을 회관 앞으로 끌고 나와 무릎을 꿇린 뒤, 개머리판으로 머리를 후려치고 옆구리를 찍어 가며 고문하여 어젯밤 주동자 대여섯 명을 붙잡았다. 청년단들은 주동자들을 트럭에 태워 마을을 빠져나갔다. 지산리에서도 서북청년단원들은 주동자를 색출해서 트럭에 태우고, 남아 있는 주민들을 향해 악담을 퍼부으며 마을을 떠났다. 어제 두만리에서 윤일남을 재워 주었던 엄한섭은 아침 일찍 청웅으로 몸을 피했지만, 마을 주민들은 서북청년단원들에게 엄청난 고문을 당했다.

이틀 전 이인리 고개를 넘어온 장명균은 신안리 한정우 집에서 몸을 숨기고 있었다. 서북청년단원들이 두만리를 지나 신안리로 들어온다는 정보를 들은 장명균은 외투만 걸치고 모래재를 넘어 청웅 구고리 한수동 집으로 피신했다. 장명균과 엄한섭은 청웅으로 넘어가 한수동 집에

기거하며 전상율 등과 미군정 타도를 위한 조직을 만들 수 있었다. 신평 소춘수도 신덕에 안종덕과 운암의 전기선·이기부를 만나 몸을 숨기고 통일 운동을 준비했다. 성수 최홍식과 구본식은 서북청년단원과 순경들에게 쫓겨 성수산으로 입산한 후, 관촌 고덕산과 슬치재를 넘어 오궁리 노장골, 지장리 꽃봉날을 지나 금정리로 들어가 소춘수, 안종덕과 함께 산 생활을 시작했다.

원통산으로 입산한 이민희와 신점쇠, 김홍기 그리고 성수산으로 도망간 최홍식을 비롯 구본식과 오은섭, 신평·임실·삼계·신덕·운암·청웅·강진·덕치에서 최상술, 소춘수, 엄한섭, 장명균, 한수동, 전상율, 전기선, 이기부, 안종덕, 정주만, 윤기섭 등 2·26 사건 주동자들이 오봉산과 백련산을 중심으로 마을을 오가면서 산 생활 활동을 시작했다.

해방 후 대부분 임실 정객들은 분단을 막기 위하여 5.10 선거를 반대했고, 2·26 사건 주동자들은 미군정과 이승만 등의 민족 분단 세력을 타도하기 위하여 저항하다가 죽거나 아니면 산속으로 숨어들었다.

그로 인해 산속으로 쫓겨간 사람들은 남한 단독 정부 수립을 주장하는 미군정과 이승만 정부에 대한 무력 투쟁을 공식적으로 선포하는 계기가 됐다.

입 산

이민희가 입산한 지 삼 일이 지났다.

'홀로 계신 어머님은 잘 계시는지……. 밤바람 소리에 깨어 방문을 열고 밖을 내다보실 텐데…….'

열아홉에 과부가 되어 이십육 년을 자식 하나 바라보면서 살아오신 어머니를 생각하자 가슴이 아려 왔다.

재혼하실 수 있는 세월도 있었는데 못난 자식만을 생각하며 사신 어머니께 죄스러울 뿐이었다. 자식의 미안한 마음을 아신 듯, 오히려 손자가 빨리 보고 싶다며 장가 들기를 원하셨던 어머니!

자신이 처한 현실은 모든 것이 불가능하다고 생각하면 생각할수록 눈물이 난다.

"서방님은 서울에서 대학까지 다녔던 부잣집 아들인데, 뭐가 모자라 좌익을 헌데요? 평생 홀로 사시는 어머님은 오직 서방님만 바라보고 계시는디.”

눈가에 이슬을 닦으며 애원하듯 말리던, 처마니댁 형수님의 눈빛이 눈에 선하다. 여태까지 자식 노릇 한 번 제대로 못한 불효 자식인 자신이 밉고 또 미웠다.

이민희는 오수천을 따라 내려가다가 섬진강이 만나는 동계 평남리 삼각지 옆 어은정에서 첫날 밤을 보냈다.

어은정에서 달빛에 어린 물결을 바라보며 긴장을 풀고 있는데, 뒤따라온 김홍기와 신점쇠가 불렀다.

“민희 성님, 별일 없었지요?”

“어떻게 온당가? 동상들.”

“무사혀서 천만다행이구만요!”

이민희는 김홍기, 신점쇠와 어은정 아래 논두렁에 쌓아 놓은 짚더미 속으로 들어가 함께 밤을 보냈다. 겨울철에 짚더미 속에서 밤을 보내는 것은 태어나서 처음이었다.

다음날 이민희 일행은 시장기 도는 배를 움켜잡고 섬진강을 거슬러 올라가며 물고기를 잡았다.

좁고 거친 물결이 부딪치는 바윗돌 밑에 빠가사리가 수염을 흔들며 잠수하고 있고, 성질 급한 쏘가리는 흔들리는 물결에 놀라 줄행랑을 쳤다.

이민희 일행은 소풍 나온 아이들처럼 아장걸음을 하고 물고기를 잡으며 장군목으로 올라갔다.

물고기를 꿸 꼬챙이는 봄을 앞두고 물기를 잔뜩 빨아들인 버들강아지 줄기를 꺾어 만들었다.

버들강아지 꼬챙이에 빠가사리와 쏘가리가 묵직하게 꿰어 있다.

이민희 일행은 용골산 앞 귀미리에 주저앉아 물고기 구이로 늦은 점심을 때웠다.

귀미리를 지나 장군목에 접어들자 섬진강 바닥은 암반으로 가득 차 있었다. 맨발로 요강바위를 지나 발바닥 썰매를 타며 육로암을 거쳐 싸리재로 넘어갔다. 눈앞에 보이는 마을이 싸리재다. 저 너머는 임실군 구담 마을, 강 언덕에 자리 잡은 작고 예쁜 집들이 옹기종기 모여 섬진강을 내려다보고 있다. 봄이 오면 강 언덕에 흰 매화꽃과 붉은 매화꽃이 흐드러지게 피어 섬진강 물결을 연분홍빛으로 만들고, 바람에 날린 매화 꽃잎은 자신의 삶을 섬진강 물 흐름에 내맡긴 채 물결을 따라 남쪽으로 흘러간다.

이민희 일행은 허기진 배를 움켜잡고 싸리문이 열려 있는 집으로 들어갔다.

"계세요, 계십니까?"

"누구시다요~잉."

나이가 들어 보이는 할머니가 부엌에서 나왔다.

"할머니 혼자 사세요? 둔남면에 사는 사람들인데요! 배가 고파 무엇 좀 얻어먹으려고 왔어요."

"둔남면 어디서 산다요?"

"둔남면 대정리에 삽니다."

"가난혀서 먹을께 없는디. 지금 삶고 있는 고구마허고 바깥양반 먹을 보리밥이 조금 있긴 헌디, 그거라도 먹어 볼라요?"

쪼그라진 초가집 방문은 허술하게 열려 있고, 방안은 겨우내 헐어진 고구마 광주리가 펼쳐져 있었다.

"할아버지는 어디 가셨어라?"

"강진장에 갔는디, 아직 안 오는구만요."

오늘이 강진장이다.

"할아버지 고구마를 다 먹어서 어쩐데요?"

"괜찮허요, 장에서 술 드시고 오시면 밥을 안 드시거든요."

맛있게 고구마와 보리밥을 먹은 이민희 일행이 막 일어서려고 하는데, 싸리문을 열고 할아버지가 술에 취한 모습으로 장에서 돌아오셨다.

"할멈, 나 왔소, 누가 왔소?"

할아버지는 인기척을 하고, 낯선 사람들에게 아는 체를 하며 할머니를 찾았다.

"장 잘 보고 오셨어요?"

"할아버지 장에 잘 다녀오셨어요? 저희는 오수 대정리 사는 사람들입니다."

"어디들 가는디, 해질 무렵에 왔어?"

"삼계 학정리에 가는디요, 조금 늦었구만요. 잘 먹고 갑니다."

"젊은이들 조심히들 가시오, 강진이 뒤숭숭헙디다."

할아버지는 이민희 일행이 무엇 때문에 여기에 왔는지 알고 있는 듯
했다.

허기를 때운 이민희 일행은 고맙다는 인사를 연거푸 하고 싸리문을
나섰다. 날이 저물었다. 하늘에 별들이 빼곡하고 촘촘했다. 가파른 산
길을 오르고 내렸다. 덕치·원치를 향해 용골산 끝자락을 거쳐 천담 쪽
으로 돌아갈 무렵, 원통산 위로 둥근달이 떠올랐다. 둥근달은 작은 봉
우리를 거느린 원통산·용골산·두산 아래로 흐르는 섬진강 물속에 빠
져 있었다. 섶다리를 지나 원통산 용수골에 도달한 시각은 한밤중이었
다. 이민희 일행은 바위 사이에 마른 솔가지로 지붕을 얹고, 바닥에는

김홍기가 가져온 모포를 깔았다. 이민희는 배낭을 베개 삼고, 서로 체온을 난로 삼아 그날 밤을 지냈다. 음력 정월 산골짜기 기온은 평지의 몇 배나 추웠다. 추위에 떨며 비몽사몽간에 하룻밤을 지낸 이민희 일행은 이른 아침부터 움막을 짓기 시작했다. 신점쇠와 김홍기는 통통한 나무를 잘라 통나무 움막을 세우고, 이민희는 마른나무 잎을 움막 안에 깔고 위에는 모포를 깔았다.

세워진 움막 안은 따뜻한 기온이 감돌았다.

임실경찰서는 지서 습격 사건으로 잡혀온 주동자들을 처리하느라 부산했다.

"살려주세요, 저는 아무것도 헌 것이 없어유."

"뭐여, 이 새끼가 사실대로 불어! 앙 그러면 대가리를 쪼개 죽여 버릴테니까!"

"오메, 나 죽네! 제발 좀 때리지 마시오."

임실경찰서 지하 조사실은 사찰계 직원의 구타와 고문으로 잡혀온 사람들마다 온몸이 피투성이가 되어 나뒹굴었다. 머리통이 터져 피를 흘리고 있는 청년들, 전기 고문으로 피를 쏟아내는 아낙네들, 뼈가 부러져 팔꿈치가 돌아가 버린 사람들, 지하 조사실은 저승사자가 휘젓고 다니는 생지옥이었다. 지옥 같은 지하 조사실과는 달리 2층 서장실은 클래식 음악이 흘러나오고, 탁자 위에 놓인 미국산 커피의 그윽한 향기가 변상태 경찰서장 코를 자극하고 있었다. 변 서장은 그동안 손톱 밑의 가시 같은 염종철 때문에 뜬눈으로 밤을 지낸 세월이 많았다. 생각하면 화가 머리끝까지 곤두섰다. 정적은 외나무다리에서 만난다고 했던가? 이 기회에 정적을 영원히 제거할 수 있는 작전을 짜고, 결과만을 기다리는 변 서장은 홀가분한 마음으로 미래 정치인으로 변한 자신의 모습을 그리고 있었다.

"똑 똑 똑."

"누구여!"

"서장님, 큰일났습니다."

"큰일나, 뭣이?"

"염종철이가 죽어 버렸어요. 이제 어떻게 헌데요?"

"뭐여, 어떻게 혔간디? 그 새끼가 죽어 버려!"

"잡혀온 놈들헌테 한 대씩 패라고 혔는디, 그것 맞고 죽어 뿌렸어요."

신평에서 잡혀올 때부터 포승줄을 거부하고 당당하게 지프차에 타며 호통을 치던 염종철의 행동이 변 서장 심기를 건드렸던 것이다. 염종철이 본서 지하 조사실에 들어서자, 변 서장은 사찰계장에게 철저히 조사할 것을 명령했다.

"염종철은 우리 내막을 너무 많이 알고 있어. 지난번 몰수한 일본인 소유 토지 전매건도 그놈이 알고 있어. 말이 잘못 새 나가는 날에는 사찰계장과 나는 당장 옷을 벗고 나가야 헐지도 몰라. 그러니 우리가 영원히 편안허게 지낼 수 있는 방법을 신속히 찾도록 혀 봐."

"알겠습니다, 서장님!"

고문과 테러

"염종철, 이 빨갱이 쌔끼, 이리 나와!"

변 서장에게서 지시를 받은 사찰계장은 염종철을 사람들 앞으로 끌고 나와 일장 연설을 했다.

"살아 나갈려면 내 말 잘 들어. 이 앞에 있는 염종철은 빨갱이 중에 빨갱이다. 느그들이 잡혀온 것은 다 이놈 때문이다. 니놈들이 빨갱이와 한통속이 아니다는 것을 증명하려면 각목으로 이 새끼를 패라구, 알았어! 각목으로 염종철을 때리는 행동을 보고 이놈과 똑같은 빨갱이인지 아닌지를 구분해서 전주형무소로 보낼 것인게. 알았제!"

일본 고등계 형사들이 학생 독립운동 조직을 해체시키는 데 써먹었던 고문이었다.

"다음!"

"예."

"퍽, 아이구, 퍽퍽, 아이구, 퍽퍽퍽, 아이구~"

염종철은 같이 잡혀온 사람들에게 각목으로 맞아 정신을 잃었지만, 구타 고문은 계속되었다. 거기에 성수 심종현 선생도 있었고, 오수 최락헌, 관촌의 김삼석, 임실 윤일남도 보였고, 신평에서 잡혀온 주민들이 구석에서 소리 죽여 울고 있었다. 각목을 든 저승사자 줄이 삼분의 이 정도 지나갔을 때였다.

"염종철이 죽었다!!"

차례가 돌아온 주민이 손에 든 각목을 버리고 혼비백산하며 지하실 구석으로 달려가며 소리쳤다.

옆에 있던 사찰계 직원들이 뛰어와 염 사장을 흔들어 보았지만, 숨소리는 들리지 않고 잦아드는 가래 소리만 들릴 뿐이었다.

달려온 사찰계장은 지하실이 떠나가도록 소리를 쳤다.

"조용히 안 해! 대가리 처박어. 반항하는 새끼들은 뻑따귀 깨지도록 조져 버리고, 알았제!"

사찰계장은 부하 직원들에게 지시를 내리고 지하실을 나갔다.

"서장님, 어떻게 헌데요?"

"사찰계장, 내 말 잘 듣고 차질 없이 처리해야 혀."

"예, 서장님!!"

"염종철은 탈출했고! 탈출한 염종철을 쫓아가 죽인 걸로 상부에 보고허고, 사후 처리는 사찰계장이 알아서 혀 봐."

"알겠습니다, 서장님!"

사찰계장은 서장실을 나와 사찰계 직원들을 불러 지시했다.

"염종철 시체를 안골 담벼락에 엎어놓고 총으로 쏴서 처리혀 뿌러…… 무신 말인 줄 알았제."

"알겠구만요."

임실경찰서로부터 연락을 받고 시신을 수습한 가족들은 염종철의 죽음에 많은 의문을 가졌지만, 공포감 때문에 아무런 말도 못하고 시체를 거적에 둘러싸 소 달구지로 싣고 갔다.

"당숙! 종철이 작은아버지요, 총 맞아 죽은 게 아닌 것 같혀요."

소 달구지를 따라오며 창열이 말했다.

"보시오, 당숙! 담을 넘다가 총에 맞아 죽으면, 피가 흘러 겉옷에도 피범벅이 될 턴디, 겉옷에는 아무런 핏자국도 없고 가슴에 총구멍만 세 발 뚫렸잔허요. 이건 필경 다른 데서 죽이고, 그것을 은폐하기 위해 나중에 총으로 쏜 것이 틀림없구만요!"

가족들은 어린 창열의 의문에 아무런 대꾸도 못하며, 돌아오는 길에 농원 미에기 바우거리에 염종철을 묻고 집으로 돌아갔다. 그 후 염종철 부인은 불안한 마음에 자식 다섯을 데리고 이리시 오산 남정 마을로 떠났고, 뚱뚱이 할머니는 서럽게 간 자식 묘소라도 지켜야 한다며 신평에 홀로 남아 아침저녁으로 무덤을 찾아 객사한 아들의 넋을 위로했다.

그날 경찰에게 잡혀간 사람들은 임실경찰서 형사의 구타와 고문을 못 이겨, 모든 혐의를 시키는 대로 진술하고 훈방 처리가 됐지만, 혐의가 큰 사람들은 전북경찰국으로 이감되어 갔다. 지서 습격 혐의자들을 파악한 변상태 경찰서장은 정재석 임실면장, 김광일 서북청년단장, 강만호 금융조합장, 임실주조장 박 사장, 정미소 임 사장을 불러놓고 업무 보고와 대책회의를 주관하였다.

"여러분들, 고맙습니다. 경찰과 서북청년단원들의 활약으로 지서 습격자들을 일망타진하였습니다. 특히 김 단장이 두만리에서 윤일남을 잡아온 것은 민주 발전에 혁혁한 공로입니다. 윤일남은 여러분도 아시다시피 임실을 파괴시키는 분열 책동자입니다. 판단은 법에서 하겠지만, 콩밥 좀 먹고 나오면 정신을 차릴 것입니다. 김광일 단장에게 박수를 보내 주시기 바랍니다."

"짝 짝 짝."

"지서를 습격한 주동자를 족쳤더니 임실군 빨갱이들을 모두 알게 되었습니다. 그리고 악질 빨갱이 염종철은 안골 담 넘어 도망치려는 것을 발견하고 사살했습니다. 주동자들은 전북경찰국으로 이감시켰지만, 파괴된 다리와 전신주 복구를 어떻게 혀야 좋을지 의견을 듣고자 오시라고 하였습니다. 기탄없이 말씸혀 주시길 바랍니다."

김광일 단장이 손을 번쩍 들고 말을 했다.

"서장님! 그놈들을 모두 파악혔으니께 민주 발전을 위해서 도망간 놈들도 잡아다 족치고, 파괴한 다리와 전신주는 명단에 올라 있는 모든 놈들한테 배상하라고 헙시다."

"정재석 면장님은 어떻게 생각하십니까."

"좋습니다."

"강 조합장님, 박 사장님, 임 사장님은 어떻게 생각하십니까."

"좋아요! 잡아서 배상시켜야지요."

"맞습니다. 지금 혐의자들을 완전하게 굴복시키지 않으면 5 · 10 선거를 할 수가 없습니다. 5·10 선거 치르지 못하면 정부를 수립할 수가 없습니다. 정부를 빨리 수립해야 나라가 안정됩니다. 여러분들이 지서 습격 혐의자들을 잡는 데 앞장서시고 복구하는 데도 많은 역할을 혀야 합니다. 여러분들의 공로 하나하나를 상부에 보고하도록 하겠습니다. 여러분들이 앞장서 도와줄 일들을 내일까지 만들어 주시기 바랍니다. 이만 회의는 마치고 내일 다시 여기서 만나기로 헙시다."

정 면장, 강 조합장, 박 사장, 임 사장은 경찰서 현관을 나와 등기소 옆 술집으로 자리를 옮겼다. 혐의자들을 잡는 데 앞장서 일하라는 변 서장의 말이 귓전에 맴돌아 서로 말문을 트지 못하고 애꿎은 술만 먹고 있었다. 일정 시대 순사 출신인 변상태 서장은 이번 기회에 공도 세우고 돈도 벌자는 목적이다. 민주 발전 기금을 안 내거나 조금 내면 상부에다 사상이 불순하다고 보고할 것이 뻔하고, 돈을 많이 내자니 억울하고 분통이 터져 살 수가 없는 노릇이었다.

"박 사장님! 임 사장님! 어떻게 혀야 요 일을 잘했다고 헌데요? 면장님도 어떻게 하면 좋겠는지 말씀 좀 혀 보쇼."

"저야, 사장님들보단 돈도 없는데 사장님들 처분만 봐야죠."

강 조합장, 박 사장, 임 사장은 복구비로 쌀 사백 가마니값을 만들어서, 정 면장과 함께 내일 오전 10시까지 경찰서로 들어가기로 했다.

천도교 임실 교구에서는 3·1절 기념 박준승 선생을 기리는 행사가 시작되었다. 임실 본서 경찰관들은 총으로 무장한 백여 명의 서북청년단원들과 함께 임실읍을 시작으로 성수·오수·삼계·지사·관촌·신평을 돌아가며 지서 습격 혐의자들을 잡는 데 온 힘을 기울였다. 청년단원들은 동네 어귀에 들어가면서 공포탄을 쏘고, 제무시 트럭으로 동네를 돌며 공포 분위기를 조장했다. 명단에 있는 혐의자 집으로 들어가 남녀노소 가리지 않고 두들겨 패며 살림살이를 닥치는 대로 쳐부수고, 혐의자는 즉시 트럭에 태워 임실 본서로 끌고 갔다. 도망간 혐의자 집은 모두 불을 질러 전소시켜 버렸다. 서북청년단원과 경찰에 쫓긴 관련자들은 산으로 도망갔다가 밤이 되면 다시 돌아왔지만, 집은 이미 불타버리고 처자식은 다른 곳으로 쫓겨나 버렸다. 산으로 입산한 사람들과 경찰에 쫓겨 달아난 주민들은 치안이 미치지 못하는 서북부 지역으로 몰려들었다. 마을에 있는 주민들도 낮에는 경찰과 서북청년단들의 활동에 동조하고, 밤에는 산에서 내려오는 산사람을 만나 낮에 왔던 경찰과 청년단원들을 비난하며 이중 생활을 했다.

경찰과 청년단원들도 낮에는 마을을 돌며 사상이 불순한 사람이나 입산한 사람들의 동태를 감시하고, 밤이 되면 임실경찰서 본서로 철수했다.

변상태 서장과 김광일 서북청년단장은 마을 지주들이 가져온 돈 120만 원을 나누어, 백여 명의 임실 서북청년단원들과 오수·삼계·지사·성수·관촌·신평 서북청년단원들에게 보내 치안 유지를 더욱 철저히 하라고 시켰다. 김광일 단장은 각 지역 장날을 이용해 직접 지역 치안을 챙기고 다녔다.

사기가 오른 서북청년단원들이 매일같이 마을을 돌며 장날에는 불순한 사람을 검문한다고 장터를 무법천지로 만들어 버리자, 주민과 장사치들은 죽을 지경에 이르렀다.

"비껴! 말 안 들으면 감옥에 처넣어 버릴 테니까."

"당신! 어디서 왔어, 산에서 온 거 아냐?"

"아니당께요! 지사 원산리에서 왔어라."

"지사에서 뭐 혀! 입산헌 놈 돌봐주제?"

"뭔 소리다요? 우리 동네에는 그런 사람 한 명도 없이유."

오수 장날, 오수 정판석과 삼계 한기탁, 지사 김천문은 몽둥이를 들고 김광일 옆에 달라붙어 지나가는 사람마다 검문하며 시비를 걸고 협박을 했다.

검문하는 부장들 뒤에는 서북청년단원 오십여 명이 몽둥이를 들고 따라다녔다.

"이봐, 이 명태 어디서 가져 왔어? 좀 수상헌디 조사 좀 해 봐야 허것어."

"정 부장님 어찌 그런다요, 장날마동 보면서 이게 무슨 소리다요?"

"나 알어?"

"하믄요! 오수 서북청년단 책임자 정판석 부장님 아니십니까?"

"알었어, 명태 다섯 마리씩 세 다발만 싸 봐."

"오늘 장사는 어떻게 허구요?"

"이 명태가 아깝다고 허는 것이여!"

옆에 있던 삼계 한기탁이 거들었다.

"오늘 팔 것이 없어서 그런디…… . 아, 알았어라! 얼른 쌀께요."

오수면은 교통이 좋고 지형이 완만하여 임실·오수경찰서뿐만 아니라 전주·남원간 방위대들이 수시로 왕래를 하며 주둔을 했고, 지역민들도 앞장서 향토 방위군을 편성하는 등 치안이 용이한 지역이다.

"김 단장님! 변 서장님이 오수 관월정 한정식집에 오셨다구, 점심 같이 허시자고 오시라는디요."

"누구랑 왔당가?"

"모르겄어요. 오실 때 정판석 성님허고 한기탁, 김천문 부장님이랑 같이 오라고 허는디요."

"무슨 일일까? 알았어, 오수 이강수 단원은 오수·삼계·지사 단원들을 잘 챙겨서 점심 먹이도록 혀."

"알았어라."

김광일 단장 일행은 관월정 한정식집으로 걸음을 옮겼다.

"서장님! 어쩐 일로 여기꺼정 오셨어요?"

"김 단장, 오늘 장에 수상헌 놈들 없던가?"

"수상헌 놈들은 업고요, 못자리판 준비허느라고 부산들 허구만요."

"서장님 그동안 안녕허신게요?"

"판석이, 기탁이, 천문이도 잘 있었지? 고생들 많이 허는구만."

"별 말씸을요, 다 서장님과 단장님 덕으로 잘 지내고 있죠."

그 자리에는 오수면장을 비롯 남부 지역 면장들과 지서장들도 모두 나와 있었다.

"자 앉드라고, 술 한 잔씩 허면서 이야기허게. 면장님들도 앉고 한잔 받으시오."

"예 예 예."

"임실에서는 빨간 물 든 놈들, 하나 없이 모두 쫓아내야 쓰것는디, 어떻게 허면 좋겠당가?"

"서장님, 걱정 마쇼! 우리가 요로코롬 설쳐대는데 그놈들이 어떻게 활동허것써요?"

"하지만 빨간 물 든 놈들을 뿌리째 뽑아 버려야 허는디, 맨손으로만 되는 것도 아니고……. 지난번에 내려준 쌀은 잘 먹었어?"

"아 예, 대원들과 잘 나눠 먹었습니더. 근디 워낙 식구들이 많아서……."

"정 부장! 이민희 새끼, 지 에미한테 가끔 오는 거 아녀?"

"아닙니다, 제가 노상 감시하고 있는디요."

"이민희가 안 오면 나타나게끔 해야 허는 것 아녀!"

"어떻게 허면 쓰갔어요? 서장님, 좋은 방도가 있으면 말씸혀 주십시요."

"성님! 이민희 에미를 매일같이 쫓아가 살림살이를 뿌스고 볶아 먹으면 되지 안허요?"

한기탁이 변 서장의 말에 간을 맞추었다.

"기탁이 생각이 올커먼. 헌디 그러다가 죽어 버리면 여론이 안 좋을 테니까. 방도를 잘 구상혀 보드라구."

김 단장은 고민스러운 듯 말을 했다.

"곽 면장님! 저번 2·26 사건 때 끊어진 통신선은 죄다 연결혔지만 파괴된 도로는 아직도 복구가 안 되어 차가 다닐 수가 없응께, 어떻게 허면 쓰겄오? 방도를 말해 보시요!"

김 단장은 오수 곽 면장을 압박했다.

"죄송헙니다, 인원도 없고 예산도 없어서……."

"허지만 치안을 지키려면 차가 다녀야 허고, 5·10 선거도 해야 헐 것 안혀요? 그러기 위해서는 돈을 만들어야 허는디……. 차라리 우리가 돈을 만들어 봅시다. 곽 면장 생각은 어떻소?"

"서장님! 어떻게 허면 돈을 만든당가요?"

정판석이 난감하다는 표정으로 말을 했다.

"면에서는 관련자들에게 일정한 양으로 변상 할당을 주고, 지서장들과 단원들은 다리를 파괴하고 통신선을 끊은 주동자들에게 책임을 물어 돈을 받아내야 허요. 치안을 유지허기 위해서는 어쩔 수 없는 것 아닙니까?"

"그럼 얼마나 있어야 헌데요?"

"남부 지역에서 적어도 쌀 천 가마니는 만들어야 안 쓰갔오?"

"천 가마니요!"

자리에 앉아 있던 사람들은 순간적으로 놀라 두 눈과 입을 쩍 벌리고 말았다.

"그럼요! 면장님들이 앞장 좀 서주셔야겠습니다. 오수는 콩께 쌀 사백 가마니, 삼계·지사는 각각 삼백 가마니씩 만들면 되겠네요? 쌀가마니 숫자만큼 사상을 기준 삼아 상부에 보고는 제가 알아서 허겠습니다."

"미군정과 이승만 박사님이 심들면, 우리들 존재 자체가 심들다는 것을 아시고 열심히 노력해 주길 바라오! 오늘은 그만 일어날 테니, 빠른 시일 내에 보고하시길 바랍니다."

관월정 마당 한가운데에는 경찰서장을 배웅하기 위해, 기관장들이 손을 앞으로 모으고 조심스럽게 머리를 숙였다. 경찰서장이 떠나고 이어 서북청년단장이 격려하며 임실로 떠나자, 지사 서북청년단 책임자인 김천문 입에서 걸게 한마디 나왔다.

"씨팔놈들, 누구 좋으라고 쌀을 걷어! 지난번 임실에서 걷은 쌀도 반절이나 지놈들이 집어먹었다는디!"

일행들은 면별로 나눠져 대책을 준비하느라 장터 국밥집으로 자리를 옮겼다.

"지서장님, 아까 지사 김천문이 말했듯이 변 서장허고 김 단장께서 너무 돈을 밝힌다고들 헙니다. 우리 삼계는 어떻게 허면 좋겠당가요?"

"긍게 말여······. 면장님! 민심을 잃으면 모든 것을 다 잃어버려요. 주민들에게 피해가 가지 않는 방법을 찾아봐야 허겠어요?"

지난 2·26 사건 당시 지서장은 사전에 지서 습격을 막았다고 승진하여 타지로 발령 가고, 새로 부임한 지서장은 그래도 인간미가 있어 보여 민심 얘기를 살며시 꺼내 들었다.

"옳은 말씸입니다. 일단 이장님들을 모아 놓고 대책회의를 하도록 허겠습니다. 그리고 한기탁 부장은 절대 경거망동허면 안 된다는 것을 명심허야 헙니다."

"알았어라, 면장님."

"지난번 2·26 사건 전날 밤, 일곱 명의 사람이 죽은 사건으로 주민들의 앙금이 커지고 있다는 것을 명심허고 또 해야 헙니다."

"면장님, 알았소! 알았은께 그만 좀 허쇼."

"자자, 해지기 전 삼계로 빨리 넘어갑시다. 어서 일어납시다."

삼계 지서장 재촉으로 삼계면 일행은 국밥집을 나와 지프차를 타고 삼계를 향해 달렸다.

"어 판석이, 우리 오수는 어떻게 혀야 쓴당가? 지서장님도 좋은 방도가 있으면 말씀혀 보십시요!"

면장이 청년부장과 지서장을 번갈아 보며 물었다.

"면장님! 오수는 이민희네와 오재천 집을 족쳐 버립시다. 거기서 쌀 삼백 가마니 뺏고, 나머지 백 가마니는 주조장을 비롯해 유지들에게 스무 가마니씩 내라고 허면 될 것 같은디요?"

"청년부장 말이 정답이네! 앙 그려요, 면장님?"

"허기야 그것도 방법은 방법이지."

"그라면 내일부터 지서장님허고 저허고는 유지들을 모아서 백 가마

니를 해결허고, 정 부장은 이민희와 오재천 집을 책임지고 해결하도록
혀 봐."

"그러면 제가 쌀 삼백 가마니를 해결허겠소!"

"그럼 해 넘어가니 내일 다시 보도록 허지!"

지서장과 면장은 정판석이 떠나는 걸 보고 장터 안으로 걸어가고 있
었다.

"면장님, 정판석이 삼백 가마니를 해결헐 수 있을까요?"

"내비두쇼. 잘났다고 날뛰는 놈인디 지가 알아서 허겠죠! 우리는 구
경험서 떡이나 먹읍시다."

정판석이 집으로 돌아와 곰곰이 생각하니, 이민희 어머니를 족친다

는 것은 참으로 통쾌한 일이었다. 사건을 무마해 준다고 이민희 어머니에게 쌀가마니를 더 얻어 쓸 수 있다고 생각하니 잠까지 오지 않았다. 정판석과 이민희는 보통학교 친구였다. 지난 2 · 26 사건 때 이민희 때문에 봉변을 면한 정판석이지만, 평소 열등의식 때문에 언젠가는 이민희를 크게 골탕 먹이는 것을 상상하며 살아온 터였다.

다음날 청년단원 이십여 명이 대정리로 몰려가 두 패로 나누어 한 패는 이민희 집으로, 또 다른 패는 오재천 집으로 들어가 닥치는 대로 때려부쉈다.

"오메메……, 사람죽네! 야 이놈들아! 사람 쫓아냈으면 됐지, 살림은 왜 때려 뿌스고 그려. 이 개백정 같은 놈들아, 사람 죽네! 사람 죽어!!"

오재천 어머니는 마당을 뒹굴면서 바락바락 소리를 질렀다. 청년단원들은 소리를 질러도 아랑곳하지 않고 부엌살림을 비롯 안방 · 허청광 · 장독대 항아리를 가리지 않고 쳐부쉈다. 오재천 아버지는 먼 산을 바라보며 담배만 연신 피워댔고, 부인은 마당을 뒹굴면서 하소연을 했지만 아무런 소용이 없었다.

이민희네 집도 마찬가지였다. 몰려간 청년단원들은 닥치는 대로 깨뜨리고 부쉈다. 이민희 어머니는 우물 옆에서 넋을 잃고 처참한 상황만을 지켜볼 뿐이다. 정판석은 동네 입구에 주차해 놓은 차 안에서 양쪽 집을 바라보고 있다가 철수 신호를 내리고 마을 어귀로 나갔다. 뒤이어 청년단원들이 몽둥이를 들고 따라나갔다.

오수로 돌아온 청년단원 일행은 파괴된 다리와 통신선 복구비를 오재천과 이민희네 집에서 내야 한다며 소문을 퍼뜨리고 다녔다.

다음날 아침 정판석은 청년단원들을 두 배로 늘려 대정리로 몰고가 오재천·이민희네 집뿐만 아니라, 신점쇠네와 2·26 사건에 가담한 사람들 집도 때려부수며 돌아다녔다.

"아줌씨, 우리 종수 아버지가 그러는디요, 저놈들이 돈 내노라고 지금 그런데요. 지난번 사건 때 파괴한 다리와 통신선을 복구하는 비용을 내놓으라고 엠병을 떠는 거래요."

아래채에 사는 처마니댁이 와서 이민희 어머니에게 말을 하며 부서진 살림을 정리해 주고 있었다. 처마니댁은 고향이 같다고 이민희 어머니를 친이모처럼 따르며 지냈다.

"줘야지! 잘못이 없어도 조상이 물려준 전답을 모두 소작인과 머슴들에게 준 우리여. 잘못한 일이 있으면 열 배라도 갚아야제. 종수 에미! 종수 애비 좀 바로 오라고 혀."

"예 알겄어라. 얼른 다녀오겠습니다."

시암내댁은 눈물을 훔치며 깨진 그릇을 주워 담고 있었다.

"아주머니, 저 왔어요."

"종수 아버지! 어서 오시오. 저랑 방으로 들어가 이야기 좀 헙시다."

종수 아버지는 시암내댁을 따라 방으로 들어가 앉았다. 시암내댁은 장롱 밑에서 쌀 한가마니값을 꺼내 종수 아버지에게 쥐여 주었다.

"아주머니, 이것이 뭐당가요?"

"종수 아버지! 지금 당장 오수로 가서 내가 정판석이 좀 보자고 헌다고 허시고, 이것은 채비로 쓰시오."

"이건 안 주셔도 되는디요."

"얼른 댕겨와요."

종수 아버지가 신을 신고 밖으로 나간 후, 오재천 아버지가 대문을
열고 들어왔다.

"제수씨!"

"아저씨, 어서 오시요."

"제수씨, 미안허요. 재천이놈 때문에 착한 민희까지 봉변을 당해 어
쩔 줄을 모르겠네요!"

"아저씨, 아니어요! 지들이 다 생각허고 허는 일인디, 누구 잘못이라
고 탓헐 수 있나요? 어지러운 세상에 태어난 게 잘못이지요."

"방금 종수 애비 나가던디, 어디 가는 것이요?"

"청년부장 정판석이 만나자고 알리러 가는 거구만요."

"들리는 소문으로는 복구비를 걷는다고 허는디, 저희가 반절 대고
민희네가 반절 대서 해결허면 어쩔까요? 책임으로 따지면 재천이 죄가
제일 큰디 미안허구만요."

"고마워요, 아저씨! 점쇠네나 다른 사람들 피해 없이 오수에 배정된
쌀 사백 가마니 모두 우리가 내놓으면 좋지요."

지프차를 타고 종수 아버지와 함께 정판석이 들어왔다.

"어머니! 걱정이 많으셨죠? 민희가 빨리 돌아와 어머니를 모셔야 허
는디……."

"그려, 판석이 와 주어서 고맙네. 방으로 들어가지!"

시암내댁은 방으로 들어온 오재천 아버지와 정판석이에게 방석을 내밀었다.

"판석이, 자네허고 민희는 어릴 적부터 친구 아닌가? 판석이가 민희를 잘 돌봐 줘야 허네."

"민희한테서는 연락이 옵니까? 어머니!"

"연락이라도 오면 잠이라도 자겠어! 집 나간 지 벌써 이십 일이 넘었는데도 연락 한 번 없어. 살았는지 죽었는지 알 수도 없고."

"판석이! 지난번 사건 때, 파괴된 다리와 통신선 복구비가 얼마나 되는가? 그 복구비를 민희 어머니랑 내가 모두 보상헐 테니 자네가 나서서 다른 사람에게 피해 주지 않도록 힘 좀 써 주게."

"긍게요……."

"판석이, 내가 듣기로는 복구비가 쌀 사백 가마니라고 들었는디, 그것이 맞는가?"

"고것이 전체 숫자는 맞는디요! 우리헌테 배당된 숫자는 쬐끔 다르고요……."

정판석은 청년단에 배정된 쌀가마니 숫자가 삼백 가마니인 것이 마음에 걸려 말을 흐렸다.

"하여튼 판석이! 우리가 복구비 사백 가마니는 전부 낼 테니, 다른 사람들에게 피해 없도록 도와주소?"

시암내댁은 쌀이 몇 백 가마니가 없어지고 모든 재산이 거덜난다 해도 상관없다. 행방을 찾을 수 없는 아들만 무사히 돌아오면 했다.

"긍게요……, 제가 힘이 있어야죠……. 하여튼 잘 알았어요. 제가 힘을 한번 써 보죠! 어머니."

"고맙네! 판석이, 민희랑 다시 옛날처럼 잘 지내면 좋겠네. 민희에게 무슨 일 생기면 자네가 잘 봐줘야 허고, 내가 별도로 쌀 오십 가마니값을 자네 안식구에게 보내겠네."

정판석은 이민희 집에서 나오면서 가슴 깊이 벅차오르는 쾌감을 억눌렀다. 지프차 앞에 선 정판석은 이민희 어머니와 오재천 아버지에게 정중히 인사를 하고 지프차에 오른 다음 오수 쪽으로 핸들을 꺾었다. 정판석은 차창으로 밀려드는 바람에 머리칼을 휘날리며 오수로 내달렸다. 이민희 어머니가 별도로 준 15만 원 외에 오수 서북청년단에 주어진 책임량보다 백 가마니가 더 많은 쌀을 어떻게 처리할까, 머릿속으로 계산하며 오수로 달렸다. 오수 청년단 사무실 앞에 도착하자 청년단원들이 문을 열고 나와서 인사를 했다.

"성님! 잘 다녀오셨어요?"

"다들 이리로 모여 앉어라!"

"조만간에 대정리에서 쌀 사백 가마니값을 가져오면, 그 중 우리에게 배당된 쌀 삼백 가마니값은 임실에다 우리가 직접 보내고, 나머지는 소리 소문 없이 너희에게 줄 테니 그런 줄 알거라."

"예! 성님."

삼일이 지나 오수장이 돌아오자, 이민희 어머니와 오재천 아버지가 쌀 사백 가마니값을 가지고 청년단 사무실을 찾아왔다.

"야들아, 백조다방 미쓰 킴헌테 달걀 노른자 띄운 쌍화차 석 잔만 가져오라 혀라."

"아니네, 쌍화차 안 먹어도 되닝께 걱정 말고 어서 이 돈 받어서 일만 잘 처리혀 주면 고마울 따름이네."

"알겠습니다, 어머니 말씸대로 잘 처리허겠습니다."

오재천 아버지가 나가고, 이민희 어머니는 다시 정판석이를 마주보며 손지갑에서 돈을 꺼냈다.

"판석이, 쌀 오십 가마니 값 15만 원은 자네 집사람에게 아무도 몰래 보내고 왔네. 이것으로 청년들과 맛있는 점심이나 먹도록 허게! 고맙네."

시암내댁은 사무실을 나왔다.

"야들아! 이따 점심 먹고 지서에 가서 지프차 빌려오고, 두 명은 날 따라와라! 오늘 임실경찰서에 경찰서장 만나러 가야 쓰겄다."

"준비허겠습니다."

"상칠이와 덕봉이는 이 돈으로 정미소에 가서 쌀 오십 가마니만 사가지고 단원들 집에 한 가마니씩 몰래 실어 보내라, 알았제!"

"성님헌테 충성을 다허겠구만요."

정판석은 오늘따라 유난히 어깨에 힘을 주고 청년단원들의 호위를 받으며, 시장통을 한 바퀴 돌아 국밥집으로 들어갔다.

국밥집에서 지서장을 만났다.

"지서장님, 식사허셨습니까?"

"먹었네! 이제 밥 먹는당가?"

"참, 지서장님! 쌀 배당금은 모두 걷었습니까?"

"오늘까지 곽 면장이 알아서 한다고 혔네."

"정 부장은 책임량 다 채웠나?"

"아직요……, 지서장님! 이따 지프차 좀 빌려주셔야 허겠는디요?"

"알았네! 이따 단원들 보내게."

"고맙습니다. 지서장님 은혜 항상 가슴 깊이 간직허겠습니다. 조심히 가십시오."

지서장이 국밥집을 나가고 정판석은 콧노래를 부르며 청년단원들과 국밥이 나오기를 기다린다. 국밥을 다 먹을 무렵 사무실을 지키고 있던 단원 두 명이, 지프차가 준비되어 시장 입구에 시동을 켜놨다며 정판석을 데리러 왔다.

정판석이 임실경찰서에 도착한 시각은 오후 2시였다.

"정 부장! 어서 오게. 정 부장은 속전속결하는 것이 제일 맘에 든단 말여. 그래 일은 잘 처리혔나?"

"예, 오수 곽 면장은 책임량을 가져왔어요?"

"아녀, 오수 정 부장이 임실군 전체에서 제일 먼저여."

"하하! 그라요, 일등허느라고 죽을 똥 쌌거만요."

정 부장은 쌀 삼백 가마니값을 임실경찰서장에게 내밀었다.

"그려, 고상혔네. 이 돈 중에 쌀 백 가마니 값은 정 부장에게 줄 테니 알아서 쓰도록 혀 봐!"

"고맙구만요, 지는 항상 경찰서장님에게 충성을 다헐꺼구만요."

정판석은 경찰서 현관을 나오다가 김광일 청년단장을 만났다.

"정 부장! 언제 왔어? 오면 온다고 허고 나헌테 먼저 와야 허는 거 아녀!"

"아이구, 단장님. 지가 여기 온 것은 다른 일 때문에 왔어라, 죄송헙니다."

"일 다 끝났으면 빨리 오수로 가서 경비 잘 서!"

김광일 단장은 정판석을 째진 눈으로 한동안 바라보더니 경찰서장실로 들어갔다.

"어, 김 단장 이제 왔당가?"

"서장님은 아랫것들을 어떻게 관리헐라고 그렇게 교육을 시킨당가요!"

"김 단장! 승질 죽여 저놈들한테 너무 기대허지 마. 그냥 필요헐 때 이용허면 되는 거 아녀? 이번에는 저놈이 쌀값 좀 가져왔응께 김 단장은 떡이나 혀 먹어."

경찰서장은 막걸리나 한잔하자며 김광일 단장을 밖으로 데리고 나간다. 오수로 돌아온 정판석은 청년단원들과 자축하며 밤새 술을 마시고 지프차에 실려 집으로 들어갔다.

야산대 결성

3월 중순이 지났다.

사람들은 따뜻한 양지 쪽 담장 옆으로 옹기종기 모여 앉아 봄을 맞는다. 앉아 있는 담장 사이로 새싹들이 고개를 내밀며, 봄과 함께 생명을 불러오고 있다. 메마른 산에도, 통나무 움막에도 따뜻한 봄기운이 전해져 왔다.

이민희는 원통산 용수골에 정착하기 위해 낮에는 나무도 하며 심신을 단련하고, 밤에는 민족 해방과 조국 통일에 대해 논의하며 하루하루를 보냈다.

용수골을 찾는 삼계면의 젊은이들도 제법 늘어 있었다.

그날 밤 살아남은 송병연과 정준모, 노삼택이 합류해 용수골에는 식구가 여섯 명이 되었다. 하루 세끼 먹을 음식량은 점점 늘어났다. 산에서 세끼를 때우기 위해서는 나무를 해야 하며, 나무를 팔아 쌀과 김치를 사야 했다. 이민희 일행은 며칠 동안 해 놓은 나무를 강진장에 내다 팔기 위해 아침 일찍부터 지게에 지고 삼계 학당으로 내려갔다. 원치 마을 앞 섬진강변을 따라 천담 사거리에 당도하니 나무꾼들이 줄을 지어 있었다. 이민희 일행도 나무꾼 대열에 줄을 서서 사곡을 지나 동막에 도달하니, 갈담장이 한눈에 들어왔다. 동막을 내려와 강동교 옆 나무전 거리에서 동정을 살핀 뒤, 지난 사건 때 입산한 동지들을 기다렸다. 나무를 부려 놓은 일행이 담배를 말아 물고 불을 붙이고 있는데, 저

멀리서 강진 정주만과 덕치 윤기섭이 숨가쁘게 다가왔다.

"민희 성님! 잘 지냈어요? 얼마나 맴이 아프시오? 나무는 제가 팔아드릴 테니 따라오시오."

이민희 일행은 나무를 지고 말없이 정주만 뒤를 따라나섰다. 장터 안 민물 매운탕집과 다슬기국밥집에 나누어 팔아넘기고, 술 한잔하기 위해 장터 국밥집으로 들어가 앉았다.

"성님! 얼마나 맴이 아프요? 죽일 놈들! 옆에 있으면 돌로 쳐죽일 것인디."

"주만이 동상, 무신 일 있었당가?"

"성님, 여지껏 모르고 계셨으라?"

"참에, 말을 못 허것네요. 쳐죽일 놈……."

"무신 일이 있는지 기섭이 동상이 말을 좀 혀 봐?"

"성님! 실은요, 오수에서……."

이민희는 오수라는 말에 가슴이 덜컹 내려앉았다.

어머니에게 무슨 일이 생긴 것인가?

"기섭이 동상! 사실대로 말을 해 주게. 어머니에게 무슨 일이 있지?"

"아~ 글씨, 정판석 오수 청년부장놈이 어머니 집을 쳐부수고 쌀 이백 가마니 값을 뺏어갔대요. 또 오재천 성님네 집에서도 이백 가마니 뺏어간 것을 어지간한 사람들은 모두 다 알고 쑥덕대고 있어요."

이민희는 윤기섭의 말을 듣는 순간 온몸이 굳고 피가 거꾸로 솟아오르는 것 같았다. 눈앞이 전혀 보이지 않아 한동안 두 눈을 감고 서 있었다.

"어머니는 괜찮으시다냐?"

"예, 어머니는 괜찮으신 것 같아요."

이민희는 수저를 들지 못하고 앉아 있다가, 일행이 쌀과 반찬을 사러 간 사이에 국밥집을 나와 오두목을 지나 만월교로 걸어갔다.

'어머니 가슴이 미어져 옵니다.

이 못난 자식을 위해 평생 홀로 사신 어머니!

얼마나 원통했을까, 생각하니 하늘이 무너지는 것만 같습니다.'

이민희가 만월교 밑 섬진강을 따라 회문리와 물우리를 지나 중원에 이르렀을 때, 쌀과 반찬을 사러간 일행이 돌아왔다. 중원에서 만난 일행은 새말과 진뫼 앞을 지나 강변을 타고 천담으로 올라갔다. 섬진강의 잔잔한 물결 한가운데 늙은 백로 한 마리가 솟아오른 바위에 서서 먹이를 찾고 있었다.

천담 마을에 이르자, 봄 햇빛 속에 쑥을 캐며 허리를 굽혀 앉아 있는 아주머니 모습이 강가에서 새끼 먹이를 찾는 늙은 백로의 모습과 흡사했다.

천담다리 밑은 다슬기를 잡는 아낙네 얼굴이 은빛 물결에 반사되어 반짝였다.

천담 마을을 돌아 수원 백씨 집성촌인 원치를 지나 삼계 원통산 용수골로 들어갔다. 어머니에 대한 효심이 지극한 이민희는 그날 밤 식음을 전폐하고 뜬눈으로 날을 샜다.

오수 정판석의 만행을 전해들은 소춘수는 최상술과 이기부에게 치마산과 오봉산을 맡겨두고, 운암 선거리를 통해 백련산으로 해서 청웅으로 들어갔다. 청웅으로 들어간 소춘수는 한수동 집으로 찾아가 임실과 삼계에서 피신해 온 엄한섭과 장명균을 만났다.

"명균이 성님! 오수 정판석이허고 삼계 한기탁이가 지난 2 · 26 사건 복구비를 내라고 우리 조직원 가족들을 못살게 군다네요. 정판석은 재천이 성님 집과 민희 어머니를 찾아가 행패를 부리고 집안 살림을 모두

부쉈다고 허네요. 대책을 세워야 할 것 같습니다."

"나도 그 일로 고민하던 차여! 그래서 내가 삼계를 다녀와야겠다고 생각했어."

"제가 성님헌테 말씸드리고 가 보려고 이렇게 왔습니다. 성님은 아직 몸이 불편허신께 제가 주만이 만나 기섭이랑 갔다올라고 허는 거만요?"

"그려……, 춘수 동상이 애쓰는구만. 몸이 회복되는 대로 삼계로 넘어간다고 허고, 논의혀서 대책을 세워 오도록 허게."

"예, 성님."

장명균은 그날 밤 경찰 총에 부상을 입고, 신안리 한정우 집을 경유하여 청웅 한수동 집에서 기거하고 있었다.

소춘수는 한수동의 집을 나와 구고천을 따라 강진으로 내려가, 강진 정주만과 덕치 윤기섭을 길잡이 삼아 원통산에 은거하고 있는 이민희를 찾아나섰다. 소춘수 일행은 갈담 동막을 넘어 사곡리와 가곡리, 원치 마을 지나 밤이 되어서야 삼계 학당에서 용수골로 올라갈 수 있었다.

"춘수, 이 밤중에 어떻게 여기꺼정 왔어?"

얼굴이 헬쑥해진 이민희는 김홍기, 신점쇠, 송병연, 정준모, 노삼택 등과 함께 소춘수 일행을 반갑게 맞이했다.

"민희, 고생이 많지? 얼굴이 많이 빠졌네. 보고 싶어서 왔어!"

"여기는 김홍기여, 지사가 고향이고. 여기는 신점쇠. 나랑 둔덕리 고향이 같혀. 그리고 여기는 그날 살아남은 삼계면 송병연, 정준모, 노삼택이구만."

"반갑습니다, 고생이 많으시죠! 소춘수입니다. 여기는 강진의 정주만이고 저기는 덕치 윤기섭이여."

"예, 반갑습니다."

이민희 동지들은 얼굴이 핼쑥해진 모습으로 삼계 학정리 원통산 용수 골짜기에서 생활하고 있었다. 원통산 용수골에서 용골산 쪽을 바라보고 있는 소춘수는 이민희 일행에게서 서북청년단원들의 만행을 들으며 깊은 탄식을 내뱉었다. 원통산은 동쪽으로 지리산 반야봉과 남쪽으로는 순창의 용골산과 무량산으로 이어지고, 서쪽은 임실·순창의 회문산과 나래산·오봉산, 북쪽은 임실 강진 백련산과 성수산으로 이어진다. 원통산 정상에서 임실읍 방향을 바라보면 소재지 앞마당을 한눈에 볼 수 있는 산이며, 임실·순창·남원으로 이어지는 섬진강을 내려다볼 수 있는 산이다.

"동지 여러분! 현재 임실은 경찰서장 변상태와 김광일의 만행으로 임실 군민들 대부분이 숨죽이며 공포 속에 세월을 보내고 있습니다. 경찰과 청년단원의 만행과 횡포를 막지 못하면, 임실은 암흑 속으로 빠져들 것입니다!"

"춘수 성님 말씸이 옳은 말이요. 삼계면도 지난번 사건으로 사람들이 죽고, 매일같이 오수에서 온 청년단원들과 한기탁 일당이 들락날락허면서 주민들을 달달 볶고 있대요."

"홍기 동상 말대로, 청년단원들이 오수·삼계·지사에서 주민들을 협박하며 난리를 피고 있어. 불쌍한 주민들을 위해서라도 본때를 한번은 보여 줘야 허는디."

"여기서 본때를 보여 줄 수 있는 곳은 삼계뿐인디……. 지서가 삼계리에 있고 청년단 사무실은 세심리에 있어서, 삼계면 전 지역을 우리 힘으로 장악하기는 너무 힘이 들고 불가능한 일이여!"

"그러면 우리가 지서는 못 쫓아내더라도 청년단 사무실만큼은 세심리에서 쫓아내도록 헙시다?"

"춘수 성님! 지난번 사건의 중심지인 세심리·후천리·봉현리·홍곡리·산수리는 한기탁 청년단들이 매일같이 상주하면서 도망간 사람들 찾아내라고 주민들을 협박하고 공포에 떨게 하고 있어요. 이번에 그곳을 지키지 않으면 주민들은 우리를 외면할 것이구만요."

"준모 말이 맞구만요. 이번 일을 계기로 홍곡리 아래를 장악하여 주민들 불편을 막아 줘야 헙니다. 그리고 오수 정판석을 잡아다가 혼쭐을 내줘야 허고요."

"맞어요, 삼택이 말대로 홍곡리 아래 봉현리·후천리·산수리·세심리·죽계리라도 해방구를 맹글고, 경찰과 청년단원을 쫓아내야 헐 것이구만요."

"맞어! 서부와 북부 일부는 우리가 치안 담당을 허고 있듯이, 경찰과 청년단원들을 완전히 쫓아내도록 헙시다. 홍곡리 비홍실과 죽계리만 막으면 경찰들이 마을로 들어올 수가 없을 것이요."

묵묵히 듣고 있던 신점쇠가 말했다.

"한기탁과 정판석 같은 놈들처럼 우리 조직원 가족들에게 행패를 부릴 놈들이 생길 수 있으니, 쫓아내려면 하루라도 빨리 서둘러야 헐 것이구만요."

"그럼 청년단 사무실 습격은 언제 허면 좋을까요?"

김흥수가 초조한 듯 물었다.

"날짜는 장날 밤으로 허는 것이 좋겠어요. 장날이면 청년단원 놈들이 술 처먹고 자빠져 잘 테니까요. 밤에 지서에서 출동헌다 혀도 여기꺼정 못 올 것이구만요."

"점쇠 동상 말이 맞어. 청년단원 놈들은 장날에 주민들 호주머니 털어 고주망태가 되니께, 30일 오수 장날 밤에 지서를 습격허자고."

"그려요, 성님! 장날 밤이 제일 좋겠어요."

"그럼 나는 내일 아침 청웅으로 넘어가 30일 거사를 협의혀서, 28일 밤 안으로 용수골에 모두 모이도록 허겠네."

소춘수는 삼계청년단 사무실 습격 계획을 준비하기 위해 내일 아침 청웅으로 넘어가기로 했다.

밤이 깊었다. 원통산 중턱에서 부엉이가 이슥하도록 울었다.

움막에 누워 있는 이민희와 소춘수는 잠을 잘 수가 없어 눈만 감고 있었다.

"민희! 어머니가 얼마나 힘드실까? 뭐라고 위로 말을 못 허겠네."

"괜찮어, 어머니가 힘드신 만큼 더 열심히 살어야제!"

원통산 줄기는 장수 팔공산을 이어 금남정맥의 영취산으로 뻗어지고, 그 아래는 덕치·원치·가곡·사곡을 끝으로 갈담천에 막혀 있다.

소춘수 일행은 28일을 약속하고 청웅으로 가기 위해 학당 용수 골짜기를 가로질러 원통산 정상으로 올라갔다. 원통산 왼쪽으로는 임실 강진 백련산이 한눈에 들어왔다. 소춘수 일행이 왼쪽 능선을 타고 내려가 청웅면 두지리 외기재 봉우리에 도착하여 우측을 바라보자, 왼쪽에 조항 마을과 주치 마을이 내려다보였다. 조항 마을은 마을 모양이 새의 목과 비슷하여 붙여진 지명이다. 이 마을은 동학 2차 봉기 때, 전봉준의 태인 전투 후 충청도로 갈 때까지 교주 최시형이 2, 3개월 숨어 있었던 곳이다. 주치 마을은 뒤 고갯길이 마치 배와 같이 생겼다고 하여 붙여진 이름이다. 정면으로 보이는 지초봉을 넘으면 삼계면 죽계저수지와 세심으로 내려설 수가 있다.

소춘수 일행은 조항 마을과 주치 마을을 지나 청웅에 있는 한수동 집으로 갔다. 장명균이 미리 와 있었다.

"춘수! 고생이 많았지?"

"명균이 성님! 안녕허셨어요? 수동이 동상도 잘 있었제!"

"성님! 얼마나 고생이 많았어요?"

"용수골에 있는 사람들은 잘 있덩가? 삼계 주민들은 어떻게 사는지 궁금허네!"

"새로 부임한 삼계지서장은 이 난리통에도 덕이 많은 분이라 주민들이 별 어려움이 없는디요! 한기탁 청년부장놈의 만행이 심각해 대책을 세워야 허겄쓰라."

"내 책임이 크네. 그놈 어릴 적엔 심성이 착허고 그렸는디, 어떻게 그렇게 변했는지 모르겄단 말여."

"30일 오수 장날 밤에, 삼계청년단 사무실을 습격허기로 하였습니다, 그려서 지원 대책이 필요허그만요."

"그러면 늦어도 28일까지는 원통산 용수골에 도착혀야 허지 않겄나?"

"예, 맞습니다."

"인원은 어느 정도나 생각허는디?"

"북부 지역에서 스무 명, 서부지역에서 스무 명, 혀서 사십 명 정도는 있어야 허겄어요."

"나도 이참에 삼계로 다시 넘어가 주민들과 함께허겄네! 먹을 양식은 수동이네 집에서 쌀 두 가마니 가져가도록 허기로 혔네."

"춘수 성님! 집에서 쌀 두 가마니 준비해 놓았어요."

"수동이! 자네가 번번이 고상혀서 어떻게 헌당가? 제수씨 볼 면목이 없네."

"좋은 시상 만들려고 허는디, 있는 심 다 써 봐야제요."

소춘수는 정주만과 윤기섭을 강진으로 보내고, 수동이 집에서 나와 청웅 수풍리 소룡골을 넘어 청운리 전기선 집에 밤늦게 도착했다.

다음날 이기부, 안종덕, 최상술과 함께 청년들을 소집하여 28일 아침 일찍 청웅 한수동 집으로 갔다. 한수동 집 앞에는 덕치·강진에서 올라온 청년들과 청웅 마을 청년들이 쌀 보따리를 나눠 메고 서성이고 있었다.

소춘수 일행이 한수동 집 싸리문을 열고 들어서며 인기척을 하자, 방안에 있던 장명균과 한수동이 방문을 열고 나오면서 말했다.

"춘수 동상 왔능가?"

"예, 명균이 성님! 잘 주무셨어요?"

"그려, 이렇게 일찍 오느라고 얼마나 고생이 많았능가?"

"아닙니다, 성님!"

"상술이 선배님, 안녕하셨어요?"

"명균이 후배님, 건강은 어찌신가?"

"많이 좋아졌구만요."

장명균과 한수동은 토방에 있는 신을 동여매 신고 마당으로 내려왔다.

장명균이 싸리문을 나서자, 덕치·강진에서 올라온 청년들이 길잡이로 앞장을 섰다.

장명균과 소춘수 일행은 주치 마을과 조항 마을을 지나 삼계 용수골을 향해 바쁜 걸음을 재촉했다.

점심때가 지나, 용수골에는 오십여 명의 대식구가 모였다.

용수골 사람들은 손님을 맞이하기 위해 움막 한 채를 더 지어 놨지만, 턱없이 비좁아 반절은 노숙을 해야 할 형편이었다. 모인 청년들은 점심을 먹고 움막 한 채를 더 짓기 위해 서너 명의 청년이 능선으로 나무를 자르러 가고, 나머지는 장명균을 중심으로 작전 회의에 들어갔다.

"오늘은 우리가 이곳 원통산 용수골에서 처음으로 입산 회의를 시작허는 위대한 날입니다."

"먼저 회의 방법에 대해 좋은 의견 있는 분은 말씸해 주시길 바랍니다."

"엄한섭인디요, 산에서 생활한 지가 어느덧 달포가 지났는디 우리들 결속을 위해서라도 모임의 이름을 지으면 협니다."

"지도 엄한섭 의견에 동의헙니다."

"옳쏘!"

"그러면 여러분 모두는 모임에 적합한 이름을 생각해 주시길 바랍니다. 여러분들이 생각하는 동안 해박한 논리를 가지고 있는 최상술 선배님께서 좋은 의견 있으시면 말씀해 주시기 바랍니다."

"최상술입니다. 오늘같이 위대한 날에 발언할 기회를 주신 여러분께 감사 말씀 올립니다. 우선 명칭은 '임실 야산대' 라고 허면 좋겠습니다. 46년 10월 항쟁 이후 미군정의 검거를 피해 산으로 피신한 사람들을 야산대(野山隊)라고 불렀습니다. 현재 우리가 처한 상황도 그와 비슷한 상황이기에 '임실 야산대' 라고 부르면 좋겠다고 생각헙니다."

"최상술 선배님의 의견에 또 다른 의견 있으시면 말씀해 주시기 바랍니다!"

"맞어요, 동감허네요! 야산대란 명칭은 현재 우리가 처한 상황과도 같은 말잉께, 제 맘에 팍 와 닿네요."

"저도 동감허네요! 우리가 현재 산과 들에서 먹고 자고 똥싸고 허니께, 야산대라고 허면 좋겄네요. 히히……."

"동의가 나왔습니다."

"다른 의견 있습니까?"

"없습니다."

"재청합니까?

"재청합니다."

"재청이 나왔습니다."

"여기 삼청도 헙니다."

"삼청까지 나왔으니, 그럼 이것으로 우리의 조직은 임실 야산대로 명칭을 선포하겠습니다. 쾅·쾅·쾅!"

"다음은 조직의 위상과 임원을 선출하겠습니다."

"먼저 조직 위상에 대하여 말씀해 주시길 바랍니다."

"한수동입니다. 군대 조직은 분대, 소대, 중대, 대대, 연대, 사단으로 구분할 수 있는디요. 오늘 오신 분들을 세어 보니까 사십팔 명입니다. 그래서 소대로 정하고 분대로 나누면 좋겠습니다."

"아……, 성님! 잠깐만요. 오늘 꼭 참석한다고 혔는디 바쁜 일이 있어 못 왔는디요. 다음에는 꼭 온다고 혔는디……, 어쩐데요?"

여기저기서 참석하지 못한 사람들에 관해 수군거렸다.

"소춘수입니다. 한수동의 의견에 동의합니다. 조직의 위상은 조직원에 맞춰 짜는 것이 타당허다고 생각하며, 오늘 참석치 못한 분들에 대한 아쉬움을 말하고 있지만, 그분들이 다음에 나오면 그때 가서 숫자에 맞게 다시 논의해야 헌다고 생각합니다."

"또 다른 의견 없습니까?"

"없습니다."

"재청하십니까?"

"재청합니다."

"삼청하십니까?"

"삼청합니다."

"조직의 위상은 소대로 할 것을 선포합니다. 쾅·쾅·쾅."

"다음은 우리의 소대장을 뽑겠습니다. 소대장 후보가 한 명일 경우 박수로 선정허고, 한 명 이상일 경우에는 저녁 먹고 모든 사람들이 모인 가운데 투표로 선출해야 헌다는 의견이 대부분이어서 그렇게 허겠습니다. 이에 동의하십니까?"

"예."

"그럼 후보자를 추천해 주시길 바랍니다."

"강진의 정주만입니다. 저는 최상술 선배를 소대장 후보로 추천합니다."

정주만이 최상술을 추천했다.

"정주만으로부터 최상술 씨를 추천받았습니다. 또 추천해 주시길 바랍니다."

"임실에 엄한섭입니다. 저는 현재 사회를 보고 있는 장명균 씨를 추

천헙니다."

"저⋯⋯, 장명균이 신상 발언을 허겠습니다. 저는 아시다시피 몸도 약하고 치밀하질 못하여 여러분들을 이끌 수가 없습니다. 저는 평대원으로 남게 해 주시면 백골난망으로 생각허겠습니다. 그래서 엄한섭 동상은 발언을 취소혀 주길 바라며, 저보다 연장자이시고 해박한 논리와 치밀성을 가진 최상술 선배를 추천합니다."

"죄송합니다. 장명균 씨의 사양으로 추천을 취소하겠습니다."

엄한섭이 머리를 긁적거리며 취소 발언을 했다.

"감사합니다. 또 추천해 주시길 바랍니다."

"없습니다."

누군가가 멀리서 우렁찬 소리로 답을 했다.

"없습니까? 없으면 최상술 후보를 우리의 소대장으로 뽑겠습니다. 이의 없으십니까?"

"없습니다."

"그럼 우리 '임실 야산대' 초대 소대장으로 최상술 선배가 선정되었음을 선포합니다. 뜨거운 박수를 보내 주시길 바랍니다."

"여러분, 감사합니다. 저는 오늘 김구 선생님의 「삼천만에 읍고함」이라는 절규가 다시 한 번 가슴에 사무쳐 옵니다. 나는 '통일된 조국을 건설하려다 38선을 베고 쓰러질지언정 일신의 구차한 안일을 취하여 단독 정부를 세우는 데는 협력하지 않겠다'는 김구 선생님의 비장한 마음으로 '임실 야산대'를 이끌겠습니다. 감사합니다."

지역 특성상 '임실 야산대'를 네 개 분대로 나눴다. 제1분대는 남부 3개 면으로 분대장은 이민희, 제2분대는 임실·성수로 분대장은 엄한섭, 제3분대는 서부 3개 면으로 분대장은 한수동, 제4분대는 북부 4개 면이지만 하운암이 속해 있어 분대장으로 소춘수와 전기선을 공동 선임했다. 이렇게 해서 '임실 야산대' 조직이 탄생되었다. 임실 야산대는 기존의 시위 투쟁 방식과는 달리, 본격적인 야산 무력 투쟁이고 공개 투쟁이며 장기화 투쟁이었다. 미군정 시절 산악 지대를 중심으로 야산대 활동은 2·7 구국 투쟁 이후로, 전북 지역에서 임실 야산대가 시발점이 되었다.

최상술 소대장을 비롯 임실 야산대는 분대별로 줄을 지어 잔에 술을 따르고, 민족 해방과 남북 통일을 위해 먼저 가신 애국지사님들께 대한 묵념과 함께 멸사 헌신할 것을 맹세했다.

삼계 서북청년단 습격

야산대는 원통산 정상에 떠오른 달빛을 머리에 이고 술을 마셨다. 산생활의 어려움과 경험담을 이야기하며 내일 현지 정찰을 위해 조별로 나눴다. 최상술 소대장과 1분대 3분대는 숙호개를 중심으로 도로와 통신망을 조사하며 삼계리에 있는 순경들의 동태를 파악키로 하고, 장명균과 2분대 4분대는 산막으로 내려가 도로와 통신망을 조사하며 한기탁 삼계 청년부장의 동태를 살피고 돌아오기로 했다. 한기탁 부장의 동태 파악 임무에 장명균이 배정된 것은 장명균의 자청에 의한 것이다. 한 부장의 활동 반경을 친척인 장명균이 잘 알고 있기 때문이다.

야산대는 자정이 넘어 잠자리에 들었고, 새벽이 되자 현지 정찰을 서둘렀다. 아침밥을 먹고 최상술 소대장 일행은 학정으로 내려가, 남촌 능선을 타고 사오랑 계곡을 넘어 숙호개 뒷산에 잠입했다. 장명균 일행도 용소골에서 치초봉을 넘어 세심골로 내려가 산막 뒷산으로 잠입했다.

홍곡리 방향은 하루에 지프차가 두 번 다니며 소련제 제무시 트럭은 다섯 번 왕래했고, 순경들은 지서 근처에서 활동하고 있었다. 반면 죽계리 방향은 차량 통행은 전혀 없고, 망정리를 통해 임실로 가는 소달구지 두 대만 지나갈 뿐이었다.

청년단 사무실 습격을 위해 비홍실과 하용동·세심으로 나누어지는 삼거리다리만 파괴하면 오수 쪽에서 경찰 병력이 진입하기 어렵고, 외부로 알리는 통신선은 오수로 이어지는 비홍실 앞 전선과 임실로 이어지는 산막 앞 통신선을 자르면 될 것이다. 그런 후 세심리 청년단 사무실을 습격하면 안성맞춤이다.

야산대 일행은 어두워질 때까지 정찰을 하고 능선을 타고 용소골로 돌아갔다. 내일 거사는 우리 쪽 대원들의 숫자와 전술이 월등하다고 판단이 되었다. 대원들은 누구나 할 것 없이 배낭에 갖가지 물건들을 집어넣고, 보통학교 때 소풍날을 기다리는 어린애들처럼 들떠 있었다. 밥 지으러 갔던 대원들은 솥단지와 냄비를 들고 올라왔다. 대원들은 각자가 밥보자기에 점심과 저녁에 먹을 밥을 나누어 담고 식사를 했다.

몽둥이와 배낭을 메고 포승줄을 허리에 동여맨 대원들이 능선에 정렬하여 서 있었다. 모자와 의복, 배낭, 신발에 이르기까지 가지각색이라 영락없는 각설이패 같았다. 골짜기는 붉게 타오르는 아침 햇살 때문에 따뜻했다.

대원들은 일정한 거리를 유지하면서 걸었다. 저 멀리 장에 가는 사람들 모습이 보였다. 소를 끌고 가는 아저씨, 큰 보따리를 머리에 이고 작은 것은 손에 들고 가는 아낙네, 나무를 한 짐 가득 지고 가는 나무꾼 등 오수장에 장 보러 가는 사람들이었다. 능선에 앉은 야산대 일행은 장 보러 가는 사람들을 보내고 비탈길을 따라 숙호개 뒷산에 잠복했다.

대원들은 망을 보다 더러는 졸며 점심때를 맞이했다. 고춧가루와 깨를 섞은 양념소금 하나로 주먹밥을 먹었다. 점심을 먹은 후 바깥 풍경을 바라보니, 애들이 책보를 들고 집으로 뛰어가는 것이 보였다. 졸다

깨다를 반복하며 망을 봤다. 차가운 기운에 눈을 떠 보니, 장에 갔던 사람들이 하나 둘씩 홍곡리 고개를 넘어오고 있었다. 장이 파한 것이다.

멀리서 트럭 한 대가 요란하게 소리를 내며 홍곡리 고개를 넘어왔다. 트럭은 홍곡리 삼거리를 지나 세심리로 접어들자, 대원들 시야에 정확하게 들어왔다. 이십여 명의 청년대원들이 총과 몽둥이를 들고 고성의 노래를 부르고 있었다. 앞자리에는 한기탁이 담배를 꼬나물고 차창에 얹은 팔뚝을 움직여 가며 뒤에서 흘러나오는 노래 장단을 맞추고 있었다. 트럭은 세심리 서북청년단 사무실 앞에 멈추어 섰다.

그늘진 산속에 해가 기울자 기온이 떨어져 온몸에서 한기가 돌았다. 지금쯤 한기탁이 부하 단원들을 보내 놓고 따뜻한 청년단 숙소에서 자고 있을 거라는 생각을 하자, 더욱 몸이 떨려 왔다.

오늘도 원통산에서 떠오른 달은 삼계면 일대를 훤하게 비추고 있었다. 홍곡리 비홍실 앞 통신선은 1분대가 자르고, 3분대는 홍곡리 삼거리다리를 파괴하기로 했고, 죽계리 산막에서 임실로 통하는 통신선은 2분대가 자르기로 했다.

"대장님, 날씨가 추워지네요. 통신선은 언제 자릅니까?"

"마을이 불을 끄고 자기 시작허면 그때 통신을 끊으러 간다. 동시에 3분대는 삼거리다리를 파괴하고, 그곳에 모두 모여 양쪽 하천을 따라 지서 앞까지 돌진헌다. 지서 앞에 도달하면 산막 쪽에서 통신선을 자르고 내려온 대원들이 우리 반대편 하천에 매복해 있을 것이다. 조금의 오차도 없이 긴밀하게 행동허기 바란다."

"잘 알겠습니다."

"1분대는 비홍실로 출발허고, 3분대는 나와 함께 삼거리다리 쪽으로 출발헌다."

최상술 소대장과 3분대 대원들이 다리 밑에 막 도착하자, 세심리지 서 쪽에서 트럭 한 대가 불을 밝히고 달려왔다. 대원들은 초긴장 상태로 다리 밑 하천물에 몸을 숨겼다. 하필이면 달려오던 트럭이 다리 앞에 멈추더니 서너 명의 서북청년단을 쏟아냈다. 차 안에는 두 명이 더 있는 것 같다.

대원들은 차가운 물에도 아랑곳 않고 전투 태세를 갖추며 물속에 쭈그리고 앉았다.

"오늘밤 오수에 가서 코가 삐뚤어지도록 술 한잔허자."

"그러자. 근디 빼갈집에 가시내들 많이 있겠지?"

"그럼, 부르기만 허면 제무시로 한 트럭은 온단다."

"빼갈집 막내 가시내 이쁘지? 고년 오늘 밤에 어떻게 한번 해 봐야 쓰겄는디. 낄 낄~낄."

차에서 내린 서북청년단원 두 명은 다리 기둥에 대고 오줌을 질러대고, 다른 두 명은 트럭 바퀴에 오줌을 싸고 있었다.

"야, 임마! 발통 빠지겄다. 그만 좀 갈겨라."

"아따, 성님도! 사둔 넘 말허네요. 죄 없는 다리 기둥 고상 그만 시키고 어서 차나 타시오. 기둥 뽑아지겄소!"

삼계 서북청년단원들은 시원하게 오줌을 갈기고 나서는 오수 방면으

로 떠났다. 낮에 장터에서 먹은 술이 못내 아쉬운 듯 몇몇 단원들이 부
장 몰래 트럭을 끌고 오수로 나가고 있는 것이다.

대원들은 십년 감수라도 한 듯, 긴 한숨을 내쉬며 물속에서 기어나와
땅바닥에 주저앉았다. 최상술 소대장은 통신선을 자르기 위해 홍곡리
비홍실로 출발한 이민희 분대가 걱정이 되었지만 어찌할 도리가 없었
다. 목재 다리를 거의 해체할 무렵 이민희 분대는 하천을 따라 올라왔
다.

"이민희 분대장, 괜찮아? 걱정 많이 혔는디."

"늦어서 죄송합니다, 소대장님!"

이민희 분대원들이 전신주에 올라가 통신선을 자르려 하는데 세심리에서 트럭 불빛이 보이자, 재빨리 전신주에서 내려와 하천에 몸을 숨긴 것이다. 트럭이 지나간 후 다시 전신주에 올라가 통신선을 끊느라 작업이 늦어졌다고 했다.

"천만다행이여. 빨리 목재 다리를 해체허고 세심리로 출발허세."

대원들은 삼거리 목재 다리를 해체하고 하천 양쪽으로 나눠 세심리로 올라갔다. 최상술이 이끄는 야산대가 청년단 사무실 앞 하천에 도착하니 산막 방향에서 장명균과 소춘수 일행이 먼저 와 있었다. 사무실 안은 대원 한 명이 불을 켜 놓은 채 총을 메고 졸고 있었다. 사무실에 붙어 있는 청년단 숙소는 불이 꺼져 있었다. 그러나 또 다른 청년단원들이 있을지 모르기 때문에 대원들은 차가운 하천물에 허벅지까지 담그고 기다려야 했다. 초봄 하천물에 젖은 허벅지는 밤이 깊어질수록 매섭도록 차가워졌다. 병연이가 턱을 떨며 귓속말로 중얼거린다.

"대장님! 덕열이허고 삼택이랑 사무실 안을 살피고 오면 안 될까요?"

"그려, 같이 가서 청년단 사무실 살펴보고 와야 쓰겄네!"

송병연 일행이 하천에서 몸을 일으켜 언덕을 올라가는 순간 청년단 숙소 문이 활짝 열리더니, 청년부장 한기탁이 밖으로 나와 오줌을 갈기고 사무실 안으로 들어가 졸고 있는 청년단원을 깨워 다그쳤다.

사무실 안은 한 부장과 단원만 있다는 것이 확인되었지만, 저들은 총을 가지고 있어 쉽사리 덤빌 수 없을뿐더러 오수에 나간 단원들이 언제 돌아올지 모르는 이중고에 시달리며 고통을 감내해야 했다. 초조한 긴박감이 대원들을 사로잡았다. 대책 없이 시간만 흘러가자 장명균이 다가와 말을 했다.

"대장님, 제가 한기탁을 유인해 보겠습니다."

"어떻게 유인하겠다는 것이여?"

"방법이 있을 것 같습니다."

"어떻게 헐려고……."

최상술은 장명균의 비장한 제안에 불안감이 몰려왔다.

"지난번 사건 때 죽은 사람들 모두 제 책임입니다. 그 원흉은 저기 한기탁이구만요. 제가 청년단 사무실 안으로 들어갈 테니, 총소리가 나면 사무실 뒷문과 앞문으로 들어가 총을 탈취하고 사무실을 점거하십시오."

장명균이 하천을 나와 사무실 쪽 출입문 벽에 몸을 낮춰 기대었다.

"병연이 자네도 뒤따라서 가 봐야 쓰겄어."

"예, 대장님."

송병연이 대원들과 하천에서 나와 장명균 뒤를 따라 청년단 사무실 뒤쪽 문과 양 옆을 에워쌌다.

장명균은 유리창 너머로 사무실 안을 살펴보았다.

청년단원 한 명이 난로를 등지며 출입문을 향해 총을 메고 서 있고, 한기탁은 난로 옆에 놓여 있는 의자에 몸을 반쯤 파묻고 눈을 감은 채 앉아 있었다. 사무실 안에서 태연히 졸고 있는 한기탁을 보자, 그날 밤 총탄에 죽어간 청년들의 울부짖는 모습이 순간 환시되었다. 죽어간 청년들이 졸고 있는 한기탁을 죽이라고 부르짖듯 환청이 들려왔다. 삼계 청년들의 죽음에 대한 죄책감에 장명균은 오랫동안 우울해 있었다.

장명균은 품속에 숨겨둔 일본 단도를 꺼내 들고 한기탁을 향해 사무실 안으로 뛰어들었다.

"야~, 이자식아!"

"누구여?"

"꼼짝 마! 새꺄!!"

"뭣여!"

"탕······!!"

눈 깜짝할 순간이었다. 사무실 책상이 엎어지고 난로 연기통이 뽑혀 내동댕이쳐지고, 뿜어져 나오는 피로 사무실 안은 피범벅이 되었다. 뒤따라온 송병연이 청년단원 총을 빼앗아 총부리를 한기탁에게 겨누었다. 야산대원들도 사무실 안으로 몰려왔다.

한기탁도 허리춤에 차고 있던 권총을 빼 들고 야산대원들을 노려봤다. 서로가 총구를 상대방을 향해 겨누며 노려본다. 장명균 하복부에서 피가 계속하여 쏟아져 나오고, 청년단원 가슴에서도 피가 멈출 줄 모르고 있었다. 칼을 든 장명균이 사무실 안으로 뛰어들면서 청년단원의 총을 붙잡고 다른 손으로 청년단원의 가슴을 찌르자, 청년단원이 장명균을 향해 총을 발사했다. 뒤따라 들어온 송병연과 정준모가 청년단원을 제압하고 재빠르게 총을 빼앗았다.

"누구여! 당신들 누구여?"

한기탁은 권총을 들고 떨면서 야산대원들에게 소리쳤다. 하복부에 총을 맞은 장명균은 한기탁에게 다가가 나무라듯 다그쳤다.

"기탁이, 이놈! 총 버려라. 니가 버리지 않고 여기에 있는 사람 한두 명은 죽인다 혀도 결국 너도 죽을 것이다. 어서 총을 버리고, 너 때문에 죽은 동네 사람들에게 용서를 빌어라! 아니면 이 자리에서 나부터 쏘아 죽이고 너도 이 사람들에게 총 맞아 죽어 버리던가, 이놈의 자식아!"

장명균이 배를 움켜쥐고 한기탁이 앞으로 다가가며 말을 이어갔다.

"삼춘, 나가 무슨 잘못을 혔다고 그라요."

"니놈이 밀고혀서 엄청난 사람들이 죽응 걸 모른단 말여! 아니면 아니다고 말혀 봐! 이 개만도 못헌 놈아."

장명균의 분노가 한기탁을 몰아세웠다.

"그~ 그러면 삼춘이, 나 책임져야 허요!"

죽기를 각오한 장명균의 행동에 청년부장은 몸을 움츠리며 총을 내려놓았다. 총을 바닥에 놓자, 대원들은 청년부장을 포승줄로 묶고 무기고를 부수어 총과 수류탄 등을 탈취하였다.

최상술은 청년단 사무실을 점령하자마자, 혼수 상태에 빠지려는 장명균을 세심리 한약사에게 업고 달려갔다. 중환자를 맞이한 점백이 한약사는 총 맞은 부위를 치료하느라 밤을 새웠다. 청년단 사무실에 남아 있는 야산대원들은 이민희 지휘 아래 1분대는 청년단 사무실 주변 참호에서 경계하고, 3분대와 4분대는 홍곡리 삼거리를 방어하도록 했다.

2분대는 죽계리 고개를 사수하도록 떼어 보냈다. 최상술 소대장은 한약사가 장명균을 치료하는 것을 보고, 청년단 사무실에 묶여 있는 한기탁 앞으로 가 말을 건넸다.

"한 부장, 우리는 임실 야산대다. 홍곡리 아래 마을은 야산대가 담당할 테니, 청년단원들은 앞으로 이쪽 지역에 얼씬도 허지 마라. 복구비로 걷은 모든 쌀값과 명단을 내놓고, 날이 새면 주민들에게 다시 돌려주러 가자. 다시 한 번 주민들을 괴롭혀 쌀과 돈을 갈취한다면 그때는 용서치 않겠다. 장명균 대원은 나보단 나이가 어리지만 이렇게 허무하게 죽을 순 없는 사람이다. 만약에 장명균 대원에게 무슨 일이 생긴다면 한 부장도 내 손에 죽을 수밖에 없다는 걸 잊지 말도록 혀라!"

"잘못혔네요, 살려만 주세요."

홍곡리 삼거리를 지키고 있는 3, 4분대에서 연락이 왔다. 오수로 술 먹으러 나간 청년단원들이 세심리로 들어오다가 파괴된 다리 앞에서 생포되었다는 전갈이었다.

청년부장과 청년단원들을 사무실에 묶어 놓고 날이 밝기를 기다렸다. 날이 밝아오자 야산대원들은 청년부장을 앞세워 마을을 찾아갔다. 한기탁이 주민들에게 쌀값을 나눠주면서 다시는 괴롭히지 않겠다는 서약을 일일이 하고 돌아다녔다.

쌀값을 돌려준 야산대는 한 부장과 청년단원들을 홍곡리 삼거리에서 트럭을 타고 떠나도록 했다. 장명균은 세심리 한약방에서 치료를 받아 의식을 회복하였고, 칼에 찔린 청년단원은 한약방에서 치료를 받고 한기탁에 의해 오수병원으로 후송되었다.

죽은 사람 한 명도 없이 청년단 사무실을 점령한 야산대의 첫 사업은 주민들에게 환영과 찬사를 받았다. 야산대는 무기마저 획득하게 되어 명실상부한 조직으로 탄생되었다. 첫 사업을 성공적으로 끝낸 야산대는 동네 청년들의 자원으로 칠십여 명으로 늘어났다. 최상술 소대장은 이민희가 분대장으로 있는 1분대를 홍곡리 비홍실 고개를 방어하도록 보내고, 엄한섭과 한수동이 분대장으로 있는 2분대와 3분대를 죽계리 고개로 보냈다. 그리고 소춘수와 전기선 분대장과 4분대 대원들은 최상술 소대장과 함께 마을 치안을 담당하게 했다.

최상술 소대장은 각 마을 이장들과 유지들을 면사무소에 모아 놓고 어젯밤 야산대의 서북청년단 사무실 습격 당위성에 대해 설명했다. 앞으로 삼계 홍곡리 아래 지역 치안에 대해 주민들의 의견을 물었다.

"여러분! 이곳은 조상 대대로 살아온 여러분들의 고장입니다. 여러분들이 이 고장을 스스로 지키고 운영할 권리가 있습니다. 그 소중한 권리를 지켜 나갈 때만이 이곳은 평화로운 삶의 터전이 될 것입니다. 치안에 대한 여러분의 의견을 듣도록 허겠습니다."

"소대장님! 우리는 맨손인데 경찰들이 쳐들어오면 어떻게 헌데요?"

"경찰들이 못 들어오도록, 우리 야산대 세 개 분대를 홍곡리와 죽계리로 보냈습니다. 우리도 완전 무장을 혔으니께, 경찰들이 함부로 쳐들어오지 못할 것입니다."

"경찰들은 박격포도 있고 비행기도 있는디, 언제꺼정 우리를 지켜

줄 수 있데요?"

"나라의 주인은 경찰이나 양코배기가 아니라 바로 주민들입니다. 주민들이 단합하고 주인이 되려고 헌다면 경찰이 쳐들어와도 걱정할 것이 없습니다."

"맞소. 우리가 우리를 지키려고 헐 때만 마을에 평화가 오는 것입니다. 그러기 위해서 우리 스스로 지킬 수 있는 '주민자치위원회'를 결성할 것을 말씀드립니다."

정일두 학정 이장이 주민자치위원회를 결성하자고 제안했다.

"주민자치위원회를 맹그러서 무엇을 어떻게 헌데요?"

삼계 후천리 권성준 이장이 특별한 관심을 내보이며 주민자치위원회 역할을 물었다.

"주민자치위원회는 우리 삼계를 주민 스스로가 운영하는 것입니다. 그래서 자치라고도 합니다."

"그렇구만요, 그러면 우리가 자치혀야지요. 일본놈들에게서 해방된 지가 언젠디, 아직도 우리가 자치하지 못한다는 것은 말도 안 되는 일이지요. 암요!"

"학정 이장님의 말씀처럼 주민자치위원회를 결성하자는 의견에 반대하시는 분이 안 계시면 '삼계면 주민자치위원회' 회장을 뽑도록 허겠습니다. 반대 의견 없으십니까?"

"없습니다."

"그럼 삼계면 주민자치위원회 회장은 후천리 노인회장이시고 박식

하신 신승철 노인회장님을 추대하고자 하는데, 여러분의 생각은 어떠하십니까?"

"찬성헙니다. 신승철 노인회장님은 법 없이도 사시는 분잉께, 무조건 찬성헙니다."

"찬성 의견 나왔는데 또 다른 의견 없으십니까?"

"없습니다."

"없으시면 후천리 신승철 어르신이 주민자치위원회 회장으로 추대되었음을 선포합니다."

"부회장은 신승철 회장님의 추천에 따라 학정 마을 정일두 이장님과 야산대의 송병연 대원을 선출하고자 하는데, 여러분들의 뜻은 어떤지 말씀해 주십시오."

"찬성, 동의합니다."

"그럼 부회장에 학정 마을 정일두 이장님과 송병연 대원이 선출되었음을 주민 여러분께 공포합니다."

주민자치위원회는 신승철 회장과 정일두·송병연 부회장을 중심으로 주민들을 이끌어 가기로 하고, 자문위원은 권성준 후천 마을 이장과 각 마을 이장들이 담당하기로 했다.

임시 사무실은 청년단 사무실 안에 설치하며, 매일 아홉시에 회의를 개최하여 운영하도록 했다.

오후 3시가 되자 홍곡리 쪽에서 총소리가 들려왔다. 임실경찰서의 지원을 받아 오수지서와 청년단을 선두로 지사면 순경·청년단, 아침에 쫓겨간 삼계 청년단들까지 동원되어 홍곡리 비홍실 고개로 진격해 오고 있다는 전갈이었다.

최상술 소대장은 4분대를 이끌고 홍곡리 비홍실 고개로 달려갔다. 경찰과 청년단들이 삼계리지서에 모여 있었다. 괘평으로 올라와 진을 치고 비홍실 골짜기를 향해 총을 쏘아대고 있었다. 인원은 오십여 명에 지나지 않았지만, 기관총으로 무장한 경찰들은 비홍실 고개를 향해 집중 사격을 가해 왔다. 야산대는 비홍실 골짜기 위 바위를 방어벽 삼아 아래인 괘평을 바라보고 총격을 가했다. 삼계 홍곡리 주민들이 총소리에 놀라 보따리를 싸고 숙호개 쪽으로 논두렁과 밭두렁을 타고 구름떼처럼 도망가고, 괘평 주변 주민들도 총소리에 놀라 허둥대며 삼계리 쪽으로 피난을 갔다.

해가 서쪽으로 넘어갈 때까지 총격전은 계속되다 날이 어두워지면서 경찰과 청년단들은 삼계리로 철수하였다. 경찰과 청년단들은 물러갔지만, 야산대는 비홍실 골짜기와 죽계리에 초소를 만들고 경계 태세에 들어갔다. 임실에서 이인리로 진입하는 독산 마을 위 구곳터골을 경계하는 것도 야산대에는 급선무였기 때문이다. 최상술 소대장은 4개 분대 분대장들을 소집하여 비홍실 골짜기와 이인리 진입 방어 전략을 논의하고, 2분대 엄한섭 분대장과 3분대 한수동 분대장에게는 오늘 밤 경찰들이 정월리와 고산리를 넘어 이인리로 넘어올 것을 대비, 구곳터골을 사수하기 위해 떠나라고 지시했다.

최상술 소대장을 포함한 1분대와 3분대는 삼계에 남아 홍곡리 아래 마을을 사수하기로 했다.

아버지의 마지막 얼굴

정판석과 경찰들은 대정리로 들어가 이민희 어머니의 머리채를 잡아 내동댕이쳤다. 그리고 몽둥이로 후려치며 발로 짓밟았다.

"판석이 자네가 어찌 아줌씨에게 이를 수 있당가? 천벌받을라고!"

처마니댁과 종수 애비는 참다못해 삿대질을 하며 달려들었다.

"뭐이여! 이 쫑간나 새끼가 죽을려고 환장을 혔나. 총 이리 줘! 이 자식부터 쏘아 죽여 버리게!"

"헉, 무신 말인가……. 종수 애비는 아무 잘못이 없응께, 얼릉 날 데리고 가. 판석이! 내가 잘못혔구만, 미련한 종수 애비 좀 용서해 주게."

"에잇! 너, 오늘 천운 튼지 알어라. 한 번만 내 눈에 띄면 그때는 저승 길 가는지 알고 있어. 가자!"

오수 청년단원들은 이민희 어머니 시암내댁을 임실경찰서로 끌고 가 지하 취조실에 처박았다.

"당신 여기가 어딘지 알어! 염종철이 맞아죽은 자리여. 이민희 언제 왔다갔어?"

그날 친정 동네에 사건이 크게 났다고 하더니만, 칙칙한 취조실에서 종철이 이야기가 나오는 것이 예삿일이 아니었다.

"그때 나간 뒤로 한 번도 안 왔어요."

사찰계 형사가 총부리로 가슴을 쿡쿡 찌를 때마다 시암내댁은 저승 길을 갔다오는 공포감에 시달렸다. 새벽이 되어서야 사찰계 형사는 시암내댁을 취조실 구석에 팽개쳐 놓고 무거운 철문을 닫으며 나가 버렸다. 캄캄한 취조실 공간은 죽지 않은 원혼들이 벽 곳곳에 붙어 있는 느낌이었다.

'지는 어떻게 혀야 헌데요? 민희 아부지……, 민희가 무슨 잘못을 혔당가요? 민희 아부지! 지는 죽어도 괜찮응께, 민희 좀 도와주시쇼.'

시암내댁은 이틀 만에 풀려났다. 경찰서에서 나오자, 햇빛에 눈이 부셔 앞을 볼 수 없었다. 경찰서 담벼락을 더듬으며 모퉁이를 돌아섰다. 아무도 따라오지 않는다는 것을 느낀 시암내댁은 한숨을 돌리고, 죽기 전에 친정아버님을 한번 봬야 한다는 마음으로 신평면 시암내 친정으로 발길을 돌렸다.

경찰서 뒤 안골 마을을 지나 처마니를 통해 창인리에 도달하니 신평 가는 오원천이 눈앞에 다가왔다. 냇가만 따라가면 시암내에 도달할 것 같다는 생각에 눈물이 앞을 가렸다.

'형사놈 말대로 종철이 동상은 죽었단 말인가!'

시암내댁이 오수로 시집가던 날, 종철이 동상이 말고삐를 잡고 짐꾼들을 이끌며 창인리와 용우치를 지나 임실 · 성수 · 오수로 지나왔던 길이라 서러움이 몰려왔다.

창인리보 방천길을 지나 말목 뜰을 가로질러 신작로길로 올라가니, 다리를 보수하는 인부들이 쳐다보며 중얼거린다. 그날 사건으로 다리가 파괴된 모양이다. 누군가가 뒷덜미를 낚아챌 것 같아 급히 뒤도 돌아보지 않고 종종걸음으로 상두 마을까지 내려갔다. 미에기 바위거리에서야 후들거리는 다리를 진정시키기 위해 잠시 바위 위에 앉았다. 다시 일어나 신작로길을 재촉하며 걸어가는데, 저 앞 농원과 상두 마을 입구 삼거리에도 여러 사람들이 모여 부서진 다리 공사를 하고 있었다. 시암내댁이 치맛자락을 앞으로 움켜쥐고 다리 옆을 막 돌아가려는데, 시암내 조카인 완규가 시암내댁을 불러세웠다.

"오수 고모님 아니세요?"

완규는 해방 전 중두에 사는 처자와 중매 결혼하여 신접살림을 하기도 전에 일본 규슈 탄광촌으로 강제 징용되었다.

일본은 전쟁 막바지 '국가총동원령'에 의해 전시노무자들을 가장 극심하게 동원했다. 전시노무자동원 방법은 징용대원을 통해 완전히 강압적이었다.

징용대원들이 마을 어귀를 지키고 있으면서 집집마다 수색해 가거나, 노인이나 부녀자들을 인질로 잡아 두었다가 청장년 남자들로 하여금 징용에 응하게 했다. 심지어는 들에서 일하는 사람들을 습격하여 잡아들이는 등 거의 '사람사냥'이었다.

경찰서장의 임명을 받은 징용대원들은 징용대상자들을 징용했다.

일본제국은 징용대원들에게 국민복에 전투모와 목검을 착용하게 하고 면장과 구장의 협조를 통해 전시노무자 징발을 독려했다.

징용대원들은 논으로 점심을 내가는 완규 색시를 삼각점 백사장이 보이는 큰 냇가 섶다리 앞에서 인질로 잡아갔다.

완규 색시는 걸멧뜰에서 일하는 새신랑 점심을 내가다 잡힌 것이다.

점심광주리를 머리에 이고 집 앞 논두렁을 지나 종종걸음으로 신작로를 가로질러 큰 냇가 섶다리 앞에 도달할 때였다.

"아즘메, 어디 가시오?"

징용대원 두 명이 섶다리를 건너려는 완규 색시에게 시비를 걸었다.

"야~아, 저기 가는디요."

"저기가! 어디요?"

"논에 가는디요."

"아즘메, 거기 광주리에 뭐요?"

"우리 집 양반, 점심인디요."

"그라요, 어디 보십다."

징용대원 중 한 명이 머리에 이고 있는 광주리 보자기를 올려봤다.

"근디 아즘메! 우리 지서장께서 헐 이야기가 있다고 아즘메를 데리고 오라고 혔는디, 어떻게 헐라요?"

"왜랴?"

"그건, 우리가 모르고. 긍게! 우리랑 얼릉 갑시다."

"안 되는디요. 저희 양반 논에서 눈 빠지라고 기다릴 텐디요."

"안 되긴 뭐시 안 된다는 것이여!"

옆에 있던 다른 징용대원이 머리에 이고 있던 광주리를 땅으로 내동댕이쳤다.

"에이구머니! 왜 이러신데요. 이거 큰일났네요."

완규 색시는 땅으로 떨어진 보리밥 덩어리와 김치가닥을 손으로 광주리에 담으며 눈물을 적셨다.

"이 아즘메가, 지금 뭐하는 것이여! 가자면 가지 웬 잔소리를 나부랭거리는 것이여."

징용대원은 광주리에 흙 묻은 보리밥 덩어리를 담고 있는 완규 색시 머리채를 끌면서 광주리를 발로 차 버렸다.

"아이구 어쩐데요. 우리 양반 점심인디. 어떻게 헌데요?"

완규 색시는 징용대원에게 끌려가면서 뒹굴어져 있는 광주리를 보며 논에서 기다리는 남편을 생각했다.

점심때가 한참을 지나도 집에서 기별이 없자, 완규는 논일을 하다 말고 집으로 발걸음을 재촉했다.

걸맷들을 나와 큰 내 앞 섶다리를 건너려 하는데, 건너편 지서 앞에서 노인 한 분이 소리를 지르며 순사들과 몸싸움을 하는 것이 보였다.

불안한 마음에 섶다리를 뛰어 건너와 바라보니, 몸싸움을 하고 있는 사람은 아버지 김형국이었다.

완규는 작년 겨울에 산에서 내려오신 아버지의 중매로 올봄에 결혼식을 올린 새신랑이다. 중두마을에서 시집온 완규 색시는 보따리장사와 아버지 김형국의 중매로 맞선도 보지 않고 서둘러 식을 올렸다.

완규가 결혼식을 올려 새신랑이 된지도 이제 겨우 두 달이 지났다.

전시노무자 징용에 혈안이 되어 있는 일제 지서장과 순사들은 신사참배 거부로 인해 불령선인 집안으로 찍혀 있는 김형국의 집안이 언제나 사냥 대상이었다.

김형국 집안에는 18살 먹은 큰아들 김완규와 갓 시집온 16살 색시와 이제 8살이 된 아들뿐이었다.

김형국 부인은 죽은 지 7년이 넘었다.

막내아들 종규를 낳고 일 년도 안되어서 병으로 죽은 것이다.

전시노무자로 가장 적합한 불령선인 집안 김완규를 징용하기 위해 일제 순사들과 징용대원들은 치밀한 작전에 들어갔다.

김완규는 워낙 힘이 장사여서 어설픈 징용대원 몇 명으로 사냥할 수 없었다.

그렇다고 김형국을 인질로 선택할 수 없었다.

그는 나이가 많고 몸이 쇠약해져 있다 해도 늙은 호랑이였다.

5년 전 신사참배를 거부하고 오궁리 활고지로 들어갈 만큼 강단 있고 소신이 강한 사람이다. 일제순사들은 김형국을 인질로 잡아온다 해도 죽어도 동조하지 않을 것이 뻔했고, 8살 먹은 동생을 잡아오면 비난이 거세질까 두려워 완규 색시를 선택한 것이다.

새색시에게 변고가 생겼음을 직감한 완규는 몸싸움하는 김형국에 다가가 물었다.

"아버지, 무슨 일이에요. 그 사람이 때가 지나도 논에 오지 않아 달려 왔어요."

김형국은 대답하지 않고 소리만 질렀다.

"야, 이놈들아! 우리 며늘아가 내놔라. 내놔라, 내놔라. 흑흑."

김형국은 본인의 가시밭 인생이 자식들에게까지 닥쳐오는 것 같아, 평소에 없었던 눈물을 흘리며 소리치고 있었다.

생전에 처음 본 아버지의 눈물을 본 완규는 피가 거꾸로 치밀어 올라옴을 느꼈다. 몇 해 동안 엄동설한에도 굴하지 않고 활고지에서 저항하던 아버지의 모습은 간데없고, 초췌한 아버지의 모습이 너무 안쓰러웠다.

완규는 지서 앞에서 아버지를 막고 있는 징병대원 두 명과 일제순사 한 명을 단숨에 고꾸라트리고, 지서 안으로 들어가 지서장 멱살을 잡아 내팽개쳐 버렸다.

완규는 전시노무자 징용을 숙명으로 받아들인 듯 있는 힘을 다해 지서 안의 모든 집기를 때려 부셨다.

마치 덫에 걸려 포효하는 호랑이처럼 지서 안을 부수며 달려오는 순사들과 뒤엉켜 붙어서 싸웠다.

한참 동안을 순사들과 싸운 완규는 수갑이 채워진 채 얼굴이 피투성이가 되어 지하 유치장에 감금되었다.

아침이 되었는지, 캄캄한 유치장에 한 줄기 햇빛이 가느다랗게 들어왔다.

"저기요, 저기요. 몸은 괜찮으시데요? 저기요, 저기요."

한 줄기 햇빛처럼 어디서 여인네의 목소리가 가느다랗게 들려왔다.

"저기요, 저기요. 몸은 괜찮으시데요? 저기요, 저기요, 저기요……."

완규는 일제순사들에게 몰매를 맞아 성한 데가 한 군데도 없는 몸을 끌어당겨 목소리가 들려오는 곳으로 기어갔다.

"저예요, 몸은 어찐데요? 오메, 이렇게 얼굴이 망가졌는디. 다른 데는 얼마나 아프데요?"

"임자여?"

"예. 저예요."

"나는 괜찮어, 임자는 얼마나 놀랬디야?"

"지는 가슴만 콩당콩당 뛰었제, 암시랑 괜찮구만요."

"그려, 천만다행여. 아버지는 괜찮으셔?"

"예. 아버지가 아침 일찍 가보라고 하셔서 아침밥상 차려놓고 왔어요."

"임자한테 미안하구만."

"아녀요, 그게 무슨 말씀이데요? 지는 암시랑도 안 혀요."

"아녀, 앞으로 일어날 일이 걱정이 돼서 그려."

"걱정은 무슨 걱정이데요. 얼른 나와서 건강 챙기면 되지요."

완규는 어린색시를 홀로 두고 이국만리를 떠날 수밖에 없는 자신이 너무나 한스러웠다.

"임자! 내가 참으로 미안허구만. 지금 쪽바리들은 탄광을 캐기 위해 전시노무자를 징용하고 있어. 내가 그 착출 대상에 찍힌 거여. 그래서 어제 같은 일이 일어난 것이고……."

"그러면 지를 끌고 온 것이 모두다……."

"그려. 그래서 앞날이 걱정이네."

"그러면 어찐데요. 으흑 흑 흑흑……."

완규 색시는 그동안 일제에 징용되어 돌아오지 못한 사람들의 서러움과 슬픔을 알고 있었다. 완규 색시는 그러한 불행이 자신과는 관계없는 일이고 꿈에도 찾아올 것이라 생각하지 않고 살았다.

"가지 말아요. 잡혀 가지 말아요. 이 안에서 같이 사는 한이 있어도 가지 말아요. 흑흑."

"울지 마소. 나를 전시노무자로 보내기 위해 임자를 잡아온 것처럼 일제는 나를 노무자로 보내기로 한 거여. 내가 끝까지 싸워도 가는 날짜만 다르지, 변하는 건 없어."

"그려도 언제 오신단 기약도 없는 곳을 가시면 어떻게 헌데요."

완규 부부는 캄캄한 지하실 유치장에서 철창살 사이로 두 손을 부둥켜 잡고 해가 지는 줄도 모르고 울었다.

김형국은 큰아들 면회를 간 며느리가 해가 서산으로 넘어갈 때까지 오지 않아 애를 태우고 있다가 지서로 발길을 옮겼다.

지서 안으로 들어선 김형국은 순사의 안내를 받아 지하실 유치장 앞으로 들어가다 아들 부부가 철창살 사이로 두 손을 맞잡고 울고 있는 것을 보았다.

차마 눈 뜨고는 볼 수 없는 광경이었다.

전생에 무슨 잘못이 있었기에 이렇게 가슴 아픈 현실을 맞이해야 하는가?

김형국의 두 눈에서 눈물이 주르르 흘러내렸다.

유치장 안에서 눈물 흘리는 아버지를 발견한 완규가 눈물을 닦고 일어섰다.

"아버지, 오셨어요?"

김형국은 목이 매여 말을 못하고 달려가 아들 내외를 손으로 부둥켜잡고 울고 울었다.

"아버지, 울지 마세요. 진지는 드셨는지 모르겠네요?"

유치장에서 아버지를 걱정하는 아들의 피범벅이 된 얼굴을 보고 있자니 가슴에 쌓인 피가 터져 나올 것만 같았다.

"아들아, 내 잘못이 크군아. 니 어머니 일찍 죽고 니가 11살 때부터 집안 살림 다 하면서 살아왔는데, 또다시 이국만리! 지옥 같은 탄광촌으로 널 보내야 하니 참으로 아버지가 못나서 미안하다. 흑흑흑."

"아버지, 걱정 마세요. 임자! 아버지 얼른 모시고 집으로 가오."

완규가 아버지 따라 집으로 돌아갈 것을 권유하자, 새색시는 뒷걸음질 치며 유치장 철창살을 잡고 있던 손을 놓았다.

김형국은 복받쳐 오르는 괴로움을 삼키며 며느리를 데리고 지하실 계단을 올라왔다. 지하실 계단을 한발 한발 뛸 때마다 대못을 김형국의 가슴에 박듯이 쿵쿵 울렸다.

남편을 지하실 유치장에 두고 시아버지를 따라 신평다리를 건너가는 며느리의 가슴도 비재에서 불어오는 바람만큼 천 갈레 만 갈레 찢어지고 있었다.

완규는 그렇게 징용을 떠나야 했다.

일제의 강제 전시징용자가 되어 5년 동안 일본 규슈 탄광촌 광부로 일하다 돌아와, 오늘 부역을 나온 모양이다.

"고모, 저 완규에요. 어찌 이렇게 바삐 오세요? 민희 소식은 왔당가요?"

친정 동네까지 소문이 난 것을 보면 이곳에도 많은 변고가 있는 듯싶었다.

"완규 조카 잘 있었어? 아버님은 건강허시지? 윤규 조카도 같이 나왔네그려."

"예, 고모! 성님이랑 같이 부역 나왔구만요."

"고모님! 피곤형께 싸게 마을로 내려가 보시오."

"그려, 완규 조카! 조카들도 일 마치고 내려오도록 혀."

완규 조카는 어둡고 컴컴한 탄광 막장에서 5년 동안 일하며 배급받은 식권을 아끼고 모아, 귀국할 때 돈으로 바꿔 저고리섶에 넣어 왔다고 한다.

완규 조카는 늙은 홀시아버지와 어린 동생을 봉양하는 젊은 새색시를 위해 허기진 배를 물로 채우며 밥값을 아꼈다고 했다.

일본으로 징용된 대부분의 광부들은 하루 세 끼 밥값으로 지급된 식비를 모으기 위해 물로 배를 채워 가며 고된 탄광 막장 일을 했다.

일본에 의해 강제로 징용된 광부들은 목숨을 부지할 수 있는 세 끼 식권 외에는 지급받지 못했던 것이다.

농원 마을을 지나오다 봄 햇살에 부서지는 섬진강 상류인 오원천 물결을 보자, 어릴 적 종철이 동생이랑 강변 걸맷들에서 온종일 뛰놀며 자랐던 추억이 한눈에 들어왔다.

"엄니이……."

시암내댁은 친정 동네를 보자 목이 메어 울기 시작했다.

"민희란 놈이 나타났다 허면 지체 없이 알려야 혀, 알겠어!"

"예예."

"다른 좌익놈들이 틀림없이 무신 연락을 취헐려고 나타날 것잉께, 나타났다 허면 바로 알려야 혀!"

"알겠습니다."

취조하는 형사의 폭압보다 곳곳에서 귀신이 웅웅거리는 듯한 칙칙한 취조실을 빨리 나가기 위해, 시암내댁은 손도장을 찍고 정신 나간 사람처럼 허둥대며 밖으로 뛰쳐나왔던 것이다.

친정에는 아버님과 큰 남동생 내외가 살고 있다.

대문을 열고 들어서니 올케가 부엌에서 뛰쳐나와 부둥켜안았다.

"성님, 기별이라도 허면 애 아부지가 달려갈 텐디, 어떻게 이 먼 길을 혼자 오셨데요? 흑흑. 얼른 마루로 올라가 앉으시오. 얼굴이 백지장 같허요!"

"동상, 잘 있었당가? 아버님과 동상은 어디 갔능겨?"

"아버님허고 애 아부지는 면에서 사상 교육시킨다고 데려갔어요. 우선 시장허니께 진지부터 준비헐께요."

올케가 부엌에서 빠른 움직임으로 밥상을 차려와 벽에 기대고 앉아 있는 시암내댁 앞에 놓았다.

"성님, 시장헝께로 얼릉 진지 드시오."

"동상, 미안허고 볼낯이 없네."

시암내댁은 밥상을 끌어안고 숟가락은 들었지만, 좀체로 밥이 목구멍으로 넘어가지 않아 국물만 입 안으로 찍어 넣었다.

남동생이 조카의 연락을 받고 문을 열고 들어왔다.

"누님 오셨어요. 얼마나 고생이 심허셨어요?"

"미안허네, 동상. 아버님은 안 오신당가?"

"아니오. 지는 문국이 연락을 받고 한걸음에 달려왔고요, 아버지는 뒤에 오시는거만요. 누님 어서 진지 많이 드시고 기력을 차리세요."

한 부모 밑에서 자란 동생이지만 따뜻하게 대해 주는 남동생 내외가 무척이나 고마웠다.

"허~ 험!"

밖에서 헛기침 소리와 함께 아버님이 문을 열고 들어오셨다.

"민희 에미 왔능가!"

시암내댁은 고개만 숙인 채 입이 열리지 않아 말을 못하고 있었다.

"예, 누님 오셨구만요. 아버지 이리로 앉으세요."

남동생이 아버님을 아랫목으로 안내했다.

"몸은 좀 어떵가?"

시암내댁은 아버님의 말씀에 목이 메어 숟가락으로 입을 막았다. 소리 없는 눈물이 숟가락을 타고 입 안으로 들어왔다. 코끝에 맺힌 눈물방울이 밥그릇에 떨어졌다.

홀로 사는 맏딸의 심정을 누구보다도 더 헤아려 가슴앓이를 하면서 사시는 아버님이었다.

"죄송허요, 아버님!"

"아니다, 자식 심정 애비가 알고 어미 심정 자식이 안다고 혔다. 민희가 어지러운 세상에 태어나서 그렇지 절대 잘못허는 놈 아니다. 맘 굳게 먹고 살아야 헌다. 오늘 밤은 여기서 묵고, 내일 동이 트기 전 니 동상에게 데려달라고 혀서 오수로 가거라. 니가 없으면 오수 시댁 일가들도 걱정헐 꺼니께! 얼릉 가서 굳건히 니 집을 지키도록 혀라."

"아버님, 내일 아침 일찍 출발허겠습니다."

"누님! 걱정 마세요. 누님이 집을 지키고 있으면 민희도 돌아오고, 아버지 말씀대로 누님을 평생 보살피며 살 거구만요."

"그라요, 성님! 애 아버지 말대로 동구간끼리 서로 의지허고 평생 살면 되지 않겄어요?"

"내일 출발헐려면 일찍 자거라! 건너가겠다."

"예, 아버지! 안녕히 주무십시오."

손영감은 오수로 시집보낸 맏딸이 스무 살도 안 되어 청상과부가 되었고, 외손자마저 사상범으로 쫓겨 경찰과 청년단의 감시를 받으며 경찰서를 오가는 신세가 된 것이 애처롭고 안타까워 눈물을 삼키며 뜬눈으로 밤을 지새웠다.

첫닭이 울기 전, 사랑방 아버님의 헛기침 소리에 올케가 옷을 입고 부엌으로 나가 밥상을 차려왔다.

"성님, 어서 드시오. 애 아부지도 아침 들며 준비 다 혔구만요."

"고마워, 올케. 나 그냥 일어날라네."

"안 되어라. 성님 아침 안 들면 애 아부지 절대 안 간다고 헐꺼요. 얼른 드시고 일어나요."

아침을 입에 대는 둥 마는 둥 하고 시암내댁은 채비하며, 사랑채에 계시는 아버지께 인사하고 길을 떠났다. 동이 트기 전이라 아직 고샅은 어둑어둑했다. 남동생의 보살핌으로 동구 밖 신평다리를 건너 상두 마을에 들어서자 날이 훤히 샜다. 신평 손영감 집에는 날이 새기가 무섭게 신평지서 경찰과 청년단원들이 몰려와 이민희 어머니가 언제 왔다 갔냐고 물으며 소란을 피우다 돌아갔다.

오수로 돌아가는 길에 시암내댁은 상두 마을을 지나 미에기 바위거리에서 걸음을 멈추고, 고향 남동생이 챙겨 준 술병을 열어 그늘진 무덤에 술을 끼얹었다. 임실경찰서에서 명확한 사인 없이 죽은 염종철을 고향으로 데려갈 수 없어, 가족들이 길목에 묻어 둔 염종철의 무덤이다.

염종철 가족들이 명확한 사인이 규명될 때까지 길목에 묻어 놓고 무언의 시위를 하기 위함이었다. 시암내댁은 무덤을 부둥켜안고 통곡하며 쉼 없이 울었다.

이십여 년 전 오수로 시집가던 날, 종철이 동상이 말고삐 움켜잡으며 흔들거리는 말 잔등에서 멀미하는 시암내댁을 쉬어 가게 한 미에기 바위거리! 어제는 긴장 속에 후들거리는 다리를 쉬어가려고 걸터앉은 미에기 바위거리! 오늘 염종철의 죽음을 이곳에 다시 와 확인하니, 모두가 허망하고 애석한 일들로 변해 버린 세월이 서러웠다.

오수·삼계에 있는 경찰과 청년단원들은 쉽사리 홍곡리 비홍실 고개를 넘지 못하고 매일같이 총격전만 할 뿐이다. 임실 경찰과 청년단원들도 정월리 고산 들까지 트럭을 타고 올라올 뿐 더 이상 무리는 하지 않았다.

섬진강 들꽃

산과 들 그리고 섬진강변은 봄기운이 만연했다. 산에는 소쩍새가 울고 진달래는 서로 시샘하듯 앞다투어 피어나고, 콩새가 나뭇가지 사이로 날아다니자 시냇가 버들강아지가 꿈틀대며 반긴다. 철부지 아이들의 박새 쫓는 소리에 개나리꽃은 속절없이 자신의 넝쿨가지를 담장 너머에 걸쳐 놓는다. 양지바른 무덤가에는 할미꽃이 머리털을 흔들며 초연히 서 있고, 골짜기는 싸리나무꽃이 화사한 봄기운을 맞고 있다. 논둑길에는 토끼풀, 민들레, 달래, 붓꽃, 삿갓나물, 애기다리꽃과 섬진강변에는 독사풀, 매미꽃, 제비꽃, 뱀딸기꽃, 씀바귀풀꽃, 쥐오줌풀, 쇠뿔꽃, 돌나물풀, 개불알꽃이 사람들의 무서운 일들과는 상관없이 평화롭게 피어 있다.

오늘 내일은 청명과 한식날이다. 청명과 한식에 날씨가 좋으면 그해 농사가 잘되고 그렇지 않으면 농사가 잘 안 된다고 하여, 어른들은 맑고 따뜻한 청명을 기다린다.

한식은 4대 명절 중 하나로 이날은 여러 가지 주과포를 마련하여 차례를 지내고 성묘를 하며, 겨우내 헐어졌던 무덤에 흙을 채우고 잔디를 새롭게 입히기도 한다.

소춘수는 한식날 성묘를 하기 위해, 전날 밤 삼계 죽계리에서 나와 망정리를 지나 두만리 산을 넘어 모래재 능선을 타고 학암리 뒷산으로 해서 신덕리 숲안 마을 뒤 치마산에 당도했다. 소춘수는 능선을 타고 장거리를 걸었는데도 가족을 만난다는 설레임에 피곤한 기색 없이 단숨에 치마산에 당도한 것이다.

치마산은 풍수지리 형상론으로 보면 말이 달리는 형상이라고 하여 붙여진 이름이다.

치마산 중턱은 김씨 집안 종중 묘지 터가 있고, 중턱 즈음에는 동학에 연루되어 돌아가신 소춘수 조부님 소국중의 묘와 김씨 집안 조상 묘가 있다.

한식날이면 소국중을 키운 김씨 집안 사람과 소씨 집안 가족들이 치마산에 있는 묘소를 찾아와 성묘를 하며 지내왔다. 묘소 옆에는 소춘수가 십여 년 전 심어 놓은 소나무 가지가 하늘로 솟구치며 뻗어 있고, 왼편은 꽃이 활짝 핀 싸리나무가 서 있다. 소춘수가 아침 일찍 조부님의 묘소에 당도하여 절을 하고 앉아 상념에 잠겨 있는데, 나뭇가지 사이로 널뛰기하는 산새 소리에 놀라 능선을 바라봤다.

산새가 성묘객의 연락병이라도 된 듯, 저 멀리 동네 모퉁이를 돌아 올라오는 성묘객이 한눈에 보였다. 힘 좋은 완규 성님과 병두 성님이 장만한 음식을 지게에 지고 올라오고, 바로 뒤는 윤규 친구가 나무로

된 막걸리통을 어깨에 메고 뒤따라오고 있었다. 저만치 밑에는 종규 동생이 어른들의 옷가지를 들고 진달래를 꺾으며 올라왔다. 뒤로 석조 숙부, 만조 아재, 형업이 아재, 형국이 삼촌 등 친척들이 안팎으로 올라오고 계셨다.

"성님! 올라오시느라고 고상 많으셨죠? 저 춘수예요."

"춘수 왔능가? 고상이 심허제!"

"아니어라. 윤규, 어서 와. 무겁제……."

"춘수 왔구만. 올 것이라고 형국이 삼촌이 말혔는디, 그 말이 딱 맞아 버렸구만."

"춘수 동상! 밥은 지대로 먹고 사능겨? 밤 추위에 얼매나 고상이 많당가?"

"아닙니다. 이젠 봄이 와서 어디서든 한디잠을 잘 수 있습니다. 성님들, 지 때문에 고상들 많이 허셨죠?"

"우리 고상이야 사상 교육시킨다고 면사무소에 불려가는 것 말고는 아무것도 없어. 허지만 동상은 존 세상 만들려고 이렇게 고상이 심혀서 어떻게 헌당가!"

2·26 지서 습격 사건 이후, 소춘수 일가친척들은 남녀노소를 가리지 않고 일주일에 세 번 이상은 면사무소에 나가 교육을 받아야만 했다.

"형국이 삼춘 오셨어요! 당숙, 아재 모두 별고 없으셨죠?"

"춘수 왔냐? 니가 와서 조부님이 기분이 좋으시겠다."

형국이 삼촌은 김씨 집안의 어른이지만, 소춘수에게는 스승이자 아버지와 같은 분이셨다. 한학자인 김형국은 큰아들 완규를 동생들과 집안을 돌보는 농사꾼으로 키우고, 막내아들 종규와 소씨 집안의 춘수에게는 한학과 신학문을 물려주며 학자로 성장하기를 바라셨다.

"어서 음식 채리고 차례 지내자. 석조와 만조 동상이 절을 올리고, 병두허고 춘수도 앞으로 나와 조부님께 술 올려라."

김형국의 지시대로 자손들은 조상 묘에 술을 따르고 절을 하며 차례를 지내고, 둥글게 모여 앉아 음식을 먹으며 담소를 나눴다.

"춘수, 엊그저께 제주도에서 큰 폭동이 일어났대! 남조선노동당 사람들이 주축이 돼서 무장허고 군인들과 싸웠는디, 군인이 밀리고 있다네! 5월 10일 선거 반대허고 단독 정부 수립을 반대헌 모양이여."

"나도 원통산에서 들었구만!"

"자네들이 지난 보름 다음날 헌 것맹키로 똑같이 혔다구들 허던디? 자네들허구 연락허구 하는 것이여?"

"우리와 연락허면서 한 건 아니지만, 지난 보름 다음날 사건인 2·26 사건은 우리 임실이 전국에서 제일로 크게 혔다고 허드라구. 제주도 유격대들이 임실을 본받아야 한다구들 혔띠야! 쬐그만한 산동네에서 헌 것을 본받아 희생혀야 된다고들 혔다는 것이여."

"그려~잉."

"그러나저러나 지서나 면사무소에서 선거 준비는 어떻게 허고 있어요? 완규 성님."

"다른 건 모르고, 교육 가면 맨날 선거혀서 정부를 맹글어야만이 백성들이 좋다며, 한민당 사람들이 교육받을 때마동 고개 숙이고 그려! 요즘은 대한독립촉성국민회 사람들도 와서 인사를 허드랑게."

소춘수와 세상 돌아가는 이야기로 담소를 나눈 친척 성묘객들은 마을로 내려갈 준비를 하였다.

"인자들 내려가지! 춘수도 몸 건강히 잘 지내고, 하루 세끼 거르지 말고 잘 챙겨 먹도록 혀라."

"삼촌도 건강허십시오."

깔려 있던 돗자리를 정리하는 동안 김형국은 묘소 앞으로 다가갔다.

"국중이 삼촌! 그 서러운 한 지금도 갖고 계십니까? 한스러운 모진 설움 그리워서 어떻게 누워 계십니까? 춘수 좀 많이 굽어 살펴 주십시오. 삼촌 닮아 한이 많고 모진 삶 살고 있습니다. 동학도들처럼 골짜기에 처박혀 죽지 않도록 두 눈 부릅뜨고 보살펴 주십시오……. 이제 그만 내려갈렵니다."

성묘객들은 수반 마을을 향해 산을 내려갔다.

소춘수도 친척들이 산을 내려가는 것을 보고 작은 불재 쪽으로 내려가기 위해 치마산 정상으로 올라갔다. 정상에 오르자 왼편은 병풍처럼 경각산이 있고, 앞쪽엔 수천리 도지봉의 월추바위가, 오른쪽은 상사봉의 상사바위가 손에 잡힐 듯 한눈에 들어오고, 뒤로는 오봉산이 운암을 감싸고 있다. 신덕은 치마산 유래를 비롯 상사봉의 상사바위 장군과 도지봉의 월추바위 장군이 말을 타고 치마산을 차지하기 위해 싸움을 벌였던 말발굽 흔적이 또렷이 남았다.

소춘수는 윤규 친구가 말하는 제주도 4·3 민중들의 무장 봉기와 국방 경비대 간의 죽고 죽이는 치열한 싸움을 머리에 떠올렸다.

4월 3일 새벽 2시, 한 발의 총성이 허공을 꿰뚫자 약속한 대로 한라산 주위 여러 봉우리에서 봉화가 피어올랐다. 산중에 집결해 있던 사람들은 제주도 내 15개 경찰지서들 가운데 14개소를 일제히 공격하여 무기를 탈취했다. 관공서와 경찰관사·서북청년단 숙소를 습격하여 우익 인사와 관리들을 인민재판에 회부해서 처형을 함으로써 제주도 전체를 마비시킨 사건이다.

돌이켜 보면 전국 투쟁의 기폭제가 되기 위해 임실 전역에서 시작한 2·26 지서 습격 사건도 미군정과 우익 단체들에게 저항하고 남한 단독 선거 반대를 주장하며, 지서를 습격하는 민중들이 일으킨 사건이다.

지난 2·7 구국 투쟁 역시 남한 단독 선거 반대를 위한 전국 투쟁으로, 지리산 천왕봉에서 피어오른 봉화를 시작으로 임실·성수·삼계·관촌·부안·줄포 등지를 중심으로 전국 도처에서 일어난 사건을 계기로 민중들은 통일 정부를 더 많이 원하고 있었다.

작은 불재를 내려와 양바리 앞 냇가에 발을 담그고, 오랜만에 강둑에 몸을 뉘였다. 강둑에 누운 소춘수는 어느새 작은 종이배가 되어 강물을 따라 떠내려가고 있었다. 아지랑이 피는 개울가 옆에는 섬진강에서 올라온 눈치가 산란하기 위해 모여들었다.

모든 산등성에는 빡빡머리 소년의 머리통에 핀 부스럼 딱지처럼 허옇게 개벚꽃이 군데군데 피었다.

여름이 시작되면, 섬진강변에는 삼베바지만 입은 빡빡머리 소년들이 머리통에 하얀 부스럼약을 군데군데 바른 채 나타난다.

산과 들로 일하러 나가며 덧난다고 냇가에 가지 말라는 부모님의 성화에도 아랑곳하지 않고 멱 감고 들꽃 꺾으러 모여든다.

들에는 모판에 벼 씨앗을 뿌리기 위해 남정네들이 보도랑 물을 끌어오느라고 힘겨워 하고, 산비탈 묵정밭에는 아낙네들이 허리를 펼 새도 없이 가시덤불을 뽑아 태우느라고 애를 쓰고 있다. 벼 씨앗을 모종하던

남정네들은 보도랑 물을 끊이지 않게 대기 위해 논으로 가야 하고, 고추 씨앗을 모종한 아낙네들은 씨앗의 싹을 틔우기 위해 정성을 들였다.

농사철이 시작되면서 대부분의 사람들은 산과 들로 나가고, 노인들은 대부분 마을 양지바른 곳에 모여 어린아이를 보살피며 시간을 보내고 있다.

5·10 선거를 앞두고 미군정은 경찰과 군인을 임실 전역에 주둔시켜 불순분자 색출을 위한 검문 검색에 열을 올렸다. 임실군 야산대는 다시 산으로 밀려 원통산과 백련산을 중심으로 투쟁을 전개하고 있었다.

봄 산은 어느덧 개벚꽃이 사라지고 연녹색으로 물들어 가고 있었다. 선거가 임박해 오자 한민당을 비롯한 각 정당과 대한독립촉성국민회 같은 단체들은 열을 올리며 집집마다 물량 공세로 지지를 호소하고 다녔다. 선관위 직원과 면서기들은 갖은 폭압과 회유로 투표 참가를 종용했다.

한민당은 한국의 지주 계층, 자산가 및 지성인들이 주축이 된 정당으로 이념과 성격은 보수적이며, 민족주의적 자유민주주의를 근본으로 삼는 정치 세력 집단이다. 이들은 중국에서 돌아오는 임시 정부의 법통을 인정, 이를 중심으로 조국의 정통성 있는 정부 수립과 건국을 당면 목표로 삼았다. 그러나 남한 단일 정부 수립을 놓고 임정 계통과 정치적 견해가 달라짐에, 한민당은 임시 정부 지지의 노선을 버렸다. 그리고 이승만의 남한 단일 정부 노선을 지지함으로써 대한민국 건국의 일익을 담당한 정당이 되었다.

대한독립촉성국민회는 조국의 완전 독립을 달성할 때까지 강력하면서도 영구적인 조직체를 만들 목적으로, 기존의 반탁(反託) 운동 기관인 이승만 중심의 독립촉성중앙협의회와 김구 중심의 신탁통치반대국민총동원중앙위원회가 통합하여 46년 2월에 발족했다. 당초에 참가했던 김구와 김규식 등 남북 협상파는 남한 단독 선거를 거부하므로 대한독립촉성국민회의는 실질적으로 이승만이 이끄는 외곽 부대로 전락하고 말았다.

제1대 국회의원 선거는 48년 5월 31일부터 50년 5월 30일까지 2년 임기로 시작되는 제헌 국회의원 선거고, 재적 의원은 200명이다. 각 후보 진영마다 물량 공세와 면서기들의 갖은 협박에 힘입어 95.5%의 투표율을 기록했지만, 제주도 3개 선거구 중 북제주군 2개 선거구는 4·3 사건으로 국회의원 선거를 치를 수가 없었다.

임실군 서북청년단과 촉진대는 이승만이 이끌던 대한독립촉성국민회의의 진직현 후보를 호위하며 임실장·오수장·관촌장·강진장·신평장 등 모든 지역을 들쑤시고 다녔다.

"단장님, 오수는 90%가 대한독립촉성국민회의를 지지하고 있는디요! 대동청년단 김 후보 측이 우리와 똑같이 빨갱이를 반대허고 이승만 박사 지지한다며, 자꾸 우리 쪽을 파먹어 들어온당게요."

"정 부장! 대동청년단이 크면, 나중에 우리가 갸들에게 먹힌단 말여. 그렇게 갸들 운동허는 청년놈들 밤에 기습혀서 조져 버려……. 알았제!"

"알았구만요, 헌디 자금이 좀 필요헌디요."

"알았어! 당장 자금 보낼 탱께 확실히 선거 운동허도록 혀."

"단장님! 밤낮 가리지 않고 좆나불게 뛰겄구만요."

김 단장은 오수 정 부장과의 전화를 끊고 씩씩거리며 선거 경리책임
자를 불렀다.

"경리부장! 돈 좀 쓰야겄어. 오수 정 부장허고 관촌 김 부장에게 돈
좀 내려보내."

"단장님, 돈 다 떨어졌어요. 그 많은 돈 다 어딨다 쓰고 또 돈이래요.
환장허겄구만요."

"주어, 안 줘. 나는 더 환장허고 폴딱 뛰다 죽겄어."

"알았어요! 얼마나 주면 된대요?"

"저번에 준 만큼만 주라고……."

"알았구만요."

경리부장은 퉁명스럽게 말을 하며 금고에서 돈을 가져왔다.

'대한독립촉성국민회의 곽한영과 이기우는 왜 나왔는지 알다가도
모를 일이다. 거기만 안 나왔어도 당선은 무난한데, 참으로 환장할 일
이구만…….'

김 단장은 혼잣말로 중얼거렸다.

조선민족청년단은 중국으로 망명하여 독립운동을 벌였던 이범석 장
군이 46년 10월에 민족 정신의 전통을 계승할 청년 운동의 모체로 조

직하였고, 미군정의 재정 지원으로 기하급수적으로 단원이 늘어난 단체다.

대동청년단은 광복군 총사령관을 지낸 지정천 장군이 32개의 청년 단체들을 통합하여 47년 9월에 결성한 청년 단체로, 막강한 조직을 갖추고 반공 및 단독 정부 수립을 주장한 이승만 노선을 지지한 단체였다.

선거 결과는 일곱 명 출마자 중 대한독립촉성국민회의 진직현이가 당선되었고, 2위는 대동청년단의 김진의, 3위는 기독교청년회 엄병학 등의 순위다.

이웃 면 순창과 남원에서는 한민당의 노일환과 조선민족청년의 이정기가 당선되었지만, 그래도 김 단장은 한숨을 돌리고 개표가 끝나는 다음날 일찍 임실장을 한 바퀴 돌고 국밥집으로 들어갔다.

"단장님! 축하드려요. 앞으로 여기 국회의원은 단장님이시고 서울 국회의원님은 진 의원님이시지라, 히히."

"말조심혀라! 낮말은 새가 듣고 밤 말은 쥐가 듣는 법이여."

"아무튼 단장님, 축하드리고요, 대동청년단 놈들은 앞으로 임실에서는 힘 못써라. 우리는 죽는 날꺼정 단장님을 대장으로 모시고 살겄구만요."

"고맙다. 여기 임실은 우리 서북청년단이 영원히 건재헐 것을 다짐허면서, 술 한 잔 들자. 자! 서북청년단을 위하여!!"

전북 22개 선거구별로는 무소속 당선자가 8명으로 제일 많았고, 다음은 대한독립촉성국민회의 단체가 6명, 한민당이 4명, 조선민족청년단이 2명, 대동청년단과 대한독립촉성농민총연맹이 각각 1명씩을 당선시켰다.

전국 무소속 당선자 85명처럼 전북도 무소속 당선자가 제일 많은 것은 미군정과 우익 단체들의 탄압과 폭압에 의한 선거였지만, 양민들의 마음은 아직도 남북 통일 정부를 희망하는 무소속에 있어, 소춘수는 다행이라고 생각하고 있었다.

산은 철쭉꽃으로 온통 붉어 있다.

요란스러웠던 선거가 끝났다. 당선자나 패배자나 모두 서울로 떠났다. 논공행상에 들떠 있는 선거꾼들과 무덤덤한 주민들만 지역에 남았다.

주민들은 폭압과 물량 공세에 못 이겨 선거날 투표에 참여했다. 농민들은 바쁜 농번기라 매일같이 들과 산에서 일을 하고 해질 무렵에서야 집으로 돌아간다.

"청웅댁, 고추 다 심었어?"

"아니요, 비제 아찌실은 양지밭이라 지난번에 심었고요, 북창 탑골은 음지라 고추 고랑만 맹글어 놔뒀구만요."

"젊다지만, 어떻게 혼자 몸으로 비제와 북창을 오가면서 고추 농사를 질려고 혀?"

"그라도 당숙네가 몸이 아퍼서 못 진다고 허는디, 이참에 우리가 져

먹고 소작을 혀야죠."

"고추 농사가 자식 농사다 허고 지소! 청웅댁 당숙도 무신 깊은 속이 있을겨. 손씨 집안사람들이 혼자 된 질부를 요렇게 내버려두지는 않을 것이여!"

"냄편은 그날 사건으로 잡혀가서 교도소에 앉아 있는디, 나라도 열심히 혀서 자식들 공부시켜야제라. 썩을 놈의 시상! 사건 나고 다른 사람들은 죄다 나와 뿌렸는디. 시암내는 이 양반허고 정택이 아부지허고 차복만이허고 셋만 남었대요."

"그려도 다행여. 염 사장은 재판도 허기 전에 임실경찰서 취조실에서 맞아 죽었따잔여! 재판받고 죗값 치러뿔면 어떤 놈 간습 안 받고 떳떳허니 살면 돼. 맘 굳게 먹고 버티면 애 아부지 나오고 옛말허면서 살껴. 탑골이 음지라 혀도 너무 늦으면 뿌리가 부실혀서 말라비틀어지는 병 걸리기가 쉬우닝께 서둘러서 고추 심고, 아무튼! 시아제도 얼른 나와 뿔면 좋겠네~잉."

"고마워요, 아줌씨!"

"상식이네는 오늘 심는다고, 애기 보던 할아버지꺼정 식구들이 죄다 밭으로 가더만! 식구 많은 집은 좋겄어."

쌍암리댁은 혼잣말을 하듯이 중얼거리며 걸음을 옮겼다. 산간 지역인 임실은 7할이 밭농사를 짓는다. 북부 지역인 신평·신덕·운암 주민들은 대부분 고추 농사가 유일한 생계 수단이다.

아낙네들은 고추를 다 심고 나면 고추 모내기 흙이 마르지 않게, 햇볕이 내리쬐는 정오를 피해 물을 머리에 이고 가 주기도 했다. 햇볕이 내리쬐는 정오에는 겨우내 아랫목에 깔려 있던 묵은 이불을 볕에 널어 놓는다. 그리고 부엌에 있는 나무를 허청으로 옮겨 바람을 치고, 불장난하는 아이들을 조심시키고 난 뒤 논두렁으로 달려간다. 들에는 쟁기질한 논에 물을 대고 쓰레질을 하며, 모 심기 위한 남정네들의 손놀림이 바쁘다. 아이들은 보도랑 수문을 차지하고 앉아 서로 자기 논에 물을 대기 위해 야단법석을 떨고 있다.

이렇게 산간 지역 아낙들은 산과 집과 들로 달음박질을 치고 다닌다. 새참 때가 되면 광주리에 보리밥을 들고 논두렁으로 달려간다. 보도랑

수문을 차지하고 앉아 있는 아이들은 붕어와 메기를 잡느라고 정신이 온통 빠져 있다. 하천 따라 보도랑으로 들어온 붕어와 메기는 영락없이 논으로 들어가는 수문을 지키고 있는 아이들에게 잡히고 만다. 이런 재미로 아이들은 모내기하는 6월이 되면 앞다투어 논두렁 물꼬를 보기 위해 자청하고 집을 나선다. 큰 보도랑 물이 흐르는 논의 수문은 형들의 몫이다. 작은 아이들은 형들에게 눌려 징징대며 밀려난다.

남정네들이 쓰레질을 하는 동안 아낙네들은 모판이 담겨 있는 논에 달려가 모를 찐다. 아낙네가 모를 쪄놓으면 쓰레질을 마친 남정네는 모를 가지러 온다. 아낙네는 고된 일을 하는 남정네의 심통을 건드리지 않기 위해 지게 발채에 모를 올려 준다. 남정네가 지게 발채에 모를 짊어지고 좁은 논두렁길을 기우뚱거리며 걸어가면, 그 뒤를 아낙네가 따라가며 떨어지는 모 포기를 두 손으로 집어들고 모내기할 논으로 옮긴다.

"진구 아부지! 농사철에는 부엌에 부지깽이도 한몫을 한다는디, 정택이네는 혼자 몸으로 어떻게 모내기를 헌다요?"

"긍게 말여, 아까 보니께 정택이 엄니 혼자 덤 밑으로 부산나게 올라가던디……."

"진구 아부지! 정택이 아부지가 나쁜 짓혀서 교도소에 간 것도 아니고 가난헌 사람들 좋게 헐라다가 잡혀간 것인게, 진구 아부지가 쓰레질이랑 도와주면 어쩌겠어요?"

"그럴까? 나도 그럴 생각을 혔구만. 우리 모내기 준비는 어느 정도

혔으니께 내일 쓰레질혀 준다고 이따 만나면 말혀야겄어."

진구 아버지 지게 발채 뒤를 따라가면서 진구 어머니는 부탁을 했다.

"근디 저번 한식날에 찬식이 삼촌이 삐삐 마른 얼굴로 신덕리 묘소에 왔다면서요?"

"긍게, 얼굴이 너무 말라뿌렀던디, 고상이 이만저만이 아닌게벼."

"시안내 추운 산속에서 떠느라고 잠도 못 자고 먹을 것도 없어 끼니도 못 챙겨 먹을 텐디, 살아 있는 것만 혀도 다행이지요."

무섬버리 논에 도착하여 진구 아버지는 모 포기를 논 안으로 구석구석 던져 놓고 수문을 보고 난 후, 정택이 어머니를 만나기 위해 덤 밑으로 걸어갔다. 진구 어머니는 저녁밥을 하기 위해 지서 앞 섶다리를 건너 집으로 갔다.

"정택이 어머니! 제가 내일 쓰레질혀 줄 것이구만요. 진구 에미도 해 주라고 허고."

"진구 아부지! 미안스러워서 어쩐데요. 아침에 가작골 고추밭에서 진구 어머니보고 폭폭혀서 넋을 놓고 울어 버렸어요. 정택이 난 지 이제 다섯 달베끼 안 됐는디! 지 애비 얼굴도 모른 어린것이 먹을 것이 없어 굶어 죽을 것 같아 진구 어머니 손 잡고 아침내 울어 버렸어요. 흑흑……."

"그려도 산목심 끊을 수 없는 것 아녀요? 쓰레질 걱정은 하지 말고 어서 집에 들어가서 무수라도 삐져 넣고 저녁밥 지어 정택이 할아버지 저녁상 올리세요. 제가 내일 일찍 소쟁기 가져와 점심 먹기 전에 끝내

놀께라."

"고마워요, 진구 아부지! 제가 내일 점심은 일찍 차려 올 테니 끝났다고 가지는 마소!"

"제 걱정은 하지 마시고, 해 넘어가기 전에 얼른 집에 들어가 정택이 할아버지 저녁이나 혀 드리세요."

모내기와 함께 섬진강의 여름은 시작된다. 여름 섬진강은 다양한 꽃과 풀들이 지천으로 많다. 섬진강변은 돌무더기 무더기마다 패랭이꽃이 피고, 둑길은 어두운 밤을 지켜 주는 달맞이꽃, 떼장밭에는 방아풀, 왕고들빼기꽃, 도라지꽃, 강변 옆 물가에는 쐐기풀, 가시여뀌꽃, 애기똥풀, 양지꽃, 자귀풀, 개망초, 누리장나무꽃, 며느리밥풀꽃 등이 널려 있고, 산에는 자귀나무꽃이 골짜기를 화사하게 치장하고 있다. 8월 뙤약볕에 반사되는 눈부신 조약돌과 하얀 모래더미가 섬진강을 빛나게 한다. 금빛과 은빛으로 빛나며 따가운 햇살을 안고 사는 섬진강은 자갈밭과 조약돌 무덤에 핀 패랭이꽃처럼 민초의 강이요 서민의 강이다. 그리고 눈물어린 아낙네의 강이며 민족의 강이다.

여순 반란 잔당과 2·26 사건 연루자

들에는 한여름 뙤약볕에 벼 알곡이 들어차서 가을바람에 노랗게 출렁거리고 있었다. 허수아비는 한낮에 세상 가는 줄 모르고 졸고 있고, 참새와 고추잠자리는 들판을 맴돌며 흰구름 떠가는 가을 하늘에 날갯짓을 맡긴다.

48년 5월 10일 총선거를 통해 5월 31일 역사적인 개원식을 거행하고 제헌 국회를 구성하여 의장에 이승만, 부의장에 신익희·김동원을 선출했다.

5월 10일 선거는 김구 등의 남북 협상파가 불참한 제헌 국회 선거였다. 제헌 국회는 200명의 국회의원 수 중 제주도 2개 선거구를 제외하고 198명이 국민의 대표로 선출됐다. 제헌 국회의원 198명은 즉시 헌법의 제정에 착수하여 7월 12일에 국회를 통과하였고, 7월 17일에 공표되어 효력을 발생함으로써 남한만의 대한민국 기틀을 마련했던 것이다. 이승만 의장은 헌법 제정 마무리 단계에서 내각책임제 기초안을 독단적으로 대통령 중심제 헌법으로 변경시켜 의원들 간의 심한 대립을 초래했다. 제헌 국회는 8월 15일에 대한민국 정부를 수립하여, 초대 대통령에 이승만을 선출하였다.

제헌 국회는 일제 시대 때 일본인과 협조하여 악질적으로 반민족적 행위를 한 자를 조사하기 위하여 9월 7일 특별위원회를 설치하였다. 국권 강탈에 적극 협력한 자, 일제 치하의 독립운동자나 그 가족을 악의로 살상·박해한 자 등을 처벌하는 목적으로 반민족 행위 처벌법을 통과시키자, 많은 친일파들이 성역으로 간주되던 국군 헌병대로 도망쳐 들어갔다. 반민특위 활동을 피해 헌병대에 숨어 들어간 친일 경찰들은 일단 신변이 안정되자, 오히려 친일파 처단을 요구하는 인사들을 체포·수사하는 데 전념하고 있었다.

북쪽은 8월 25일 최고인민회의 대의원 선거를 실시하고, 9월 8일 인민민주주의 헌법을 통해 9월 9일 조선민주주의인민공화국이 수립되어 김일성이 집권하였다는 발표가 있었다.

민족의 염원인 남북 통일과 단일 정부는 수포로 돌아갔지만, 농민들은 지난 5월에 심은 고추를 수확하기 위해 오늘도 바쁘게 하루를 보내고 있었다. 섬진강 농민들은 다가올 추석을 맞이하기 위해 밭고랑 가득 주렁주렁 열린 고추를 장터에 내다팔아, 조상님에게 차례를 지내고 아이들 학교에 밀린 학비도 보낼 수 있어 몸은 고달프지만 행복한 나날을 보내고 있었다.

9월 들어 국회에서 반민특위를 한다고 모든 시선이 중앙으로 몰려

있었다. 경찰들이나 면서기들도 일제 때의 원죄 때문에 몸을 바싹 엎드려 전례 없이 주민들에게 선심을 쓰고 있어, 농민들 마음은 한결 편했다.

10월 들어 남과 북에서는 집권에 걸림돌이 되는 모든 것들을 고치고 처단해 나가야 한다며 아우성들이다.

이승만 정부는 제주도 문제를 정권의 정통성에 대한 도전으로 인식하고 좌익 세력을 처단해 나가기 위해 10월 11일 제주도에 경기 사령부를 설치하고, 본토의 군 병력을 증파했다. 제주도 4·3 사건이 확대되자 이승만 정권은 좌익 세력을 진압하기 위해 여수에 주둔하고 있던 제14연대 1개 대대를 제주도로 19일에 출동하라고 명령했다. 제14연대 안에 있던 좌익 세력들은 제주도 출동을 거부하고 단독 정부 수립 반대, 민족 통일을 내세우며 반란을 일으켰다. 좌익 세력들은 사병을 규합하여 탄약고·무기고를 점령하고 경찰서를 습격하였다. 인민군을 편성한 반란군은 여수 읍내로 진격해 여수 시가지를 장악한 다음 순천에 이어 보성·화순·광주·광양·하동 등으로 진출하였고, 일부 다른 사람들은 구례·곡성·남원 방향으로 북상하였다.

정부는 정찰기와 장갑차까지 동원해 반란군 진압에 나섰다. 여순 반란 봉기 세력이 달아나면서 봉기에 참여한 군인들과 무장한 민간인들을 중심으로 장기적인 항쟁을 전개하기 위하여 광양 백운산으로 들어가고, 또 다른 패거리들은 섬진강을 따라 피아골에서 흘러 내려오는 계곡물을 역류해 지리산으로 들어가 거점을 마련하였다.

지리산은 섬진강이 회문산 줄기를 감고 흐르듯이, 남원·구례에서 흘러 내려오는 용 같은 섬진강 줄기에 감싸인다. 대부분 강물은 동에서 서로 흐르는데, 섬진강은 서에서 동으로 흐르다가 남해로 들어간다. 전라도에서 경상도로 흐르는 섬진강 줄기를 따라 살아가는 영호남 사람들은 지리산을 민족의 산이라 부른다.

여순 반란군이 남원 산내면 반선 일대에 출몰하자 잔당을 토벌하기 위해 국군 2개 중대가 투입되었다. 국군은 홍순석 등 반란군 잔당을 토벌하면서 주민 13명을 살해하기도 했다.

지리산으로 쫓긴 여순 반란 봉기 잔당들은 지리산을 중심으로 북서쪽 팔공산과 북쪽 덕유산을 거점으로 활동했다. 또 다른 잔당들은 서쪽으로 섬진강을 타고 북상하기 위해 구례 산동으로 집결하면서 큰 사건이 벌어졌다. 여순 반란군을 진압하기 위해 12연대 백 대령은 14대의 차량에 분승한 대병력을 출동시켰는데, 반란군의 매복 작전에 걸려 산동면 송평 마을 어귀에서 모두가 몰살당하고 말았다.

반란군은 구례 산동 송평 마을을 빠져나와 곡성·남원 주천면 고기리를 지나 순창·임실 섬진강을 거슬러 올라가 순창 무량산과 용골산 그리고 임실 원통산·성수산·백련산·회문산으로 잠입해 들어갔다.

구례 산동면 송평 마을에서 몰살당한 12연대 예하 부대도 여순 반란 세력 잔당을 잡기 위해 혈안이 되어 섬진강을 역류하며 북상했다. 섬진강을 역류한 12연대 예하 부대는 남원 주천 고기리 정모씨의 신고로 반란 세력과 내통한 통비 분자를 잡기 위해 고기리 마을을 기습하였다. 12연대 예하 부대는 앞뒤 사정 가리지 않고 분풀이를 하듯 마을 청년 35명을 총살시켜 버렸다. 고기리 주민들은 군복을 입고 마을에 들어온 여순 반란군 잔당들이 밥을 해놓으라고 해 밥을 해 준 것뿐인데, 마을에 엄청난 재앙을 맞은 것이다.

남원을 거쳐 올라오는 여순 반란 세력들의 순창·임실 잠입은 또다시 임실을 통곡의 소용돌이로 몰아넣었다. 48년 남로당의 2·7 투쟁이 임실에서 2·26 사건으로 발생하였고, 그 사건의 파장으로 제주도 4·3사건이 불타올랐다. 그리고 4·3 사건의 진압을 거부하며 여순 반란 사건을 일으킨 군인들이 섬진강을 거슬러 임실로 들어왔기 때문이다. 여순 반란 봉기 세력들이 원통산·성수산·백련산·회문산으로 들어오자, 임실 경찰은 지역 주민의 협력을 차단하기 위해 2·26 사건 가담자를 예비 검속한다는 소문을 퍼뜨려 주민들의 마음을 괴롭혔다. 또한 경찰은 원통산·성수산·백련산·회문산 등에서 여순 반란 봉기 세력들이 생존해 있는 것은 지역 주민들의 협력하에 있기 때문이라고 판단하여, 2·26 사건에 연루된 주민들을 찾아다니며 괴롭혔다.

임실경찰서 변 서장은 전북 도청에서 보내온 공문을 가지고 긴급 대책회의를 소집했다. 임실경찰서에는 아침부터 공석 중인 군수 대신 부군수, 사찰계장, 읍장, 서북청년단장, 그리고 12개 면의 서북청년부장들이 모여들었다.

"오랜만입니다. 오늘 이렇게 긴급허게 회의를 소집한 것은 여순 반란군 잔당들이 우리 지역으로 도주하여 주민들과 반란을 작당한다는 공문이 도착했기 때문이요. 도지사는 여순 반란 세력 잔당들을 하루빨리 색출하여 척결하라는 지시요. 이것에 대해 여러분들과 긴급허게 대책을 세우기 위해 오시라고 헌 것입니다. 좋은 견해가 있으시면 기탄없이 말씸혀 주시기 바랍니다."

변 서장은 긴장한 듯 절도 있게 보고를 하고 주변을 살폈다.

"서장님! 지가 한말씸허것는디요, 지껜놈들이 임실 지역으로 들어왔다 혀도 무슨 수로 작당을 허겠습니까? 그라고 지금 정찰기로 온 사방을 뒤지고 기관총과 장갑차꺼정 왔는디, 산에 숨어 있다가 겨울 되면 굶어 죽어 버리거나 아니면 지리산으로 도망가겄죠! 안 그렇습니까?"

"저도 한말씸허것는디요. 방금 말씸허신 오수 정 부장님 말씸도 옳은디요, 임실에도 숨으려면 지리산 못지않게 깊은 산들이 많이 있어요. 예를 들어 제가 살고 있는 성수산도 그렇고, 백련산·회문산·원통산 등이 있어서 잔당들이 숨어 지내기가 아주 좋아요. 그리고 겨울이 될려면 아직 달포는 더 있어야 허고요."

"지도 성수 권 부장 의견에 동감을 허는구만요. 시방 산속에는 2·26 사건 때 지서를 습격허고 도망간 놈들이 주민들과 내통허면서 우리를 감시허고 있어요. 틀림없이 그놈들이 잔당들과 한패거리가 되고 주민들과 협력허여 작당을 헐 것잉께! 우리가 그놈들과 주민들이 협력허지 못허도록 쐐기를 박어야 헐 꺼구만요."

"맞습니다, 저도 방금 말씀하신 임실 허창부 부장 의견에 동감헙니다. 지금 임실군은 매우 어려운 상황에 처해 있습니다. 저는 임실 행정을 책임지는 부군수로서 변 서장님을 모시고 여러분들과 함께 여순 반란군 잔당과 협력 세력들을 한 명도 빠짐없이 척결하는 데 앞장설 것입니다. 보고에 의하면 반란군들은 구례 산동에서 우리 국군을 무차별 사살하고 섬진강을 따라 곡성·남원·순창·임실로 들어왔다는 것입니다. 이들이 2·26 사건 가담자들과 연합하면, 임실 행정과 치안에 엄청난 타격이 올 것입니다."

"저도 한말씀하겠습니다. 지난 2·26 사건 때 조사를 혀 보니까, 임실군에 빨강 물이 든 사람이 의외로 많다는 것입니다. 만약에 그때 당시 우리 경찰서에서 어설프게 그들을 다뤘다면, 지금은 아마 임실군 전체가 빨강 물로 뒤덮여 있었을 것입니다. 우리 사찰계에서 조사한 명단을 가지고 각 면에 퍼져 있는 빨강 물 든 사람들을 한 명 한 명 찾아 족쳐야 한다는 것입니다."

"여러분 의견 아주 잘 들었습니다. 여러분들의 의견과 같이 저는 임실 군민의 생명과 재산 보호를 위해 반란군 잔당들을 한 명도 빠짐없이 색출하여 척결해 나갈 테니 맡은 바 책임을 다해 주시기 바라고, 특히 회문산과 가까이 있는 청웅·강진·덕치·삼계는 더욱 신경을 쓰시기 바랍니다. 사찰계장은 2·26 사건 때 조사한 관련자 명단을 여기에 계시는 분들에게 나눠 주시기 바랍니다."

회의에 참석한 사람들은 2·26 사건 관련자 명단을 받아들고 각 면으로 돌아갔다.

"허 부장! 임실읍이 임실군 소재지인 만큼 화끈허게 뭔가 한번 보여 주도록 해야 허네, 알았제! 그려야 다음 단장은 허 부장이 될 것이구만."

"예, 서장님. 지가 빨강 물 든 놈들을 모조리 다 색출허것구만요."

"사찰계장은 임실읍 허 부장과 회의실에서 코피 한잔허면서 대책을 강구허도록 혀. 알제!"

"예!"

변 서장은 사찰계장에게 임실읍 허창부 부장을 특별히 대우해 주라고 지시를 하면서, 매사에 간섭하는 김광일 단장과 껄끄러운 관계를 노골적으로 드러냈다.

"장차 하 단장, 임실읍이 확실히 정리되어야 임실군에 치안이 유지되고 행정이 돌아가는 것을 아시죠?"

"그러지요. 지도 임실군 소재지 책임자로서 항상 고민허고 있구만요."

"자, 코피 한잔씩허면서 대책을 논의혀 봅시다."

"그란데 사찰계장님! 어디서부텀 어떻게 손을 써야 헌당가요?"

"그건 쉽지요, 가장 가까운 데부텀 시작허면 되는 것이요. 2·26 사건 일어난 장날에 허 부장에게 잡혀와 혼쭐난 놈부텀 시작허면 감자 뿌랑이 나오디끼 쭈욱 따라 나올 거요."

"아～하, 그놈부텀 시작허서 뿌랑구꺼정 뽑아 불나면요."

"허 부장은 머리 회전이 기가 막혀요! 한 마디 허면 세 마디를 알아듣께, 내가 말허기도 편허고. 변 서장님께서 특별히 허 부장에게 순경 열 명을 배치시키고 하사금도 주셨습니다. 자, 여기 있으니 어서 출발허시오."

"뭐 이렁 것꺼정 줍니까. 서장님헌테 분골쇄신허것따고 말씸드려 주십시오."

허 부장은 사찰계장이 준 돈봉투를 들고 사찰계 회의실을 나오면서, 연신 허리를 숙이며 고맙다는 인사를 하고 나서 임실 서북청년단 사무실로 돌아갔다.

"성님! 회의 죄다 끝났어라."

"임마! 성님이 뭐야, 성님이. 장차 단장님이 되실 분헌테."

"부장이나 단장보다는 성님이 낫제. 그만들 허고 모두 이리로 모여

봐! 오늘부텀 빨강 물 든 놈들 색출허기 위해 경찰 열 명과 함께 우리 모두 다 출동헐 것잉께! 마음가짐 단단히들 허라구, 알았제!"

"예."

"첫 번째 척결 대상은 정월리 음지 마을 양병찬과 정달호 집이니께, 당장 준비허도록 혀."

"알겠습니다."

임실읍 서북청년단과 경찰들이 정월리 음지 마을에 도착하여 먼저 양병찬 집으로 쳐들어갔다. 집 안에는 학교 갔다온 아들과 늙은 어머니가 고추를 마당에 널어놓고 손질하고 있었다.

"할머니, 병찬이 어디 갔어요?"

"어디서 온 뉘기요."

"그것은 알 것 없고요. 야, 니가 병찬이 아들이제."

"예."

"아부지 어디 갔냐?"

"뒷산으로 고추 따러 갔는디요."

"그려, 알았다. 그리고 요새 니네 집 이상헌 사람들 왔제?"

"아무도 안 왔는디요!"

"아무튼 고맙다."

청년단원들과 경찰들은 양병찬을 찾으러 정월리 강산 비탈길을 올라가다가, 가마니에 고추를 가득 담아 지게에 지고 내려오는 양병찬과 그 뒤를 따라오는 마누라를 발견했다. 수확이 거의 다 끝나고 서리가 오기

223

전에 고춧대에 붙어 있는 희나리 고추를 아침부터 점심도 거르고 부지런히 따서 내려오는 길이다. 청년단원들은 내려오는 양병찬을 잡아 세워 놓고 다짜고짜 몽둥이로 두들겨 팼다.

"이 새끼, 여수에서 쫓겨온 놈들 어딨어? 니네 집에서 잠자고 밥 먹었다는 거 다 알고 왔어! 바른대로 대! 대지 않으면 여기가 니 무덤인 줄 알어라."

"아이구, 지는 모르는 일이구만요. 아무 잘못도 없이유, 살려 주시유."

"선상님들, 우리 애 아빠는 농사일밖에 모르는 사람이유. 우리 집엔 여태꺼정 개미새끼 한 마리 얼씬거리지도 않았어라! 제발 살려 주시유."

"말로는 안 되겠어, 이 새끼 마을로 끌고 가!"

지게 위에 있던 가마니는 내동댕이쳐져 풀밭으로 고추가 쏟아져 버렸다. 양병찬은 벗겨진 신발을 뒤로한 채 맨발로 청년단원들에게 끌려갔다. 마을회관 앞에는 정달호 외 네 명이 붙잡혀 와 몽둥이로 두들겨 맞고 있었다. 이들은 모두 다 2·26 사건에 연루되어 임실경찰서에서 조사를 받고 귀가했던 사람들이다.

"우리는 아무 죄도 없시유! 아이구, 아이구⋯⋯."

"해선이 아버지 좀 살려 주시유! 해선이 아버지는 아무 죄도 없이유!!"

"아부지, 울 아부지 살려줘요⋯⋯."

회관 앞에서 사람 죽어가는 단말마 같은 통곡소리가 강산 갈비봉에 메아리치는 데도 잡혀온 사람들의 가족 외에는 단 한 명도 밖으로 나와 보질 않았다. 몽둥이로 수없이 얻어맞은 여섯 명은 신음 소리도 내지 못하고 가래 끓는 소리만 힘겹게 내며 죽어갔다. 양병찬은 몽둥이로 맞아 죽고, 그로 인해 해선이 어머니는 정신 이상이 생겨 매일 온 동네를 헤매고 다니다 며칠 후 백골저수지에 빠져 죽었다.

이 소식을 들은 읍민들은 쉬쉬하면서 앞으로 다가올 예비 검속과 허부장의 잔인함에 불안감을 감추지 못하고 있었다.

임실읍 서북청년단원들은 장재리 고개를 지나 신안리 금동 마을로 몰려가, 2·26 사건 주모자인 한금동과 한현수를 마을 입구 우물 앞으로 끌고 나와 몽둥이로 장작 패듯 두들겨 패 죽였다. 한금동과 한태수는 일본에서 유학하고 돌아온 집안 친척 한정우와 함께 2·26 사건을 주도하려다, 한정우의 도망으로 농사일에만 전념하고 지냈던 사람들이다.

서북청년단원들과 경찰들은 두만리와 지산리를 거쳐 오정리로 내려와 성가리에 있는 박강열과 박강선을 붙잡아 경찰서로 데리고 갔다.

사찰계 형사는 이들의 죄를 캐기 위해 임실경찰서로 끌고 와 구속 조사하고서는 남원교도소로 이송시켜 버렸다. 박강열과 박광선이 남원교도소로 이송되고, 임실읍 서북청년단들과 경찰들은 모래재를 넘어 청웅 석두리로 몰려갔다.

석두리는 '석두 모스크바'라고 불릴 정도로 해방 후부터 사회주의 사상이 널리 퍼져 있던 곳이다. 경찰들과 서북청년단원들은 전상옥과 전용순을 비롯 여러 명을 강제로 연행하여, 임실경찰서로 데리고 오는 길에 몽둥이와 총으로 때려 죽였다.

임실읍 허 부장에게서 보고를 받은 변 서장은 흡족한 모습으로 호탕하게 웃더니 청년단원들을 칭찬하며 격려했다.

"허 부장, 수고혔어. 사찰계장허고 상의혀서 내일도 계속혀서 빨강물 들은 놈들을 한 놈도 빼놓지 말고 색출허기 바라네. 그래야만 임실군이 살고 임실 군민이 마음 편히 살 수 있다는 것을 명심하도록 혀. 알았제!"

변 서장이 사찰계 회의실을 나가고 허 부장과 사찰계장이 마주앉아 커피를 마셨다.

"허 부장! 허 부장은 역시 대단한 사람이여."

"사찰계장님, 그런디요……, 박강열과 박광선은 어떻게 된다요? 임실읍 내에 소문이 자자허든디요."

"허 부장은 신경 쓸 것 없어, 곧 뒈질 놈들인께. 변호사는 지랄 뭐 하러 사, 우리가 변호사고 재판관이고 집행잔디! 앙 그려."

"알았구만요, 헌디 내일 어떻게 헐까요?"

"내일은 강진에 가서 송민우와 권문석, 그리고 정주만을 잡아오고 덕치에 가서 윤기섭이 죽이지 말고 데리고 와야 혀."

허 부장과 경찰들은 강진 학석리로 가서 집에 있는 송민우를 잡아왔고, 백련리에 가서 권문석를 잡아 연행하였지만, 정주만과 덕치의 윤기섭은 산으로 도망가 잡지 못했다.

수세에 밀린 여순 반란군 잔당들은 겨울 준비를 하기 위해 청웅 남산리에서 수선집을 하고 있는 박덕만을 납치했다. 그리고 경찰 한상선을 돌로 쳐서 살해하고, 정순달은 이장을 한다는 이유로 산으로 끌고 갔다. 술집하는 이구칠은 경찰 밀고자라 하여 마을회관 앞에서 때려 죽이기도 했다.

오수로 돌아온 정판석 부장은 임실경찰서장 지시에 따라 지사·삼계 김 부장과 한 부장을 백조다방으로 불러 놓고, 이번 기회에 여순 반란군 잔당과 2·26 사건 주동자들을 철저히 조사하면서 청년단원들의 생계용 쌀도 거두자고 제안을 했다. 지사 김 부장과 삼계 한 부장은 뒤로 빠지면서, 오수 정 부장이 앞장서는 데 묵인하기로 합의를 봤다.

"이 촌놈의 새끼들! 매사에 흐리멍텅허게 사닝께 그 모양 그 꼴로 살지. 나는 이번 기회에 한몫 잡을란다."

정판석은 두 부장이 이번 일에 빠지는 조건으로 어떤 일이 있어도 발설하지 않고 묵인해 준다는 것을 재삼 다짐을 받고, 다방에서 나오면서 내뱉은 말이었다. 정판석은 청년단 사무실로 돌아와 사무실에 있는 단원들에게 기합을 주며 군기를 잡기 시작했다.

"이 새끼들 대가리 똑바로 처박지 못허것어. 여기가 니네들 놀이터인 줄 아냐? 지금 임실군에는 여순 반란군 새끼들이 들어와 활기를 치는데, 니네들은 사무실에 퍼져서 한가허게 장기나 두고 있어도 되는 것이여?"

"아닙니다, 부장님! 저희들은 부장님 오실 시간에 맞춰 들어왔을 뿐입니다."

"지금 여수에서 도망온 잔당들과 산속으로 들어간 이민희 패거리들이 작당을 혀서 우리를 노리고 있고, 그놈들의 가족들이 우리의 일거수일투족을 죄다 보고하고 있단 말야! 알았어! 이 쌔끼들아!!"

"잘 알것구만요, 그놈들이 작당을 못허도록 그놈들의 가족부텀 조져놓겠어요."

"앞으로 정신 바짝 차리고, 지금 당장 그놈들 가족부터 족치고 와. 알았어!"

"예!"

정판석에게서 기합을 받은 청년단원들은 대정리로 달려가 이민희네 집과 오재천의 집으로 쳐들어가 분풀이를 했다.

"오재천 어딨어. 오재천이 왔다고 허는디 왜 신고 안 혔어!"

"재천이 한 번도 집에 안 왔네. 지금 서울에 있다는 소리만 들었지 아무것도 모르고 있네, 돌아오면 꼭 자수시키겠네."

"요즘 여순 반란군들이 임실로 왔당게요! 내일 청년단 사무실로 올라와 정 부장님을 만나서 상의허도록 혀시오. 알았지요! 만약 안 오거나 허면 다시 쫓아와 난리를 칠 테닝게 알았소잉……."

오재천 집에서 나온 청년단원들은 이민희네 집으로 몰려가 장독대에 있는 항아리를 깨면서 소리쳤다.

"이민희 언제 왔어? 바른대로 말허지 않으면 집 안을 죄다 뿌서 버릴 것이여!"

"민희 한 번도 안 왔네. 판석이가 왜 또 보냈는지 모르지만, 내가 내일 사무실로 찾아간다고 전하게."

시암내댁이 앉아서 천리를 보는 듯 담담하게 말을 하자, 청년단원들은 내일 꼭 오라며 오수로 올라갔다.

종수 아버지 백승우는 부서진 장독대 항아리를 치우면서 울화통이 터져 씩씩거렸다.

"아주머니! 제가 정판석과 저놈들 다 죽이고 죽어 뿔랍니다."

"종수 아부지, 절대 그런 생각은 꿈에도 허지 말게. 우리 민희 혼자만 저렇게 되면 됐지, 자네꺼정 그러면 안 되네."

시암내댁이 장독대 항아리를 치우고 방안에 들어앉아 내일 청년단 사무실에 갈 생각을 하고 있는데, 오재천 아버지로부터 내일 일찍 오수에 같이 가자는 기별이 왔다.

아침 먼동이 트기 전에 처마니댁이 눈물을 흘리며 시암내댁을 찾아왔다.

"아줌씨, 큰일났어요! 종수 아부지가 산속으로 들어간다고 쪽지를 냄겨 놓고 없어져 버렸어요."

시암내댁은 가슴이 철렁 내려앉았다.

종수 아버지가 어제 울먹이면서 한 말이 귓전에 맴돌았다.

"뭣이, 이를 어쩐당가! 이 험악한 시상에 산에 가서 뭘 헌다고 갔당가?"

"아줌씨, 서방님은 재산도 많고 공부도 많이 혔으니께 조용히 살지 왜 이런 분란을 맹근데요. 흑흑흑."

처마니댁의 목메인 울음소리가 시암내댁의 가슴에 못 방아를 쳤다. 시암내댁은 아무 말도 하지 못했다. 정판석과 약속 시간에 맞춰 오재천 아버지와 대정리 동구 밖에서 만나 오수로 향했다. 이민희 어머니와 오재천 아버지가 오수 서북청년단 사무실에 도착하여 기다렸으나, 그는 나타나지 않았다. 젊은 청년단원에게 정 부장 거처를 물어 보았지만 무조건 모른다고만 할 뿐 대꾸가 없었다. 청년단 사무실에서 무작정 기다릴 수가 없어, 시암내댁과 오재천 아버지는 밖으로 나와 오수 거리를 걷고 있었다. 경찰서 반대쪽인 오수역 근처를 걷고 있는데 경찰 지프차가 다가왔다.

"아줌씨! 이민희 어머니요? 그리고 당신은 오재천 아버지죠? 당신들 둘을 여순 반란군 협력자로 체포하겠소. 지프차에 올라타시오!"

백주 대낮에 대로에서 두 사람을 납치한 지프차는 두 사람의 눈을 가린 채 어디론가 끌고 다니다가, 어둠이 짙어지자 임실 쪽으로 데려갔다.

대정리에 있는 처마니댁과 오재천 부인은 아침에 나간 두 어르신이 돌아오지 않고, 다음날에도 그림자도 보이지 않자 임실경찰서에 가서 수소문을 했다. 시암내댁과 오재천 아버지를 태운 지프차가 그들을 암흑 지대로 끌고 다니다가 어젯밤 늦게 임실경찰서로 데리고 들어가 감금했다는 것이다. 그들을 하루 동안 납치하여 끌고 다니다, 취조실로

데리고 가 혹독한 조사를 했다. 대정리로 돌아온 두 사람은 재산도 빼앗기고 몸까지 망가져 급기야 병석에 앓아눕고 말았다. 시암내댁은 두 번씩이나 겪은 고초에 탈진되어 허공에 두 손으로 저어 가며 급기야는 헛소리까지 하였다.

"아줌씨! 불쌍허서 어쩐데요?"

옆에서 병간호를 하고 있는 처마니댁은 눈물을 글썽이며 팔다리를 주물렀다.

"민희 아부지! 나 안 갈라요. 혼자 있어도 괜찮아요. 저리 가시오! 저리 가시오!!"

민희 아버지 혼백을 밀어내고 있었다.

"민희 아부지, 저리 가시오! 30년 동안 독수공방시켜 놓고 이제 와서 무슨 염치로 날 보자고 허는 거요! 민희하고 천년 만년 삽니다. 민희 돌아오면 시암내 가서 동상네 식구들이랑 재미나게 삽니다. 저리 가시오!"

시암내댁은 두 손을 허공에 저으며 민희 아버지와 실랑이를 하는 듯하다, 깊은 잠에 빠져 버렸다. 처마니댁은 차가운 물수건을 시암내댁 머리에 반복해 얹어 놓고 깊이 잠든 것을 보고서는 밤늦게 돌아갔다.

밤새 헛소리를 하던 시암내댁은 자정이 지난 후 '민희야'를 서너 번 부르더니 아무런 유언도 없이 저 세상으로 떠나고 말았다. 남편을 일찍 보내고 삼십여 년 동안 자식 하나 잘되기만을 바라며 살다가 임종 지키는 사람 하나 없이 홀연히 세상을 떠났다. 자식 일로 같이 고생을 앓던 오재천 아버지가 상주가 되어 서러운 장례를 치렀다.

상여가 고갯마루를 넘어간다.

펄럭이는 만장이 아들을 부르는 듯 애처롭다.

"가세 가세 어서를 가세, 우리 고향 어서를 가세.
북망산천이 머다드니 문턱 밖으가 북망이로구나.
에헤이 오호호호 오행오행
땡그라앙 땡그랑 땡그라아앙
손씨 맹인님 손씨 맹인님
황혼이 점점 밝어 가는디
무슨 잠을 그리 오래 주무시고 있습니까.
에헤이 오호호호 오행오행
다 왔구나 다 왔구나 우리 고향 다 왔구나.

……땡그라앙 땡그랑 땡그라아앙……"

거룩한 분노의 진실, 그리고 사랑

'어머니! 불효 자식을 용서해 주세요.

어머니! 죄 많은 이 자식을 용서해 주십시오.

평생 동안 어머니에게 불효만 한, 이 못난 자식을 용서해 주세요.

이 세상에 남겨 놓고 가시는 일, 아무 근심 걱정 마시고 돌아도 보지 마시고 제 걱정도 마시고, 부디 극락왕생 바랍니다.'

며칠 전에 입산한 백승우 일행과 이민희는 삼은리 산중턱에서 떠나가는 어머니를 바라보며 하염없는 눈물을 흘렸다. 어머니를 태운 꽃상여가 오수새말 뒤편으로 사라지자, 이민희는 일행과 원통산으로 무거운 발걸음을 돌렸다.

"분대장님, 저희끼리 회의를 하였는디요, 정판석을 도저히 용서할 수가 없어서 처단허기로 혔어유."

이민희는 아무런 말을 하지 않았다. 정판석 처단조는 신점쇠를 중심으로 김홍기, 송병연, 정준모, 노삼택과 백승우가 포함되었다.

오수 장날, 아침 일찍 노삼택과 정준모가 나무를 한 짐씩 지고 원동

233

산 앞에 나무전 거리로 나섰다. 정판석이 자주 다닌다는 시장 입구 국밥집을 찾아 그의 동태를 파악하려는 것이다. 또한 신점쇠와 김홍기, 송병연, 백승우도 오수 동역물에 사는 정판석 집 주변을 샅샅이 뒤졌다.

오수장이 파하기 시작했다. 지사 사람들은 장보기를 끝내고 대명리를 지나 계산으로 돌아가고 있었다. 삼계 사람들도 오수교 다리를 지나 임성동으로 올라 어은리 고개를 넘어갔다.

장터 안에는 돼지를 키우는 집에서 구정물을 가져가기 위해 앞다투어 움직이는 사람들과 떨어진 동전을 줍기 위해 장터 안을 헤매는 아이들, 술에 취해 점방집 모서리를 베고 자는 남정네들이 보인다. 그중 만취되어 호기 부리는 청년단원들 속에 정판석이 거들먹거리며 앞장서 걸어 나오고 있었다.

정판석을 발견한 노삼택은 일정한 거리를 두고 따라갔다. 그 뒤에 정준모도 따르고 있었다. 정판석이 오포대가 있는 지서 앞을 지나더니 지사면 사람들이 줄지어 가고 있는 길을 따라 동역물을 향해 가고 있었다.

노삼택과 정준모가 지사면 사람들 행렬에 묻혀 정판석이 동역물 자기 집으로 들어가는 것을 확인하고서는 발길을 돌려 신점쇠와 김홍기, 송병연을 찾아갔다.

"삼택이! 그놈 확인혔어?"

"방금 술이 거나허게 취해 집으로 들어가는 걸 보고 왔어."

"우리도 자리를 옮겨 잠복하도록 허지, 몰려다니다가 청년단 놈들 눈에라도 띄면 큰일낭게로."

"그럼 어디로 가서 잠복허면 좋겠당가?"

"지사면 사람들 행렬을 따라가다가 개골창에서 잠복하도록 허세! 백승우도 거기로 오라고 혔어……."

신점쇠 일행은 동역물을 나와 남악리 개울가에 당도했다. 백승우가 먼저 와 있었다.

"조금 전 정판석이 집으로 들어가는 걸 보고 이리로 왔네."

백승우를 만난 일행은 개울가에서 밤이 늦도록 기다리다 정판석 집으로 조심스럽게 걸음을 옮겼다. 정판석 집 불이 꺼져 있고 양철대문은 비스듬히 걸려 있었다. 신점쇠 일행이 양철대문을 발등으로 살짝 밀자 소리 없이 열렸다. 그 사이로 신점쇠 일행은 재빨리 토방으로 올라섰다. 다시 네 명이 마루로 올라가 방문 양쪽에 그림자처럼 바짝 붙었다. 토방에 서 있던 신점쇠가 마른 침을 한번 삼켰다.

"부장님, 저 왔어요."

"문 좀 열어봐요. 비상인디요!"

"누구요? 부장님은 술 많이 드셔 주무시는디요."

정판석 마누라가 방문을 열고 나오자, 방문 옆에 붙어 있던 네 사람이 정 부장 마누라 입을 틀어막고 방으로 밀고 들어갔다. 그리고 자고 있던 정판석을 묶어 엎어 놓았다.

자다가 얼떨결에 포박당한 정판석은 눈만 동그랗게 뜨며 아무런 말도 못하고 있었다. 마누라는 떨면서 살려 달라고 애원했다.

"제발…… 목심만 살려 주세요."

정판석 마누라가 애원했다.

"준모, 말이 새어 나오지 않도록 재갈을 물리고 손발을 묶어! 눈도 가려 버리고."

신점쇠의 명령대로 정준모와 노삼택은 정판석 마누라 입에 재갈을 단단히 물리고 손발을 묶은 후에 눈을 가린 채 붙잡고 있었다. 나머지 네 명은 손발이 묶인 정판석을 마당으로 끌고 나와 쌀가마니를 어깨에 들쳐 메듯 메고 오동나무 옆 우물가로 갔다. 오동나무에 걸린 달빛이 우물 속에서 바르르 떨었다. 정판석은 바동거리며 몸부림쳤지만 우물가를 벗어나기는 역부족이었다. 그들 일행은 분노의 손길로 정판석을 우물 안으로 밀어넣어 버렸다. 거꾸로 처박힌 정판석은 발버둥을 쳐 보지만, 그럴수록 우물 속 깊은 곳으로 빨려 들어갔다.

다시 방으로 들어온 일행은 눈을 가린 채 손발은 묶여 있고 입에 재갈까지 물려 있는 정판석 마누라를 바라보았다.

"아줌씨, 우리를 원망혀도 어쩔 수 없이유. 정판석이 너무 많은 사람들을 괴롭혔기에 죗값을 받은 것뿐이유. 우리도 언젠가는 경찰과 청년단 손에 죽겠지만, 아줌씨는 사람을 원망허지 마시고 시상을 원망허시오. 좋은 시상 오면 저승에서라도 다시 만나 살도록 헙시다."

노삼택과 정준모는 나무 판 돈을 방바닥에 던져 놓고 쏜살같이 밖으로 나갔다.

신점쇠 일행은 금암리 앞 둑으로 올라 오수천을 타고 삼계 원통산으로 들어갔다.

원통산으로 돌아온 대원들은 겨울맞이 준비에 빠듯한 일손을 놀렸지만, 노삼택은 사흘을 한숨도 자지 못하고 신음하며 움막에서 나오지 않았다.

대원들이 사정을 물어봐도 대답하지 않고 목석처럼 앉아 있다 가끔씩 신음을 토하듯 소리를 질렀다.

노삼택이 눈을 감으면 포박을 당한 채 사시나무 떨듯 살려달라고 애원하는 그 여자가 울면서 나타나 괴롭히고 있는 것이다.

무서워서 잠을 잘 수가 없는 노삼택은 이러다가 죽는 것이 아닌지 두려움의 공포마저 엄습해 왔다.

공포에 질려 죽을 것만 같은 노삼택은 죽더라도 그 여자의 소망을 들어주고 죽기로 마음먹고 산을 내려가기로 작정했다.

점심때가 다가오자 노삼택은 식량투쟁 핑계로 마을에 내려갔다 오겠다고 소대장에게 자청했다.

"소대장님! 식량을 구하기 위해 마을에 내려갔다 오고자 헙니다. 마을에 군인들이 깔려 있다혀도, 삼계는 제가 놀던 곳이닝께 아무 탈 없이 식량을 구해 올 수 있을 것이구만요."

"우리에게 당장 필요한 게 식량이지만, 삼계 마을마다 개미떼처럼 깔려 있는 군인들을 어떻게 헤치고 식량을 구해 오겠단 것인가? 방법을 말해 보시게."

여순 반란 군인들을 잡기 위해 임실군으로 진격한 군인들은 정예화된 병력과 M1소총 등 강력한 화력으로 무장한 채 삼계면 전체를 장악한 지 이미 오래였다.

"제가 모든 방법을 동원하여 식량을 구해 올 테니까요, 저를 마을로 내려가게 혀주세요."

"무작정 내려간다고 없는 식량이 발이 되어 오는 것도 아니고 방법을 설명해 보시게."

최상술 소대장은 며칠 동안 밥도 먹지 않고 고민하는 노삼택의 의중을 알기 위해 달구쳤다.

"으흑흑흑, 저 이러다가 미쳐 죽을 것만 같혀요."

"노대원 진정허고 무슨 일인지 상세허게 말혀봐. 어서, 어서."

"눈만 감으면 정판석이 마누라, 그 여자가 울면서 나타나 시암에 빠진 자기 남편 꺼내 달라고 저를 괴롭히는구만요. 으흑흑흑, 지금이라도 시암에서 꺼내 묻어주고 와야 허것어요. 으흑흑흑."

"그렁가……?"

최상술 소대장은 한참을 생각하다 말을 했다.

"그렇다면 허락허것구만. 대신 이틀을 줄 테니 송병연 대원과 함께 다녀오도록 허게. 올 때는 대원들 생명식량을 꼭 투쟁해 올 것을 잊지 말도록 허고, 알어쩨~잉. 그리고 송대원은 겨울을 날 수 있는 외투를 구할 수 있는 방법을 찾아오도록 허게."

마을을 내려갔다 오도록 허락을 받은 노삼택은 해맑은 얼굴로 배낭을 꾸렸다.

두 대원은 점심을 먹고 그 전날 정판석을 제거하기 위해 원통산을 내려갔듯이, 학정 옆 산으로 내려가 세심골 뒤 산막 뒷산을 타고 홍곡리와 삼계리를 지나 어은리 뒷산을 통해 한밤중에 오수 동역물로 들어갔다.

노삼택과 송병연은 그날처럼 비스듬히 닫혀 있는 양철 대문을 발등으로 들어 밀고 들어가 마루 밑으로 숨어들었다.

불이 꺼진 방안에는 고요한 정적이 감돌았다.

하지만 가끔은 고요한 정적이 감도는 방문 틈으로 바람이 일어났다 사라지곤 했다.

무언가 허공에서 발버둥치는 그림자와 함께 일어나는 바람이 창호지를 흔들고 있는 것이다.

억지로 침을 삼키려는 소리와 함께 고요한 정적을 깨며 무언가를 밀어내는 힘겨운 싸움질이 들렸다.

그 사이로 찢어지듯 여자의 폐부로 넘어가는 산소 소리가 들려왔다.

마루 밑에 있는 노삼택은 순간적으로 토방으로 뛰어나와 방 안으로 들어갔다.

하얀 소복을 입은 그 여자는 시렁에 목을 매고 매달려 있는 것이었다.

"여보쇼, 왜 이런 것여요. 억지로 생목숨 끊는 법이 어디 있능겨요.

죄로가요, 죄로가…….”

노삼택은 뒤따라온 송병연의 도움을 받아 시렁에 매달려 있는 여자를 방바닥에 내려놓았다.

“병연이 성님, 죽으면 어찐대요. 제가 호흡이 돌아오도록 헐테니 성님은 뜨신물 좀 만들어 오시지요.”

“그려, 내가 얼릉 정지에 가서 뜨신 물 만들어 오것구만.”

노삼택은 여자의 저고리를 벗기고 치마끈을 풀어 헤치며 두 손으로 오목가슴을 압박하면서 인공호흡을 이어갔다.

오목가슴을 압박하고 입안에다 바람을 불어 넣어도 여자는 미동도 하지 않았다.

노삼택은 다급한 마음으로 저고리를 풀어 헤치고 배 위로 걸터앉아, 입으로 연신 공기를 불어넣으며 오목가슴을 압박했다.

계속되는 인공호흡에 여자는 ‘크윽’ 소리를 내는 기미가 보였다.

노삼택은 죽을힘을 다해 오목가슴을 눌렀다 펴며 입으로 공기를 불어 넣으니, 여자는 가쁜 숨을 토해내며 깊은 숨을 몰아쉬었다.

송병연이 구해온 뜨거운 물을 저고리에 묻혀 이마와 얼굴을 찍어 바르고 팔다리를 주무르며 이불을 덮어주니, 여자의 얼굴에 화색이 돌아왔다.

여자의 얼굴에 화색이 돌아오는 것을 본 노삼택은 긴 한숨을 내쉬며 돌아앉고, 송병연은 주변을 살피기 위해 마당으로 나갔다.

불쌍한 죽음을 막아달라고 사흘 동안 꿈속에 나타났단 말인가.

노삼택은 이불속에 누워 있는 여자를 물끄러미 바라보며 우둑하니 앉아 있었다.

불쌍한 저 여자를 죽음으로 내몰아간 것이 무엇일까.

그날 밤의 충격 때문일까? 아니면 바람둥이 불한당 같은 정판석에 대한 연민의 정일까? 그렇다면 왜 꿈에 나타나 애원을 한 것인가?

남편에 대한 저주일까?

노삼택은 온갖 상념에 사로잡혀 골똘히 생각하고 있는 사이, 여자는 긴 숨을 들어 마시며 다리를 움직였다.

"물, 물 좀 주셔요. 물, 무울."

"정신이 좀 드신겨요. 물 여기 있으요. 천천히 드시고 정신 차려봐요."

"제가 꿈을 꾸고 있나요? 이곳이 저승인가요?"

그 여자는 물을 조금 마신 후에 다시 혼절했다.

혼절한 여자는 새벽닭이 울고 난 후에야 정신을 차리고 일어났다.

"저를 살려 주셨나요? 어떻게 여기에 오셨때요?"

"당신이 내 꿈에 자꾸 나타나 왔구만요. 모든 것을 용서혀 주셔요."

"모든 것이 인과응보죠. 당신이 나를 이렇게 구해 주셨잖아요. 제가 어느 깊은 골짜기 수렁에 빠져 허덕이는데, 다른 사람은 모두 다 가버리고 당신이 내 손을 끝까지 놓질 않고 잡아주데요. 남편도 가버렸는데요. 그래서 저도 끝까지 당신 손을 놓질 않고 잡아당기니까 수렁에서 빠져 나올 수가 있었고 눈을 떠 보니 당신이 앞에 있구만요."

이들에 운명은 어떤 인연인가?

"자기 목숨 스스로 끊는 것이 이 세상에 가장 큰 죄랍니다. 스스로 목숨 끊은 사람은 저승에 가서라도 가장 뜨거운 지옥불에 갇힌다고 허데요. 죄 짓지 않아야 죽어서라도 비단옷 입고 사능겨요. 어지러운 세상 누가 잡아 가지만 않는다면 모진 목숨 구박허지 말고 사는 대로 이어 살아야 혀요."

삼택은 누워 있는 여자를 바라보며 위로했다.

"으흑흑 아녀요. 으흑흑 세상이 너무 야박허요. 너무 야박혀……."

위로하는 삼택의 말에 여자는 참았던 울분을 터트렸다.

이름이 보덕인 그 여자는 고아로 태어나 인근 절에서 자랐다.

보덕의 영혼은 부처님이 지켜주는 것 같았다.

절에서 자란 보덕은 15살에 여자보살을 따라 절을 나왔다.

여자보살은 절을 다니면서 영특한 보덕을 눈여겨봐 온 것이다.

남원에 있는 여자보살 음식점에서 허드렛일을 하는 보덕은 일 년도 안 되어서 보살 남편의 구박으로 쫓겨나와 오수로 흘러들어온 것이다.

처음에 오수 잠사공장에서 일을 하던 보덕은 공장폐업으로 갈 곳을 잃자, 숙식을 제공하는 오수 백조다방 아가씨로 일하면서 정판석을 만났다.

정판석의 폭압적인 횡포에 못 이겨 살림을 차린 보덕은 남편의 학대에도 불구하고 매일같이 형에 대한 열등의식에 사로잡힌 남편을 동정하며 살았다.

그날 밤 정판석이 죽고 난 후, 서울에 있는 형 정판문 검사가 내려와 모든 전답을 팔고 홀로 계신 어머니를 모셔갔다.

결혼식을 올리지 않은 보덕에게는 한 푼도 주지 않고 오히려 근본도 없는 여자 때문에 정판석이 죽었다고 악담하며 갔다고 한다.

"정판석이 웬수도 불쌍한 사람이여요. 식구들에게도 인정도 못 받구요."

보덕은 말을 이어가다 노삼택이 가슴에 파묻혀 복받쳐 오르는 서러움을 토해냈다.

"그날 밤 지도 죽이고 가든지 아니면 지를 산으로 데리고 가든지 허시지. 왜 이렇게 천덕꾸리 신세를 만들었습니껴. 으흑흑흑."

한 많은 보덕의 이야기를 들은 노삼택은 가슴이 미어져 오는 통증을 참기 위해 입술을 깨물었다.

"보덕 씨, 살다보면 좋은 날도 오지 않겠능감요. 맘 굳게 먹고 좋은 날을 위해 서로 의지하며 살아가요. 그러니 이제 그만 울고 몸을 추스르시기 바라는구만요. 보덕 씨가 무사헌 걸 확인혔으니 저희도 이만 돌아가야 허것네요."

"안이돼요. 이제 조금 있으면 날이 샐턴디. 날이 새면 군인들이 보루대와 원동산 그리고 역전 앞에 진을 치며 오가는 사람들을 검문허고 있어요. 그러니 여기서 밤 될 때꺼정 기다렸다가 올라가셔야 헙니다. 지도 이제 정신 차리고 당신들을 위해 무언가를 도울 수 있는 방법을 찾으면서 살 것이구만요."

"그라요. 그러시면 정말 좋것구만요. 나도 죄책감 털어버려 좋구요. 좋은 세상 만드는 데 동지가 생겨 좋구 말이여요."

정신을 차린 보덕은 아침 해가 떠오르자, 밖에서 경비를 서고 있는 송병연을 방안으로 들어가게 하고 아침을 준비했다.

"보덕 씨, 대문은 잘 닫고 오셨지요?"

"걱정 말아요. 그날 사건 이후로는 개미새끼 한 마리 얼씬거리지 않아요. 그리고 만에 하나 사람 인기척이 들리면 송선생님은 골방에 비어 있는 뒤주 안으로 들어가시고 노선생님은 헌농짝 속으로 들어가 숨으면 됩니다. 그러나 제가 여러분들을 위해 무엇을 하면 좋을지 말씀해 주십시오. 저는 음식도 조금 하고요 손바느질도 조금은 헙니다."

이 모두가 음식점 보살과 오수 잠사공장의 덕택이다.

"그러세요! 저희는 지금 겨울을 날 외투가 필요헙니다."

송병연은 바느질 이야기에 반색을 하며 대답했다.

"저에게 옷감을 주시면 잘하지는 못하지만 겨울 외투를 만들어 드리지요."

"그럼, 저희가 옷감 구할 돈을 드리겠습니다. 지금 저희가 가지고 있는 것은 4만원을 가지고 있어요. 현 시세로 쌀 열다섯가마 값은 될 것이여요."

"그 정도 돈이면 겨울옷 40벌을 만들 수 있을 것입니다. 제가 정판석 단장 살아 있을 때 청년단 옷을 만들어 봐서 알아요. 한 달 정도 시간이 있으면 모두 다 만들 수 있을 것입니다."

"고맙습니다. 저희가 다음에 내려올 때 더 많은 돈을 가지고 오겠습니다. 꼭 좀 만들어 주십시오."

여자의 운명은 무엇인가?

정판석의 마누라로 살 때는 청년단 옷을 만들어 주고 이제는 생명의 은인인 노삼택을 만나 산사람 옷을 만들어주어야 하는 신세는 어떤 운명의 인연인가.

보덕은 골방에 쌓여 있는 쌀가마니를 헐어 두 대원에게 내주었다.

노삼택과 송병연은 보덕이 묶어 준 쌀가마니를 어깨에 메고 어둠을 틈타 산으로 올라갔다.

산을 내려갔다 온 지 한 달이 지나가고 있었다.

매일같이 손꼽아 기다려 왔던 날이 돌아오고 있는 것이다.

송병연은 노삼택의 마음을 대신하듯 소대장을 만나 보급투쟁 날짜를 물었다.

"소대장님, 겨울 외투는 언제 찾으러 갑니까?"

"만에 하나를 대비해서 혼잡한 장날을 기다려 내려가도록 허자. 그리고 이번에는 쌀도 많이 팔아 와야 허니 오수장 보러오는 주민들 틈에 끼여 1분대 전원이 식량투쟁에 다녀오도록 허자."

송대원의 질문에 대답한 최상술 소대장은 이민희 분대장을 바라보며 말을 했다.

"모든 지휘는 이민희 분대장이 맡도록 허시오. 그리고 이번이 이곳에서 마지막 투쟁이 될 수 있으니 모든 대원들에게 만반에 준비를 다해 주도록 지시해 주시기 바랍니다.”

노삼택은 이번이 이곳에서 마지막 보급투쟁이 될 것이라는 말에 가슴이 철렁 내려앉았다. 이번으로 보덕의 얼굴을 마지막으로 봐야 하는가. 매일 보려면 어떻게 하여야 하는가?

삼택은 자신을 껴안고 불구덩이로 떨어져 가는 보덕의 꿈을 다시 한번 되새기며 앞날을 그려본다.

추위가 찾아오는 49년 11월 30일 오수 장날을 표적으로 이민희 분대장을 선두로 1분대원들은 보급투쟁을 위해 밤중에 산을 내려갔다.

1분대원에 속한 노삼택은 빠른 걸음으로 능선을 타고 골짜기를 건넜다.

대원들은 까막재를 넘어 오수 해월암이 보이는 뒷산에 집결한 것은 새벽녘이었다.

해월암 너머로 오수 보루대와 군경들이 섞여 아침구보를 하는 것이 보이고, 왼쪽으로는 역전이 오른쪽으로는 관월리 사람들이 아침밥을 하느라 굴뚝에서 연기를 밀어내고 있었다.

“동지들, 여기서 각자의 임무를 띠고 헤어지기로 허겠습니다. 조별로 최대한 많은 겨울 양식을 구해 와야 헙니다. 군경들은 우리가 식량을 구하기 위해 장에 올 것이라고 알고 있을 것입니다. 송병연 동지와 정준모 동지는 한조가 되고, 신점쇠 동지와 김홍기 동지가 같은 조가 되시오. 나와 백승우 동지는 한조가 되겠습니다. 그리고 노삼택 동지는 혼자서 겨울 외투를 짊어지고 오시오. 그리고 이 돈은 그 여자의 수고 비니 주고 오시오. 모두들 맡은 바 임무를 완벽하게 수행하고 초저녁 닭이 울기 전에 이곳으로 집결해야 헙니다."

대원들은 2인1조로 구성된 조가 8조로 나뉘어 식량투쟁에 나섰고, 노삼택만 혼자서 겨울외투 보급에 나섰다.

노삼택은 해월암 뒷산에서 비린내고개로 내려갔다.

옛부터 도적들이 오수장에 들어오는 장꾼들의 재물을 약탈하고 사람을 죽여 피비린내난다고 해서 붙여진 비린내고개를 넘은 노삼택은 삼계 어은리에서 올라오는 사람들 틈 사이로 끼어들었다.

비린내고개를 내려온 노삼택은 사람들과 함께 임성동으로 내려가 둔남천 섶다리를 건너 오수역으로 발걸음을 옮겼다.

오수역에 도달하니, 이른 아침 쌀쌀한 날씨에도 불구하고 일찍이 장보러오는 사람들이 많았다. 노삼택은 사람들의 틈에 끼여 동역물 보덕이 집으로 무사히 들어갔다.

"계시능감요. 안에 누구 없당가요?"

밖에서 소리가 나자, 방안에 있던 보덕이 버선발로 토방까지 나와 노삼택을 안으로 끌고 들어갔다.

"어떻게 왔어요? 오다가 본 사람은 아무도 없구요. 춥지요? 추운 게 가만이 이불속에 누워 계셔요. 제가 얼릉 가서 아침밥 차려 올께요. 옷을 만드느라고 방이 지저분혀요. 잠깐만 기다리고 있으세요."

방안에는 옷을 만든 흔적이 여기저기 쌓여 있었다.

보덕은 밖에 있는 노삼택 신발을 부엌으로 가져가 선반 위에 올렸다.

부엌에 나간 보덕은 밥상을 들고 방으로 들어왔다.

"시장허시닝께, 얼릉 진지 드시여요. 제가 오실 것을 대비해 지난 장에 명태도 사다 놓았어요. 맘 푹 놓고 맘껏 드시여요."

밥상에는 김치를 비롯해 미역국과 명태찌게가 올라와 있었다.

"얼릉 드시여요. 찬이 없어서 죄송허그만요."

노삼택은 배꼽이 나오도록 밥을 먹고 밥상을 내밀었다.

"다 드셨어요? 여기 숭늉 있습니다. 숭늉 드시고 한소금 푹 주무십시오."

방이 철철 끓었다.

언제 오실 줄 몰라 매일같이 장작불을 집혀 왔다고 한다.

노삼택은 너무나 오랜만에 느껴보는 기분이었다.

따뜻한 방에 맛있는 아침밥을 먹고 나니 눈이 저절로 감겼다.

"자, 어서 이리로 올라와 푹 주무시오. 저는 오늘 한 나절만 하면 모두 끝날 것 같으네요."

노삼택은 밀려오는 졸음을 참지 못하고 죽음보다 깊은 잠 속으로 빠져들었다.

얼마를 잤을까.

눈을 떠보니, 점심때가 훨씬 지나고 해가 뉘엿뉘엿해져 가고 있었다.

"일어나셨어요? 점심 드시야제요."

너무 오래 잔 것 같았다.

추운 날씨에 밖에서 식량투쟁하는 대원들에게 미안한 생각이 들었다.

보덕은 부엌에서 점심 밥상을 차려 들고 방으로 들어왔다.

"점심 얼릉 드십시오. 겨울외투는 죄다 만들어 멜빵짐으로 짬매 놓았습니다."

시렁 위에 겨울외투가 멜빵짐으로 올려 있었다.

노삼택은 밥을 먹고 난 후, 보덕이 준 숭늉을 받아 마셨다.

보덕은 물려난 밥상을 부엌으로 내다놓고 들어와 시렁에 있는 짐 보따리를 내렸다.

"마흔 벌이에요. 짐이 너무 큰가요? 보따리를 다시 짬맬까요?"

"아녀요. 잘 짬맸구만요. 이 정도면 충분히 나 혼자 지고 갈 수 있구만요."

이제 떠나면 언제 올 줄 모르는 기약 없는 길 차비를 보덕은 서두르고 있었다.

"또 언제 오시나요? 겨울 외투는 이제 필요 없남요?"

"보덕 씨, 이것은 우리 소대장님이 주신 돈이여요. 만원이라네요."

"이 돈으로 무엇을 만들어 달래요?"

"아녀요. 이 돈은 보덕 씨 수고비로 쓰라고 주신 돈이구만요."

"그럼, 이제 안 오시는 거예요?"

눈치 빠른 보덕은 수고비란 말에 이것이 마지막인 것을 눈치챈 것이다.

보덕은 소리 없이 닭똥 같은 눈물을 흘러내렸다.

노삼택도 보덕의 눈물을 보자, 참아왔던 서러움이 복받쳐 올라 울음을 터트리고 말았다.

둘이는 한없이 부둥켜 앉아 울다가 불덩이 같은 입술을 서로 마주댔다.

뜨거운 입술이 열리더니, 태양을 녹이려는 듯 이글거리는 살덩어리가 쇳물이 되어 입안으로 흘러 들어갔다.

서로의 입안으로 흘러 들어간 이글거린 살덩어리는 거친 호흡에 맞춰 뒤엉키며 미끄러져 간다.

격렬한 몸부림으로 보덕의 뽀얀 가슴이 밖으로 밀려 나왔다.

보덕의 젖가슴은 뽀얗다 못해 달빛에 날리는 하얀 눈송이 같았다.

노삼택은 거친 숨소리를 내며 보덕의 옷고름 사이로 밀려나와 오긋하게 서 있는 젖가슴에 뜨거운 입술을 갖다댄다.

젖가슴에 파묻힌 노삼택 입술이 저절로 열리면서 이글거리는 살덩어리가 보덕의 젖가슴 위에 오뚝 서있는 파릇한 봉우리를 덮친다.

벌어진 보덕의 입속에 감춰진 붉은 살덩이도 늪지의 화사가 되어 삼택의 목덜미를 휘감듯 적시면서 가슴을 타고 내려와 아랫도리를 날름거린다.

보덕의 치마속옷은 흥건하게 적셔 있었고, 부처님 모양으로 앉아 다리를 벌리고 있는 삼택은 두 손으로 볼록하게 튀어나온 보덕 엉덩이를 받쳐 자기에게로 올려놓는다.

삼택의 손놀림에 따라 보덕은 엉덩이를 삼택의 아랫도리를 향해 밀어 내리며 짓누른다.

"으으윽."

보덕은 창끝에 박힌 짐승처럼 굳어버린 몸짓에 숨을 멈췄다.

그리고 난 후 태산을 날릴 것 같은 광풍을 토해낸다.

"흐으~헉, 헉헉헉."

두 남녀는 경쟁이라도 하듯, 서로를 의식하지 못하고 폐부에 고인 폭풍우를 토해 내고 있었다.

엎어진 도구통이 허공에서 흔들어댄다.

도구대를 고정해 놓고 도구통이 허공에서 찧어 내려오자, 삼택의 아랫도리는 화산이 폭발하듯 움츠리다 용암을 분출한다.

도구대는 지축을 흔들며 엎어져 허공에 떠있는 도구통을 향해 화산을 폭발시킨다.

도구통이 허공에서 내려 찧을 때마다 삼택은 신음소리와 함께 아랫도리가 조금씩 뽑혀져 올라가는 것만 같았다.

이별방아 찧기를 마친 보덕과 삼택은 동시에 가쁜 숨을 토해내며 이불 위로 벌러덩 넘어졌다.

마치 에덴동산에서 쫓겨난 아담과 하와처럼 누워 있는 것이다.

"이제 가면 언제 옵니까요?"

"좋은 세상 돌아오면 올 것이구만요."

"저는 오수를 떠나려 헙니다."

"왜 그런 생각을 혔당가요?

"그래야 당신이 날 잊어버리고 살 테니까요."

보덕은 옆으로 몸을 돌리며 울먹였다.

"날, 찾지 말아요."

보덕은 자신의 기구한 운명을 한탄하고 '부디 어디에 계시더라도 허망허게 가지는 마셔요' 라는 속말을 읊조리며 눈물을 흘린다.

백련산 생활

원통산 골짜기 춘란은 서리를 맞아 떨고 있었다.

야산대원들은 살벌한 예비 검속으로 겨울 준비를 제대로 하지 못한 채 겨울을 지내야 했다. 초겨울이지만 산속은 혹독하게 춥다. 산속 못지않게 바깥 세상도 좌우 갈등으로 춥기는 매한가지다.

추운 겨울을 지내기 위해 최상술 소대장은 백련산으로 야산대 거처를 옮겼다. 백련산을 강진 신기 마을 앞에서 바라보면 하얀 연꽃 봉오리 같다. 백련산에는 신기 마을 뒤 봉우리 근처에 백련사 절이 있고, 두복 골짜기 아래 봉우리에 백용암이 있었다.

강진 신기 마을 뒤 봉우리에서 청웅 만지메 마을 뒷산 중신기로 삭도간이 이어져 있었다.

삭도간 줄에 매달려 있는 촉륜은 매서운 바람에 을씨년스럽게 흔들거렸다.

삭도간은 일제시대 때 섬진강 댐을 건설하기 위해 작은 산봉우리와 봉우리를 연결하여 시멘트와 철근 등을 공사현장으로 운송하는 기구이다.

스키장 리프트처럼 작은 산봉우리를 연결한 삭도간을 이용해 임실역에 기차로 수송해 온 공사자재를 섬진강 댐 공사현장으로 옮겨 가는 것이다.

삭도간 임실역을 시작으로 장재리 쉰재와 청웅 모래재, 청웅 중신기 뒷산과 갈담 부흥리 뒷산을 지나 잉어명당 자리라는 동막지로 이어진다. 그리고 동막지를 지난 삭도간은 오두목 옆산과 용수리 고개를 지나 수문공사가 한창인 옥정리로 내려간다.

섬진강 댐의 수문은 강진면 옥정리에 있었다.

낙차 60여 미터에 15개의 수문으로 웅장함을 자랑하는 섬진강 댐은 옥정리에 수문이 있다 하여 옥정호라고 한다.

섬진강 댐 공사현장에는 일본인 감독관들이 허리에 칼을 차고 인부들을 통솔했다.

일본인 감독관들은 모자란 일손을 채우기 위해 마을을 돌아다니며 주민들을 강제로 차출해서 촉륜에 태워 공사현장으로 끌고 간다.

청웅 앞마당 삭도간에 걸려 있는 촉륜을 바라보며 상념에 빠져 있는 대원들을 최상술 소대장은 재촉하며 백련사를 뒤로한 채 앞장서서 산을 넘어갔다.

임실 야산대 칠십여 명의 대원들은 강진 백용암이 내려다보이는 백련산 두복 골짜기 근처에 새로 움막을 짓고, 취사장과 교육장도 만들어 생활을 했다.

회문산으로 들어온 여순 반란군 잔당도 여기에 합류하여 연락 분대로 편성되었다.

백련산 두복 골짜기는 산세가 험해 군경들이나 청년단원들이 접근하기 어려운 지역이다. 하지만 야산대가 활동하기에는 안성맞춤이다. 오른쪽으로는 하운암 나래산과 오봉산 국사봉을 비롯한 다섯 개 봉우리가 수채화처럼 펼쳐져 있고, 그 아래로 선거리와 청운리가 보인다. 왼쪽으로는 갈담시장이 들어오며, 산 아래로 하운암 모시율과 범머리 옆으로 섬진강 댐이 가슴 트이도록 훤하게 펼쳐진다. 그 위로 모악산 정상에서 정읍 산외 쪽으로 내려온, 또 다른 국사봉 울음터골 밑에 구장리와 만복리가 보인다. 산외 국사봉 왼쪽으로 상두산과 비봉산이 한눈에 들어오는데, 상두산은 팔방으로 연결되어 있어 김제, 정읍, 완주, 순창, 임실로 내려갈 수 있는 산이다. 상두산에서 하운암 초당골로 내려가면 섬진강을 따라 임실, 남원, 구례, 순천, 하동, 광양만으로 나갈 수 있다. 비봉산 옆으로 평지 뜸과 칠보가 보이고, 그 옆으로 산내 종석산과 회문산 끝자락인 종성리가 내려다보인다. 그리고 저 멀리 순창 치재산 자락인 가마골이 어렴풋이 눈에 들어온다.

한눈에 들어오는 저 능선들은 민족이 소용돌이칠 때마다 죄 없는 양민들의 목숨을 요구했고 김제 광활, 만경평야, 정읍 이평, 신태인 등 곡창 지대에서 생산된 곡식들이 총칼 앞에서 수탈당해 반출되는 이동 경로이기도 했다. 변란이 일어날 때도 그랬고, 일제 시대 때도 이동 경로 주변 양민들은 수탈의 대상으로 원치 않는 노역과 죽음을 당했다.

곡창 지대인 정읍 이평, 신태인, 김제 광활, 만경평야에서 착취당한 곡식은 원평 금산을 통해 주평, 시목동, 화율리를 지나 저 멀리 모악산 자락 국사봉 울음터골 아래 구장리 만병리로 운반되면서 주변 주민들을 노역과 죽음으로 내몰았다. 농민들에게서 착취한 곡식은 상두산 아래 개티로 내려와 섬진강을 통해 수탈해 갔다.

그믐달로 접어들면서 산중 추위는 혹독하게 변했다. 가을에 준비하여 보관했던 양식은 바닥나고 없었다.

이승만 정부의 군경들은 산사람들 검거에 열을 올리고 있었다.

군경의 공격은 예상했던 것보다 훨씬 강하고 적극적이었다.

낮에만 공격하고 어두워지기 전에 서둘러 퇴각하는 경찰과 달리, 여순 반란군 잔당을 소탕하기 위해 파견된 군인들은 밤중에도 산에다 천막을 치며 산사람 검거에 열을 올렸다. 산사람들은 자연조건이나 자체 여건 그리고 적진상황 등 그 어느 것도 만만한 것이 없었다. 날이 갈수록 양식이 없어 하루에 한 끼를 먹기도 힘들 지경이었고, 부상자와 동상자가 늘어나 대원들은 동요하며 위축되고 있었다.

최상술은 상념에 사로잡혀 무의식적으로 쌈지에서 담뱃잎을 꺼내 종이에 말아 물었다.

"무슨 생각을 그리도 허시오?"

여순 반란군 오용석 소위였다.

"올 겨울을 어떻게 넘기나 고민허고 있습니다."

"긍게요, 이러다가 겨울 넘기지도 못 허고 모두 다 잡히는 거 아닌지 모르것소!"

"대원들의 동요를 진정시킬 좋은 방도가 없을까요?"

"양식도 떨어지고, 매일같이 군경에게 쫓기며 부상만 당하니까 당연히 동요를 헐 만하죠. 양식은 얼마나 남았습니까?"

"거의 다 떨어진 것 같아요. 그동안 양식은 전기선 분대장 집에서 조달해 먹었는데, 이젠 그 집도 먹을 것이 떨어진 모양이여요."

임실 야산대는 겨울 식량을 청운리 전기선 분대장 집을 통해 조달해 먹었다.

"이제는 식량투쟁을 해야만 헙니다. 전기선 분대장 집에만 의존하지 말고 인근 마을로 내려가 골고루 식량을 보급받아야만 헙니다."

오용석 소위는 식량투쟁을 최상술 소대장에게 건의하고 있고, 최상술 소대장은 오용석 소위의 건의를 들으며 말이담배가 다 탔는지도 모른 채 고민에 빠져 있었다.

이런 상황으로 가다가는 자멸이 빤히 내다보이는 이중삼중의 악조건 속에서 살아남을 투쟁방법을 생각하지 않을 수 없었다. 이런 극한 상황을 극복하지 못하고 야산대가 소멸한다면 지난날의 투쟁 의미는 무엇인가?

투쟁의 일차적인 것은 살아남아 야산대가 존속하는 것이다.

야산대가 존속해야 지난 2·26 투쟁 때 죽어간 염종철과 무고한 생명들을 위로할 것이 아닌가?

최상술 소대장은 뜬눈으로 밤을 새우며 투쟁의 의미를 찾아 헤맸다.

다음날 아침, 아침식사를 마친 대원들은 모두 다 회의실에 모였다.

"대원 여러분, 간밤에 별탈없이 주무셨는지요? 지금 산 아래는 군경이 우리를 잡으려 해도 우리가 워낙 깊은 산에 들어와 있고, 눈까지 우리를 보호하고 있으니까 쬐끔은 추워도 우리의 신상에 아무런 문제가 없다고 사료되옵니다만."

말을 잠시 멈추었다 다시 이었다.

"하지만 군경에 의해 우리의 신상에 문제가 없다손 치더라도 우리는 현재 한 끼도 제대로 먹지 못하고 있어 서로가 불안해하고 있습니다. 여기에 대해 좋은 방도가 있으신 분은 손을 들고 말씀해 주시길 바랍니다."

"지금 양식이 하나도 없습니다. 산 아래 군경보다 식량이 없어 굶어 죽게 생겼어요. 고것이 시방 제일 큰 문제랑게요."

"제가 한말씀 올리고자 합니다. 실은 우리들 양식을 지금꺼정 전기선 분대장 집에서 조달해 먹었는디, 이제는 전기선 분대장 집에도 쌀이 없다고 헙니다. 그러니 다른 집에서 쬐끔씩이라도 거출을 혔으면 헙니다."

"저도 동감합니다."

"맞습니다. 전기선 분대장의 헌신으로 우리가 지금꺼정 산생활을 무난히 해왔는디, 이제는 식량투쟁을 보다 적극적으로 해야 헌다고 생각합니다. 각 마을에는 일제시대부터 인민의 피를 빨아먹고 있는 반동분자들이 아직도 호의호식하며 살고 있습니다. 이들의 양식을 우리의 투쟁양식으로 삼으면 좋겠다고 생각하는데, 여러분들의 생각은 어떻습니까?"

"올쏘, 올쏘."

백련산 두복 골짜기 앞에는 식량투쟁하기 안전한 강진 율치와 하운암 모시울 등이 있고, 옆으로는 청운리와 지천리 등이 있었다.

뒤로는 선거리와 광석리, 그리고 학암리가 모여 있어 마음만 먹으면 언제든지 식량투쟁을 할 수 있는 안전 지역이었다.

"좋습니다. 그렇다면 식량투쟁을 하되, 규칙을 정협시다. 좋은 의견 말씀해 주십시오."

"제가 한마디 허겄는디요. 가난허고 불쌍한 사람들 집은 절대로 안 되는 것만요. 대신 일제 때부터 지주허면서 일도 않고 떵떵거리며 사는 사람들 집부터 헙시다."

"좋습니다. 또 다른 의견을 말씀해 주십시오."

"경찰 가족이나 촉진대 집들은 어떻게 헌데요?"

"허야지! 어떠긴, 어떠! 그놈들이나 지주놈들이나 모두 다 똑같은 디."

식량투쟁을 누구를 대상으로 할 것인가, 한나절 동안 논의가 계속됐다.

"그러면 규칙을 정허겠습니다. 가난한 사람들 집에서는 식량을 보급받지 않는다는 것입니다. 구체적으로 말하면 경찰이나 촉진대, 그리고 서북청년단 가족이라 하더라도 가난허면 식량을 보급받지 않는 것입니다. 반면 일반 주민들이라도 식량이 넉넉한 집이 있으면 사정을 말허고, 우리가 발급해 준 차용증을 드리고 식량을 받아오시오. 물론 일제 때부터 지주 생활로 떵떵거리고 사는 집들은 먹고 살 정도만 남겨두고 모조리 가져 오시오. 끝으로 오다가 가난한 노모나 아이들이 많은 집들을 발견하면 식량을 나눠주고 오시오."

"맞어. 그렇게 허야혀. 잘 허는구만."

"우리 이제 배불리 먹으면서 투쟁할 수 있겄다."

"근디, 가난헌 것을 어떻게 안디야?"

"멍충아, 동네 사람들에게 물어보면 되지."

"안 가르쳐 주면, 어떻게 헌디야."

"잔말 말고 따라와, 멍충아! 입 꼬메 버릴텅게."

야산대원들은 식량 보급 활동에 다녀오면 취침 전, 매일같이 보급 활동 상황에 대한 토론을 개최했다.

"지금부터 오늘 활동에 대해 토론을 시작허겠습니다. 우리들은 서로가 허물이 없게 기탄없이 말씸해 주시고, 스스로 비판도 혀 봅시다."

"오늘 학암리 식량 보급 활동에서 주민들과 하나되어 활동하였습니다. 주민들 또한 우리들에게 적극적인 협조를 보였습니다. 보급 활동과정에서 악질 친일파 만행을 들었습니다. 그자에 대해 심도 있게 논의를해야 한다고 생각헙니다."

"계속 말씸허시기 바랍니다."

"이학철은 일제 시대 때부터 대를 이은 친일파로, 자기에게 잘못 보인 주민들은 이유 불문허고 남양군도나 일본 징용자로 보낸 인물이라고 헙니다. 친인척들도 혀를 내두르는 악질 친일 반동분자입니다. 그자가 일제 때 빼앗은 논과 밭을 주인들에게 돌려주지 않고 지금도 본인이소유하면서 소작인들을 착취하고 있어, 주민들의 원망이 하늘을 찌르고 있습니다."

"연락 분대장도 이에 대해 한말씸허기 바라요."

"의견을 제시하겠습니다. 해방되고 미군정과 이승만 정부가 잘못한것 중 대표적인 것이 친일파와 고등계 형사들을 처벌허지 못헌 것입니다. 학암리에서도 그러한 양상이 그대로 남아 있어 주민들이 고통을 받고 있는 것입니다. 따라서 본인의 생각은 이학철 친일파를 민족의 이름으로 처단혀야 한다고 말씸드립니다."

여수 반란 세력으로 임실에 들어온 연락 분대장이 이학철 처단을 요구하는 의견을 제시했다.

"연락 분대장 말씸 잘 들었습니다. 다른 의견 있으신 분 말씸해 주시길 바랍니다."

"지도 동감헙니다. 저번에 오수에서 정판석을 처단헌 것도 개인 감정이 있어서 그란 것이 아니듯이 이학철도 우리 사감으로 그런 것이 아니고, 주민과 친일파 척결을 위해 처단해야 한다는 말씸에 찬성헙니다."

"또 다른 의견 없으십니까?."

"무조건 처단헙시다!"

"또 다른 의견은 없고 모두 다 처단허자고 찬성혔으니께, 내일 오후 학암리로 내려가 이학철을 처단할 것을 선포헙니다."

야산대원들은 토론을 마치고 잠자리에 들었지만, 촉촉이 내리는 겨울비가 움막 안으로 스머들며 한기가 엄습해 눈을 붙일 수가 없었다.

날이 밝자 주먹밥으로 아침식사를 하고, 두복리 봉우리를 넘어 운암 선거리 감나무골로 내려갔다. 감나무골을 나온 야산대원들은 선거리 윗동네 다랑이논을 가로질러 섬진강변 쪽 학암리 앞산으로 넘어갔다. 학암리 앞산을 넘어간 야산대원들은 광석리 마을 앞길로 내려와 섶다리를 건너 학암리로 들어갔다. 학암리로 들어간 야산대원들은 마을 주민들이 안내해 준 이학철 집에 들어가, 집 안에 있는 이학철을 포박하여 국민학교 뒤 정자나무 아래에서 민족의 이름으로 돌과 몽둥이로 때려서 죽였다.

보도연맹의 덫

백련산에 눈꽃이 피어올랐다. 산속에서 피어나는 눈꽃은 말 못하고 죽어간 양민들의 한이 백련산 눈꽃으로 피어나는 듯 날카롭고 창백했다.

작년에 구성된 반민특위가 1월 들어 활동하기 시작했다. '농지는 농민에게'라는 구호에 맞는 농지 개혁안이 국회를 통과했다. 오랜 기간 동안 남의 손에 지배당했던 설움에서 벗어나 농지가 농민에게 돌아갈 수 있는 상황이 전개된 것이다.

그러나 반민특위 의원들이 국회 프락치 사건에 휘말려 구속되면서 국민의 염원인 토지 개혁과 반민족자 처벌은 무산될 위기에 놓였다.

제헌 국회 내 민족자결주의 이름 아래 외국 군대 철수와 남북 통일 협상안 등 공산당의 주창과 일맥상통하는 주장을 한 국회부의장 김약수, 그리고 노일환·이문원 등 국회의원 13명을 남로당 공작원이라는 혐의를 씌워 구속시켜 버렸다. 친일 경찰들은 반민특위 위원들을 기습하여 테러하는 사건까지 생긴 것이다.

이승만 지지 세력인 독촉국민회는 '반민법 제정이 공산당의 정부 파괴 공작 상황에서 민심을 동요시키는 이적 행위'이며 '반민족 행위자 처벌은 주권을 공고히 세운 후 시행'해야 한다고 주장했다.

순창군에서 뽑힌 노일환 국회의원은 검거령이 내려지자 외갓집 마을 쌍치면 군전리로 숨었으나, 경찰과 군인들이 쫓아와 검거하여 구속시켰다. 순창 쌍치면에서 노일환 의원이 검거되자, 회문산 일대 지역인 임실과 순창 주민들은 엄청난 충격과 절망에 휩싸였다.

이승만 정부는 친일파 반공 검사인 오제동 검사 주장대로 헌병사령부에 국회프락치사건 특별수사본부를 설치하고, 구속된 국회의원들을 조사하기 시작했다. 민족의 반역자 · 부일 협력자 · 전범 · 간상배 등 친일 잔재 청산을 위한 반민특위의 조사 대상이었던 친일파 오제동 검사가 거꾸로 반민특위 국회의원들을 조사하는 꼴이 된 것이다.

결국 독립투사가 빨갱이로 몰리고 친일파가 애국지사로 둔갑하여 정치를 이끌어 가는 상황에서 역사는 혼돈을 거듭하고, 반민특위는 그 의의를 상실하고 말았다.

1인 독재를 위하여 일제 잔재 세력들을 규합해 정권을 유지하고 있는 이승만 정부는 그에게 충성하는 정부 관리 · 경찰들이 반민특위에 의해 검거되자, 그들은 정부 수립의 공로자이며 반공주의자라는 이유로 대 석방을 종용했다. 그 후 노골적으로 반민특위의 활동을 방해하기도 했다.

식민지 잔재 세력을 청산하려던 반민특위는 반공이라는 이름 아래 결국 그 뜻이 좌절되고 말았다. 많은 친일 분자들이 다시 소생하며 이승만 세력에 붙어 국민을 탄압하는 도구가 되었다.

임실 청웅면 석두리 전환찬 등 주민 21명은 불순분자로 낙인찍혀 이승만 지지 단체인 촉진대 회원들과 경찰들에 의해 끌려가 행방불명이 되었다. 삼계 홍곡마을 주민 두 명도 경찰에 의해 살해되었다.

이승만 정부는 국가보안법에 따라 좌익 사상에 물든 사람들을 전향시켜 보호하고 인도한다는 취지로 국민보도연맹을 창설하여, 초대 회장에 좌익 단체인 민주주의민족전선 조사부장을 지내고 전향한 박우천을 선정하였다.

국민보도연맹은 일제 강점기 때 사상 탄압에 앞장섰던 '시국대응전선 사상보국연맹' 체제를 그대로 모방한 것으로 좌익 세력에 전향의 기회를 주겠다는 것보다는 국민 통제 기구였다. 국민보도연맹은 6월 5일 서울시 공관에서 '국민보도연맹 결성 총회'를 개최하고 박우천을 회장으로 공포하였으나, 조직 운영상 합의권과 결정권을 갖지 못하고 오히려 지역의 우익 인사가 보도부장 직책을 갖고 지도하는 체제가 되었다.

그렇지만 국민보도연맹의 전국적인 결성이 정부의 전향자 보호 정책이라고 믿고, 임실에서도 2·26 사건 후 도망자 신세가 된 사람들이 임실경찰서에 자수하기 시작했다. 서울로 도망을 갔던 오재천과 한정우, 전주에서 은둔하고 있던 이종진을 비롯 관련자들은 일년 반 만에 임실에 나타나 자수하였다. 그들은 임실경찰서에서 조사를 받았다. 전주형무소에 복역 중이던 심종현, 김삼석, 최락헌 등 많은 사람들이 형량을 마치고 석방되어 고향으로 돌아왔다.

지난해 2·26 사건 주도자 중 산에서 야산대 활동을 하던 사람과 그 당시 죽은 사람들을 빼고 모두 다 임실 고향 마을로 돌아왔다.

월평리 이종진의 집에서는 형무소에서 갓 나온 심종현, 김삼석, 윤일남, 최락헌과 도주하다 돌아온 오재천, 한정우 등이 모여 향후 향방을 논의했다.

"현재 한반도는 남과 북으로 두 동강이 되어, 각자 정부를 수립했습니다. 남쪽은 미국을 중심으로 하는 자본주의 국가가 맹그러졌고, 북쪽은 소련을 등에 업은 김일성이 기존 공산당을 무시하고 정부를 맹그렀습니다. 우리는 남쪽에서 태어났지만 남쪽 체제의 범법자가 돼 버렸고, 북쪽은 남한 공산당을 빼돌리고 지들끼리 정부를 맹그랐습니다. 단적인 예로 김일성은 우리의 북쪽 위원장인 오기섭 동지를 힘으로 몰아내고, 이승만처럼 권력을 잡는 데만 혈안이 되어 있습니다. 남쪽에 있는 공산당 동지들은 갈 곳이 없어 부평초처럼 떠돌면서 고귀한 생명만 이승만 정권에 희생당허고 있습니다. 그래서 저와 오재천, 그리고 한정우는 함께 임실경찰서에서 자수하고 '보도연맹'에 가입하라는 권유를 받고 왔습니다. 이러한 상황에서 우리는 무엇을 어떻게 해야 하는지 동지 여러분들의 고견을 듣고자 합니다."

이종진은 지난해 2·26 사건 당시에도 오늘과 같은 상황이 올까 봐 남북 단일 정부를 목청껏 외쳤던 것이다.

"저와 심종현 선생은 1년 6개월 동안 전주형무소에서 징역살이허면서 이승만 정권의 잔학성을 두 눈으로 똑똑히 보았습니다. 현재 이승만 정권은 '국민보도연맹'이라는 기구를 맹글어 좌익 사상을 가진 사람들에게 기회를 주겠다고 허지만 그것은 일제 강점기 때 사상 탄압에 앞장섰던 '시국대응전선사상보국연맹' 체제를 그대로 모방헌 것으로 국민을 통제하기 위한 수단이고 정권을 유지하기 위한 술책입니다. 현재 이승만 정권은 '반민특위'를 해체시키면서 닥쳐오는 압박을 다른 곳으로 돌리기 위해 '국민보도연맹'을 맹그랐고, 그것으로 친일파인 이승만

친위대를 보호허기 위한 술책입니다."

"저도 김삼석 동지 견해에 동감헙니다. 이승만 정권은 '보도연맹'을 맹글어 좌익 사상을 가진 사람들에게 기회를 주어 민족을 부흥시킨다고 하면서, 뒤로는 과거 2·26 사건에 관련된 주민들을 학살허고 있습니다. 작년 10월에 정월리 양병찬과 정달호 등이 경찰에 의해 구타당해 죽었고, 신안 금동에서는 한금동, 한현수 등이 피살되었습니다.

강진의 송만우, 권문석, 오수의, 이민희 모친, 청웅 석두리 전상옥 등 주민 여러 명이 살해되었고, 이도리 박광선·박강열은 행방불명되었습니다. 올해도 청웅면 주민 수십 명이 경찰에 끌려가 행방불명되었고, 삼계 홍곡 마을 주민은 그 자리에서 경찰에게 총살당했습니다. 이승만 정권은 미국의 꼭두각시가 되어 같은 민족이라도 공산당이라고 허면 원수처럼 생각허고 있습니다. 미국에 패망한 일본도 민족의 평화로운 안정과 번영을 위해 좌우가 서로를 존중하며 조국 부흥을 꾀하고 있습니다. 좌익 정당은 우익 정당과 협력하고 우익 정당은 좌익 정당을 존중하며 민족 발전을 준비하고 있는데, 우리는 서로를 죽일려고, 남쪽에서는 국시를 반공이라고 정하고 북쪽에서는 자본주의 타도를 외치며 살고 있습니다. 이러한 이승만 정부를 어떻게 믿고 '보도연맹'에 가입할 수 있겠습니까?"

심종현 선생은 서로를 인정하지 못하는 민족의 지도자들을 한탄했다.

"하지만 지금처럼 우리가 이승만 정부와 대립하여 싸운다면, 2·26

사건에 관련된 생명만 무고하게 희생당하고 말 것이야! 우리가 '보도연맹'에 들어가 생명보호를 위한 연맹으로 바꿔 나가면 되지 않을까 싶은디 어떻게 생각혀는가?"

가장 나이가 많은 한정우가 말을 했다.

"한정우 동지 말씸에도 충분한 일리가 있다고 생각이 듭니다만, 저들은 우리를 이용하여 정권이 안정되거나 위험에 처하게 되면 폐기 처분헐 것이구만요."

관촌 출신 김삼석이 두 주먹을 불끈 쥐고 강변하듯 말을 받았다.

"하지만 우리가 갈 수 있는 곳은 없지 않습니까? 북쪽으로 가도 외면당하고 남쪽에 그대로 있자니 무고한 생명들만 희생당헐 것 같고, 어떻게 혀야 좋을란지 모르겠습니다."

형무소에서 김삼석·심종현과 함께 풀려난 최락헌이 답답함을 토로했다.

최락헌이 답답함을 토로하자, 심종현 선생은 낮은 목소리로 정황을 설명했다.

"현재 이현상 동지 같은 분들은 남과 북을 멀리하고 인민을 위한 세상을 맹글기 위해 지리산으로 들어갔다고 헙니다. 인민을 위한 세상, 사람답게 행복허게 사는 세상은 거저 오는 것이 아닙니다. 행복은 쟁취하는 것입니다."

밤새워 논의를 하였지만 결정을 낼 수 없자, 참석자들은 각자 결정한 대로 가기로 하고 헤어졌다.

김삼석은 일제 시대 때 언론 생활을 한 토대로 북쪽으로 넘어가 신문 기자가 되기로 했고, 심종현은 일단 지리산으로 들어가기로 했다.

최락헌은 이종진, 한정우, 오재천과 함께 자수하여 보도연맹에 들어 가기로 하고, 형무소 생활로 몹시 허약해진 윤일남은 병을 치료하기 위해 임실을 떠났다.

임실경찰서에 자수한 2 · 26 사건 관련자들 중 이종진은 임실보도연 맹 위원장에 임명되고, 오재천과 한정우는 부위원장, 최락헌은 기획부 장으로 지명받고, 지역 유지들에게는 보도부장이라는 직책을 수여하여 '임실보도연맹 결성 총회' 가 개최되었다.

임실보도연맹의 중추 세력은 2 · 26 사건 주모자들로 이루어진 셈이 다. 전국적으로 보도연맹을 결성한 이승만 정부는 과거 남로당 혹은 민 전 등 좌익 계열에 가담한 전력이 있는 인물들을 대상으로 49년 10월 25일부터 11월 30일까지 3차에 걸친 자수 기간을 설정하고, 좌익 세력 의 전향을 추진하였다. 이러한 공문을 전북도경찰국은 임실경찰서 변 서장에게 공문으로 보내어 대책을 수립하도록 하였다.

공문을 받은 변 서장은 지난 연말 부임한 홍재표 군수와 이종진 위원 장을 비롯 보도연맹 임원, 지역 유지 출신인 보도부장들과 대책회의를 개최했다. 홍재표 군수를 포함하여 김광일 서북청년단장, 김두전 대한 청년단장, 이종진 보도연맹위원장, 오재천 · 한정우 부위원장, 최락헌 기획부장과 그리고 보도부장들인 강만호 금융조합장, 임실주조장 박 사장, 정미소 임 사장 등이 참석했다.

회의를 소집한 변 서장이 주관을 하며 사회를 보았다.

"바쁘신 와중에도 회의에 참석해 주신 여러분께 감사 말씀 올립니다. 도경찰국에서 하달된 공문에 나와 있듯이, 좌익 계열에 가담한 전력이 있는 인물들을 이번 기회에 완전한 대한민국 국민으로 살 수 있도록 허기 위해 자수 기간을 설정헌 것입니다. 어떻게 허면 보다 많은 전력자들이 대한민국 품으로 완전히 돌아올 수 있겠는가? 방도가 있으면 먼저 보도부장들께서 말씸해 주시기 바랍니다."

"과거 임실에 2·26 사건이 있었다 하나, 지금은 대부분이 죗값을 치르거나 조사를 받아 모두가 처리되었고, 당시 주동자였던 이종진 위원장과 오재천·한정우 부위원장이 있응께 이분들이 앞장서면 나머지 사

람들도 죄다 자수를 헐 꺼시다고 생각헙니다."

"지는 조금 다른 생각인디요. 정미소 임 사장 말씸도 일리는 있지만 현실적으로 말허면 자수를 혀서 대한민국의 품에 있는 사람도 있지만, 아직도 산에서 호시탐탐 눈을 부라리고 우리를 노리는 사람들도 있고, 또 행방이 묘헌 김삼석과 심종현이 있다는 것을 알아야 헌다는 것이요. 따라서 요번 일은 이종진 위원장이나 오재천·한정우 부위원장만으론 해결헐 수가 없는 것이고, 모두가 심을 합쳐 자수를 시켜야 헌다는 것이지요."

"저도 금융조합장님의 말씸에 적극 동조하는 바입니다. 열 길 물속은 알아도 한 길 사람 속은 모른다고 허였습니다. 지금은 자수를 혔어도 상황이 바뀌면 또 어떤 짓을 헐란지 모르는 것이 사상입니다. 빨강물 든 사람들의 머릿속을 허옇게 헐려면 철저허게 조사를 혀서 자수시켜야 허고, 자수를 했다 혀도 두고두고 뒤를 캐고 감시를 해야만 허는 것이 꼭 필요헌 것이오."

"무슨 말씸을 고로코롬 한답니까! 지도 한말씸허겠습니다."

최락헌이 얼굴을 붉히면서 자리에 일어나 말을 했다.

"과거 잘못으로 교도소에 가서 모든 죗값 다 치르고 나왔습니다. 김 단장님의 말씸대로 우리를 못 믿는다면, 우리가 어떻게 다른 사람들을 자수시킬 수 있당가요? 지는 여러분들에게 더욱 많은 신뢰를 얻기 위해 열 배 스무 배 뛰어 불안에 떨고 있는 사람들 모두 다 자수시킬 테니, 의심허지 마시고 도와주시기 바랍니다!"

"맞어요. 지도 방금 말씸허신 최락헌 부장의 말씸대로 한 번 실수는 병가지상사란 말처럼, 이제는 의심 말고 서로 심을 합쳐 한 명이라도 더 자수를 시키도록 노력혀야 헐 꺼구만요."

홍재표 군수가 험악해진 분위기를 다독이듯 말을 했다.

홍 군수의 말이 끝나자, 변 서장이 계속하여 회의를 진행했다.

"방금 임실주조장 박 사장의 말씸까지 들었습니다. 저는 이번 일의 성패는 이종진 위원장과 오재천·한정우 부위원장의 노력에 달려 있다고 생각헙니다. 또 이 위원장과 두 부위원장은 유학까지 갔다오신 분들이고 허니, 성공할 수 있는 좋은 방도가 있을 거라 믿습니다. 말씸해 주시길 바랍니다."

"먼저 변 서장님을 비롯 많은 분들을 이렇게 뜻 깊은 자리에서 만난 것을 영광스럽게 생각헙니다. 사람이 살아가는 데 최종적인 이유는 행복 때문이라고 생각헙니다. 민족의 행복을 위하여 많은 학자나 지도자들이 보다 많은 행복을 실현하기 위하여, 새로운 제도를 시대와 환경 변화에 따라 적응시켜 왔다고 생각헙니다. 이를 반증하듯 인류 역사를 보면 원시 공동체 사회부터 고대 부족 국가, 봉건 시대 그리고 자유주의, 사회민주주의, 자유민주주의 등으로 환경과 여건에 맞게 변해 왔습니다. 우리 한민족은 일본 제국주의의 오랜 식민지로 불행한 세월을 지내왔습니다. 민족의 희망처럼 우리는 불행한 삶을 뒤로하고, 보다 행복한 사회와 삶을 희망하며 살고 있습니다. 과거 생각의 차이로 다른 길을 걸었던 사람들이나, 여기에 계시는 분들 모두 민족의 고귀하고 행복한 삶을 위해 이 자리에 계신다고 생각헙니다. 민족의 행복을 추구한다는 공동 목표 속에서 우리는 하나입니다. 사회주의든 자유민주주의든 결국 이 모든 것은 민족의 행복을 위해 만들어 갈 수 있는 제도에 지나지 않는 것입니다. 그런데 우리는 제도 때문에 서로를 불신하고 저주하며 멸시의 눈으로 바라보고 있습니다. 제도는 민족이 선택하는 대상에 지나지 않습니다. 과거 저희는 사회주의라는 제도를 선택하였습니다. 그 제도가 임실 군민과 배달민족을 행복하게 만들어 줄 수 있는 제도라고 생각했기에 사회주의 제도를 선택하였습니다. 그러나 지금은 과거에 선택한 그 제도를 버리고 자유민주주의란 제도를 선택하였습니다. 그 이유는 지금 남한 내의 틀에서는 자유민주주의를 선택해야만 고귀한 생명들이 희생되지 않고 행복하게 살 수 있기 때문입니다. 저는 정부에서 만들어 준 보도연맹 임실 부위원장 자리를 맡은 것이고, 이를 통해 고귀한 많은 생명들을 구하고자 하는 것입니다. 이 어려운 시기에 서로 믿어 주고 보살펴 주지 않는다면 불행한 역사만이 계속될 것이고, 제가 여기에 서 있을 이유가 없는 것입니다."

"한정우 부위원장 말씀 잘 들었습니다. 그러나 여기가 사상 철학을 논하는 곳도 아니고, 한 부위원장 같은 분들이 그런 짓만 허지 않았다면 오늘처럼 임실군이 분란에 휩싸이지 않았을 텐디요. 어쨌든 저는 행정을 책임지고 있는 사람으로서 다른 곳은 몰라도 임실군만은 항상 조용허게 지내야 헌다는 것입니다. 보도연맹 가입 숫자에 따라 지역의 예산도 더 많이 준다고 허닝께 모두 열심히 혀 주기 바랍니다."

"한정우 부위원장과 홍 군수님 수고허셨습니다. 다음은 오재천 부위원장의 말씸을 듣도록 허겠습니다."

"여러분 고맙습니다. 제가 보도연맹 부위원장 자리에 서 있는 것은 무고허게 희생당허는 사람들을 막기 위해서입니다. 홍 군수님 말씸에 가입 숫자에 따라 예산 등 지원 범위가 달라진다고 허신 것은 무엇을 말허는지 모르겠습니다. 우리는 과거 잘못된 선택으로 고생허고 계시는 분들을 구제허기 위해 노력할 것입니다. 관련도 없는 사람들을 자수시켜 다른 목적에 이용되지 않도록 방지할 것임을 말씸드립니다. 감사헙니다."

"또 다른 의견 계시면 말씸해 주시기 바랍니다."

"오재천 부위원장께서 제 말씸을 잘못 이해허신 것 같은디요, 제가 말씸헌 것은 숫자를 많이 채우자는 것이 아니라 한 명도 빠짐없이 자수시키자 허는 것입니다. 오해 없으시기 바랍니다."

"또 다른 의견 없으십니까."

"다음은 끝으로 이종진 위원장의 말씸을 듣도록 허겠습니다."

"여러분, 우리 임실은 배달민족의 혼과 얼이 살아 있는 고장입니다. 우리는 일제 침략에 맞서 '호남창의동맹'을 맹글어 일본군을 무찔렀던 자랑스런 이석용 의병장 등 많은 애국지사의 후예들입니다. 3·1 독립만세 운동 때는 33인의 한 분인 박준승 선생의 고향이기도 헙니다. 또한 임실 대부분의 양민들은 사상을 떠나 일제침략을 규탄하고 사회적 불의에 항거할 줄 아는 군민들입니다. 우리 임실 군민들은 민족과 나라가 어려움에 처했을 때, 자기를 희생허며 민족과 이웃을 위해 헌신 봉사하는 군민들입니다. 저는 해방 전 독립운동을 하기 위해 단체에 들어갔는데, 그곳에 있는 독립운동가들의 대부분이 사회주의 사상을 가진 분들이었습니다. 제가 독립운동을 시작한 것은 민족의 평화와 동양의 평화, 더 나아가 세계 평화와 인류의 행복을 위해 구시대 유물인 침략주의를 배격하기 위함이었습니다. 여러분들도 잘 아시다시피, 해방 후 임실 대부분의 지도자들과 군민들은 사회주의를 좋아했습니다. 그러나 남쪽에 미군정이 들어와 사회주의를 배척하고 자본주의를 받아들였습니다. 지금 임실은 자본주의 체제가 정착되어 군민들이 살아가고 있습니다. 저는 군민들과 자본주의 체제에서 무고한 생명이 희생되지 않는 임실군을 만들고 싶습니다. 저는 민족의 평화와 행복을 위해, 두 번 다시 무고하게 고귀한 생명이 죽음을 당허지 않는 임실군을 맹글기 위해 '보도연맹' 위원장 자리를 허락헌 것입니다. 우리의 선조들처럼 민족을 사랑허고 이웃을 위해 희생헐 줄 아는 임실 군민이 되기 위해 우리 모두 노력허길 진심으로 기원헙니다."

"이종진 위원장, 수고허셨습니다. 다음은 실천 방법에 대해 말씸해 주시기 바랍니다."

"저 최락헌 부장인디요, 우선 거리 홍보부터 허는 것이 순서라고 생각헙니다. 임실에는 장날에 가장 많은 사람들이 왕래를 허닝께, 임실장을 필두로 오수장·관촌장·신평장·운암장·강진장을 돌면서 거리 홍보를 허고 면 별로 조직 체계를 갖춰서 자수를 시키면 된다고 생각허네요."

"좋은 생각입니다. 거리 홍보를 위해 군청에서 현수막을 준비허도록 허겠습니다. 차량은 경찰서에서 지원혀 주기 바랍니다."

"더 좋은 의견 없습니까?"

"그렇게 허면 되겠네요. 시작은 오수장부터 허기로 허지요."

"좋습니다. 찬성헙니다."

"수고허셨습니다. 거리 홍보는 오는 25일 오수장부터 시작허기로 허고 홍보허면서 명심헐 것은, 하루라도 빨리 자수허면 그만큼 등급이 좋아지고, 늦으면 늦은 만큼 등급이 나빠진다는 것을 널리 홍보혀야만 헙니다. 오늘 수고 많이들 허셨습니다. 25일 오수장에서 오전 9시에 만나기로 허고, 이종진 위원장은 거리 홍보 인원이 많이 나오도록 신경을 써야 합니다. 이상 마치겠습니다."

'보도연맹 임실 지부' 임원들은 회의를 마치고 25일 오수장에서 거리홍보와 집회를 하기로 하고 헤어졌다.

25일은 오수장이다.

여느 때 오수 장날과는 달리 주민들이 많이 나와 있었다. 그들은 서로를 보면서 평소와는 달리 수군거리는 모습들이 간간이 눈에 띄었다.

"오메, 대정리 오재천이랑 최락헌이랑 자수혀 가지고 경찰 앞잡이가 되야 버렸대! 오늘 장날에 나와서 주민들에게 사과허고, 아직 자수허지 않은 사람들에게 자수허라고 방송헌다나 봐."

"긍게 말여. 자기들만 자수허면 산에로 들어간 사람들은 이떻게 헌다냐?"

"마을에 숨어 있는 사람들이나 산에 있는 사람들이나 모두 자수시키면 되지 않겄어?"

"자수허면 산에 있는 사람도 살려 줄랑가?"

"살려 주겄지. 그렇게 자수하라고 허지, 앙 그려?"

"근디 소문에 성수 심종현 선생과 관촌 김삼석은 이번 형무소에서 출감허여 지리산과 북쪽으로 올라갔다고들 허데?"

"나도 들었겄만, 성수 심선생은 돌도 안 돌아온 아들과 마누라를 띠어놓고 신변이 불안허다며 지리산으로 들어갔대! 애기도 유복자처럼 심선생이 형무소에 있을 때 태어났을 것이여?"

오수 거리에는 주민들 뿐만 아니라 아침부터 임실읍에서 온 유지들과 각 면에서 온 청년단원들이 그렇게 쑥덕거리고 있었다.

"오늘 이종진허고 오재천·한정우랑 현수막을 들고 자수허라고 거리 홍보헌다면서? 자식들 꼴값 떨고 있네. 그 새끼들 시상 바뀌면 틀림없이 또 그놈들헌테 되돌아갈 놈들여. 저 새끼들 철저히 감시해야 혀. 알았제!"

"예."

같이 서 있던 청년단원들이 짧고 단호하게 대답했다.

9시가 되자, 변 서장이 지프차를 타고 나타나 주민들이 모여 있는 단상으로 다가가 자리에 앉았고, 그 옆에 홍재표 군수와 이종진 위원장,

오재천·한정우 부위원장, 김광일 서청단장, 김두전 대한청년단장, 그리고 지역 유지들이 순서에 맞춰 자리를 정돈하며 앉았다.

사회석은 최락헌 부장이 마이크를 잡고 행사를 시작하기 위해 안내 방송을 했다.

"존경허는 면민 여러분! 저 최락헌입니다. 제가 이 자리에 이렇게 선 것은 지난 과거를 사죄허고 여기에 있는 오재천 부위원장과 함께 대한민국 정부에서 행복하게……."

한 달여 동안 이종진과 오재천·한정우 그리고 최락헌은 보도연맹 책임자로서 낮과 밤을 가리지 않고 각 면을 다니면서 2·26 사건 관련자들을 설득하여 자수를 시키고, 경찰서와 군청에서도 많은 가입자들을 확보하기 위해서 비료와 퇴비를 준다며 무고한 사람들까지 가입시키며 다녔다.

"분대장님, 이럴 수가 있습니까? 어떻게 오재천 위원장이 양키놈들 앞잡이가 되어 우리 동무들을 뿌랑구꺼정 따 빼간데요? 울화통 터져 못 살겠네요! 그리고 최락헌 성님은 자수시킨 공로가 많아서 경찰로 특채됐다네요!"

이민희 분대장은 신점쇠의 말에 아무런 대꾸도 하지 않고 가만히 앉아 있었다.

"말씸 좀 혀 보시오. 오재천 위원장과 최락헌 성님이 보도연맹에 들어가 우리 조직을 모두 빼가는 이유를 말씸해 보시란 말이요!"

2 · 26 사건이 일어나고 서울로 도망가서 일년 반 만에 나타난 오재천 위원장이 무슨 생각으로 보도연맹 부위원장이 되어 활동하는지, 그리고 일년 동안 그 모진 고문을 참아 가며 교도소 생활을 한 최락헌 아재는 무엇 때문에 경찰이 되었는지 이해할 수가 없었다.

'미군정에서 무엇을 얻어낼 수 있단 말인가!'

오재천 위원장과 최락헌 아재는 남북 통일 정부를 포기했단 말인가? 그렇지 아니하다면 또 다른 생각이 있단 말인가? 이 상황에서 남북 통일 정부보다 더 중요한 게 무엇이단 말인가! 그것이 무엇일까? 고귀한 사람의 생명을 더 이상 희생시키지 않기 위해, 분단된 채로 그렇게 살아가란 말인가!

파도가 높으면 바람을 타야 하는가?

분단된 조국의 후손들에게 분단된 이유를 뭐라고 말을 해야 하는가?

분단된 조국의 후손들에게 미군정은 애당초 남과 북을 두 동강 내어 분할 점령하려 했다고 말하면서, 우리는 통일 조국을 만드는 데 힘이 미치지 못하여 포기하고 말았다고 해야 하는가!'

이종진과 오재천 · 한정우는 이념 때문에 더 많은 양민들의 무고한 생명이 희생당하는 것을 지켜볼 수가 없었다. 무고한 양민의 생명을 구하기 위해서는 권력욕에 혈안이 된 위정자들의 하수인이 되어, 남한 정부가 원하는 꼭두각시가 되는 것이라 생각했다. 이종진의 선택은 2 · 26 사건의 주모자로서 관련자들에 대한 무한한 책임이었다.

모스크바 삼상회의 결정서가 발표되기 하루 전, 일간지 1면 머리기사에 "소련은 신탁통치 주장, 소련의 구실은 38선 분할 점령, 미국은 즉시 독립 주장"이란 제목의 외신보도를 하였다.

신탁통치가 한반도에 제의된 과정이 국민들에게 제대로 알려지지 않은 채, 좌우익을 막론하고 남북한 한반도의 거의 모든 한국인은 신탁통치를 반대하였다. 협정의 진실은 한반도에 대한 미·영·중·소 4개국이 참여하는 직접 지배 방식의 신탁통치를 주장한 것은 미국이었고, 영국은 이를 지지하는 입장이었다. 오히려 소련은 한반도의 즉각적인 독립과 민주주의 절차를 통한 단독 정부 수립을 주장했다. 협정에서는 한국에 대한 신탁통치보다는 한국 임시 정부의 수립에 대한 부분이 강조되는 측면이 더 컸다. 신탁통치는 미소 공위가 임시 정부와 협의하여 작성하게 되어 있으므로, 임시 정부가 신탁통치를 강력히 반대한다면 신탁통치를 받지 않을 가능성이 있다는 견해도 있었다.

그날 보도는 국민과 지도자들의 이성에 의한 판단보다 말초신경을 자극하는 감정적 왜곡 보도였다.

'당시 언론을 통제하던 곳은 미군정이었다. 동아일보가 외신을 관측, 왜곡 보도한 것은 단순한 실수일까? 아니면 국제적인 모종의 음모가 개입한 것인가? 신문사가 검증 없이 미군정이 전하는 내용대로 보도하여 민족을 혼란에 빠뜨린 이유를 그들은 진정 모르고 있었단 말인가?

이민희는 일본에서 유학을 마치고 돌아온 오재천과 지내왔던 세월이 주마등처럼 지나가며 염종철 사장을 떠올렸다.

산으로 쫓긴 여순 반란 봉기 세력들은 조직적인 대규모 무장 투쟁을 전개하기 위하여 '인민유격대'를 조직하고 오대산 지구(제1병단), 지리산 지구(제2병단), 태백산 지구(제3병단)로 편성하였다.

백련산에 거주하고 있는 임실 야산대도 지리산 지구로 편성되어 전 대원들이 총기를 지급받을 수 있었고, 간혹 쫓겨 도망간 군인들에게 노획한 M1 소총도 가지고 있었다.

임실경찰서장 표창을 받은 최락헌은 경찰로 특채되어 임실 치안을 위해 활동하고, 이종진과 오재천·한정우는 보도연맹 활동을 하면서 이승만을 지지하는 대한국민당원 활동을 전개했다.

자수자가 많아야 제2대 국회의원 총선에서 이승만 정권과 대한국민당이 승리할 수 있는 발판이 된다며 밤낮을 가리지 않고 뛰었다.

보도연맹을 정치적으로 이용하는 이승만 정부는 각 지역별로 가입자 수를 늘리기 위해 부분별로 가입자를 할당시켰으며, 지역에서는 이를 채우기 위해 강제 가입이 이루어지기도 하였다.

이승만 대통령은 구한말의 왕과 같은 존재였다. 그는 미국을 잘 몰랐고 미국 본토에 지지 세력도 없었다. 한국을 너무 오래 떠나 있었기 때문에 한국 민중들이 겪었던 설움과 고통을 전혀 피부로 느끼지도 않았고, 민중들의 진정한 요구가 무엇인지도 몰랐다

　지리산 유격대 이현상 사령관은 모든 지역에, 50년 5월 30일에 실시

하는 제2대 국회의원 선거를 저지하기 위한 투쟁을 지속적으로 하라는

지령을 내렸다. 임실 야산대를 비롯 지리산 유격대는 5월 30일 제2대

총선을 저지하기 위해 12개 읍면의 선거를 감시하며 방해했다.

　선거 과정에서 임실군 신덕면 오궁리 주민 4명이 선거를 위해 경찰

에 협조한다는 이유로 지리산 유격대에 의해 살해되었다. 선거가 끝나

고 6 · 25 전쟁 일주일 전에도 이인리 주민 3명이 선거에 협력하였다고

지리산 유격대에 의해 살해당하기도 했다.

　제2대 국회의원 선거는 이승만 정부의 여당인 대한국민당과 거대 야

당인 민주국민당이 참패했다. 무소속이 60%나 되는 126석을 얻어 대

승으로 끝이 났다.

　전라북도는 무소속이 68%인 15석이 당선되어, 전국 무소속 당선률

보다 8%나 높았다.

임실군은 이종진 보도연맹위원장과 오재천 부위원장의 적극적인 선거 운동으로 집권 여당인 대한국민당 엄병학 후보가 당선된 반면, 순창군과 남원군은 무소속의 김정두 후보와 조정훈 후보가 당선되었고, 임실경찰서 변 서장은 승진하여 다른 곳으로 옮겨 갔다.

선거에 패배한 이승만 정부는 닥쳐오는 조국과 민족의 불운을 감지하지 못하고, 자신에게 불리한 간선제 대통령 선거를 직선제 선거로 개헌하는 것에만 몰두했다.

버림받은 영혼

50년 6월 25일 새벽 4시에 전쟁이 일어났다. 북쪽을 점유하고 있는 조선민주주의인민공화국의 조선 인민군이 38도선을 넘어 이남인 대한민국을 침입했다.

인민군의 남침으로 오전 9시경에 개성 방어선이 격파당하고 동두천, 포천이 함락당했다. 이승만 내각은 오전에 수원을 거쳐 대전으로 도피하면서 '지금 우리 국군이 개성을 향하여 반격 중' 이라는 방송을 내보내고 있었다.

26일 오후는 인민군에게 의정부가 뚫리고, 27일 정오에 서울 도봉구 창동 방어선마저 함락되고 말았다. 창동 방어선이 뚫린 국군은 강북구 미아동에 있는 미아리 고개에 미아리 방어선을 구축하였으나, 인민군의 전차에 의해 붕괴되고 말았다. 서울 방어를 포기하고 서울에 있는 부대에 후퇴 명령을 하달한 상태에서도, 이승만 정부는 공보부를 통해 '전황 호전' 이라는 방송을 계속하였다.

인민군의 남침으로 수도 서울이 아수라장이 된 가운데 예고 없이 한강대교가 끊기고, 살길을 찾아 서울을 탈출하려던 수많은 시민들의 숱한 목숨을 빼앗기고 말았다. 그리고 서울 곳곳에는 인공기가 내걸렸다.

임실경찰서 나 서장은 25일 아침 임실군 긴급 비상 대책회의를 소집하였다. 참석자는 손대원 군수를 포함하여 12개 읍면장과 12개 지서장 그리고 김광일 서청단장, 김두전 대한청년단장 등이었고 회의는 나 서장이 진행했다.

"방송을 들어 잘 아시다시피 어제 새벽 4시경에 이북 인민군이 38선을 침범하여 남하 중인데, 주민들을 잘 설득하여 조금이라도 동요 못하도록 하고, 마음을 단단히 먹어 단합하며 국력에 협조해 주시라고 하십시오. 우리는 2·26 사건도 겪었고, 여순 반란 사건도 지냈으니, 특별히 신경 써서 행정과 치안에 유념하도록 허시기 바랍니다. 또 각 면에 내려가면 내일 당장 비상회의를 소집하여, 주민들의 동요가 전혀 없도록 허시기 바랍니다."

각 면 지서장들은 회의를 마치고 돌아와 다음날 아침 회의 소집 통보를 하고, 지서에 있는 병사계 직원이 소집 통지서를 가지고 각 마을 이장들에게 알리러 다녔다.

26일 아침 안대섭 신평 지서장은 염종남 면장을 상석에 앉히고 긴급 이장 회의를 주재했다. 회의장에는 이장들 외에 청년단 부장을 포함하여 신평면 유지들이 많이 나와 있었다. 안대섭 지서장은 인민군을 우리 국군이 격퇴하고 있으니 동요하지 말고, 마음 편히 먹고 일상생활에 충실하라고 했다.

안대섭 신평 지서장은 이장 회의를 개최한 지 보름 만에 또다시 긴급 이장회를 소집하였다. 이번 회의는 농사철로 인하여 염종남 면장과 7개 마을 이장들만이 나왔다

"인민군은 사전에 완벽한 준비로 내려오고 한국군은 준비 없이 갑자기 당하였습니다. 일요일이어서 불리한 듯싶으나, 서울만 들어오면 인민군은 스스로 독 안에 든 쥐새끼나 다름없으니 걱정들 하지 마시기 바랍니다."

서울이 함락된 지 보름이 넘었는데도 각 면 지서장들은 걱정할 것 없다는 말만 되풀이했다. 밖에는 면사무소 병사계 직원이 군대 소집 영장을 들고 와 마을별로 이장들에게 나눠 주었다. 소집 날짜는 7월 15일 임실국민학교였다.

농사철에 소집한 군대 영장은 임실군 전체를 전쟁 도가니로 몰아넣고 있었고, 가족들은 군대 소집을 빼기 위해 백방으로 뛰어다녔다.

"어르신, 다름 아니고요, 저희 태종이에게 소집 영장이 나왔는디요. 무리한 요구인 줄 압니다만 어르신의 아들이 본서 병무 담당이라는 말을 들었습니다. 어르신의 친서(親書) 한 장만 써주시면 감사허겠습니다."

신평면 가덕리 진명종은 대리에 사는 한병기 아버지를 찾아가 동생 태종이의 군대 영장 문제를 상의하고 있었다.

"그렇게 하소. 우리 병기가 힘이 되어 어려운 고비를 넘길 수 있다면

얼마나 좋겠는가!"

한득수 씨는 한병기 아들 앞으로 부서문(父書文)이라는 편지를 써서 건네주었다.

그는 신안리로 해서 임실경찰서로 갔다.

입초를 보는 경비 순경 두 명이 출입을 막았다.

"한병기 순경 고향에서 면회 온 사람입니다."

"외부 인사는 들어갈 수 없고, 용무를 말해 주면 전달하겠습니다."

"그럼 이 편지를 좀 전해 주십시오."

잠시 후에 한병기 순경이 밖으로 나와 반갑게 맞이하면서 진명종을 주점으로 이끌고 갔다.

"이렇게 먼 길 오시느라고 고생 많이 허셨어요. 동생이 군대 영장 나왔다고 들었어요."

"병기, 태종이를 어떻게 뺄 수 있는 방법이 없겠는가?"

"지금 전쟁 중이라 뺄 수 있는 방법은 없고 한 가지 방법을 쓴다면, 당일날 소집 장소에 오지 않는 것입니다. 소집 장소에 온 사람들을 신평면 담당 염종환이와 경찰서 담당인 제가 호명을 헙니다. 그때 염종환과 제가 묵인하면 대충 넘어갈 수도 있습니다."

진명종은 한병기 순경을 만나고 신평으로 돌아와 다음날 면사무소에서 염종환 병사 담당을 만나고, 소집일에 태종이는 임실 친척집에 피신시켜 놓았다. 그리고 후문에서 동태를 살펴봤다.

한병기 말대로 경찰서 담당이 호명하고 호명자가 대답하면 옆자리 순경이 교실로 데리고 들어갔다. 신평면에서 영장이 발부된 사람들 중 대리 김주현은 보이지 않고 정복동만 교실로 데리고 들어갔다.

진명종은 영장이 발부된 임실국민학교에서 군대 소집 광경을 보고 집으로 돌아오는 길에, 시암내에 있는 지서에 지역 유지들이 가득 앉아 있는 것이 불안해 보였다. 지서 순경들은 서류를 정리하여 상자에 쌓고 무기를 트럭에 싣고 있었다. 임실경찰서에서 임실 군내에 있는 모든 지서장들에게, 오늘 중 임실서로 무기와 서류를 가지고 집결하라는 명령이 하달되었다.

한강대교가 폭파되었어도 피난민들은 줄을 이어 내려오고 있다는 소식이 들려오는 반면, 라디오는 한국군이 북진 중이며 평양 탈환은 시간문제라고 거짓말을 되풀이하고 있었다.

임실경찰서에 모인 각 면의 경찰들은 청년단원들과 새벽과 밤 시간을 이용해서 2·26 사건 관련자들을 찾으러 다녔다.

7월 17일 새벽, 신평지서 순경 두 명이 창인리 이장 집으로 총을 메고 들어갔다. 어제 대리 마을에서 2·26 사건 관련자가 경찰들에게 잡혀갔다는 소문을 들은 터라, 창인리 이장은 두근거리는 가슴을 진정시키며 사랑방으로 그들을 안내했다. 경찰들이 임만성과 정진철을 연행하러 왔다는 것을 직감한 이장은 안방으로 들어가 부인한테 사정 이야기를 하며 임만성을 피신시키라고 말한 뒤, 다시 사랑방으로 들어갔다.

경찰은 이장이 생각했던 대로 2·26 사건에 관련된 임만성과 정진철을 만나러 왔다는 것이다.

임만성은 창인리 마을 안에 살고 있어 연락이 쉬웠지만, 정진철은 청운동 골짜기로 들어가야만 하기에 연락할 길이 없었다. 창인리 이장 최성미는 재촉하는 경찰들에게 날이 새면 가자며 시간을 지연시켰다.

임만성 집에 당도하자, 어느새 임만성이는 달아나고 없고 늙은 어머니만 겁에 질려 마루에 앉아 있었다. 화가 난 경찰관은 방문을 열어 찾아보기도 하고, 부엌 나무다발이며 변소 등을 뒤져 봤지만 나오지 않자 포기하고 청운동 정진철 집으로 갔다. 그러나 정진철은 아무 영문도 모른 채 집에 앉아 있었다. 정진철은 이른 새벽에 경찰이 자기를 찾아온 이유를 알아차린 것 같았다.

"물을 말이 있으니, 좀 갑시다."

정진철은 포기한 듯 따라나섰다. 부인도 말없이 바라만 보고 있었다.

창인리 최성미 이장은 경찰에게 조반이나 들고 가시라고 하면서 자기 집으로 데리고 갔다.

아침 식사를 준비하는데 정진철이 말했다.

"나는 잘 알고 있소. 저는 2·26 사건 고문 후유증으로 오래 고생하고 있는데, 집에 있어도 죽을 사람이고 경찰서로 가도 죽을 사람이라 조금도 조급허지도 않소."

정진철은 차분하게 자기 입장을 말했다.

경찰이 떠나자 도망갔던 임만성이 이장 집에 나타나 고맙다며 연신

고개를 숙였다.

"아줌씨가 연락해 주셔서 감사합니다. 저를 끌고 가면 바로 죽일 겁니다. 지서를 습격하여 형무소에서 1년을 감옥살이한 사람으로 앞으로는 살길이 없습니다."

각 면의 경찰들과 청년단원들은 경찰서장 지시 아래 2·26 사건 관련자들을 면 별로 연행하여 감금하고 있었다.

전주로 이사를 갔던 친척들이 전주 집을 버리고 임실로 피난 왔다. 한국군이 지휘권을 미군에 넘겨주고 대전에 있던 정부 임시 청사가 부산으로 이전하였다고 하며, 인민군이 대전까지 진격하여 전주로 오는 데는 시간문제라고 수군거렸다.

이런 소식에 어떤 사람들은 당황하여 안절부절못하고, 또 다른 사람들은 좋은 세상이 온다며 얼굴에 화색이 돌았다. 어떤 사람들은 눈치만 보며 수군거리는 사람들의 말에 귀를 쫑긋거렸다.

미군 비행기 B29가 굉음을 내며 관촌철교를 폭격하였다. 비행기가 철교를 폭격하자 관촌 일대가 아수라장이 되어, 인근 사람들이 산으로 올라가 두 동강난 철교를 바라보고 있었다.

다음날 관촌 주민 수십 명이 국민학교에 모여, 인민군이 전주에 주둔해 있으니 우리도 환영식 준비를 하고 인공기도 게양하자며 모의하였다. 그런데 갑자기 호주기가 날아오더니 불을 뿜으며 기관단총을 주민들을 향해 발사했다.

이종진은 보도연맹위원장으로서 정부 여당인 대한국민당 후보가 당선되는데 혁혁한 공을 세우고 집에서 쉬고 있었다. 전쟁으로 정국이 시끄럽지만 곧 안정을 되찾을 거라 생각하며 집에 있는데, 경찰과 청년단원들이 이종진을 찾아왔다.

"이종진 위원장님 계시요! 이종진 위원장님 계시요!"

"누구요?"

이종진이 사랑방에 있다가 문을 열고 마당으로 나가 보니 마당에는 경찰 두 명이 서 있고, 뒷문에는 경찰 한 명과 청년단원 세 명이 총을 들고 서 있었다. 이종진은 순간적으로 불안한 느낌이 왔지만 보도연맹위원장답게 담담하게 이들을 맞이했다.

"위원장님, 서장님이 본서로 들어오시라고 합니다."

"그래요. 조금 있으면 해가 질 텐디, 내일 아침에 가면 안 되겠습니까?"

"안 됩니다. 서장님이 오늘 꼭 모시고 오라고 허셨습니다."

"알았어요. 옷을 갈아입고 나올 테니 잠시만 기다려 주시오."

방안으로 들어간 이종진은 주섬주섬 옷을 갈아입었다.

"민철이 아부지, 무슨 일인데 순경들이 총을 들고 왔어요?"

"잘 모르겠소. 애들 저녁 잘 먹이고 있어요. 그리고……."

"그리고 뭐요? 말씀허셔요?"

"아녀요……. 내가 당신 만나 맨날 고생만 시켰지요? 일제 시대 때도 5년이나 교도소 옥바라지시켰고, 해방되고도 지난 1년 동안 떠돌아다녔고, 언제나 이런 빚을 갚은랑가 모르겠소!"

"그런 말씀 마셔요! 어서 얼른 댕겨오셔유."

"그려, 미안허요······."

이종진이 옷과 두루마기를 갈아입고 경찰을 따라 도로로 나가자, 트럭 위에는 오류 주민 세 명이 삼끈으로 손이 묶인 채 쭈그리고 앉아 있었다. 이종진은 불안한 마음을 억누르고 차 앞좌석에 올라타고 임실경찰서로 향했다.

임실은 장날이라 전쟁 중이지만 그래도 평소처럼 북적댔다. 지하 유치장에는 각 마을에서 연행되어 온 사람들이 제법 많았다. 보도연맹에 가입된 사람들은 거의 다 연행되어 온 것 같았다. 심지어 면에서 숫자를 부풀리기 위하여, 농사철에 비료와 농약을 준다며 허위로 작성하여 보도연맹에 가입된 사람들도 붙잡혀 왔다.

이종진이 조사실로 들어가려 하는데 저쪽에서 오재천과 한정우가 소리치며 다가왔다. 그 옆엔 경찰에 투신하여 7개월 동안 생활하고 있던 최락헌도 붙잡혀 와 있었다.

이종진은 서장 면담을 요청했지만 아무런 반응이 없다. 사찰계장은 입을 다물고 눈길도 주지 않는다.

하룻밤을 지하실에서 보내고, 어제 잡혀온 사람들은 밖으로 불려 나가더니 돌아오지 않고 점심때가 되자 또다시 새로운 사람들이 잡혀와 조사를 받고 밖으로 나갔다. 잡혀온 사람들은 대부분 2 · 26 사건으로 형무소 생활을 했거나 보도연맹에 가입한 사람들이었다.

밤이 되자 경찰들은 이종진과 오재천·한정우 그리고 최락헌을 데리고 나갔는데, 그 밤이 지나고 새벽이 되어도 그들은 끝내 돌아오지 않았다.

이종진 일행을 끌고 간 경찰들은 청웅 입구 모래재골 깊은 골짜기에서 그들에게 총질을 해대 버렸다.

드넓은 밤하늘, 빛이 보일까 말까 하는 작은 별 이종진!

끝내는 빛 한 번 제대로 발휘하지 못하고 생을 마감하게 되었다.

남과 북에서 버림받은 그들은 사상도 이념도 없는 저승으로 떠났다.

독립운동가에서 해방 조국 건국준비위원회 위원장, 인민위원장, 2·26 사건 주모자와 도망자, 그리고 동지들에게 비난받는 보도연맹위원장을 지내다 퇴각한 정부 조직에 의해 짧은 생을 마감했다.

반공 검사 오제동의 제안으로 49년 6월 5일 보도연맹을 조직하여, 연맹에 가입한 사람들에게는 전과를 묻지 않고 애국적인 국민으로 포용할 것을 약속했다. 그러나 정부는 전력자들이 혹시 인민군에게 동조할지 모른다는 우려에서 예비 검속과 집단 학살을 강행했다.

퇴각을 앞둔 임실 경찰들은 2·26 사건 연루자나 불순분자들을 연행하여 학살한 후, 삽치재를 넘어 성수 오류리를 지나 남원으로 후퇴했다.

경찰이 임실을 떠난 다음날, 박기성 대령이 이끄는 제7사단 병력 오백여 명이 들어와 진을 쳤다. 서장실은 임시 대대 본부가 되어 군인들이 권총을 차고 왔다 갔다 했다.

갈 길을 정하지 못한 지역 유지들은 군인들을 반갑게 맞이하였다. 박

대령은 정미소 임 사장에게 다가가 말했다.

"경찰서장은 피난 갔소?"

"그런가 본디요."

"그런데 여러분들은 왜 피난을 안 갔소?"

"처와 자식도 있고 상황이 어떨지 몰라 안 갔습니다."

유지들은 창고 안에 싸여 있는 곡물들을 어떻게 처리할 바를 몰라 피난길을 망설이고 있었다.

"전주에 인민군이 들어와 우리가 진격하러 왔소. 저녁식사 오백인 분만 해 주시오. 보급이 도착하는 대로 바로 돌려 드리겠소!"

"알겠습니다. 인민군을 막아 주시기만 허면 됩니다."

유지들은 군청 마당에 큰 솥단지를 여러 개 걸어 놓고 장작불로 밥을 지어 내고 있었다. 큰 솥에 밥을 지어 주먹밥으로 내놓으면 소대별로 서너 명이 질서 있게 가져갔다. 주먹밥 한 뭉치는 바로 먹고, 한 뭉치는 비상용으로 종이에 싸서 휴대하기도 했다.

다음날 군인들도 군장을 꾸리더니 아침 일찍 임실을 떠났고, 유지들은 허탈한 마음으로 하늘만 쳐다보다 바쁘게 피난 짐을 쌌다.

좌 · 우로 죽어가는 양민들

"으흑흑……."

"위원장님! 수많은 양민들의 목숨을 구하고자 죽음의 길로 가신 위원장님! 이 칙칙한 골짜기에 백골이 까마귀밥이 되어도 당신의 거룩한 희생만큼은 양민들에게 꺼지지 않는 등불이 될 것입니다."

청웅 모래재 너머 칙칙한 골짜기에 초여름 비가 쏟아지고 있었다. 쏟아지는 비는 골짜기 앞에 우뚝 서 있는 남자의 모자챙과 우비를 때리고 있었다. 한 손에 술병이 들린 남자는 인민군 장교계급장을 단 심종현 선생이었다. 심종현 선생은 북한 인민군이 되어 남과 북으로부터 철저하게 버림받은 이종진 위원장과 오재천·한정우·최락헌의 시신이 버려진 골짜기를 찾아왔다.

심종현 인민군 장교는 모래재 골짜기를 걸어 나와 신작로 옆에 세워져 있는 지프차에 올라탔다.

"대장동무! 전주 사령부로 돌아갈까요?"

"………."

심종현은 인민군이 주둔해 있는 전주사령부를 이탈해 고향동지들의 시체가 버려진 모래재로 달려온 것이다.

"어디로 갈까요? 대장동무! 이왕에 여기까지 왔으니 성수 고향집에 들렀다 가도록 하시겠습니까?"

"아니요, 평지에 있는 구천사로 가시죠."

평지는 성수 소재지를 지나서 왼쪽에 있는 마을이다.

지프차는 모래재를 뒤로한 채 임실방향으로 나 있는 신작로를 달려갔다.

달리는 지프차 뒤로 뿜어져 나오는 흙먼지가 어두운 밤하늘을 분칠했다.

임실을 지나 성수 소재지에 접어든 지프차는 평지를 내다보며 속도를 줄였다.

심종현은 평지 비탈길에 차를 멈추게 하고 구천사로 올라섰다.

구천사로 오르는 오솔길은 여름날 밤의 숲속이 그렇듯, 풀벌레 소리가 여기저기서 나고, 저녁 이슬을 먹은 풀잎들이 옷자락을 스치며 물방울들을 튕겨내고 있었다.

심종현은 비구니가 되어 절에 있다는 마누라를 찾아간 것이다.

구천사에는 집채만 한 거북이 바위가 웅크리고 엎드려 있고, 그 뒤로 법당이 자리하고 있었다.

심종현이 비스듬히 열려 있는 법당 문을 밀치자, 하얀 고깔을 쓴 여승이 염주를 손에 쥐고 불상에 절을 하고 있었다.

여승은 깎은 머리를 감추기 위해 고깔을 쓰고 염주를 돌리며 절을 했다.

고깔에 감춰진 이마에 맺힌 땀방울이 눈물이 되어 붉은 볼을 따라 쉼 없이 흘러내리고 있었다.

여승 앞에 불상 셋이 나란히 앉아 있었다.

왼쪽과 오른쪽에는 약사여래불과 아미타불이 자리하고 있고, 가운데는 석가모니불이 자비로운 얼굴로 내려 보고 있었다.

여승은 인기척이 있는 데도 미동도 하지 않고 불상을 향해 절을 올렸다.

심종현은 여승이 절하는 모습을 우두커니 바라보다가, 체념한 듯 걸음을 옮겨 법당을 나가 섰다. 그리고 법당 앞 거북바위 모서리에 걸터 앉더니 담배연기를 밤하늘에 뿜어댔다.

저 너머 산봉우리에 걸려 있는 하현달이 처량한 심종현의 그림자와 연기를 법당 문에 그려내고 있었다.

덕이 높아 고덕산이라는 저 산도 인간사를 조롱이라도 하는 듯 하현달을 띄워 심종현을 바라보고 있는 것이다.

법당 문에 그림자가 드리워도 여승은 흐트러짐 없이 염주를 돌리며 절을 할 뿐이다.

심종현 부인은 자식마저 저버리고 이미 속세를 떠나버린 사람이었다.

절을 내려가는 오솔길에 이슬을 먹은 풀잎 소리와 짝을 잃은 쑥국새 울음소리만이 심종현을 배웅하고 있었다.

다음날 임실군청과 경찰서 앞마당에는 인공기가 게양되고 임실군 인민위원회가 출범하였다. 임실군 인민위원장은 최상술 야산대 소대장, 군당 위원장은 야산대원인 장명균이 지명되었고, 그의 비서는 야산대 엄한섭의 추천으로 정월리 정달호의 동생 정선호를 임명하였다. 인민군들은 경찰서를 내무서로 바꾸고, 서장은 북한에서 내려온 평양 출신 인민군 장교 강홍섭이 맡았다.

면 인민위원장과 면당 위원장, 분주소장은 군 인민위원장과 군당 위원장 그리고 내무소장 입회하에 선출되었다. 마을마다 마을 인민위원장과 마을 자위대장, 반장, 여성위원장 등 자체적으로 선출하여 마을을 운영했다. 인민군이 들어오자 임실군을 장악한 사람들은 다름 아닌 2·26 사건을 일으킨 사람들이었다.

주민들은 매일 모여 인민위원회 일에 매달려 김일성 장군을 찬양하고 이승만 정부를 비방하는 교육에 참여했다. 민청원 회의, 부녀회가 쉴 사이 없이 열린 것은 비행기 헌납금 모금 운동 등에 주력하기 위해서였다.

비행기는 매일 쉴 사이 없이 떠다니면서 동태를 살피고, 마을은 군당 담당자들과 면당 담당자들이 찾아와 인민군 시대를 만들어가기 위해서는 인민 의용군으로 나서야 한다며 주민들을 선동했다.

얼마 전 군대 영장을 소집했던 임실국민학교 운동장에서는, 이제는 각 면에서 지원한 인민 의용군이 도수 교련을 받고 있었다.

최상술 임실군 인민위원장은 토지 개혁을 실시하고 화폐도 인민 화폐를 사용했다. 주민들은 마을 별로 각각의 임무를 부여받아 집단 노동 체제로 정비해 나갔다. 토지 분배는 지역 지주들의 토지를 몰수하여 지역 주민들에게 평등하게 나누어 주었고, 평등한 토지 분배는 절대 다수 주민들의 환영을 받았다. 인민위원회가 완전하게 임실군을 장악할 수 있는 계기가 되었다.

토지를 몰수당한 지주들은 벙어리 냉가슴 앓듯 아무런 말도 못하고 처분만 바라보아야 했다.

8월 들어 실시한 토지 분배가 거의 마무리되어 가고 마지막으로 신평면 창인리 마을만 남았다. 창인 마을 인민위원회 정갑수 위원장은 토지를 분배한 내역을 발표했다. 토지 별로 호명했다.

지주들의 토지라 해도 소작을 준 지주들의 토지는 모두 몰수하고, 소작을 주지 않고 자력으로 농사를 지은 지주들의 토지는 절반만 몰수하여 분배했다고 하였다.

"창인리 북골에 있는 논 서 마지기와 뽕나무밭 두 마지기는 이준노에게 분배하고, 챙평 뜰에 있는 논 너 마지기는 박주채에게 분배하였소.”

챙평 뜰 논 너 마지기와 북골 논 서 마지기와 뽕나무밭 두 마지기를 소유하여 농사를 지어 온 임두선이 정갑수 위원장을 찾아가 말했다.

“미안하지만 뽕나무밭은 빼 주면 안 됩니까?”

“이미 공포가 되었으니 이준노 본인에게 말해 보시오.”

임두선은 모정에서 이준노를 만나 말했다.

“제가 누에를 키울려고 겨우내 준비혔는데, 뽕나무밭이 없어져 걱정이네요. 그러니 뽕나무밭 두 마지기는 제가 지으면 안 될까요?”

이준노는 콧방귀를 뀌면서 말을 했다.

“나도 누에 좀 키워 보겠네.”

임두선은 두 번 다시 말을 못하고 돌아섰다.

지방 좌익 세력은 인민공화국의 토지 분배가 신분적 차별 해소와 같은 사회주의를 실현할 뿐 아니라, 그동안 억압에 대한 한(恨)을 해소할 수 있는 소통의 기회라고 생각했다.

최상술 인민위원장을 비롯 임실군 치안과 행정을 담당하는 사람들은 2·26 사건 관련자나 해방 직후 좌익 활동을 하다가 미군정의 경찰이나 독립촉성회, 서북청년단원들에게 탄압을 받은 경험이 있는 사람들이다.

토지 분배가 끝나자 마을별 분주소와 자위대를 중심으로 우익 세력에 대한 수색과 연행이 진행되었다. 친일 부역자, 공무원, 경찰, 군인과 그 가족, 독립촉성회와 서북청년단, 토지와 재산이 많은 지주 등이 연

299

행 대상으로 지목되었다.

신평면 원천리에 사는 임수봉은 경찰을 하다가 인민군이 들어왔는데도 피신하지 못하고 집 안에 숨어 있었다. 그러나 신평 분주소 요원과 자위대원에게 발각되어 담을 넘고 넘어 예배당 옆집으로 도망을 쳤다.

"아주머니, 저 좀 숨겨 주세요. 우리 집에 분주소 사람들이 들어왔어요!"

확에다 보리를 갈고 있던 김판규 마누라는 겁에 질린 얼굴로 대답했다.

"이걸 어쩐다요! 인민군들이 오기 전에 도망을 치시지, 어디에 숨어 있다가 이리로 왔떼요?"

"집 안 골방에 숨어 있었는디, 딸내미가 분주소 요원에게 속아 가르쳐 줬당께요!"

임수봉은 일곱 살 먹은 어린 딸과 네 살 먹은 아들을 부인과 함께 키우고 있었다. 신평 분주소 요원들은 임수봉의 행방이 묘연하자, 어린 딸에게 과자를 사 주면서 아버지의 행방을 물었고, 어린 딸은 과자 먹을 욕심에 골방에서 숨어 있는 아버지를 가르쳐 주었다.

"이거 큰일났네요! 어서 안으로 들어가서 골방 뒤주 속에 숨어 있으시오. 안방에 계시는 아버님께는 제가 말씀드릴께요!"

김판규 마누라는 임수봉을 골방에 숨겨 놓고 안방으로 들어가 남편과 시아버지께 말씀을 드렸다. 큰아들 진석에게는 작은 방에서 동생 진대와 영란이를 잘 데리고 있으라고 다독여 놓고 마당으로 나오자, 분주소 요원들이 싸리문을 열고 들어왔다.

분주소 요원들은 임수봉을 찾기 위해 공청거리를 샅샅이 뒤지며 밤나무 거리로 내려와 예배당과 김판규 집으로 들어왔다.

"아주머니, 여기에 임수봉이 도망왔죠!"

"저희는 모르는디요!"

"만약에 반동분자가 나오면 식구들 모두 다 총살이요! 동무들 방안이랑 샅샅이 뒤지고 안방, 골방까지 모두 뒤지기 바라오."

분주소 요원들은 신발을 신은 채 방안으로 들어가 임수봉을 찾기 시작했다.

"임수봉이 여기 있다."

골방에서 임수봉을 찾았다는 소리가 나오자, 안방을 수색하던 분주소 요원들도 골방으로 달려갔다.

"손들어, 안 나오면 쏘아 버린다!"

"소장 동무, 임수봉이 잡았어요."

"밖으로 끌고 나와!"

골방 뒤주 속에 숨어 있던 임수봉이가 분주소 요원에게 붙들려 끌려나왔다.

"동무들, 이 집 식구들도 반동이니 모두 묶어 가지고 끌고 나오시오!"

붙잡힌 임수봉과 숨겨 준 김판규 내외를 포함하여 시아버지, 아들딸 세 명이 삼끈과 새끼줄로 묶여 공청거리를 지나 분주소로 끌려갔다.

"아이고, 진석이네가 임수봉을 숨겨 주었다가 들킨 모양이여."

분주소로 끌려나온 이들은 인민재판을 위해 조사실 안에 감금되어 하룻밤을 지냈다.

이튿날 오전, 주막거리인 신평다리 옆에서 인민재판이 시작되었다.

인민재판을 보기 위해 마을 주민이 모두 나와 있었고, 김판규 친척들은 어쩔 수 없는 상황을 설명하고 그의 구명을 위해 아침부터 백방으로 뛰었다.

오늘 인민재판 대상자는 어제 잡힌 임수봉과 김판규 가족들이다. 그리고 아랫데울에서 이장 마누라를 탐하려다 발각되어 그녀를 돌로 찍어 죽인, 머슴 출신 마달수 자위대원이 포함되어 있었다.

인민재판을 참관하기 위해 임실군당에서 장명균 군당위원장과 소춘수 인민부위원장이 동석하여 자리에 앉았다. 사회대에 서 있는 신평 분주소장이 죄목을 주민들에게 알렸다.

"존경하는 주민 동무 여러분, 지금부터 신평면 인민재판을 시작허겠습니다."

"먼저 임수봉 경찰은 미군정과 이승만의 앞잡이로 인민들을 탄압하고 지난 2·26 사건 당시에 관련자들을 협박 공갈하여 재산을 갈취했을 뿐만 아니라, 우리들의 영웅적 동지들을 죽음으로 몰아넣은 반동분자입니다. 이러한 반동분자를 어떻게 처리하면 좋을 것인지 의견 있으신 주민은 말씀허시길 바랍니다."

"인민의 반동분자인 임수봉을 죽여라!"

곳곳에서 임수봉을 죽이라는 구호가 터져 나오자 단상에 앉아 있는 임수봉은 눈을 감고 고개를 떨궈 버렸다.

"좋소! 주민들의 의견대로 임수봉을 사형에 처할 것을 판결헙니다."

"다음은 임수봉을 숨겨 준 김판규 가족에 대한 재판을 시작허겠습니다. 주민들의 의견을 듣고자 헙니다. 기탄없이 말씀혀 주시길 바랍니다."

"반동분자를 숨겨 준 것은 엄연한 잘못이므로, 가족 전부를 처형해야 헙니다."

모여든 주민들 뒤쪽에서 처형해야 한다는 의견이 나왔다.

"………."

그러나 김판규 가족 처형 의견에 찬성이 없자, 분주소장은 또 다른 의견을 물었다.

"또 다른 의견 없으십니까?"

"처형을 반대합니다. 김판규 가족은 집 안으로 도망 온 임수봉을 숨겨 준 것이지, 인민에 대한 반동을 하기 위해 숨겨 준 것이 아니기에 저는 처형을 반대헙니다."

"저도 처형 반대에 찬성합니다. 김판규 가족은 원래 성품이 착하고 이웃에게 나쁜 짓 한 번 허지 않고 살아온 사람들입니다. 아무리 반동분자라 해도 이웃사촌처럼 사는 임수봉이가 숨겨 달라고 왔을 때 이를 거절 못한 것은, 김판규의 성품대로 이웃사촌에 대한 애정 때문이지 반동을 하기 위해 한 것이 아니라고 생각헙니다. 그래서 저도 김판규의

처형을 반대헙니다."

단상에 앉아 있는 장명균 군당위원장과 소춘수 인민부위원장이 김판
규 가족 처형을 반대하고 나서자 곳곳에서 "옳소, 옳소"가 터져 나왔
다.

"그럼, 여러분들의 의견대로 김판규 가족 처형에 대해서는 부결로
처리허겠습니다."

김판규 가족은 분주소 요원들에 의해 몸통에 묶인 새끼줄과 손목에
묶여 있는 삼끈이 풀렸다. 말 한 마디에 목숨이 왔다 갔다 했다.

"다음은 아랫데울에 사는 마달수 자위대원에 대한 재판을 허겠습니
다. 마달수 대원은 저희와 같이 인민위원회를 건설하기 위해 노력하는
자위대원입니다. 그러나 마달수 대원은 이장 부인을 탐하기 위해 가족

들이 없는 시간을 노려 월담을 해서 범하려다, 거친 반항에 격분한 나머지 그녀를 돌로 찍어 죽였습니다. 아시다시피 살해된 이장 부인은 지주의 딸이었지만 마달수 집안 대대로 식구처럼 같이 살아왔던 사이였고, 지금은 집안 숙모뻘 되는 사람인데……. 개인의 욕정을 채우기 위해 죄 없는 이장 부인을 잔인허게 살해혔습니다. 주민 여러분들의 처리 의견을 말씸해 주시기 바랍니다."

주민들은 누구 하나 의견을 내놓지 않았다. 마달수 자위대원이 살아나면 보복이 두려워 말을 하는 사람이 없었다.

"저는 군당위원장 장명균입니다. 제가 의견을 내보겠습니다. 인민은 만민 앞에 평등합니다. 욕정을 채우기 위해 사람을 죽였다고 한다면 이것은 소나 돼지와 같은 행동입니다. 우리 인민공화국은 모든 사람이 평등하고 행복허게 살기 위해 건설되어야 합니다. 아무 잘못 없이 인민이 권력이나 무자비한 심으로 피해를 당한다면, 이것은 있을 수 없는 일입니다. 인민에게 개인적 욕정 때문에 피해를 주는 것은 바로 반동적인 행동이요, 반동분자인 것입니다."

장명균 군당위원장의 의견에 주민들은 모두 동감했다.

"옳소! 마달수를 처형하라! 개돼지만도 못한 마달수를 처형허라."

"주민들의 의견대로 마달수 자위대원을 처형할 것을 판결헙니다."

임수봉과 마달수는 분주소 요원들에게 붙들려 신평다리 밑으로 끌려가 처형되고 말았다.

"아줌씨, 인민공화국이 공평허기는 제일로 공평헌가 비요?"

"긍게, 지네 패거리라고 마달수는 안 죽일 줄 알았는디! 죽이는 걸 보닝께, 속이 다 후련허네."

"맞어, 마달수는 증말로 짐승 같은 놈이여! 지 욕정 채워 주지 않는다고 그 여잘 갱변으로 끌고 가, 돌로 거시기를 찍어 죽인 놈이 시상에 어딨어?"

"징그런 놈! 우리 여자들 보호하는 데는 인민공화국이 최고여, 최고!"

아낙네들은 이장 부인을 죽인 마달수의 처형에 대해 찬사를 보내고 있었다.

"진석이네 큰일 날 뻔했거만, 지나가는 거렁뱅이도 집 안으로 들어오면 밥술이나 주어서 보내는 것인디, 이웃에서 평생을 같이 살아온 사람이 숨겨 달라는디 어떻게 안 숨겨 줘?"

"맞어, 진석이네 식구들 법 없어도 살 사람인디. 판결을 아주 잘 헌 것이여!"

인민재판에서 살아남은 김판규네 가족들은 김씨 집안 식구들의 보호를 받으며 밤나무거리 집으로 돌아갔다.

"성님, 천만다행이요."

"그려요, 밤나무거리 성님! 춘수 시아제 아니었으면 큰일 날 뻔했어요!"

"이게 다 김씨 집안 조상들의 보살핌 때문에 살은 것이여!"

"애들도 많이 놀랬응께 얼른 집으로 갑시다!"

한 마을 한 동네에서 이념과 권력 때문에 이웃 주민들에 의해 죽고 이승을 왔다 갔다 하는 하루가 막을 내리고 있었다.

분주소 자위대원들은 법원에 다녔던 대리에 사는 정만용·홍구종·문구영을 반동분자라고 체포하여 웃데울로 해서 임실 본서로 연행하는 도중, 연행자들이 신안리 거묵골 위쪽으로 도망가자 쫓아가 임실 가는 길목에서 총살시켰다.

염종남 면장과 대리 기달정 이장은 임실내무서로 연행되었고, 원천리 김성순과 피암리 김선권도 신평 분주소에 포박하여 감금되었다가 임실내무서로 넘어갔다.

관촌은 건국준비위원회 회원으로 우익 인사였던 김기홍의 삼형제와 주민 일곱 명이 관촌 뒷산으로 끌려가 죽었고, 용산리 김남휴와 김석윤, 가정리 심문상은 관촌철교 폭탄 구덩이에서 총살당했다.

우익 세력들은 흩어진 경찰과 청년단을 모집하여 지역 분주소와 자위대에 맞서 싸우기 위해 게릴라전을 준비하였다.

성수 권정의는 6·25 이전 독립촉성회 성수면 지부 동원부장을 지냈고, 2·26 사건 진압에 공로를 세운 사람이다. 그는 피난을 가지 않고 임실 군내에 흩어져 있는 무장 경찰 사십여 명을 집으로 모집하여 좌익 세력과 싸우기를 공모하였다. 이들은 인민군이 들어오는 것을 대비해 성수산 중턱 작은 동굴을 이용하여 게릴라 생활을 하면서 좌익 세력을 척결해 나가기로 결의했다. 인민군들이 들어오자, 성수면 사수를 결의한 사십여 명의 경찰들은 총을 버리고 뿔뿔이 흩어지고 말았고, 권정의는 밀고자에 의해 성수면 분주소로 잡혀가 구금되어 마을 구장이었던 이정희, 강성미, 여관집 아들인 김택종과 함께 반동분자로 낙인찍혀 태평리 지리골에서 총살당했다.

인민위원회는 공출을 위한 농산물 수확량 조사를 실시하기 위해 농산물 판정원을 선정하여 벼·서숙·수수 이삭 알수를 세고 다녔다.

관촌면 당위원회와 신평면 당위원회는 밤마다 젊은 주민들을 교대로 동원하여 관촌철교 복구 사업을 실시하면서 사상 교육을 시켰고, 노인들에게는 돌아가면서 철도 경비를 서도록 했다.

한밤중에 노동하는 주민들에게 쌀밥으로 주먹밥을 주었고, 주민들은 빈 가마니에 모래자갈을 넣어서 메고 올라가 높은 축대를 쌓았다.

철교 복구 사업은 일주일이 지나도 끝나지 않고 주민들도 이제는 지쳐서 나오지 않자, 북에서 내려온 인민군 소좌가 군당 위원장 장명균을 불러 호되게 질책했다.

"동무! 우리는 수천리에서 남반부를 해방시키러 왔는데 주민들은 게을러 복구 사업에 나오지 않는다는 것이오!"

그렇게 질책을 당한 후에 관촌철교 복구 사업은 보름이 지나서야 완료가 되었다.

신평 분주소 자위대장인 서대수는 2·26 사건 후 복구비 명목으로 면사무소에 징수당한 쌀을 되찾기 위해, 관련자들과 협의하러 각 마을 이장들을 찾아다녔다.

자위대장 서대수는 대리 마을 이장을 찾았다.

"이장 동무 말이여, 2 · 26 사건 때 자네 형 정우가 이장이었을 때 2 · 26 사건의 모든 경비를 우리 공산당원들에게만 부담을 시켰어! 그때 경비가 솔찬헌디 이제 우리도 그 경비를 다시 회수허야 께로, 이장이 걷어 와야 쓰것어."

"나는 그때 일을 잘 모르는디요?"

"이제 와서 모른다고 허면 끝나는 것이여? 자네 형이 한 일이고, 자네 형은 떠났지만 현재 자네가 이장이지 않능가!"

"그런디요. 고것은 우리 형 맘대로 헌 것도 아니고, 면사무소와 지서에서 허라고 헌 일인디 어떻게 헌데요?"

"새로운 세상이 왔응께, 내가 분주소와 면당에 가서 이야기혀서 그때처럼 똑같이 허도록 허면 되겠네~잉!"

"그렇다면 우리 마을에서는 어느 정도 허면 될랑가 모르겠네요?"

"그때 쌀값으로 치면 하맥 150가마면 될 꺼여."

이장이 자위대장에게 수집 대상과 방법을 상의했으나, 자위대장은 알아서 하라며 자리를 떴다.

이장은 누구와도 상의할 수 없고 혼자 고민하다가 마을 총회를 붙였다. 주민들은 인민위원회 소집인 줄 알고 빠짐없이 모두 다 회의에 참석했다.

"여러분들 바쁘신 중에도 이렇게 많이 모여 주시니 마음 깊이 감사드립니다. 다름이 아니고 과거 2 · 26 사건이 있었지요. 그때 당시 우리 마을에서 그 경비를 2 · 26 가담자들에게만 부담시켜 오늘날까지 그 피해가 막심하다 하며 보상으로 보리 150가마니를 요구하오니, 여러분들은 어떻게 생각하시오?"

이장의 말이 떨어지기가 바쁘게 어떤 사람은 부정적 반응을 곧바로 보였다.

"나는 큰 중대한 일인지 알고 왔더니 겨우 그딴 소리냐!"

하며 많은 사람들이 손으로 엉덩이를 털며 가 버렸다. 이장이 나가지 말라고 달래 봤지만 주민들은 뒤도 돌아보지 않았다.

송모씨가 신발을 신으면서 말했다.

"2 · 26 사건 당시 편지 심부름을 삼박골까지 한 사람이 바로 나여!"

남아 있는 주민들은 반절도 못 되고, 그 반수는 이렇게 저렇게도 못하는 중립적인 사람들이다.

"집으로 돌아간 사람들은 뜻이 없는 것으로 보아 강요는 못하겠소. 못한 이유는 그들은 2 · 26 사건 시 공로가 많은 것으로 보이는 데 어찌 강요를 하겠습니까?"

"그러면 이장이 말한 금액을 우리라도 부담해서 요구를 들어줍시다."

최진동이 말을 하자 모두가 이의 없이 찬성하여 칠일 안에 보리 5가마, 10가마, 15가마로 구분하여 가져오도록 했다.

그 다음날부터 6일 만에 보리 150가마니가 온전히 들어왔다. 보리를 모두 걷어 놓고 며칠이 지난 후, 임실군 인민위원회에서 고향이 시암내인 소춘수 부위원장이 대리 이장을 찾아왔다.

"이장 성님, 마을 일을 하시느라고 얼마나 고생이 많으십니까?"

"부위원장 동무, 일도 바쁠 텐디 어떻게 틈이 있어 여기꺼정 왔당가?"

"다름이 아니고 당에서 듣자 허니, 2·26 사건 경비 보충조로 주민들로부터 보리를 150가마를 갹출혔다면서요?"

"그게 사실이네."

"성님, 과거 이승만 정권시에 그러한 행위를 했을지라도 우리 인민공화국에서는 그렇게 허지 않습니다. 대리만 그런 일을 하면 되겠습니까."

"부위원장 동무! 실은 내가 하고자 해서 헌 것이 아니고 서대수 자위대장이 권해서 혔네."

소춘수 군당부위원장은 서대수 자위대장을 불러 놓고 그렇게 한 이유를 물었다.

"군당부위원장 동무! 2·26 사건 당시 복구비 때문에 파산당한 사람이 한두 명이 아닙니다. 그래서 그들에게 보상을 헐려고 걷었어요."

"서 대장 맘은 알지만 주민들에게 다시 돌려주기 바라오. 똑같이 헌다면 우리 공화국도 이승만 정부나 다를 게 없지 않습니까? 꼭 명심허고 돌려주시오. 나중에 꼭 확인허것쏘."

대리 이장은 다음날 주민들에게 보리 150가마를 돌려줬다.

맥아더 장군이 이끄는 미군 부대가 인천상륙작전을 성공하고, 부산을 방어하던 한국군이 반격을 시작했다고 소문이 돌았다.

오후가 되자, 인민군 부상자들이 수류탄을 허리에 달고 경찰서와 군청 안으로 바쁘게 들락거렸다.

내무소 유치장은 각 지역에서 잡혀와 조사를 받고 대기 중인 사람들이 줄을 이었고, 조사가 끝난 사람들은 전주형무소로 끌려가 수감되었다.

계속되는 연행으로 내무소 유치장은 움직일 틈도 없이 가득 찼다. 강홍섭 내무서장은 9월 27일 새벽 김일성 수령의 중대한 방송이 있다는 핑계로 비좁은 유치장 수감자들을 임실군청 뒤 방공호와 등기소 방공호로 분산 배치시키라고 하여, 사람들은 줄을 지어 방공호로 옮겨 갔다. 그곳에는 조사를 받고 아직 전주형무소로 이감되지 못한 신평 대리 기정달, 원천리 한규대, 그리고 임실에서 대한독립촉성회 활동을 하고 있던 진석태와 김호천이 조사를 받고 대기 중이었다. 기정달과 한규대, 진석태는 다른 사람들과 함께 군청 뒤 방공호로 옮겨 갔고 김호천은 등기소 방공호로 옮겨 갔다. 군청 뒤 방공호는 삼백여 명이 들어갔지만 공간이 제법 커서 희미하게나마 주변 사람들의 얼굴이 보였다. 등기소 방공호는 사람도 구분할 수 없을 만큼 캄캄했다. 방공호에 있는 사람들은 음식도 먹지 못하고 온종일 쭈그리고 앉아 있다가 낮과 밤을 구분 못하고 잠을 자고 있었다. 방공호 철문이 열리는 소리와 함께 기관단총을 든 인민군들이 갑자기 들어와 아무런 예고도 없이 무차별적으로 사격을 가했다.

전쟁의 광란과 만행이 극에 달해 모두가 인간사냥꾼이 된 것이다. 반 시간 동안 기관단총을 난사한 인민군들은 살아 있는 사람은 나오라고 소리치고, 그 소리에 일어서 나오는 사람들을 밖으로 데리고 나가 마당에서 총격을 가해 죽였다.

군청 뒤 방공호 안쪽으로 들어간 기정달, 한규대, 진석태 등 십여 명은 죽은 시체 밑에 숨어 있다가 며칠 후에 밖으로 나와 살 수 있었다. 등기소 방공호에서는 김호천 등 네 명이 살아남았다.

후퇴를 결정한 임실 내무서장 강홍섭은 검거되지 않은 우익 세력들을 지역 분주소를 통해 검거하여 처단하라고 지시했다.

삼계면 분주소는 내무서장의 지시에 따라 사십여 명의 우익 인사들을 분주소 안으로 연행하여 방공호 토굴에서 총살하려 했으나, 재판 없이 무차별로 사람을 살해하는 것을 반대하는 삼계자위대장 노삼택의 만류로 반절은 살아나가고 나머지 사람은 방공호 안에서 사살되었다. 어은리 한성근은 치안대장으로 활동했다는 이유로, 두월리 김두전은 도지사 비서실장과 임실군 대한청년단장을 했다는 이유로 관촌 오원철교 밑에서 총살당했다.

관촌은 인민군들의 후퇴를 앞두고 일제 시대 때 공무원, 대한촉성회 간부, 욕심 많은 상업자, 관촌역장, 부락반장 등 주민 칠십여 명을 지역 분주소 지휘 아래 오원철교 아래서 총살했다.

경찰 생활을 했던 병암리 엄홍철은 인민군이 들어오자 진안 성수 처갓집에 숨어 있다가 동네 주민들이 강요하여 자수하였다. 그러다 인민군들이 후퇴하면서 오원철교에서 총살시켜 버렸다.

성수 오봉리에서는 경찰을 지냈던 나춘필과 윤재선이 임실 분주소

지시 아래 왕방리 골짜기에서 살해당했다. 신덕에서는 홍성곤이 이장
이었다는 이유로 삼길리 김용선과 한관수 등 마을 주민 아홉 명은 국군
과 내통했다는 이유로, 밤재로 끌려가 살해되고, 신기 마을 근처에서
주막을 운영하는 한관수 첩은 풍기문란이란 이유로 한관수 뒤를 따라
밤재에서 총살당했다. 인민군들은 후퇴를 하면서 반동분자로 낙인찍인
살생부를 가지고 마을마다 대상자들을 끌어다 죽였다.

임실읍 성가리 진옥길 가족, 오정리 엄한봉 등 주민 네 명이 반동분
자라는 이유로 총살당했고, 이인리 김바우는 이장을 봤다는 이유로 자
택에서 사살되었다.

신덕 월성리에 지주로 살던 소정남 삼형제가 반동분자로 몰려 마을
주민들 앞에서 처형당했다.

이념과 전쟁 때문에 사람 목숨이 파리 목숨보다 못하게 죽어갔다.

남원 쪽에서 수만 명의 인민군들이 큰길을 피해, 주로 밤을 이용하여
들에 누렇게 익어 가는 벼를 밟고 산을 통해 후퇴했다.

기관원들이 얼굴색이 변해 이리저리 뛰어다니자, 임실읍의 거리는
순식간에 벌집 쑤셔놓은 것처럼 부산했다. 임실내무서 마당은 비상 소
집된 노동당원과 민청원들에게 무기를 분배했다.

"심 동무는 어떻게 할 거야?"

최상술 인민위원장은 느티나무 아래 서있는 심종현을 찾아가 북으로
다시 갈 것인가를 물었다.

"저는 부대를 따라 북쪽으로 후퇴하는 길을 따르기로 혔습니다."

"집에는 다녀왔지! 아들이 꽤 컸을 꺼야?"

"예, 위원장 동무……."

"우리는 다시 만날 기야. 영광스런 인민의 날을 위해 열심히 살자구."

"야산대는 어디로 가기로 했습니까?"

"우리 야산대는 일단 주민들을 안정시키고 산으로 들어가서 차후를 노려야지."

임실군에 주둔했던 인민군들은 임실읍을 나와 도봉리를 거쳐 진안 방면으로 빠져나가고, 야산대와 좌익 세력 대부분은 주변에 있는 큰 산으로 들어갔다.

인민군이 물러간 뒤, 임실군은 '낮에는 대한민국 밤에는 인민공화국'으로 변하여 힘없는 양민들만 밤낮으로 수난을 겪었다.

야산대들은 수시로 마을에 들어와 조만간에 김일성 장군이 돌아올 것이니 그때까지 공출을 내지 말라고 종용하고, 분배했던 토지대로 농산물을 수확하라며 위협했다. 토지를 되찾으려는 지주들에게는 다시 협박하고 곡식과 이불, 의복 등을 징발해 갔다.

소작인들은 분배된 토지에서 여름내 농산물을 재배하였지만 수확 시기에 토지를 분배해 주었던 인민군들이 사라져 버리자, 마을마다 지주와 소작인 간의 감정 대립이 더욱 심화되었다.

회문산으로 몰려가는 사람들

오수 쪽 국도를 타고 올라오는 미군 장갑차 부대를 발견한 좌익 세력들은 산으로 피신하고, 우익 세력들은 마을 주민들과 함께 거리로 나와 태극기를 흔들며 환영했다. 임실군청은 손대원 군수를 포함하여 직원들이 돌아오고, 경찰서는 나 서장과 경찰들이 돌아왔다. 임실읍 진석태, 김호천과 신평 기정달과 한규대가 임실 방공호에서 구사일생으로 살아나고, 신평 염종남 면장과 김성순, 김선권, 김정엽은 전주형무소에서 살아 돌아왔다. 지사 금평 오대석과 신평 손남진 등은 돌아오지 못했다. 전주형무소에서 살아 돌아온 사람들은 비참했던 상황을 눈물을 흘리며 설명했다.

"인민군들은 석방시켜 줄 것처럼 형무소 문을 열어 주고, 그 안에 있는 수백 명의 사람들은 서로 나가려고 아우성을 쳐댔습니다. 앞에 나온 사람들은 도망칠 수 있었지만 뒤에 나오는 사람들은 인민군들이 문 앞에 대기하고 있다 문을 닫고 가로막으면서 괭이, 도끼, 호미, 몽둥이 등으로 마구 때려죽였고, 그것도 부족해 형무소 우물 속에 몰아넣어 죽였습니다."

10월 2일 임실로 돌아온 나 서장은 치안을 확보하기 위해 경찰서를 정비하고, 임실읍과 성수면을 관할하는 지서를 임실읍 안에 설치했다. 북부 4개 면 치안을 위해 관촌에 지서를 두고 남부 3개 면 치안을 유지하기 위해 오수에, 서부 3개 면의 치안을 위해 청웅면에 지서를 설치하였다.

손대원 군수는 일률적인 행정을 위해 각 지역 지서를 중심으로 면 행정을 펼쳐 나가면서 임실군청을 정비하느라 바삐 움직였다.

돌아온 국군이나 쫓겨간 인민군과 관계없이 가을 들판은 황금색으로 물들어 한결 여유로웠다. 산도 인간사와 관계없이 색색의 단풍으로 단장하고 있었다.

임실 야산대는 강진 만월교 앞 덕치 망월 마을에 아직 도착하지 않은 대원들을 기다리고 있었다.

점심때가 지나 최상술 인민위원장은 망월 마을 앞에서 야산대와 민청원, 자위대를 포함 백여 명과 함께 전북도당 사람들이 갔다는 순창 구림면으로 자리를 옮겼다. 최상술 일행은 섬진강을 따라 두 줄로 열을 지어 덕치 회문리를 지나 두무동, 중원, 일중리를 통해 구림면 안정리로 들어갔다.

가을 섬진강 길가에는 억새풀 · 익모초 · 쑥부쟁이 · 고들빼기 · 구절초가 애처롭게 피어 있었다. 두무동과 일중리 앞 강변에는 돼지풀 · 방동사니 · 쑥방망이 · 지리바꽃이 물결 따라 바람에 흔들리며 사람의 눈길을 붙잡았다.

전북도당 사람들은 구림면 엽운산 기슭 금상굴에 '조선노동당 전북도당 유격사령부' 자리를 잡았다. 그리고 각 시 · 군에서 온 사람들을 접수받아 조직을 편성했다. 전북도당은 임실 야산대를 임실 유격대로 편성하고, 대대장은 함경도 출신 성종수를 임명하되 중대장과 문화부

317

중대장은 도당에서 내려온 박용호와 허인묵을 임명했다.

임실 유격대는 2개 소대로 나누어 제1소대장은 최상술, 제2소대장은 장명균을 지명하고 1개 소대당 오십 명씩 배치받았다.

전북도당 유격대는 임실 유격대를 비롯 전주시당 벼락 병단, 완주군당 돌진 유격대, 김제 유격대, 전북 유격대, 순창 백암부대, 정읍 칠보부대, 지구 기동대, 허사령부, 독수리 병단, 카츄샤 병단, 번개 병단, 보위 병단, 기포 병단, 탱크 병단 등을 편성하고 사령부를 엽운산 금상굴에서 회문산 대숲말 골짜기로 옮겼다.

회문산 자락 안시내 골짜기에서 생산된 한지로 전북도당 통신당보를 발간하여 보급하였고, 대숲말 뒤와 임실 강진면 섬진강 댐 하류 히여터에 유격사령부와 야전 병원, 무기 및 피복 제조 공장, 유격전 훈련 학원 등을 설치 운영하였다.

전북 유격사령부는 M1, M2 소총에서부터 반탱크, 수류탄, 따발총, 경기관총, 중기관총, 82미리 박격포로 무장했다.

임실 유격대도 M1 소총과 경기관총 등으로 무장하였다.

임실읍 정월리 정선호는 국군이 다시 임실로 진입하자 장명균을 따라 회문산으로 들어가 임실 유격대 2소대에서 활동했다. 정선호 아버지 제삿날이 10월 중순, 형 정달호가 죽은 달이 10월 말이다. 정선호는 어머니 혼자 아버지와 형의 제삿날을 맞이하는 것이 가슴에 시려 왔다.

2소대 분대장인 엄한섭은 장명균을 설득하여 대원들과 함께 죽은 정달호와 그의 아버지 제사를 지내고 오도록 청했다. 허락을 얻은 대원들은 정선호와 함께 정월리로 가 홀로 손자를 키우고 계시는 양병찬 어머니도 만나서 위로하기로 했다.

"선호 동무는 제사를 빨리 지내고, 나는 양병찬 집에 다녀올 테니 대원들은 밖에서 철저하게 경비를 서도록 해야 혀."

"알았어요, 잘 다녀오십시오."

제사를 지내고 정선호는 떡과 전을 가지고 나왔다.

"떡 좀 드십시오. 이것은 병찬이 동무 아들 해선이네 집에도 좀 주고 갑시다. 그리고 독산리로 해서 두만리산을 넘어가야 허니, 얼른 저를 따라오십시요."

샛터에 사는 정선호는 음지에 사는 양병찬 집을 향해 어두운 고샅길을 지나 양병찬 집으로 들어갔다.

"어머니! 저예요. 건강은 어떠세요."

방안에는 병찬이 어머니와 엄한섭 분대장이 마주앉아 있고, 해선이는 아랫목에서 잠들어 있었다.

"어머니! 오늘이 아버지 기일이에요. 떡 드시고 해선이 일어나면 동태전도 먹으라고 주세요."

"그려, 오늘이 아버지 기일이구나! 어디에 있든 죽지 말고 꼭 살아야혀."

"예, 어머니, 안녕히 계십시오."

양병찬 집을 나온 엄한섭 일행이 음지 마을 모퉁이를 돌자, 군경 토벌대들이 트럭을 타고 마을로 들어왔다.

군경 토벌대들이 정보를 입수하고 엄한섭 일행을 소탕하기 위해 정월리로 들어온 것이다. 빨치산을 놓친 군경 토벌대는 분풀이로 2·26 사건에 연루된 신병철 등 마을 주민들 16명을 임실경찰서로 끌고 갔고, 경찰서에 끌려간 사람들은 좌익 활동 구실로 모두 총으로 쏴 죽였다.

임실군 양민들은 인민군들에게 총살당하고 국군들에게 사살당하면서 불안한 나날을 보내고 있었다.

빨치산에 대한 군경 토벌대 분풀이가 무고한 양민들을 희생시키고 있고, 더러는 빨치산으로 오인돼 희생되며, 주민간의 보복에 의한 희생도 날로 커져 갔다.

임실읍을 완전히 장악한 군경 토벌대는 청웅 지역에서 빨치산들을 소탕하기 위해 모래재에 주둔했다. 모래재 아래 청웅면 수풍 마을을 둘러싸고 빨치산 유격대 소탕 작전을 펼쳤다.

국군이 서울을 수복한 뒤에도 임실 청웅·강진·덕치는 산이 워낙 깊고 험해서 낮에는 국군이 점령하고, 밤에는 빨치산이 청웅지서마저 점령하여 사용하고 있었다.

국군은 채소밭에서 일을 하고 있는 최의선 부부를 빨치산으로 오인 무차별 사격을 가해 사살하였고, 이를 항의하기 위해 청웅지서를 찾아간 아버지 최석학을 경찰이 백주 대낮에 폭행하여 죽이기도 했다.

신덕면 월성리 소정남은 피신 갔던 전주에서 경찰이 되어 돌아와, 인민군 후퇴 시 자신의 부모를 죽이는 데 동조했던 세력과 방관했던 주민 모두를 임실경찰서로 잡아갔다. 임실경찰서로 잡혀 간 양민들 중 세 명은 동조했다고 총살당하고, 나머지는 모진 고문 피해 후유증으로 고생하다 죽고 말았다. 치안이 안정되기까지 경찰들도 공격과 후퇴를 반복하는 혼란한 시기였고, 양민들은 혼란한 시기에 어떻게 처신해야 좋을지 몰라 몹시 불안한 날을 보내야만 했다.

월성리 마을 주민 네 명은 국군이 마을로 들어오자 무서워 마을 뒷산 옥녀산 동굴로 피신했다. 이들을 멀리서 망원경으로 발견한 국군은 별다른 조사 없이 총살시키고 말았다.

또 다른 면에서는 군경이 아닌 지방 우익들에 의해 주민들이 피해를 당하기도 하였다. 관촌 방현리는 한복으로 위장한 군인들이 마을로 들어와 통비 분자 색출한다고 닥치는 대로 총을 쏘아 양민들을 살해했다.

높은 산을 끼고 있는 산골 마을은 빨치산과 내통한다는 누명을 쓰고 마을 전체가 불에 타고, 양민들이 집단 학살당하는 경우가 많았다. 남원에 주둔하던 11사단 예하 1개 대대 병력은 새벽 야음을 틈타 기러기재를 넘어 남원 대강면 강석 마을에 쳐들어가 양민 60여 명을 무참히 살해해 버렸다. 강석 마을은 연봉의 산세가 험준하고 깊어 인민군들이 은거하기에 알맞은 지리적 여건 때문에 빨치산과 내통한다는 누명을 쓰고 있었다.

마을을 점령한 군대는 90여 호 5백여 명의 주민을 마을 앞 어귀에 집합시키고, 성분 조사와 통비 분자 색출이라는 명분으로 분류하여 주민들을 집단 학살했다.

임실군 대부분을 장악한 군경 토벌대들은 회문산으로 쫓겨 간 인민군 잔당들의 주력 부대를 잡기 위해 그물망을 회문산으로 좁혀 갔다. 토벌대는 빨치산들의 활동 무대인 회문산을 중심으로 강진과 삼계를 이어 주며, 성수산 루트의 길목인 원통산 주변 주민들이 빨치산과 협력하는 것을 막기 위해 주변 마을을 소각했다. 군경은 토벌을 하면서 빨치산들이 의지할 곳을 없앤다는 이유로 소각조 병력을 편성하여 산간 마을을 모두 불태워 갔다.

원통산 주변 산간 마을인 삼계 학정 마을과 세심리 택승 마을에 토벌대가 들어가 한 집도 빠짐없이 불을 질러 다섯 명을 죽이고, 숨겨 놓은 식량을 빨치산에게 준다며 모두 불태워 버렸다. 택승 마을을 불태운 군인들은 순창 동계 유산 마을과 이동리 장항 마을을 또 불태우고, 오수천을 건너 주월 마을과 수정리 석산·내촌 마을에도 불을 지르고 내려 갔다.

서호리 창주 마을 300여 호 가옥 전체를 하루 저녁에 모두 불태우고, 어치리 내롱 마을도 소각하여 주민들을 마을에서 쫓아냈다.

군인들은 순창 용골산과 임실 원통산 주변 마을을 모두 불태워 버렸 다. 마을을 태운 토벌대는 덕치로 넘어가면서 원통산 모퉁이에 붙어 있 는 산간 부락 원치 마을을 불태우고, 순창 장군목으로 들어가 싸리골과 용골산을 감싸고 있는 구미 마을 사백여 세대도 불태웠다.

섬진강 장군목 건너편 구담 마을 사람들은 뿌연 연기가 하늘로 솟아 오르자 짐을 싸서 피난길을 서둘렀다.

덕치 천담 마을 사람들은 구담에서 피난 온 사람들을 따라 진뫼로 가 고, 거기에서 합류한 주민들과 새말, 중원을 통해 순창 팔덕과 인계로 피난을 떠났다.

구미 마을을 불태운 토벌대들은 원치 앞으로 되돌아와 텅 빈 천담 마 을을 불태우고 사람들이 지나갔던 진뫼, 새말, 중원마저 불을 지르고 두무동 마을로 들어갔다. 모두 다 회문산 앞을 흐르는 섬진강변 사람들 이 사는 마을들이다.

토벌대는 회문산 깃대봉과 연결되어 있는 두무동의 낮은 초가집에 싸리비로 불을 붙여 집집마다 소각하고, 섬진강을 거슬러 올라 회문산 깃대봉 아래 절터와 직결되어 있는 회문리 마을과 망월봉 밑 망월리 마 을까지 불태웠다. 망월리 마을을 소각한 토벌대들은 섬진강 댐으로 거

323

슬러 올라가 히여터, 가리점 마을도 불태워 버렸다.

하루아침에 집을 잃은 양민들은 일가친척을 찾아 정읍과 전주로 피난 가고, 그러지 못한 사람들은 회문산으로 도망갈 수밖에 없었다.

남원에 사령부를 설치하고 호남 지구 빨치산 토벌을 시작했던 국군 11사단장 최덕신 준장은 게릴라 지구의 삼림을 깎고, 산간 부락을 모조리 불사르게 했다. 토벌대는 임실과 순창의 경계인 갈재고개 위의 덕치 암치 마을로 들어가 마을 뒷산 성미산에서 활동하는 빨치산들을 소탕하기 위해 암치 마을을 불사르기로 계획했다. 토벌대가 마을로 들어가 집집마다 불을 지르고, 집에서 나오지 않으면 모조리 죽여 버리겠다고 엄포를 놓았다.

마을의 남정네들은 토벌대가 들어오기 전 이미 산 밑으로 피난 가고 없었고, 미처 피난 가지 못한 노약자와 부녀자, 아이들만 동네에 남아 있었다. 군인들은 집에서 나온 마을 주민들을 마을 앞 당산나무 아래 한곳에 모아 놓고 총을 난사하여 사십여 명을 그 자리에서 죽였다.

11사단은 매일같이 마을 하나씩을 불태우며 소탕해 나갔다. 토벌대에 쫓겨 피난길을 나섰던 덕치 구담 마을 양민과 천담, 진뫼, 새말, 중원, 일중리 양민들은 순창 팔덕과 인계 쪽으로 피난을 가다가 군인들에게 붙들려 조사를 받고, 그 중에 젊은 사람들은 빨치산이란 죄목으로 인계면 면사무소 앞으로 끌려가 집단 처형을 당했다.

암치 마을을 불태운 국군들은 갈재고개를 넘어 순창 탐리, 장내, 쌍암을 모조리 소각하고, 건너 마을 외양, 용암 마을까지 불질렀다.

회문산 통로인 인계, 통안 마을도 삼백여 가구나 불타 없어졌다.

순창 쌍암 마을은 지들재를 넘어 대숲말과 안정리로 들어가는 빨치산들의 통로였다. 회문산에 있는 빨치산들은 지들재를 넘어 통안·인계를 거쳐 동계로 잠입하고 때로는 도로를 타고 순창 앞 금산으로 올라가 망을 보다 소재지를 공격하기도 했다.

토벌대는 회문산으로 들어가는 입구 임실 일중리 마을을 불태우고 순창 안정리 골터에 있는 종이 공장을 폭격했다. 폭격받은 골터 양민 십여 명은 큰 바위 거리를 지나 안심 마을로 피난을 갔다. 안심리는 외안심 내안심으로 나뉘어 주민 150세대가 살고 있었다. 한지를 생산하는 곳은 일곱 군데나 있어, 한때는 술집도 대여섯 개나 즐비하게 있던 곳이다. 안정리 골터를 소각하고 올라온 국군은 외안심과 내안심 150세대를 불태우고, 그 위에 있는 냉골 마을의 한지 생산지 두 곳까지 불살랐다. 마을이 불타 버린 일중리·안정리, 안심 마을 주민 일천여 명은 국군에게 쫓겨 구림 방향으로 가다가 산안을 통해 전북도당 유격사령부가 있는 대숲말로 들어갔다.

대숲말은 대나무가 숲처럼 울창하게 우거져 있어 붙여진 지명으로 바람이 불면 사각거리는 소리가 민중들의 서러운 울음 떼처럼 들렸다.

순창 소재지를 장악한 토벌대들은 구림면 연산리를 지나 베트라 마을 삼백여 가구를 불태우고, 황계말 칠십여 가구도 불태우며 쌍치면에서 넘어오는 토벌대와 함께 회문산 주변 마을을 차례차례 소각시켜 나갔다.

쌍치면은 6 · 25 전쟁이 일어나기 전 1만2천여 명이 평화롭게 살고 있던 곳이다.

회문산 자락 장군봉과 마주보고 있는 쌍치면 둔전리는 울산 김씨 집성촌이다. 국회 프락치 사건 당시 노일환 국회의원이 외갓집 동네인 둔전리에 숨어 있다 잡히자, 울산 김씨 가복인 박판쇠를 포함해 백여 가구 마을 주민들이 경찰서에 불려가 조사를 받은 적이 있었다.

그 후 6 · 25 전쟁이 일어나고 한국군이 인민군에게 밀리며 노일환 의원이 형무소에서 납북되자, 국군 11사단은 둔전리 마을 전체를 총으로 난사하여 동네를 쑥대밭으로 만들어 버리고 떠났다.

그로 인해 동네 대부분 사람들은 뿔뿔이 흩어져 고향을 떠났고, 고향에는 겨우 사십여 가구만 살고 있으나 9 · 28 수복이 되면서 쌍치면은 또다시 죽음의 공포로 생지옥처럼 변했다.

쌍치면은 산간 오지로 교통이 불편하고 산이 험해 북상하는 인민군 패잔병 1만여 명과 부역자, 그들의 가족을 포함한 4만5천여 명이 몰려와 하루아침에 쌍치면민은 기존 주민의 5배인 5만7천여 명으로 불어나 아수라장이 되었다.

인민군 패잔병들은 쌍치면에 은신처를 확보하고 주민들을 통제해 나갔으며, 마을 사람들은 인공 시절처럼 자치 기구를 만들어 마을을 운영해 나갔다. 둔전리를 불태운 토벌대는 노일환 의원 고향인 운교리 마을도 모두 불태우고, 노일환 아버지 '송계 노병권'의 한옥과 서적 수만 권을 모두 잿더미로 만들었다.

회문산 주변을 모두 소각한 토벌대는 엽운산을 고립시키기 위해 구림면 연산리 산간 지역 마을을 불사르고, 복흥면 주변 마을까지 불태우기 시작했다. 복흥면을 장악한 군인들은 섬진강이 보이는 정읍 산내면 종성 마을로 들어가 가옥을 모두 불태우면서 14세 미만과 노약자는 집으로 돌려보내고, 청장년 양민 60여 명을 학살했다. 또한 일부 청장년은 군인들의 짐을 나르게 한 후 노역이 끝나자 모두 사살했다.

토벌대에 쫓긴 양민들 대부분은 엽운산에서 쫓겨 나온 패잔병과 부역자를 따라 그의 가족을 데리고 회문산으로 숨어들었다.

회문산은 낙동강 전투에서부터 쫓겨온 마산·산동·전남 광양·구례 등 타 시군 주민들을 포함해 1만여 명이 넘게 숨어 들어갔다. 사람들이 골짜기마다 벌집처럼 다닥다닥 붙어 있고, 어린아이 울음소리와 환자들 비명 소리가 메아리치고 있었다.

이념 때문에 좌우가 충돌하여 전쟁이 일어났고, 무고한 양민들이 죽었다. 그리고 또다시 수천 명의 양민이 죽음의 그물에 걸려들고 있었다.

임실과 회문산 전 지역을 주관했던 국군과 토벌대는 치안을 유지한다며 고귀한 생명들을 수없이 죽이고, 산으로 들어간 좌익 세력들은 그들에게 동조하지 않는다는 이유로 양민들에게 또다시 총격을 가했다.

토벌대는 죽어서는 안 될 무고한 양민들의 이름과는 관계없이 회문산과 엽운산에 남아 있는 빨치산을 소탕하기 위해 양민들의 집을 불태우고, 매일 고귀한 생명을 죽이며 거친 진격만을 하고 있을 뿐이었다.

회문산의 새해

눈보라치는 회문산은 연일 하늘에서 떨어지는 전단지가 눈과 뒤범벅 되어 모든 봉우리를 하얗게 덮고 있었다.

회문산으로 몰려든 사람들은 허벅지까지 빠지는 눈 속을 헤매며 하루하루를 연명해 나갔다.

눈 속을 헤치고 나뭇가지와 산죽으로 움막을 만들어 아이들과 생활하는 부녀자, 노인네들은 국군과 빨치산이 무서워 하산을 하고 싶어도 내려갈 수가 없었다.

양민들이 빨치산 사령부에서 지급하는 식량을 챙겨 돌아오는 길에, 아이들은 눈 속을 다니며 전단지를 주워 왔다.

하얗게 쌓인 전단지는 매서운 겨울 산속을 녹이는 불쏘시개로 제격이다.

내일 모레가 설날이다.

동네는 설날을 대비해 제사 차례를 지낼 굴비와 과일도 사고 아껴 먹던 쌀을 빻아 떡시루를 가마솥 위에 올려놓고 장작불을 지필 것인데, 산속 생활이란 쌩쌩 부는 겨울바람 사이로 조그맣게 떠 있는 외로운 별들과 같은 신세다.

작년에는 이곳 아이들도 설날을 손가락으로 꼽아 세며 장에 가는 어머니 치맛자락을 잡고 따라다녔을 것이다.

설날을 앞둔 아낙네들은 가마솥에 조청을 고느라고 종일 불을 때고, 아이들은 도회지에 있는 일가친척을 기다리며 동네 어귀마다 뛰어놀고 있었을 것이다. 아낙네들이 지핀 아궁이에 잉그락이 이글거리고 세간방은 쩔쩔 끓어 발을 데일 정도로 뜨거울 텐데, 이곳 회문산 생활은 강추위 속에서 불안과 공포에만 사로잡혀 있었다.

낮에는 국군이 회문산 부근에서 박격포를 쏘아 가며 봉우리로 접근해 오고, 밤에는 국군들이 밀려나면서 빨치산들이 인근 마을까지 진격해 부족한 식량을 강탈했다.

아침 일찍 회문산 위로 항공기가 전단지를 하얗게 뿌리고 지나갔다.

내일이 설날이다. '가족들이 집에서 애타게 기다리고 있다' 며 자수를 권장하는 전단지다.

대숲말에 있는 전북도당사령부에서 설날 음식을 준비하여 나누어 주었다.

철없는 아이들은 연과 연자세(얼레)를 만들기 위해 허성허성한 대밭으로 들어가 놀고 있고, 흔들리는 대밭에서는 쇳소리가 바람을 타고 풍겨 나왔다.

대숲말은 작년 초봄부터 시작된 가뭄으로 물기가 메말라, 급기야 대나무 뿌리가 밖으로 튕겨져 나오며 대꽃을 피웠다. 대꽃이 피면 나라가 망한다고 동네 어른들은 어릴 적부터 전해 들어온 터라 불안했다.

"아이고메, 대나무도 꽃을 피우네?"

"60년 만에 피었대, 나라가 망헐라면 대나무가 꽃을 피운다는디?"

살아 있는 모든 동식물들은 기후나 환경으로 어려움이 닥치면 생체 시계가 있어 기이한 방법을 동원해 번식을 시작한다.

대숲말 대나무도 가뭄이 들어 물기가 메말라 번식이 어려워지자, 꽃 수술로 대나무를 번식시키기 위해 꽃을 피워냈다.

대숲말 사람들은 대꽃이 피고 난 후 얼마 지나지 않아 전쟁이 터지자, 나라가 망한다는 징조로 생각하며 심리적 불안감을 감추지 못했다.

설날은 국군과 빨치산이 아무런 격돌 없이 평화로운 하루를 보냈다.

임실 유격대 장명균 · 소춘수 양 소대장은 회문산의 칼바람을 맞으며 임실 유랑민들에게 새해 인사를 전하고 다녔다.

지난해 9월 회문산으로 들어온 백여 명의 대원보다 훨씬 많은 임실 주민들이 회문산에서 생활하고 있었다.

회문산은 북쪽과 동쪽이 섬진강 줄기로 감싸져 있고, 남쪽은 섬진강의 지류인 구림천이 흐르며 서쪽은 장군봉 줄기가 정읍 산내면 앞까지 이어진다. 회문산 서쪽 장군봉과 동쪽 회문봉은 맞선 꼴로 7백여 미터가 잘록하게 이어져 있어 장구 모양을 하고 있다. 장구 모양의 궁통 장군봉과 채통 회문봉은 잘록한 허리를 보이며 강진 필봉산을 바라보며 좌도 농악 필봉 풍물패를 부르고 있는 것 같다.

장구를 둘러멘 장구잽이 안쪽 아랫자락은 순창의 대숲말 · 산안 · 배트레 · 안심 · 일중 마을들이 구림천을 뒤에 두고 회문산에 붙어 있고, 바깥쪽 아랫자락은 임실 가리점 · 히여터 · 망월 · 회문 · 두무동 · 중원 마을들이 섬진강을 앞에 두고 붙어 있다.

설날이 지나기 무섭게 군경 토벌대는 순창 쌍치면으로 넘어가 황계말 앞 엽운산 아래 진을 치고 회문봉을 향해 공격했다.

포대는 임실 일중리 앞 성미산과 옥정리 배소고지에 진을 치고 깃대봉과 천마봉을 향해 박격포를 퍼부었다.

토벌대들은 날이 밝으면 회문산 부근으로 몰려와 공격을 하고, 밤이 되면 공격하던 진지를 버리고 면 소재지로 철수했다.

달이 유난히도 밝게 떠올랐다.

박용호 중대장의 지휘 아래 소춘수 제1소대와 장명균 제2소대는 낮에 국군이 장악하고 있었던 엽운산 아래 고지를 기습하기 위해 두 패로 나뉘어 황계말로 떠났다.

달빛에 그림자가 선명하게 나타나 긴장감마저 돌고 있는 달 밝은 밤길이, 설 얼은 눈을 밟을 때마다 싸각거리는 소리로 긴박감을 더 조여오는 듯했다.

지난 1월 말 구림면 배트레 전투에서 성종수 대대장과 허인묵 문화부 중대장이 구림천 건너편에서 국군이 쏜 박격포 파편을 맞아 숨지고,

최상술 제1소대장이 행방불명되었을 때도 지금처럼 달이 밝았다.

장명균 제2소대장과 대원들은 황계말을 지나 이개 골짜기로 접어들어 엽운산 아래로 가고, 박용호 중대장과 소춘수 제1소대원들은 금상 마을을 지나 사이재를 끼고 엽운산까지 갔지만 국군 토벌대는 보이지 않았다.

토벌대가 보이지 않자 박용호 중대장과 양 소대원들은 엽운산을 뒤로하고 황계 뜸에서 솔개재를 타고 대숲말로 넘어갔다.

교교한 밤이었다.

감춰져 있던 보름달이 솜털구름 사이로 얼굴을 내밀고 있었다. 무서운 정적이 산허리에 내려앉았다.

솔개재를 거의 넘어갈 무렵, 앞에 가던 박용호 중대장이 토벌대가 묻어놓은 지뢰를 밟자, 지뢰 터지는 소리가 천지를 뒤흔들었다.

지뢰가 터진 곳은 지척인데 온 산이 무너져 내리는 것만 같고, 인근 나무들이 온통 뽑혀 날아가는 것만 같았다.

박용호 중대장은 그 자리에서 사망하고, 뒤따라가던 소춘수 소대장과 대원들은 중경상을 입었다.

토벌대와 빨치산은 총격전을 벌이고 퇴각할 때마다 서로의 기습을 막기 위해 지뢰를 묻어 놓는다. 빨치산도 퇴각할 때는 토벌대의 기습 공격을 막기 위해 누런 호박덩이 지뢰를 매설하고 돌아간다.

임실 유격대원들은 박용호 중대장을 솔개재 언 땅에 힘들게 묻어 주고, 중경상을 입은 소춘수 제1소대장과 대원들을 등에 업고 대숲말 도당사령부로 돌아갔다. 장명균 제2소대장은 도당사령부로 돌아와 부상당한 소춘수 소대장과 중상을 입은 대원들을 의무대로 옮겨 치료를 받도록 하고, 도당위원장에게 상황을 보고했다.

의무대는 두 명의 의사와 오륙 명의 남녀 간호병이 있었다. 경상인 환자는 의무대에서 치료를 받고, 중상인 환자는 응급 조치를 취하여 히여터에 있는 야전 병원으로 옮겨 장기 치료를 받도록 했다.

임실 유격대 백종기 등 네 명의 대원은 중경상을 입어 밤새 의무대에서 치료를 받고, 해가 뜨기 전 노력 동원반에 의해 히여터 야전 병원으로 옮겨 갔다. 그리고 경상을 입은 소춘수 소대장 등 세 명의 대원은 의무대에서 치료를 받도록 했다.

강진 히여터에 있는 야전 병원은 북한에서 김일성대학을 졸업한 의무과장을 비롯 몇 명의 의사와 수십 명의 간호병들, 그리고 환자를 옮기는 노력 동원반과 밥을 지원하는 보급반으로 나누어져 있었다.

소춘수 소대장이 의무대에서 치료를 받고 있는 동안 연락병 황기삼 소년은 곁을 떠나지 않고 지극정성으로 소춘수을 간호하며, 유격대 동정과 정보를 수집하여 전해 주었다.

황기삼 소년은 성종수 대대장의 연락병으로 대대장이 전사한 후, 소춘수 소대장과 함께 생활하고 있었다.

소춘수 소대장은 며칠간 치료를 받으며 요양을 하고 있는데 밖에 나갔던 황기삼 연락병이 황급히 뛰어들어왔다.

"소대장님! 의무대 간호병 보조원 동무 중에 소대장님을 안다는 사람이 있어요. 소대장님과 고향이 같은 곳이라면서, 소대장님을 안대요!"

"그려, 이름이 뭐다냐?"

"이름은 모르고요, 단지 고향이 학암리라고 혔던가 그랬어요."

소춘수는 귀가 번쩍 띄었다.

얼마 만에 들어본 고향 이름인가! 소춘수는 연락병에게 간호병 보조원 동무를 불러오도록 했다.

학암리는 운암면이지만 시암내에 있는 신평장을 같이 보기 때문에 모르는 사람 없이 동질감을 더 느끼는 마을이다.

스무 살 정도 되어 보이는 젊은이가 간호병 복장을 하고 걸어왔다.

"안녕하세요. 저는 학암리에 사는 배일광이라고 헙니다."

소춘수는 학암리에 사는 배씨라고 하면 대충 누구 집 아들인지 알 것 같았다.

"고생이 많지?"

"아니어요. 저는 여기서 부상병들만 치료허고 지내는디 무슨 고상을 허것어요."

"어떻게 여기꺼정 왔능가?

"학암리 동네 사랑방에서 청년들하고 놀고 있다가……, 함께 왔어요. 열한 명은 운암리 지서로 끌려가고 저만 식량을 지고 이리로 왔구만요."

운암면의 면당은 입석리에 있고, 지서는 하운암 운암리에 있었다.

하운암 운암리는 섬진강 댐을 막기 전에는 운암면의 소재지로 명성을 날리던 곳이다.

조선시대 병자호란 때 아호가 운암인 이흥발이 이곳에 터를 잡으면서 운암면이 형성된 것이다.

운암리에는 지서뿐만 아니라, 방죽골에는 학교와 넓은 운동장이 있었다.

배일광은 학암리에서 낮에는 국민학교 소사 일을 하고 밤에는 동네 사랑방에서 청년들과 어울리며 지내고 있었는데, 왜정 시대 징병을 강요하던 면서기를 유격대원들이 숙청하기 위해 갔다가 사랑방에 모여 있는 청년들을 데리고 온 것이었다.

배일광이 몰래 가져다 놓은 고구마를 황기삼과 먹고 오랜만에 여유로운 오후를 보냈다.

"소대장님! 지난주 거창에서 토벌대들이 양민들을 7백 명이나 학살혀서, 그곳 출신 국회의원들이 진상 조사하러 다닌다고 난리래요."

"누가 그러덩가?"

"배일광 간호병이 그러던데요, 어떻게 사람을 그렇게 많이 집단으로 죽일 수가 있당가요? 임실 지역 국회의원은 뭐 하는지 모르겠어요! 양민들이 산골짜기로 쫓겨 죄다 죽어가는디……, 무엇 하고 있는지 참으로 답답허구만요!"

빨치산 토벌 작전을 전개하던 11사단 9연대 3대대는 51년 2월 9일

경상남도 거창군 신원면 신원국민학교 교실에서 양민 517명을 '통비분자' 라는 명목으로 집단 학살하는 등 3일 동안 719명의 주민을 학살한 것이다.

이때 희생자는 대부분이 노약자와 부녀자였다.

초저녁 달이 유난히 밝았다. 움막 틈으로 새어 들어온 달빛이 하얀 눈과 어우러져 온 천지가 대낮 같았다.

'오늘이 정월 대보름이구나'

소춘수는 3년 전 정월 대보름 다음날 새벽, 지서를 습격한 사건이 떠올랐다. 고향을 떠나 유랑민같이 살아온 세월이 벌써 3년이 된 것이다. 농지 개혁과 민족 단일 정부 수립만이 조국이 사는 길이라고 생각했던 지난 세월이 허무했다. 산중에서 부상당한 몸으로 달빛을 바라보고 있자니, 자신이 더욱 처량한 생각이 들었다.

소춘수는 내일이면 부대로 다시 복귀해야겠다고 다짐하며 자정이 넘도록 의무대를 배회하고 있는데, 장명균 소대장이 엄한섭 2분대장을 등에 업고 의무대로 뛰어들어왔다. 일중리 앞 성미산성으로 기습 작전을 나갔다가 국군의 매복 작전에 걸려 총알 세례를 받은 것이다.

"간호병 동무! 간호병! 응급 조치 좀 해줘!"

의사 동무의 다급한 소리에 간호병들이 달려와 응급 조치를 했지만, 온몸에서 뿜어져 나오는 피는 멈출 줄을 모르고 엄한섭은 그 자리에서 숨을 거두고 말았다.

1948년부터 엄한섭은 임실 이도리에서 경찰들에게 쫓겨 장명균과 청웅 한수동 집에서 숨어 있다, 야산대가 되어 3년간 유랑 생활을 하다 오늘 회문산에서 숨을 거뒀다. 소춘수와 장명균은 죽은 엄한섭을 도당 사령부 근처 땅을 찾아 묻어 주고, 의무대를 나와 유격대로 돌아갔다.

회문산은 밤새 하얀 눈이 내리고 있었고, 매서운 추위는 연일 유격대 대원들의 추운 가슴을 때리고 있었다.

아비규환

새벽녘 무스탕 전투기 폭격과 박격포 소리에 놀란 대원들은 움막에서 뛰쳐나왔다. 개울가에서 쌀을 씻고 있던 식사 당번들은 쌀 씻는 놋쇠와 솥단지마저 내던지고 뛰어올라왔다. 뒤에는 수를 헤아릴 수 없는 군경 토벌대가 요란한 총소리를 내며 산안 마을 앞 골짜기에 접어들고, 대숲말 계곡으로 일제히 경기관총과 M1 소총을 쏘아대며 올라오고 있었다.

대숲말의 조선노동당 전북도당사령부의 당원들도 옷가지만 들고 장군봉으로 기어 올라갔다.

움막에서 잠이 덜 깬 빨치산들은 비몽사몽간에 총을 꿰어 차고 반격하며 장군봉으로 쫓기기 시작했다.

도당사령부에 한바탕 폭격을 가하던 무스탕기가 산내 뒷골을 넘어 만일사를 폭격하고, 우측으로 돌며 외안심과 내안심 마을을 연달아 폭격하였다.

무스탕기가 안심 마을을 폭격하자, 뒤이어 토벌대들이 안심 마을을 지나 냉골짜기로 올라가 총을 쏘며 회문봉 쪽으로 향했다.

대숲말과 안심 마을을 밀어붙인 군경 토벌대는 개미떼처럼 장군봉과 회문봉을 향해 기어오르고 있었다.

의무대 위생병과 간호원들도 걸을 수 있는 환자들만 부축하며 이개 골짜기를 지나 장군봉으로 도망쳤다.

회문산은 아직 겨우내 내린 눈으로 천지가 하얗게 변해 있었고, 나무는 앙상한 가지만 남아 있어 봉우리로 도망가는 산사람들을 쉽게 쫓을 수 있었다. 능선이나 골짜기로 도망가는 것은 자살 행위나 다름없었다.

산 밑에서 M1 소총으로 정조준을 못하도록 산비탈을 타야만 봉우리로 도망칠 수 있기 때문이다.

빨치산들은 산비탈을 타고 도망가는 반면, 피난민들은 대부분이 능선이나 골짜기를 타고 도망치고 있었다.

아기를 업고 뛰는 여인네, 어린애 손목을 이끄는 남정네, 팔을 동여매고 목발로 달리는 유격대원, 갓을 쓰고 기어가는 할아버지, 가다가 주저앉아 버린 할머니, 빨치산과 피난민 5천여 명이 회문산에 다다닥 뒤엉켜 붙어 아비규환을 이루며 봉우리로 쫓기고 있었다. 몸이 불편하거나 걸음이 느려 뒤로 처진 사람들은 어른, 아이 가릴 것 없이 토벌대가 쏘아대는 총탄에 맞아 골짜기로 나뒹굴었다.

공중은 괴목나무 높이 걸려 있는 정찰기 3대가 쫓겨 가는 피난민과 빨치산들의 향방을 L-5 연락기에 송신하느라 좌우로 분주히 움직이고 있었다.

L-5연락기에서 연락받은 무스탕 전투기는 군산에서 칠팔 대가 초고속으로 날아와 쫓기는 빨치산과 난민들을 향해 무차별 사격을 가했다.

장군봉으로 몰린 피난민들은 바위 틈새로 숨고, 일부는 회문봉 쪽으로 뛰다가 밀려오는 군경에 의해 사방으로 흩어지고 있었다.

빨치산들은 장군봉 투구바위를 은신처 삼아 군경 토벌대와 교전하면서 무스탕 전투기를 피할 수 있었다.

장군봉에서 빨치산들이 투구바위를 거점 삼아 무스탕 전투기를 피하는 것은 아무것도 아니었다. 장군봉 정상에는 임실군청만 한 바위가 투구처럼 놓여 있어 투구바위 날망에 붙어 있다, 무스탕 전투기가 다가오면 반대쪽으로 이동하여 바위 틈새로 들어가면서 유인하고 반격하면 피해를 줄일 수 있었다. 문제는 휘발유 비행기였다.

오전 내내 무스탕 전투기가 경기관총을 쏟아대고 나면, 오후 2, 3시경에는 밀가루 포대만 한 폭탄을 실은 무스탕 폭격기가 장군봉 · 회문봉 일대를 퍼붓고 지나간다.

그 후 휘발유 실은 슈퍼무스탕 비행기 서너 대가 낮게 돌며 휘발유를 뿌리고, 휘발유가 땅에 닿기 직전에 꼬리에 불이 붙어 있는 야광탄을 쏘아 회문산 곳곳을 불바다로 만들어 버린다. 휘발유가 불타오르면 피할 곳이 없다. 쥐새끼라면 쥐구멍 속으로 피할 수 있다지만 오소리도 두더지도 아닌 사람들은 피할 곳이 없어 모두 타죽어야만 했다.

회문산에 있는 빨치산은 하루가 지나면 수백 명씩 기관총에 난사당해 죽고, 폭탄에 찢겨 죽고, 휘발유 불에 불타 숯검정인 채로 죽어 가고 있었다.

히여터에 연기가 솟고 있었다. 국군 토벌대가 야전 병원을 향해 포격을 가했다.

산 밑은 목발을 짚고 도망가는 환자들이 장군봉을 향해 줄을 지어 움직이고 있었다. 히여터 쪽 봉우리에는 국군들의 모습이 보이진 않았지만, 지난 솔개재에서 부상당해 야전 병원으로 옮겨 간 백종기 등 대원들의 안전이 걱정되었다.

석양이 가까워서야 총성이 뚝 멈추었다. 온 천지에 정적이 흘렀다. 저녁노을은 투구바위에 널려 있는 주검들을 아랑곳하지 않고 뜨거웠던 오늘 하루를 감추기 위해 무심히 제 갈 길로 넘어가고 있을 뿐이었다.

휘발유 비행기는 정월 대보름날이 지나자, 매일같이 화마를 쏟아내고 있었다.

휘발유 비행기에 쫓기는 빨치산과 피난민들은 장군봉을 피해 회문봉과 삼연봉 그리고 물넘어재를 지나 가리점으로 분산해서 피신했다.

소춘수와 장명균 소대장 그리고 대원들은 어젯밤에 하달된 제1 비상선 가리점 골짜기를 향해 뛰어내려갔다. 그러나 물넘어재를 넘어 가리점 골짜기로 들어갈 무렵 문방리에 주둔하고 있던 화랑부대의 박격포 공격을 받아, 가던 발길을 되돌려 가야만 했다.

가리점 아래쪽에서 천둥소리처럼 총성이 울리고 화랑부대 기관단총과 박격포 포탄이 일제히 물넘어재를 향해 집중 포격되고 있었다.

소대원들은 날아오는 포탄을 피하기 위해 몸을 낮추며 바위틈 사이로 몸을 숨겼다. 여기저기 바위들이 널려 있고, 키가 크고 작은 잡목들이 앙상하게 줄기를 내보이며 매섭게 부는 강추위에 떨고 있었다. 포탄을 맞은 바위가 파편이 되어 우박처럼 대원들의 머리위로 날아들었다. 소대원들은 떨어지는 파편을 피하기 위해 두 손으로 머리를 감싸며 잡목 옆에서 웅크리고 앉아 있는데, 지근거리에서 검은 물체들이 춤을 추듯 움직이고 있었다. 마치 만장을 만들기 위해 늘어놓은 검은 천들이 바람에 펄럭이는 것 같았다.

"소대장님, 저것들이 무엇이데요?"

"어, 저것은……."

까마귀떼였다.

폭탄소리와 함께 파편 조각들이 떨어져도 까마귀들은 날개짓만 퍼득거릴 뿐 동요하지 않고 땅을 파듯 무언가를 열심히 뜯고 있었다. 그 검은 까마귀떼가 어디서부터 몰려왔는지 수백 마리가 무리를 지어 골짜기를 덮고 있는 것이다. 그 새떼들은 골짜기를 검은 칠을 하려는 듯이 모여 앉아 무언가를 물어뜯으며 까욱까욱 소리를 냈다. 날개를 퍼득거리며 까욱거리는 기괴한 울음소리는 스산한 골짜기에 칙칙하고 음산한 분위기를 자아냈다.

대원들은 폭탄세례가 적어질 때까지 그 자리에서 꿈쩍도 하지 않았다.

한참을 지나 박격포 소리가 잦아들었다.

박격포 폭탄세례가 잦아들자, 까마귀떼가 있는 곳으로 내려간 대원이 돌아와 전했다.

"소대장님! 저곳은 시체 구덕이구만요."

"뭣여! 시체 구덕이라구?"

"예, 소대장님, 희여터 야전병원에서 죽은 사람들을 이곳에다 버린 모양이요?"

"그려……. 내려가보세!"

수백 마리 까마귀떼는 사람 시체를 뜯고 있었다.

사람 형체를 알 수 없는 주검들이 골짜기에 나뒹굴어져 까마귀밥이 되고 있었다. 주검들의 갈비뼈가 살점 하나 없이 앙상하게 뜯겨져 나와 있었다. 까마귀떼는 갈갈이 찢겨진 창자를 쪼아먹으며 바닥에 흩어져 있는 내장을 뜯어먹고 있었다. 팔뚝과 허벅지마다 까마귀떼가 올라 앉아 살점을 파먹고 있고, 가슴팍에 고개를 처박고 심장을 쪼아먹기도 했다. 오래된 주검인 듯 하얀 해골과 뼈마디들이 떨어져 내려 어지럽게 쌓여 있는 곳에 칡뿌리 줄기가 생명을 이어가고 있었다. 까마귀떼가 옷을 찢어 발겨가며 살은 다 뜯어먹고 난 다음에 뼈들은 하나 둘씩 아래로 쌓여져 내린 것이었다.

광대뼈는 밖으로 돌출되어 햇빛에 반사되고 눈알은 간데없이 움푹 패여 있었다. 까마귀는 죽은 시체 눈동자를 제일 먼저 파먹는다는 말이 사실인 듯싶었다. 모든 주검들은 눈동자가 없이 하얀 뼈다귀를 들어내며 흩어져 있었다.

"훠이, 훠이, 염병헐 까마귀떼들아. 저리들 못 갈레!"

"워따, 징상스런 것들이 어디서 와 저렇게도 많다냐. 저리들 안 갈 것여!"

대원들은 돌멩이를 주어 까마귀떼를 향해 던지며 소리쳤다.

돌멩이가 날아와도 까마귀떼는 날개만 퍼득이며 자리를 옮길 뿐 날 아가지 않았다.

"저것들은 본래 시체 뜯어먹고 사는 저승새라고 안 허든가."

"저놈의 까마귀는 까치허고 달리 흉조여, 흉조."

"저 시커먼 생김새허고 울음소리를 들어보소. 어찌 길조인 까치허고 같것는가?"

"맞어, 맞구먼. 생김새도 검띠 검고 못 생긴디다가 울음소리 헐라 소름끼치는 흉조여."

한참을 묵묵히 있던 소춘수 소대장이 주변을 두리번거리며 말을 했다.

"희여터 야전병원에서 이곳까지 시체를 버리기에는 너무 먼 곳이여! 아마 이 금방에 환자 터가 있을 것이여?"

대원들은 소대장을 따라 능선으로 올라갔다.

환자 터는 실개울이 흐르는 골짜기 비탈에 있었다.

실개울에는 환자들이 넉넉하게 마시고도 남을 물이 언제나 괴어서 넘치고 있었다. 굴 입구는 세 개의 큰 바위가 서로를 마주보며 삼각을 이루고 있었다.

굴 안은 대 여섯 평의 넓이로 길쭉하게 들어가 있었고, 천장은 서서 자유롭게 일을 할 수 있도록 높았다.

자연이 만들어 준 천연 공간이었다.

곳곳에 통나무 기둥이 서까레 모양으로 세워져 있었다. 통나무 기둥에 걸린 석유잔등들이 굴속을 밝히고 있었다.

그 안에는 백여 명의 환자들이 죽을 날을 앞에 두고 신음하고 있었다. 그곳에서 일하는 사람들은 모두 여섯 명이었다. 그들은 모두 남자들이었다.

희여터 야전병원에서 가망이 없는 환자들을 이곳으로 보낸 것이다.

저세상에 가기 전에 이승에서 마지막 쉬어가는 곳이기도 했다.

두 개골이 함몰되어 의식불명 환자, 팔다리가 절단되어 움직일 수가 없는 환자 등등 모두 다 가망이 없는 환자들이었다.

대원들이 굴 안으로 들어가자, 일하는 사람들이 놀라 뒷걸음을 쳤다.

"동무들, 놀라지 마시오. 우리는 임실 유격대원들이요!"

"아, 그렇습니까! 이리로들 오시오. 이곳은 우리들이 생활하는 공간입니다."

환자 터에서 일하는 동무들을 따라 깊숙한 곳으로 들어가니, 햇볕이 들고 환기가 잘 되는 공간이 나왔다.

이 깊은 산중에 궁궐과 같은 공간이었다.

"이 동굴은 회문굴이라고 허구요. 이곳에서 우리 여섯이 생활하며 환자들을 돌보고 있습니다."

책임자같이 보이는 동무가 희여터 야전병원에서 가망이 없는 환자들을 이곳으로 보내오며, 그들을 자기네들이 죽을 때까지 보살핀다고 설명을 해주었다.

"희여터 야전병원에서 임실 유격대원이라고 보내진 환자는 없습니까?"

"임실 유격대원인지는 모르지만, 고향이 청웅이라며 최상술소대장을 자주 불렀던 한 사람이 있었어요."

"그려요, 그 사람 어디 있어요?"

"열흘 전에 죽어 초상 치렀구만요."

"무덤은 어디에 썼나요?"

"워낙 죽어나간 사람이 많아 무덤을 쓸 수가 없어 골짜기에 버렸는디요."

"골짜기에 버렸다구요, 무덤도 안 쓰구요?"

"죄송합니다만 일손도 딸릴 뿐만 아니라, 묘지를 쓸 곳도 근처에는 없습니다."

"아무튼 고생 많으셨습니다."

소춘수는 발길을 돌려 회문굴 밖으로 나와, 까마귀떼가 모여 있는 골짜기를 바라보며 눈물을 흘렸다.

부모형제와 고향마당을 지척에 두고 거적때기에 쌓여 버려진 대원의 시체가 떠오른 것이다.

인민이 무엇이고 사상이 무엇이기에, 이 깊은 골짜기에 버려져 까마귀밥이 되어야 하는가?

인간에게 죽음은 암흑과 같은 절망일진데, 이러한 절망적인 죽음을 누구를 위해 내던진단 말인가.

소춘수는 회문굴을 돌아 나오면서 눈에 익은 비석 하나를 발견했다.

'이 세상에 평화가 충만하소서. 김난식 프란치스코, 김현태 토마스' 라고 쓰여 있는 묘비였다.

한국 최초의 천주교 신부 김대건의 동생 김난식과 조카 김현태의 비석이 세워진 무덤이 회문굴 앞에 있는 것이다.

온 세상 평화를 위해 모진 박해와 핍박을 무릅쓰고 순교한 김대건 신부 일가의 묘소를 발견한 것이다.

김난식과 김현태는 이 동굴에 숨어 지내며 무엇을 소망했을까.

인류구원과 평화를 위해 두 손 모아 무릎 꿇고 숱한 밤을 지새우며 천주에게 매달렸을 것이다.

김대건 신부 일가는 무엇을 위해 순교한 것일까?

평화는 죽음을 동반해야만 하는가.

천주를 부인하면 암흑 같은 죽음의 고비를 벗어날 수 있었을 텐데…….

무엇이 이들을 이토록 모진 고문과 박해를 무릅쓰고 죽음의 길로 내달리게 했을까.

죽음은 끝이 아니라, 새로운 부활을 시작한 것일까?

회문굴은 김대건 신부 일가가 순교한 백 년 전에도 그랬듯이, 이날도 또 다른 주검을 부둥켜안고 위로하며 미래의 인류평화를 위해 인간의 만상을 준비할 뿐이다.

소춘수는 지난날 고향마을 하천교회에서 예배 드렸던 간절한 마음으로 묘소에 절을 올리며 골짜기에서 까마귀밥이 되어 버린 대원의 넋을 위로했다.

소대원들은 폭격을 피해 제2 비상선 망월봉을 향해 뛰어갔고, 소춘수·장명균 소대장과 몇 명의 대원들은 야전 병원에서 장기 치료하는 대원들을 찾기 위해 히여터 골짜기로 내려갔다.

히여터 야전 병원은 포탄 세례를 맞아 아수라장이 되어 있었다.

야전 병원은 형체도 알 수 없이 망가져 있었고, 보급 공장은 산산이 부서져 재건할 수 없을 지경이었다.

소대원들은 장기 치료를 받기 위해 이곳으로 온 백종기 등 대원들을 흩어져 찾았지만 보이질 않았다.

"소대장님! 형체를 분간할 수가 없어요. 포탄에 갈기갈기 찢어져 산산조각이 났나 봐요! 죽일놈들……."

비참한 광경들이었다.

히여터는 회문산 빨치산 후방부로 빨치산들의 보급 기지였다.

야전 병원은 북한에서 김일성대학을 졸업한 의무과장을 비롯 몇 명의 의사와 수십 명의 간호병들, 그리고 환자를 옮기는 노력 동원반과 밥을 지원하는 보급반이 있었다. 보급 공장은 피복, 병기 제작과 건물을 수리하는 '건설대' 라는 목수들이 있었다. 피복 공장은 5~60대의 재봉틀이 양쪽으로 진열되어 연일 노랫소리와 함께 모자서부터 광목에 솜을 넣고 누빈 반코트와 유도복 모양의 바지를 만들었고, 한쪽에서는 구두까지 만들어 냈다. 구두는 광목 갑피에 타이어 조각을 창으로 댄 것이다. 눈이 내리면 타이어 조각 밑창이 미끄러워서 실용적이지 못했다. 그래서 대부분 빨치산들은 짚신을 구해 신었다.

병기는 주로 수류탄을 만들어 보급하였으며, 더러는 발사한 탄피를 주워 소총 탄알을 만들어 내기도 했다.

수류탄은 다이너마이트를 빈 깡통에 꽂고 가장자리를 깨진 쇳붙이로 채워, 점화선에 불을 붙여 던지면 굉장한 위력이 생겼다. 다이너마이트는 공사가 중단된 섬진강 댐 칠보수력발전소 공사 현장에 버려진 것을 주워 주로 사용했다.

발사된 탄피를 주워 소총탄을 만든다는 것은 어렵고 정교한 일이었지만, 보급이 폐쇄된 빨치산들에게는 절대적인 일이었다. 발사된 탄피는 약간 부풀어 있기 때문에 둘레를 깎아 내야 하고, 뇌관 재생은 더구나 어려운 일이었다. 주물공은 토벌대에서 버려진 탄피를 주워 그 속에 화약과 납을 넣어 만든 소총탄을, 국군 소총을 가진 빨치산 전투원에게 보급하기도 했다.

전쟁이 불러다 준 인간 사냥꾼들이었다.

"아이고오, 세상 사람들아! 어린 것들이 무슨 죄가 있다고……. 이럴 수가 있단 말인가~악! 이러~얼 쑤~우가아 있당가아~! 전생에 무신 죄를 졌다고~오! 이렇게! 어린아이들꺼정 죽인단 말인가! 아~가, 아 가악! 눈 좀 떠라, 으흐흑~흑."

무너진 야전 병원 모퉁이에 간호원 띠를 팔에 두른 여인이 울음을 그치려 하지 않고, 하늘을 원망하듯 몸부림치며 통곡하고 있었다. 무서운 분노의 불길이 복바치는 가슴속에서 이글이글 타오르고 있었다. 여인은 두 주먹으로 가슴팍을 치기도 하고, 땅을 퍽퍽 치다가는 땅바닥에 쓰러진 채 처절한 몸짓으로 뼈저리게 울부짖었다. 뼈속 깊은 곳으로부터 배어 나오는 피울음이었다. 울고 있는 여인 옆에는 또 한 여인이 누워 있는 두 아이를 붙잡고 절규하고 있었다.

대원들의 시체를 찾던 임실 유격대원들이 처절히 우는 여인을 바라보고 있을 때, 장명균 제2소대장은 무거운 발걸음을 괴로워하는 여인네 곁으로 옮기며 힘겹게 다가서고 있었다.

비운의 만남이었다.

몸부림치며 하늘을 원망하듯 울고 있는 여인은 마산으로 시집간, 장명균의 첫사랑이자 아직도 마음속에 한이 되어 담아 둔 여인 박애숙이었다.

소용돌이를 피해 고향 멀리 시집가서 세상일에 구애받지 않고 단란한 가정 꾸리고 잘살라는 아버지의 바람도 헛되이, 그녀는 회문산에서 죽어가는 아이를 안고 울부짖고 있었다. 아버지의 눈물어린 호소로 첫

사랑 장명균을 저버리고 떠난 박애숙이 회문산 깊은 골짜기에서 목놓
아 울고 있었다. 세상이 원망스러웠다.

장명균은 가슴이 무너져 내렸다.

박애숙은 마산에서 진격해 오는 국군을 피해 아이 둘을 데리고 홍서
영과 회문산까지 피난 온 것이다.

인민군들이 낙동강 아래만 점령하지 못하고 이남 전역을 점령했던
인공 시절, 박애숙 남편은 강제로 인민군 의용군에 징집되어 나갔다.

인민군에 징집되자마자 낙동강 서남부 전투에서 전사했다는 통지서
가 집으로 날아들었고, 앞이 캄캄한 박애숙은 두 아이를 데리고 살길을

찾아야 한다는 생각으로 인민군 경남도당을 찾아가 음식 보급반에 자원했다.

홍서영은 이웃집에서 친자매처럼 살았던 박애숙 소개로 음식 보급반에 함께 나갈 수가 있었고, 젊고 성격이 쾌활해서 인기가 많았다.

도당으로 출근하던 박애숙과 홍서영은 북진하는 국군을 피해 집으로 돌아갔지만, 국군들은 마을마다 찾아다니며 좌익 분자와 통비 분자를 색출하여 사살했다.

박애숙과 홍서영은 국군의 검열을 피하기 위해 마산에서 진주를 거쳐 구례로 피난을 갔다. 하지만 구례 친정 식구들도 국군의 등쌀에 피난을 떠난 지 이미 오래였다.

박애숙과 홍서영은 섬진강을 따라 남원을 거쳐 회문산으로 쫓겨 갔다. 회문산에 쫓겨 간 박애숙은 처음엔 갈담 희여터 야전 병원에서 홍서영과 함께 음식 보급대원으로 활동했다. 보급대원도 전투가 치열해지면 의무대로 차출되어 부상병 간호에 투여됐다. 의무대는 빨치산이 토벌대와 작전을 하게 되면 2~3개조로 나누어 시찰을 나간다.

박애숙과 홍서영은 갈담 회진리에서 아침부터 토벌대와 총격전을 하던 유격대 부상병들을 간호하기 위해, 두 아이를 희여터에 두고 시찰을 나갔다. 박애숙이 시찰을 마치고 돌아와 보니 희여터 야전 병원은 폭격으로 쑥대밭으로 변해 있었고, 두 아이는 폭탄 파편에 처참하게 죽어 있었다.

유격대원들이 발길을 재촉하는 동안 장명균은 박애숙의 두 아이를 양지바른 낮은 곳에 묻어 주고, 피신하는 야전 병원 대원들 틈으로 멀어져 가는 박애숙을 바라보며 발걸음을 돌려야만 했다.

히여터가 찬바람만 휑하니 부는 처참한 골짜기로 변해 있는 것을 보자 전쟁도 인생도 종착역을 달리고 있다는 것이 느껴져 왔다.

장명균은 소춘수 소대장과 대원들이 히여터 골짜기를 뒤로하고 제2 비상선인 망월봉으로 재촉한 길을 혼자서 뒤따라 올라갔다.

망월봉은 회문봉 밑에 있는 차봉으로 오백 리를 흐르는 섬진강 물살의 희로애락을 비춰 주는 달 봉우리다. 망월봉을 비치는 달이 너무나 아름다워 토끼가 떡방아 찧는 모습이 배어 나온다. 그래서 망월봉에는 옥토망월(玉兎望月)이라는 명당 자리가 있다고 한다.

임실 유격대원들은 온종일 토벌대에 밀려 사지를 헤매다 숨이 목 끝까지 차오르는 몸을 이끌고 해가 질 무렵, 회문산 북쪽 능선을 타고 망월봉으로 피신해 온 것이다.

피와 땀과 흙으로 뒤범벅이 되어 사람 몰골이 아니었다. 처절한 생지옥이었다. 화약 냄새와 피비린내가 회문산 천지를 덮고 있었다.

소대원들은 망월 마을로 내려가는 골짜기를 내려와 바위 사이에 낙엽이 쌓인 곳을 찾아 미끄러지듯 몸을 뉘었다.

백승우, 김상수, 최달호 동무가 보이지 않았다. 최흥식 동무는 어깻죽지에 총을 맞아 등판은 온통 핏물투성이다. 옆에 있던 민첩한 구본식 동무가 재빨리 탄피에서 화약가루를 뽑아 관통한 양쪽 구멍에 바르고 부싯돌을 붙여 소독의 일환으로 살을 지졌다.

"지지지……."

"으흐……."

화약 타는 냄새와 살 타는 냄새가 역겹게 퍼졌다.

구본식 동무는 본인이 입고 있는 겉옷을 찢어 최홍식 동무 팔을 동여 매 주고, 경계 근무를 하기 위해 초소를 향해 등을 돌렸다.

"소대장 동무! 1분대장 이민희 동무가 의식이 없습니다. 머리에선 피 가 흐릅니다."

바위 뒤에서 소년 연락병 황기삼 동무가 다급하게 불렀다. 소춘수가 다가가 머리를 일으키자 총알이 머리 뒤를 헤집어 뒤통수가 모두 사라 진 상태였다. 어떻게 여기까지 왔는지 알 수 없는 일이었다. 피가 펌핑 하듯 머리에서 자꾸만 뿜어져 나왔다.

"분대장 동무! 이민희 동무!"

소대원들이 목청껏 부르자, 이민희는 백승우 성님……, 백승우 성 님……, 힘겹게 부르다 끝내 두 눈을 감아 버렸다.

이민희 분대장이 눈을 감으면서 백승우 대원을 부르는 것은 망월봉 비상선에서 보이지 않는 백승우의 죽음을 목격한 것이 틀림없었다.

오수 서북청년단 정 부장의 만행을 보다 못해 입산한 백승우는 평생 을 이민희 인품에 반해 헌신적으로 살아온 사람이었다.

입산 일년 반 동안 2분대장 이민희와 생사고락을 함께해 온 조원이자 인생의 동반자였다. 집안 형님처럼 전투 때마다 서로를 의지하며 살아 온 백승우의 죽음은 이민희에게 엄청난 충격이었다. 그 충격이 이민희를 망월리 초소까지 오게 한 것이다. 이민희 분대장은 오수 대정리 사람으로, 소춘수 소대장과 함께 좋은 세상 만들자고 1948년 2월 26일에 사건을 일으켜 입산한 동갑내기 친구이자 생의 반려자나 다름없었다.

소춘수는 황기삼과 함께 이민희를 등에 업고 망월봉 양지바른 곳으로 옮겨 시체가 묻힐 만한 터를 손가락으로 파고 묻었다. 살아 있는 동안 부잣집 아들이었다는 굴레에 비해 너무나 초라한 무덤이었다.

소작인과 머슴들에게 토지를 무상 분배해 주자고 주장을 해 왔고, 이를 실천에 옮겼던 큰사람이 망월봉 달빛 아래 쓸쓸히 잠들고 만 것이다.

50여 명 남은 대원 중 망월리 골짜기에 도착한 대원은 오늘 전사한 동무들과 망월봉에 묻힌 이민희 동무를 포함해 45명이었다. 백이십여 명이 넘었던 임실 유격대는 계속되는 군경 토벌대 공격에 반절 이하로 줄어들고 말았다.

며칠 전 벼락바위 전투에서 많은 대원들이 전사하였고, 노삼택은 생포되어 붙잡혀 갔다.

소춘수와 장명균 양 소대장은 죽은 이민희 동무 자리에 한수동을 지명하고, 1·3분대를 통합하여 한수동을 통합 분대장으로 임명하였다. 그리고 엄한섭 동무가 없는 2분대는 4분대장 전기선을 통합 분대장으로 임명하고, 도당사령부에 보고하여 체계적인 조직으로 정비했다.

임실 유격대는 갈수록 줄어들어 입산할 때 백여 명이었던 임실 야산대 때보다 현저하게 줄었다.

부서진 초소에서 경계 근무에 들어간 구본식 동무는 먼 산을 바라보며 눈물을 훔치고 있었다. 구본식 동무는 성수 봉강리 출신으로 행동이 민첩하고 성실한 20대 중반 청년이다. 오늘 망월리 초소에 도착하지 못한 김상수 · 최달호 동무, 어깻죽지에 총을 맞은 최흥식 동무와 함께 같은 고향에서 자라온 사람들이다. 고향에서 같이 입산한 동무들이 다치고 죽어가자 마음이 저려 와 눈물을 훔치고 있었던 것이다. 오늘 저승으로 간 동무도 현재 이승인 망월 능선에 있는 사람도 밥 구경 못하고 하루가 지나갔다. 식사 당번이 망월 초소 밑에 있는 계곡으로 밥을 준비하러 가는 동안, 소춘수는 바위에 기댄 몸을 일으켰으나 옆구리가 쑤셔 움직일 수가 없었다. 총탄이 옆구리를 스치고 지나간 탓이었다. 옆구리는 피조개마냥 벌어져 있었다.

"대장 동무! 옆구리를 꿰매지 않으면 안 될 것 같은디요."

옷자락을 찢어 옆구리를 동여매자 소년 연락병 황기삼이 눈물을 글썽이며 다가와 거들었다. 옆구리를 천으로 동여매니 통증이 한결 부드러웠다. 간호를 하던 황기삼은 지친 몸을 가누지 못하고 옆구리 상처 위에 손을 얹고 어느덧 잠이 들어 버렸다.

회문산을 굽이 도는 섬진강

소춘수 소대장은 연락병 황기삼이 덮어 준 담요 조각을 잠이 든 황기삼에게 덮어 주고, 피가 흥건한 윗도리로 찬기를 막으며 밤하늘에 박힌 별과 달을 바라보았다. 구름처럼 흐르는 은하수와 눈 덮인 회문산 장군 봉을 고개 들어 바라보니 차가운 밤공기가 코끝을 스쳤다. 장군봉은 거 대한 바위덩어리가 장군의 모자처럼 하고 있어 투구봉이라고 불렀다. 투구 쓴 장군이 지키는 회문봉 고성(古城)은 피난민들에게 영원한 안식 처요, 한민족 역사 속에 민초들의 반란지였다.

회문산 망월봉에 뜨는 달은 굽이굽이 흐르는 섬진강을 밤 길잡이하 듯 비추며 물결을 따라간다. 달빛에 젖어 출렁이는 섬진강 물결은 금은 빛 비단이다.

마을 아래 강진과 이어지는 만월교는 달빛 가득 찬 섬진강 다리로 망월봉과 인과관계가 있어 붙여진 이름이다.

소춘수가 유년 시절 물장구치며 뛰놀던 집 앞 냇가가 섬진강이다.

"소대장 동무, 섬진강 물결이 참으로 아름답죠?"

경비 교대를 하고 돌아온 구본식 동무가 말을 건네 왔다.

섬진강은 봄, 여름, 가을, 겨울 사시사철이 다르고 밤과 낮 그리고 달빛의 크기와 밝기에 따라 시시때때로 달라 상서로움이 서려 있다.

"섬진강은 어머니지……, 우리들의 인생사도 전쟁도 세월도 눈 하나 꿈쩍하지 않고 도도하게 보듬고 가는 민족의 탯줄이지! 또한 전라도 땅에서 흐르는 모든 개울까지도 안고 가는 도량 넓은 강이구 말이야."

소춘수는 무겁게 대답했다.

"대장 동무! 섬진강처럼 도량 넓은 지도자는 없을까요? 남이나 북이나 폭력이 난무하는 세상이 두렵고 미래가 걱정되어 말입니다……. 섬진강은 어디까지 흐른데요?"

"섬진강은 임실에서 시작하여 경남 하동을 거쳐 남해 바다로 흘러들어가는 민족의 강이지!"

"………"

"섬진강변에는 꽃도 많이 피지요?"

차가운 밤기운에 눈을 떴는지, 황기삼 동무는 소춘수와 구본식 동무 대화에 살며시 끼어들었다.

"기삼이 일어났구나! 그려……, 섬진강은 사계절 내내 꽃을 피우지."

소춘수가 바람결에 이는 물결을 바라보는데 옆에 있던 구본식 동무가 황기삼 연락병에게 나이를 물었다.

"올해 몇 살이지?"

"16살입니다"

"고향에는 누가 사누."

"작년 4월, 할머니가 돌아가시고 집엔 아무도 없습니다."

"어머니는……?"

"갈담에 계신다고 해서 왔는데, 행방불명되었습니다."

서울에서 중학교를 다닌 황기삼은 지난해 6월, 어머니를 찾아 갈담에 왔지만 만날 수 없었다. 어머니의 행방을 아는 사람은 아무도 없었다. 단지 소문에는 경찰이 조사할 것이 있다며 어머니를 5월 초순에 데려갔다는 말뿐이었다. 어머니는 보름이 지나도 돌아오지 않았고, 어머니가 운영했다던 선술집은 이미 다른 사람 손에 넘어가 있었다.

기삼이 어머니는 3년 전 갈담으로 내려와 '경성댁'이라는 술집을 운영했다. 갈담은 다시 시작한 섬진강 댐 공사로 주막집과 요릿집이 농창한 불빛으로 즐비했다. 황기삼 어머니도 돈을 벌기 위해 공사장 인부들을 대상으로 술과 밥을 팔았다. 도회지 요릿집에서 부엌일을 경험했던 기삼이 어머니 경성댁 집 주막은 인부들로 항상 만원을 이뤘다. 일제 시대 때부터 요릿집 부엌에서 생활했던 기삼이 어머니 경성댁은 삼십 후반 요정을 돌며 아코디언을 연주하는 풍각쟁이와 눈이 맞아 기삼이를 낳았다. 늦게야 자식을 얻은 기삼이 아버지는 남산 모퉁이에 판잣집을 짓고, 단칸방에서 마시던 술도 자제하며 경성댁과 행복한 나날을 보냈다. 하지만 오랜 세월 동안 앓아 온 폐병이 심해지자 기삼이 아버지는 낙담하며 다시 술을 먹게 되었다. 술만 마시면 행패가 심해지는 기삼이 아버지를 피해 경성댁은 전국 공사판 근처에서 요릿집을 하며 기삼이와 식구들을 보살폈다. 기삼이가 7살 되던 해 아버지는 폐병으로 사망했다. 하지만 경성댁은 공사장 요릿집을 그만둘 수가 없어 이웃집 할머니에게 기삼이를 맡기고 전국 공사판을 돌았다.

기삼이 중학교 2학년 때인 지난해 5월 나이 많으신 할머니가 돌아가시자, 기삼이는 할머니의 장례를 치르고 어머니를 찾으러 갈담에 왔지만 어머니를 찾지 못했다. 기삼이 어머니는 빨치산과 내통하기 위해 갈담에 온 통비 분자로 몰려 군경에 의해 처형당했던 것이다.

"끌려갔는데 소식이 없대요! 집단 처단됐다는 소문도 들리고요."

기삼이는 어머니의 조그만 흔적이라도 찾으려고 수소문을 해 보았지만 찾을 수가 없었다.

기삼이는 서울 집으로 다시 돌아왔을 때 6·25 전쟁이 터져 갈 곳 없게 되자, 피난민들과 휩쓸려 어머니가 와 계실지도 모른다는 기대감 때문에 갈담으로 다시 오게 된 것이다.

국군의 여름 후퇴 때, 행여 어머니를 만날 수 있을지 모른다는 설렘으로 운영했다던 술집을 찾아갔으나 주인마저 간 곳 없이 텅 비어 있었다.

갈담에서 오도가도 못하고 헤매고 있을 때, 국군이 또다시 진격해 오자 망월 마을 앞에서 유격대를 따라 회문산으로 들어오게 되었다.

'갈담 근처에 있으면 엄마를 만날 수 있을 것 같아서 들어왔다' 는 기삼의 입산 이력이 지금도 소춘수의 기억 속엔 슬픈 여운으로 남아 있었다.

구본식과 황기삼의 대화에 소춘수는 먼 산만 바라보았다.

저 순박하고 어린 기삼이만큼은 살려 보내야 했다.

백련산 능선 사이로 비추는 달빛 속 나무들은 마치 상여를 끌고 가는 말갈기처럼 보이기도 했다. 왼쪽엔 강진 필봉산과 그 너머 운암 나래산, 오봉산 능선과 신덕 치마산, 경각산 봉우리가 보이고, 오른쪽은 물우리 약담봉과 오른손 끝자락 방향으로 삼계 원통산과 저 멀리 떨어진 용골산이 보인다. 백련산 너머 청웅 모래재 옆에 임실 두만리산과 봉황산을 지나 신평 덕암산, 오른쪽으로 가면 노령산맥 줄기인 성수산과 관촌 고덕산이 자리하고 있다. 성수산은 덕유산과 회문산을 이어주는 거점 산으로 구본식이 2·26 사건으로 쫓겨 동료들과 처음 입산한 산이다. 고덕산은 성수산과 임실 북부 지역인 관촌을 이어주는 산으로 두 가지 모습을 가진 산이다. 성수 쪽에서 바라보는 봉우리를 연화봉이라 하듯이 연꽃처럼 온화하고 덕성스럽다 하여 고덕산이라 한다. 그러나 북쪽인 관촌에서 바라보는 모습은 지형이 가파르고 험한 산세를 하고 있어, 외부의 침입을 막는 데 용이해 고악산이라고 부른다.

임실은 크고 작은 산이 왕관처럼 어우러져 있어, 능선을 타고 한 바퀴 돌면 제자리로 올 수 있도록 이어져 있다.

소춘수는 고향 산천을 바라보며 다시는 이러한 비극이 되풀이되지 않기를 기원하며 모래재 너머 고향집을 그려 본다.

유격대원들은 하나같이 달빛을 보며 고향 생각에 잠 못 이루고 부상자들은 신음 소리에 뒤척이고 있었다.

장명균도 어제 보았던 박애숙의 울부짖는 모습이 눈앞에 어른거려 잠을 이룰 수가 없었다. 두 아이를 가슴에 안고 목놓아 울던 박애숙의 울음소리가 회문산천을 떠돌고 있는 것처럼 환청으로 들렸다.

여명이 구름 사이로 비쳐 왔다.

몸이 쑤셔 잠을 잘 수 없던 소춘수는 뜬눈으로 밤을 새웠다. 찬 서리가 내린 섬진강이 여명 사이로 물안개를 피워 올렸다. 해가 뜨자 눈물 같은 아침 이슬이 섬진강 품속으로 뛰어들었다.

'누구의 눈물일까!'

'황기삼 어머니의 눈물일까?'

'몸부림치는 박애숙의 눈물일까?'

'처자식과 함께 살아남기 위해 발버둥치다 좌로 밀리고 우로 밀려 공산주의자에게 맞아 죽고 군경 토벌대에게 학살당한 양민들의 억울한 눈물일까?

좌익 동조자들이나 대부분의 빨치산들은 공산당이 무엇인지 정확한 지식도 사상도 갖고 있지 않았다. 미군정은 친일 세력에 의한 치안 정책과 토착 지주 및 우익 보수 세력 우호 정책을 체계화하고 있었다.

미군정 정책에 불만을 품은 많은 양민들은 우익 청년 단체의 초법적인 횡포에 대한 본능적 행동의 분노가 좌익 동정자로 만들고 있었다. 이렇게 시작한 좌익 동정자들에 대한 탄압은 조직화되었고, 이들은 다시 좌익 동조자로 굳어 버리는 경우가 대부분이었다. 몽둥이 찜질은 다반사였고, 때리는 쪽이 '애국자' 여서 어디에 호소할 곳도 없다.

한 대 맞고 나온 젊은이는 좌로 기울었고, 두 번 당한 청년은 진짜 '빨갱이' 가 되어가고 있었다.

청년단의 만행은 몸서리쳐지도록 극악무도한 행동들이었다. 아무 집이나 들어가 개나 돼지처럼 몽둥이로 패고, 과하다 하면 잡아 죽이고, 항의하면 장독대뿐만 아니라 그 집 안에 불 지르는 일은 다반사였다. 어떤 청년단은 호주머니에 있는 성냥을 자랑이라도 하듯 그냥 그어서 낮은 초가지붕에 던져 버려 가옥을 태우기도 했다. 친일 경찰과 지주 세력 우익 청년단 횡포를 거부하고 사회주의자들과 주장이 비슷하다 보니, 공산주의 세력과 본의 아니게 손을 잡게 된 것이 본래의 의도와 다른 방향으로 자신들의 삶이 운명처럼 가고 있었다.

강대국들의 꼭두각시가 되어 버린 민족지도자들, 그로 인해 이념의 대립이 생겨났고 한민족이면서 서로 총칼을 겨누는 분단의 역사를 탄생시키고 말았다.

불행한 역사 속에서 억울하게 쓰러져 간 무고한 섬진강 주변의 양민들은 이념도 사상도 관계없는 순수한 들풀이었다. 예쁜 야생화로 섬진강과 삶을 함께해야 하는데 죽음의 동기도 어색하고, 죽음터마저 물설고 낯설은 곳에서 그들은 죽음을 맞이하고 있었다.

들꽃처럼 아름답게 살아가야 할 섬진강 사람들의 죽음…….

오늘은 남쪽 미륵정과 동쪽 물우리 앞 두무동에서 총소리와 박격포탄 폭음이 산천을 깨뜨렸다. 유격대원들은 망월봉을 넘어 회문봉 골짜기에 모이기로 했다. 회문봉 정상에 이르자, 부상병들이 그물에 쫓기는 물고기떼처럼 정상으로 밀려왔다. 무겁게 찌푸렸던 하늘에서 빗방울마저 떨어지기 시작했다. 아직도 봄은 일러 살을 뚫는 듯한 느낌의 차가운 빗방울이다. 빗속에서도 군경 토벌대들은 깃대봉을 지나 천마봉을 거쳐 회문봉 쪽으로 진격해 왔다.

회문봉 앞에 펼쳐진 정경은 눈을 가리고 싶어질 만큼 처참했다. 수백 명의 빨치산과 국군 부대는 총탄과 수류탄을 서로에게 퍼부었다. 빨치산 발밑은 수많은 부상자들이 피를 쏟으며 신음하고 있었다. 회문봉은 전투기와 대치하기는 역부족이다.

피난민들은 골짜기를 타고 흩어지고, 빨치산 전투원들은 투구봉 쪽으로 전투기를 유인하면서 응사하고 있었다. 회문산 골짜기에 쌓여 있는 눈 위에 비까지 내려 산속 곳곳은 미끄럽기가 그지없었다.

후퇴해 오는 피난민들은 늘어나 어떤 무리는 대숲말로 넘어가기도 하고, 다른 무리들은 망월리 골짜기로 빠지기도 하고, 또 다른 패는 이개 골짜기를 넘어 황계 뜸 쪽으로 도망가기도 했다. 비는 멎었다가 한 줄기씩 퍼붓곤 했다.

유격대원들은 비를 맞으며 이개 골짜기로 쫓겨 갔다. 앞서간 신점쇠가 누군가를 끌어안고 울부짖고 있었다. 총에 맞은 사람은 지사 출신 김홍기였다.

"홍기 성님, 제발 죽지 말고 눈 좀 뜨시오."

신점쇠는 황계 뜸이 떠내려가도록 소리치며 울부짖고 있었다. 김홍기는 2·26 사건 당시 지사면 책임자로 가두시위를 준비하다 오수 지역 상황이 악화된 것을 신점쇠를 통해 전해 듣고, 달밤에 신점쇠와 이민희가 내려간 오수천을 따라 원통산으로 입산한 유격대원이다.

김홍기의 진분홍빛 선혈이 내리는 빗방울에 연하게 번져 갔다.

제1비상선 이개 골짜기는 김홍기 동무만 빼고 비를 모두 흠뻑 맞으며 모여 있었다. 내일도 이 중에 누군가는 처절한 회문산 골짜기에서 비참하게 죽어갈 것이다. 25명으로 줄어든 소대원들은 이개골 움막을 중심으로 돌을 주워 바위 틈과 틈 사이를 엮어 3개 아지트로 만들고, 그 속에서 바람막이를 하며 하룻밤을 보내기로 했다. 어두워지면서 빗줄기는 굵어졌다. 비가 오는 저녁이면 으레 새벽에는 눈으로 변해 내린다. 회문산에 눈이 오면 사람 키 높이까지 온다. 바람까지 불면 골짜기에 얼굴을 내밀지 못한다. 새벽녘이 되면 얼어 버린 옷은 양철때기가 되고 신발은 철판이 된다. 시리도록 차가운 빗방울에 소대원들은 서로를 껴안고 체온을 유지하며 억지 잠을 이룬다. 새벽녘이 되자, 예상했던 대로 비는 손톱만 한 함박눈으로 변해 내리기 시작했다. 새벽녘이 되어서야 소대원들은 잠이 들었다. 깊은 눈 속에 파묻혀 토벌대가 옆을 지나간다 해도 알아볼 수 없을 만큼 눈은 방호벽이고 참호였다. 내린

눈 때문에 토벌대 보병은 산에 올라올 엄두도 내지 못하고 강진 배소고
지에 주둔하고 있는 포병만 간헐적으로 박격포를 쏘아대고, 공중에서
는 정찰대 2대만 하늘을 뱅뱅 돌고 있을 뿐이다.

눈 때문에 오랜만에 실컷 잠을 잔 빨치산들은 해가 중천에 있을 때
눈으로 된 천막을 걷고 밖으로 나왔다. 눈으로 된 자연 천막과 벽은 햇
빛에 의해 이미 굳어져 있었다. 신발이래야 통고무신이 서너 명이고,
나머지는 모두 해어진 짚신이거나 아니면 맨발이었다. 눈 속에 발이 시
린 것은 둘째치고 발바닥이 아프고, 짚신에서 삐져나온 지푸라기가 얼
음송곳이 되어 발가락을 헤집고 들어가 걸음을 제대로 걸을 수가 없다.
고무신도 산에는 날카로운 나무 꼬챙이나 가시넝쿨, 바위 뿌리에 닿아
찢어지기가 일쑤였다. 고무신이나 짚신 역시 눈에 미끄럽기는 마찬가
지며 뛰든가 비탈길을 걸을 때는 벗어지기 쉽기 때문에, 새끼줄로 얼기
설기 동여매고 다녀야 했다. 겨울 내내 꽁꽁 언 발을 새끼줄이 조여들
면 통증은 이루 말할 수가 없다. 이러한 고통 때문에 대부분이 맨발 차
림으로 다니고, 맨발은 추위에 동상이 걸려 있어 푸르댕댕하게 부어 철
판처럼 땅에서 잘 떨어지지 않았다.

"소대장님! 큰일났어요."

제1분대 정영석 동무가 황급히 불렀다. 제1분대 최홍식 분대장 동무
가 며칠 전 총상으로 인한 상처가 덧이 나 출혈이 심해지고, 비 맞은 몸
은 추위에 굳어져 앉은 채로 동사한 것이다. 죽은 최홍식 동무의 발은
천 조각 하나 없는 맨발이었다. 눈 덮인 산에서 무덤을 만들 만한 땅조

차 찾을 수가 없어 최흥식 동무를 눈 속에 그냥 매장키로 했다. 눈 속에 최 동무를 앉히고 그 위에 눈을 쌓고 또 쌓아 왕릉만큼 큰 봉우리 무덤을 만들었다. 시간이 흘러 눈이 녹으면 시신이 바깥으로 내보이겠지만, 이 순간만큼은 최고 큰 봉분과 아름다운 무덤으로 만들어 주었다.

눈 덮인 겨울산은 처참한 현실과 비교해 볼 때 속절없이 아름다웠다.

회문산은 호남 제일의 항일 의병 운동의 거점지였다. 구한말 국운이 기울고 일제가 을사늑약을 강제 체결시켜 침략의 마수가 뻗치던 무렵 회문산 인근 임실 방면은 임병찬 의병장, 정읍 방면은 최익현 의병장, 순창 방면은 양윤숙 의병장이 왜적과 싸웠던 곳이다.

회문산 정상에서 동쪽 산줄기를 보면 깃대봉과 천마봉이 있고, 서쪽 산줄기는 삼연봉을 지나 투구봉이 있다. 남쪽 산줄기는 돌곶봉과 시루봉이 있고, 북쪽 산줄기는 망월봉과 써래봉이 있다.

빨치산들은 깃대봉을 제1고지라 하고 투구봉을 마지막 제9고지라고 했다.

낮 동안은 동면하는 동물처럼 눈 속에서 파묻혀 있다가 밤이 되면 조별로 이동을 했다. 이개 골짜기를 올라와 달빛 찬란한 눈 덮인 능선을 타고 올라가자, 달빛 아래 하얀 명마가 갈기를 세우고 적진을 향해 달리는 것을 연상케 했다. 소춘수 소대는 새벽녘에야 비상선인 '삼연봉'에 도착했다.

토벌대로부터 안전한 삼연봉 산기슭에 도착한 소춘수 소대원들은 눈 속에 동굴을 파고 그 안에서 장기간 지하 투쟁에 들어갔다.

솜씨 좋은 전기선 분대장과 대원들은 바위벽 앞에 쌓여 있는 거대한 눈덩어리를 티가 나지 않게 출입구를 만들고, 그 안으로 들어가 20평 남짓 되는 동굴을 만들었다.

달빛이 밝고 천지가 눈으로 덮여 있어 밤늦도록 눈 동굴을 만드는 데 아무런 지장이 없었다. 오히려 눈 동굴 만드는 작업은 그동안 대원들에게 쌓인 긴장을 풀어 주는 눈놀이 행사처럼 즐거웠다. 새벽녘에 눈 동굴 작업을 끝낸 유격대원들은 새집으로 이사 온 아이들마냥 벽을 만지며 즐거워했다. 눈 동굴은 빨치산 유격대원들의 즐거운 휴식처고 행복한 안식처였다.

"소대장님! 분대별 노래 자랑허면 어떨까요? 지는 분대가 오늘 식사 당번허는 노래 시합헙시다."

"그라요, 소대장님! 노래 자랑혀서 식사 당번허기로 혀요."

"올쏘! 찬성헙니다, 재청헙니다, 히히~."

"좋아요, 그러면 한수동 분대와 전기선 분대로 나누어 허도록 헙시다. 먼저 한수동 분대는 누가 나옵니까?"

"우리 분대는 정주만 동무를 소개허겠습니다."

"와! 와, 짝짝짝."

"노래하자 꽃 서울 춤추는 꽃 서울 아카시아 숲 속으로 꽃마차는 달려간다. 하늘은 오렌지색 꾸냥의 귀걸이는 한들 한들~"

"다음은 전기선 분대 차복만을 소개허겠습니다."

"와! 와, 짝짝짝."

"돌아오네 돌아오네 고국 산천 찾아서~ 얼마나 그렸던가 무궁화꽃을 얼마나 외쳤던가 태극 깃발을, 갈매기야 웃어라 파도야 춤춰라~"

"앙콜, 앙콜! 앙콜!!"

"다음은 한수동 분대의 명카수 오은섭 동무를 소개합니다."

"어머님의 손을 놓고 떠나올 때에 부엉새도 울었다오 나도 울었소. 가랑잎이 휘날리는 산마루 턱을 넘어오던 그날 밤이 그리웁고나~"

소대원들은 오은섭 동무의 '비 내리는 고모령' 노래를 듣다 넋 나간 사람들처럼 하나 둘씩 자리를 잡고 누워 버렸다.

연락병 황기삼 소년병이 한쪽 구석에서 흐느끼고 있었기 때문이다.

소춘수는 벽에 기대어 울고 있는 황기삼 곁으로 다가가 어깨를 감싸며 얼굴을 어루만져 주었다. 이팔청춘, 피지도 않은 꽃봉오리가 이 깊은 산속에서 쓰러진다는 것은 너무도 잔혹하고 서글픈 일이다. 회문산에 참혹한 현실을 만천하에 알리고 싶고 끝없이 변형되어 가는 인간들의 군상을 고발하고 싶다. 그리고 이곳에서 살기 위해 몸부림치다, 신의 부름이 아닌 인간의 야누스적인 권력에 맥없이 휘몰려 무고하게 죽어간 영혼들의 넋을 온 세상에 알리고 싶다.

'어머니를 찾을 때까지 저는 갈담을 떠날 수가 없어요.'

'엄마가 살아 있을지도 모르잖아요……'

순박한 황기삼 소년의 흐느끼는 소리가 귓전에 다가왔다.

토벌대에 쫓겨 등에 업고 왔던 아이마저 버리고 도망칠 수밖에 없는 피난민들! 그로 인해 버려진 어린아이들……. 어른 아이 가리지 않고 처참하게 죽고 죽이는 인간들의 전쟁……. 인민을 해방시킨다고 시작한 전쟁, 조국의 민족을 수호한다며 열을 올렸던 전쟁.

인민은 어느 쪽에 존재하는 누구이며, 조국은 누구를 위한 조국인가? 섬진강의 민초들은 이 순간에도 좌로 밀리고 우로 휩쓸려 한 발짝을 뗄 때마다 처참히 죽어가는데.

연인

토벌대 폭격기는 며칠 동안 눈 덮인 회문산을 맴돌기만 할 뿐이다. 빨치산들이 눈 속 동굴에 숨어 있다고 무작정 산으로 진격할 수는 없는 일이다. 회문산의 눈은 자연이 준 은폐물이다. 이곳에서 숨어 영원히 지낼 수만 있다면 얼마나 좋을까? 시간이 지나면서 눈도 사라지고 빨치산들은 바닥난 식량을 확보하기 위해 동굴을 나와야 했다.

눈이 녹아내리자 빨치산들의 노출은 자연스러울 수밖에 없다. 국군은 좋은 기회를 놓치지 않기 위해 무스탕 폭격기에 장착된 폭탄을 아침부터 쉴새없이 투하했다.

황계 뜸 방면에서 밀고 올라온 토벌군이 사정 내까지 진격해 오자 삼연봉에서 교전이 시작됐다. 토벌대는 빨치산이 산을 내려와 식량을 구할 틈을 주지 않기 위해 아침부터 공격을 시도하고 있었다.

임실 유격대원들은 황계 뜸에서 올라오는 토벌대에 밀리면서, 날아드는 폭탄을 피해 삼연봉에서 장군봉으로 향했다. 소춘수는 앞서가는 장명균에게 소리를 쳤다.

"성님, 능선에 올라가는 대로 엄호 사격허시오!"

"따발총 소대! 능선으로 올라가 엄호 사격허시오!"

장명균과 박애숙·홍서영은 능선으로 올라가자, 토벌대를 향해 따발총을 갈겨댔다. 박애숙은 두 아이가 죽고 난 후, 전북도당을 찾아가 빨치산 전투대원이 되기를 자청했다. 남편도 국군 손에 죽고, 아이들도 국군이 쏜 박격포탄에 죽어 자신도 식구들의 뒤를 따르기 위해 빨치산 전투대원이 되고 싶다는 강한 투쟁 의식으로 '노령학원' 입교 허락을 얻어냈다.

"언니, 어떻게 전투대원을 하려고 혀요!"

"아무리 무서워도 지금보다 더하겠니? 나는 이곳 회문산에서 우리 아이들과 함께 뼈를 묻을란다. 서영아! 너에게 무슨 말을 할 수 있겠냐. 너는 야전 병원에 있다 산을 내려갈 수 있는 방도를 찾을 수 있도록 혀라."

"언니, 그게 무슨 말이요? 저도 언니 없이는 여기서 한 발자국도 띠지 않을래요!"

전북도당은 박애숙과 홍서영을 정치 군사 훈련소 '노령학원'에서 10일간 교육을 이수하게 하고, 그들은 소련제 따발총을 지급받아 빨치산이 되어 임실 유격대에 배속되었다. 소춘수가 임실 유격대에 몸이 약한 장명균과 박애숙·홍서영을 전투원 엄호 소대로 편성하자, 대원들은 이들을 따발총 소대라고 불렀다.

소춘수가 능선을 올라타는 순간 옆에 있던 윤기섭이 '악' 소리를 지르며 아래로 나뒹굴었다. 소춘수는 능선 올라가는 것을 포기하고 쓰러져 있는 윤기섭 몸을 일으켜 세웠다.

"윤 동무! 내 손 잡고 능선으로 얼릉 올라가자."

"대장님, 혼자 가십시오. 같이 가려다가 모두 죽습니다. 몰려오는 토벌대는 제가 막을 테니 어서 빨리 대원들과 장군봉으로 올라가시오."

"기섭아, 포기하지 말고 힘을 내자. 너를 두고 어떻게 갈 수 있단 말이냐!"

"아닙니다, 성님! 저는 여기서 자랑스럽게 죽을랍니다. 회문산은 어릴 적부터 부모님 품처럼 뛰놀며 자라온 곳이라 이 자리에서 죽는다 혀도 후회는 없습니다."

윤기섭은 소춘수를 밀쳐내며 거북이처럼 납작 기어 올라오는 토벌대를 향해 사격을 가했다.

윤기섭 고향은 덕치면이다. 2·26 농지 개혁과 남한 단독 정부 수립 반대 시절 덕치 책임자로 활동하다 임실 유격대가 되어 회문산에 입산한 사람이다. 죽음을 각오한 윤기섭의 방어로 임실 유격대원들은 능선을 타고 다행스럽게 장군봉으로 올라갈 수 있었지만, 사면초가에 몰리고 말았다. 황계 뜸에서 올라오는 토벌대와 대숲말에서 올라오는 토벌대와 회문봉을 넘어 올라오는 토벌대, 그리고 히여터 쪽에서 올라오는 토벌대, 또한 공중에서 폭탄을 퍼붓고 쏘아대는 기관단총에 밀려 빨치산과 임실 유격대원들은 장군봉 투구바위로 밀려나게 됐다. 물러설 곳이 없어진 투구바위 방어군들은 개미떼처럼 물밀듯 기어 들어오는 토벌군들에게 수류탄과 소총으로 방어를 하며 항전을 했다. 장군봉이 점령되면 회문산 모든 방어 기지는 빼앗겨 버린다.

기관단총과 폭탄을 수없이 투하한 무스탕기는 투구바위 주변을 맴돌며 관례 행사처럼 휘발유를 곳곳에 흥건하게 뿌리고, 야광탄을 쏘아 불바다를 만들고 돌아갔다. 오늘도 그들의 폭탄과 불바다 속에서 수많은 빨치산들과 양민들이 죽어갔다.

소춘수와 대원들은 전사한 대원들의 시신을 정리하고 물넘어재로 급하게 피신하였다. 물넘어재 기슭에 도착한 소춘수와 대원들은 산죽을 베어 초막을 엮었다. 찌푸렸던 하늘에서 비가 떨어지기 시작했다. 하늘에서 떨어지는 비는 산죽으로 만든 초막 위로 후두둑 소리를 내며 빗물이 안으로 스며들어 갔다. 땅 위에 여덟팔자 형으로 엮어 만든 초막은 서까래가 없기 때문에 아랫도리는 휑하니 뚫려, 그 사이로 흙탕물이 넘쳐 들어가고 있었다. 바닥은 흙탕물에 젖어 불을 피울 수조차 없고, 초막마다 유격대원들은 새우처럼 웅크리고 앉아 밤을 보내야만 했다.

따발총 소대장 장명균과 박애숙도 비가 새는 초막에서 찾아드는 적막한 어둠만을 안고 웅크리고 있었다. 시간이 얼마나 흘렀을까, 둘은 미세하게 움직이는 소리까지 촉각을 세울 뿐 말을 잃고 있었다.

　무슨 말을 해야 하는가…….

　한때 사랑했다는 말도 부질없는 일, 지금도 한때 사랑했었던 감정을 가슴에서 도려낼 수 없어 그리워했던 사람이다. 지금은 죽음이라는 긴박한 순간의 초읽기 앞에서……. 이것은 감정의 사치일 수 있으나, 진심으로 박애숙을 안고 싶다.

　산죽 잎 끝으로 떨어지는 빗방울이 박애숙 이마를 타고 눈가로 흘러내리더니 이내 눈물로 변해 땅바닥으로 흘러내리고 있었다.

　초막에 떨어지는 빗방울이 굵어질수록 장명균과 박애숙 가슴은 잡을 수 없는 서러움 같은 것으로 채워지고 있었다.

"………."

산죽 초막에서 유격대원들은 흥건히 고여 있는 흙탕물을 밟고 날 밝기를 기다렸지만, 동이 트기가 무섭게 들려오는 것은 차가운 공기를 꿰뚫는 군경 토벌대 박격포 소리였다. 오늘도 어제처럼, 또 얼마만 한 생명들을 이 골짜기는 원하고 있을까? 임실 유격대원들은 배소고지 아래 용소리에서 쏘아대는 박격포를 피하여 제1비상선인 천마봉으로 가기 위해 회문봉 능선으로 올라갔다.

회문봉으로 올라가자, 만일사 쪽 돌곳봉에서 토벌대들이 성난 개떼처럼 시루봉으로 진격해 오고 있었다. 비는 끊이지 않고 내렸다.

점심때가 지나자 시루봉에 진격했던 토벌대들은 억수같은 비 때문에 만일사 쪽으로 철수하고, 하늘에 떠 있는 폭격기도 빨치산들의 반격을 의식하고 뒤로 물러났다. 임실 유격대는 대숲말 도당사령부로 가기 위해 시루봉을 넘어 내려갔다.

길고 긴 하루가 지나고 어둠이 깔리기 시작하자, 비로 가려진 회문산 밤하늘은 별 없는 칙칙한 밤이 되었다. 그믐이 다가오는지, 회문산 밤은 앞뒤 구별할 수 없을 만큼 캄캄했다. 또한 어제부터 내린 비로 골짜기는 황토물 세례로 파헤쳐진 채 매섭게 흘러가고 있어, 산을 내려가는데도 두렵고 무서웠다.

토벌대에 쫓겨 며칠 만에 도당사령부에 도착한 임실 유격대가 처절하게 부서져 흔적조차 찾을 수 없는 사령부 막사를 보고 절망하고 있을 때, 사령부 간부회의에 갔던 소춘수 소대장이 침통한 표정으로 돌아왔

다. 오늘 밤 전군이 회문산을 탈출한다는 회의 내용이었다. 임실 유격
대는 소춘수 소대장의 회의 내용을 전해 듣고 회문산을 떠나지 않겠다
고 아우성이었다.

"소대장님, 우리 유격대만큼은 회문산을 떠나지 맙시다. 고향 산천
이 여긴데, 윤기섭도 이곳에 있는디, 우리가 떠나면 그들은 너무나 쓸
쓸헐 것 아닙니까?"

"소대장님! 저도 여기를 떠나지 않겠습니다. 죽은 제 아들들이 여기
에 있는데 제가 어디로 간단 말입니까? 저는 갈 데도 갈 곳도 없습니
다. 여기가 제가 마지막으로 살 곳입니다."

"소대장님, 지도 여기를 안 떠날랍니다. 제가 떠나고 우리 어머니가
돌아오면 누가 어머니를 마중 나간데요? 저는 갈담이 보이는 회문산에
있어야 헙니다. 우리 유격대는 안 떠난다고 소대장님이 건의허셔요!"

"소대장님, 모든 대원들이 회문산을 떠나지 않는다고 헙니다. 소대
장님이 좋은 빌미로 여기에 남도록 허락을 받어 오세요."

한수동 분대장이 모든 대원들의 의견을 집약하듯 말을 했다.

따발총 소대장 장명균도 박애숙과 홍서영의 의견이라며 죽어도 회문
산을 떠나지 않겠다고 단호히 말을 했다.

"그려, 우리도 여기를 떠나지 않을 것이여. 부모형제, 일가친척이 있
는 곳이 임실인디 가면 어디로 가겄어! 전쟁이 끝날 때까지 여기에서
지내도록 허지!"

배일광 의무병이 뒤꿈치에 총상을 당한 김일성대학 의사 출신인 의

무과장을 부축하며 다가왔다.

"소대장님, 저희도 여기에 남도록 허락혀 주십시오. 의무과장이 걸을 수가 없습니다. 저도 전쟁이 끝나면 학암리로 내려가야 허구요. 같이 있게 혀 주세요."

"알았네! 내가 도당 사령관에게 가서 우리 의견을 말허고 올 테니 쉬면서 기다리고 있도록 허게."

도사령관은 모든 도당 산하 각 단체와 각 병단 그리고 해방구 주민까지 모두 퇴각할 것을 명령했다. 퇴각로는 지리산 방면과 변산반도 방면으로 이동하기로 했다. 그러나 회문산에는 부상자와 환자가 아주 많았다. 걸을 수 있는 부상자는 퇴각 대열에 참여하였지만, 동행이 불가능한 환자들은 약간의 식량을 주어 움막에 남게 하고 떠나기로 했다.

지리산 방면은 도당 사령관을 중심으로 각 병단 부대와 단체 요원들 그리고 해방구 주민들까지 무려 8백여 명에 이르는 엄청난 인원이었고, 변산반도 방면으로는 번개·카츄사 병단이 주력이 되고, 순창·임실·정읍 군당부와 해방구 주민 일부가 포함되어 7백여 명에 이르렀다.

소춘수는 도당 사령관을 찾아가 철수하는 빨치산을 보호하기 위해 회문산에 남아 토벌대를 유인하고, 골짜기마다 남아 있는 대원들을 모아 나중에 탈출하겠다 요청하여 허락을 받아냈다.

지리산 방면으로 가는 회문산 빨치산들은 비 오는 칠흑 같은 밤에 대숲말에서 대열을 정비하고, 산내 마을 복판으로 흐르는 물이 넘쳐 들어오는 것을 피하여 안정리 미륵쟁이 앞으로 내려갔다. 미륵쟁이 앞으로 내려간 빨치산들은 임실 일중리를 지나 진뫼·천담을 거쳐 원통산으로 넘어갔다. 원통산을 넘어온 빨치산들은 임실 이인리를 지나 말티재를 타고 둔남천을 건너 성수산으로 임실을 빠져나가고, 또 다른 퇴각 부대는 망전리를 지나 오수 주천리 뒷산 노산재를 넘고 둔남천을 건너 평당·종동 뒷산을 타고 성수산으로 해서 임실을 빠져나갔다. 임실 성수산을 빠져나간 빨치산들은 장수 팔공산과 장안산을 넘어 무주 덕유산과 남원의 지리산으로 들어갔다.

변산반도 방면으로 퇴각하는 빨치산들은 대숲말에 모여 장군봉으로 올라가 정읍 종성리를 거쳐 정읍 내장산을 넘어갔다. 내장산을 넘어간 퇴각 부대 빨치산들은 부안 변산반도 내소사로 들어갔다.

임실 유격대와 배일광 일행은 회문산에 있는 빨치산들이 두 갈래로 퇴각하는 것을 보고 식량과 보급 물품을 챙겨 밤새 회문봉을 지나 망월봉으로 내려가 숨었다. 날이 새면서 눈 아래 펼쳐진 섬진강 줄기와 검붉은 산의 골짜기 사이로 소박한 마을들이 파노라마처럼 펼쳐졌다. 경외스러울 정도로 신선하고 아름다운 경치였다.

밤사이 빨치산들이 회문산을 떠난 것을 발견한 토벌대는 두 갈래로 퇴각한 그들을 추격하기 시작했다.

임실 유격대원들은 망월봉을 뒤로하고 퇴각하지 못한 양민들과 부상당한 대원들을 찾아 치료하고, 회문봉과 삼연봉을 지나 시루봉으로 올라갔다. 시루봉 정상 북쪽으로 옥정호가 보이고, 그 뒤로 남원의 책여산, 저멀리 무등산·강천산·담양 추월산이 펼쳐졌다.

회문산 능선 곳곳은 여인의 몸체 닮은 지형들이 눈에 띈다. 아버지 산이라고 불러지는 회문산에 여근목이 많은 이유는 음양의 조화를 곳곳에서 상징하고 있는 듯했다.

임실 유격대원들은 오랜만에 총소리 없는 회문산에서 환자들을 치료하며 얼굴도 씻었다. 시루봉에서 여유로운 밤을 지내고 돌곳봉과 대숲말·황계 뜸 골짜기로 내려가 양민들과 환자들을 치료하고, 오후에는 장군봉으로 올라가 산죽으로 움막을 짓고 밤을 기다렸다. 그믐 탓으로 장군봉의 밤하늘은 별 한 점 없이 깜깜했다.

며칠째 전투 없이 지낸 대원들은 향후 일정에 대해 논의하며 하룻밤을 지냈다. 내일은 회문봉과 천마봉 그리고 깃대봉 참호를 찾아다니며 부상당한 대원과 양민들을 치료하기로 했다. 회문산 장군봉의 아침은 공기도 맑고 청명해서 상쾌하였다.

장군봉을 나와 회문봉으로 올라온 유격대원들은 그곳 환자들을 치료하고 천마봉으로 내려와, 깃대봉 참호에 낙오한 대원들까지 치료했다. 깃대봉의 일부 양민들은 일중리와 회문리 뒷산 마을로 내려갔지만 대부분 사람들은 토벌대 보복이 무서워 남아 있고, 생포는 죽음이라고 생각하고 있었다. 임실 유격대원들은 부상당한 양민들을 살피기 위해 깃대봉 아래 두무동 마을 뒷산까지 내려가다, 지게를 지고 올라오는 나이 지긋한 동네 사람을 발견하고 바위 뒤로 숨었다. 마른 소나무 가지를 자른 사람은 바위 위에 걸터앉아 쌈짓대를 꺼내 들고 침을 묻혀 담배를 마른 뒤에 불을 붙였다. 강진 출신 정주만이 바위 뒤로 돌아가 아저씨를 살며시 불렀다.

"아저씨, 놀라지 마세요! 저는 강진 갈담에 사는 정갑수 씨 아들 정주만이에요."

"오메, 깜짝이야! 누구 아들?"

"갈담의 정갑수 아들요."

"맞어, 그렇게 말허니께 아부지 닮었네. 자네 이름은 많이 들어 알고 있제. 자네 땜시 자네 아부지가 맘 고생이 크지. 이렇게 살아 있으니 얼마나 다행이여."

덕치와 강진은 수세월 동안 장을 같이 보기 때문에 웬만하면 모두 다 아는 사이였다.

"아저씨, 바위 뒤에 저희 대원들이 같이 왔어요."

대원들이 바위 뒤에서 나와 앞으로 걸어오자, 아저씨는 놀란 표정을 지으며 자리에서 일어났다.

"고생들 많으시죠? 좋은 시상이 빨리 와야 허는디."

"저희들 고생보담 어르신들의 고생이 더 크죠!"

두무동 아저씨가 다시 담배를 말아 불을 붙이며 가여운 세상을 한탄했다.

"사람 목숨이 포리 목숨여. 쬐께 삐딱허면 쏴 죽이고, 지네들 맘에 안 들면 또 쏘아 죽이고. 요 며칠 전 가랑비 추적추적 내리는 날 강진 옥정 마을 배소고지에서 사흘 동안 죄없는 목심 2백 명이나 죽었어. 그

들이 무슨 죄가 있간디……, 쯔쯔!! 참으로 징~헌 시상여.”

배소고지에 주둔하고 있는 부대는 섬진강 댐을 통해 정읍 산내와 임실 옥정 마을을 오가며 회문산 토벌 작전을 한 달째 하고 있었다.

빨치산들이 회문산에서 소리 없이 퇴각하자, 토벌대들은 빨치산들에게 밥을 해 줬단 이유로, 또 하나는 빨치산 본거지인 회문산 근처에 있다는 이유로, 다른 하나는 빨치산과 함께 있었다는 이유로 양민들은 무고하게 피해를 보고 있었다. 무엇 때문에 순진한 양민들을 허무맹랑한 소문을 퍼뜨려 가며 그토록 잔인하게 죽인단 말인가?

임실 유격대원들은 두무동 마을 아저씨와 헤어진 뒤, 깃대봉을 타고 천마봉을 지나 작은 회문봉으로 올라갔다. 작은 회문봉에는 부상당한 낙오병과 양민들이 모여 있었다. 작은 회문봉의 밤하늘 수많은 작은 별들은 자신들이 처한 상황과는 관계없이 반짝였다. 빨치산 주력 부대가 퇴각한 회문산에는 미래가 없는 두려움과 알 수 없는 슬픔만이 맴돌 뿐이다.

며칠 밤이 지나고 임실 유격대원들은 식량 확보와 세상 돌아가는 것을 알아보기 위해 밤을 틈타 회문봉을 거쳐 망월봉을 타고 망월 마을로 내려갔다. 망월 마을에서 정주만의 6촌 형님이 당숙 내외를 모시고 살고 있는 그 집에서 식량을 얻고 세상 이야기도 듣기 위해, 대문을 비스듬히 열고 마당으로 들어갔다.

"당숙, 저 주만이에요."

방안에 사람이 있는 듯했으나 대답은 없었다.

"당숙모, 저 주만이에요. 문 좀 열어 주세요."

방안에서는 분명 인기척은 있어도 대답은 없었다. 정주만은 방문을 열고 방바닥을 더듬었다. 방바닥은 덕석으로 깔아 놓은 자리였다. 정주만은 방바닥을 더듬으면서 당숙을 불렀다.

"저 주만이랑게요, 불 좀 켜 보세요."

그때서야 정주만 6촌형인 정주생이 인기척을 했다.

"아부지, 누가 왔나 봐요. 불 좀 켜 보세요."

"누가 왔다구! 호롱불이 어딨지? 주생 어미가 켜 봐!"

호롱불이 켜지고 주만이라는 것이 확인되자, 서로 부둥켜안고 울먹이기 시작했다.

"주만아! 살아 있었냐? 얼마나 많은 고생을 혀따냐!"

"두 분 다 건강허셨지요? 지는 아무 탈 없이 잘 지냈구만요."

"어찐 일이냐? 이 무스운 시상에……."

"식량 좀 있으면 주시오! 온종일 밥티 하나도 못 봤어요."

"알았다! 집 안에 있는 대로 죄다 줄 테니 어서 산으로 올라가거라, 빨치산들이 회문산에서 빠져나간 뒤 토벌대들이 주민들을 잡아다가 죄다 죽이고, 있당게! 지난번에는 배소고지에서 죄 없는 주민들 2백여 명이나 죽이고, 사흘 전에는 청웅 부흥광산에서 토벌대 무서워 숨어 있는 주민 370명을 불을 질러 연기로 모두 다 질식시켜 죽여 버렸단다. 어제는 팔공산에서 내려온 부대가 성수 사람 70명을 무조건 왕방리로 끌고가 총 쏴 죽여 버렸다는 것이여! 식량 줄 테니 어서 산으로 들어가!"

토벌대가 무고한 양민들을 빨갱이니 좌익이니 통비 분자니 하면서 모두 색출해 죽인다는 터무니없는 소문을 퍼뜨리자, 겁을 먹은 양민들 370여 명은 청웅 뒷산 폐광굴로 들어가 은신을 하고 있었다. 이 사실을 알게 된 군경 토벌대는 광산 일대를 포위하고 서북청년단과 대한청년단 그리고 한민당 인사·지역 유지들을 시켜 굴 안에 들어 있는 그 많은 사람들을 죽이기 위해, 붉은 고추 세 가마니를 굴 입구에 놓고 불을 피우고 연기를 불어넣는 오소리 작전을 폈다. 그 안에 들어 있는 양민들 모두가 질식하여 죽어갔고, 혹시나 살아나는 자가 있을까 봐 생솔가지 불까지 피워 불어넣었다. 폐광굴 안에 들어 있는 370여 명은 고추불 연기에 질식되어 죽었다. 한 사람도 살지 못하도록 생솔가지 불까지 피워 넣었다.

망월봉에 달은 뜨지 않고……

임실 유격대 소춘수 일행은 정주만 당숙 집에서 식량을 얻어 망월봉을 넘어 회문봉으로 올라갔다. 하늘에 떠 있는 달은 구름 사이로 회문산 곳곳을 비추고 있었다. 달 그림자 속에서 잠이 든 유격대원들은 날이 밝아 오자 자리에서 일어났다. 아침부터 회문산 허리춤에서 총소리가 간헐적으로 들려왔다.

임실에 주둔하고 있는 토벌대들은 퇴각하는 빨치산들이 임실을 벗어나자, 회문산에 남아 있는 잔당들을 척결하겠다며 보이는 대로 연행하며 도망자는 즉시 사살하고 있었다.

총소리가 가깝게 들리면서 양민들과 낙오병들은 돌곳봉과 천마봉으로 쫓기며 올라갔다. 하늘에서는 무스탕기가 동서로 회전하면서 도망가는 사람들에게 폭격을 퍼부었고, 비행기 폭탄소리에 놀란 부락민들은 보따리를 들고 회문봉으로 올라갔다. 유격대원들은 올라오는 양민들과 함께 장군봉을 향해 능선을 타고 내려갔다.

그때 천마봉에서 올라오는 토벌대가 쫓겨 가는 양민들을 향해 무차별 총격을 가하며 장군봉 능선으로 빠르게 진입해 갔다. 돌곳봉으로 올라가는 토벌대가 시루봉을 올라타고 삼연봉에서 낙오병과 부락민에게 총질을 해대자, 장군봉으로 올라가지 못한 사람들은 양쪽 계곡으로 몰려 몰살당했다. 장군봉으로 올라가는 길목에서 엄호 사격을 하고 돌아서는 박애숙도 토벌대 총을 맞고 옆으로 쓰러지고 말았다. 장명균 소대장은 쓰러진 박애숙을 발견하고 옆에서 반격하며 다가가 쓰러진 몸을 일으켜 세웠으나, 박애숙은 거친 피를 품으며 숨을 몰아쉬고 있을 뿐이었다.

장명균은 죽어가는 박애숙을 꺼안고 소리내어 울기 시작했다.

"애숙아, 박애숙!"

"명균 씨, 먼저 가서 미안혀요……. 같이 살아남아 좋은세상으 맞고 싶었는디……."

"안 돼, 안 돼! 애숙아."

장명균은 정신을 잃어 가는 박애숙을 흔들면서 악을 쓰다시피 애숙이를 불렀지만, 그녀는 끝내 고개를 뒤로 넘기면서 숨을 거두고 말았다.

긴박해진 상황에서 다른 대원 모두는 봉우리로 피해 빠르게 올라갔지만, 장명균은 박애숙을 부둥켜안고 울부짖다 토벌대의 두 번째 공격 총탄에 맞고 그대로 쓰러지고 말았다. 쓰러진 두 연인의 머리 위와 등 뒤에는 수많은 총탄과 쇠붙이들이 날아들어 고달픈 육신을 갈기갈기 찢어 놓았다. 한 많은 장명균과 박애숙은 드넓은 회문산에서 육신이 산산이 부서진 채 산화되어 간 것이다. 이승에서 이루지 못한 두 사람의 사랑은 운명처럼 회문산에서 다시 만나 부둥켜안고 죽었다.

장군봉으로 쫓겨 가는 사람들이 투구바위 근처에 다다르자 하늘에서 항공기가 휘발유 불을 뿜어내기 시작했다. 휘발유 불 세례를 맞은 사람들은 불길에 싸여 고통스럽게 두 손을 허공에 휘젓다 고꾸라지고, 휘발유 불을 피하여 헤매는 사람들에게는 무스탕기에 장착된 기관단총이 쉴 틈 없이 불을 뿜고 있었다.

장군봉은 휘발유 세례와 총격을 받고 피어오르는 연기 속에 갇히고 말았다. 몇 대의 무스탕기가 회문봉을 수없이 강타하자, 우뚝 솟은 장군봉 봉우리는 근처에 피신하고 있는 양민들의 비명과 함께 파괴되어 갔다.

"어머니! 살려 주세요……. 너무 뜨겁고, 무서워요. 무서워요……. 어머니!"

연락병 황기삼 소년이 휘발유 불에 휩싸여 '어머니!'를 절규하며 그대로 쓰러져 버렸다.

"기삼아! 기삼아!!"

소춘수가 쥐고 있던 총을 버리고 담요로 황기삼 몸에 붙어 있는 불을 끄면서 소리치고 있었지만, 하늘의 무스탕기는 이런 상황을 아랑곳하지 않고 기관단총을 끊임없이 퍼부어댔다.

"기삼아! 기삼아!! 으~흑흑."

소춘수가 황기삼을 어깨에 들쳐 메고 투구바위 뒤로 돌아가자, 대원들의 눈빛은 무서운 핏발이 서린 채 토벌대들을 향해 목숨을 건 반격을 가했다.

무스탕기는 쉴새없이 휘발유 불과 기관단총을 퍼붓다가 하루를 마치는 석양이 질 무렵에서야 공격을 멈추고 돌아갔다.

"기삼아! 살아야 한다. 살아야 어머니를 만날 수 있을 거 아니냐, 으~흑흑흑."

기삼이는 아직 숨을 끊지 못하고 온몸이 불로 그을린 채 죽어가는 몸부림으로 어렵게 말문을 잇고 있었다.

"소대장님! 죄송혀요. 저……, 죽거든 이곳 망월봉에 꼭 묻어 주세요. 어머니가 일하시던 섬진강 댐 공사장과 어머니가 밤길에도 날 찾아오기 쉽게 만월교가 보이는 길에 절 묻어 주세요. 소대장님……."

거짓말처럼 유언을 마친 황기삼은 그대로 숨을 거두고 말았다.

보름달이 떠오르기를 망월봉에서 기원하면 만월교에 보름달이 가득 차오른다고 한다. 대원들은 갈담 길목이 잘 보이는 망월봉 양지를 찾아 황기삼의 유언대로 묻어 주고, 무덤 근처에서 하룻밤을 보냈다. 대원들은 무덤에 기대어 밤하늘을 보았다.

보름달이 눈보라에 흐느끼듯 떨고 있었다.

그 사이로 기러기떼가 흩어지듯 날아간다.

대원들은 슬픔에 잠긴 채 하늘을 바라보며 말을 잃는다.

저 하늘에 흩어지는 기러기 무리들도 슬픔에 지쳐 떠나고 있는 것이다.

　만월교에 휘영청 떠오른 보름달은 물고기 비늘 같은 섬진강 물살에
빛났다. 달빛을 타고 흐르는 반짝이는 섬진강의 밤물결은 수많은 영혼
들을 저렇게 찰나처럼 받아내면서 흐르는구나 생각을 하자, 인생의 허
무감이 서러움으로 복받쳐 올라왔다.

　모두가 잠든 이 시간, 침묵으로 수천수만 년을 하늘에 떠 있던 저 달
이 오늘밤 회문산 자락에서 어이없이 죽어간 양민들의 영혼들을 기억
하기 위해 저리도 빛나고 있는 것일까? 달 속으로 빨려 들어가 버린 영
혼들, 그 빛이 섬진강 물결에 작은 편린으로 뻗어져 흐르고 있다니…

소춘수는 알 수 없는 서글픔이 솟구쳤다.

해방 전후……, 인간다운 삶과 행복한 사회를 꿈꾸며 시작한 사회주의 운동과 민족 통일·조국 해방을 실천해 보겠다고 참여했던 2·26 사건 이후 참혹했던 지난 3년, 소춘수는 황기삼의 무덤에다 자신의 가슴을 덮고 또다시 오열하기 시작했다.

인간다운 삶을 품지 못하는 불안한 조국, 내가 살아 있는 동안만큼도 이념과 사상이라는 명제 아래 싸움은 계속되어야만 하는 것인가?

사람간의 갈등 없는 평화의 나라는 진정으로 없는 것일까?

소춘수는 갈등이 없는 평화의 나라를 만들기 위해 대원들과 산으로 들어갔지만, 이제는 세상을 버리기 위해 산을 내려가야 할 때를 직감하고 있었다.

동이 터 오르자 새벽녘에 맺힌 찬란한 이슬은 햇빛에 반사되고 있었지만, 섬진강의 연기처럼 피어오른 물안개는 사라질 줄 모르고 있었다. 새벽이 끝나기도 전 이른 아침부터 만월교 근처에서 느린 덧배기 가락으로 죽은 넋을 위로하는, 소복 입은 새끼 무당의 춤사위가 보였다. 새끼 무당이 얼림굿으로 영혼들의 살풀이를 하고 있었다.

저 여인은 무슨 사연이 깊길래 이른 새벽부터 저리도 서러운 박자에 맞춰 영혼을 위로하는 춤을 추고 있는 것일까? 갑자기 수많은 원혼과 군상들이 골짜기에서 섬진강 줄기로 쏟아져 내려오는 듯한 환시가 잡히기도 했다.

소춘수 일행은 안개 속에서 피어오른 새끼 무당의 저린 춤사위에 이끌려, 만월교로 내려가 안개 속에 완전히 갇혀 버린 히여터 쪽으로 걸어 올라갔다.

눈 덮인 산골짜기 사이로 물줄기 소리는 선명하게 다가오고 마음 바쁜 소춘수는 좌와 우의 소용돌이 속에서도 죽어서는 안 될 양민들을 구원하기 위해 내려왔지만, 갈 길이 먼 그 길은 아직 안개에 갇혀 막막할 뿐이다.

남도 오백리 길 섬진강은 회문산, 용골산, 책여산, 지리산, 동악산, 백운산, 금오산을 껴안고 흐르듯이 때로는 이웃의 정담처럼 속살대며, 어느 때는 양민의 진중한 힘처럼 도도히 흘러갔다.

소춘수는 새끼 무당의 소매 끝마다 위로받을 영혼을 기억하며, 앞서서 걸어가는 홍서영과 대원들의 뒤를 따라 물안개 자욱이 깔린 섬진강 둑을 거슬러 올라갔다.

산에서 내려온 대원들은 섬진강변을 거슬러 올라가고, 머리 위에서는 폭탄을 투하하는 전투기가 윙윙거리며 하늘을 맴돌았다.

홍서영은 폭탄에 쫓겨 강진 백여 리를 지나 몇 날 며칠을 헤매다 흩어진 대원들을 뒤로한 채, 정읍 산내 용암 마을과 원덕 마을 아래 섬진강 물줄기를 따라 하천으로 거슬러 올라갔다. 강 물줄기를 거꾸로 올라간 홍서영은 하운암 범어리를 지나 장자골로 올라가 마암리 막은댐 밑에 몸을 숨기며, 물줄기를 따라 용담골 아래로 내려갔다. 그녀는 용담골 아래 물가에서 밤이 되기를 기다렸다. 밤이 되자, 허기에 지친 홍서영은 용담골 아래로 보이는 용운리 용동 마을을 거쳐 내마 마을로 내려 갔으나, 마을에 초상이 났는지 동네 어귀에 피어 있는 모닥불 빛으로 동네가 대낮처럼 밝았다. 그녀는 토벌대에 발각될 것이 두려워 물가로 다시 내려가 걷다가, 저 멀리 반짝이는 불빛을 길잡이 삼아 조그만 오 두막집 앞에 당도할 수 있었다. 홍서영은 더 이상 걸을 힘이 없어 오두 막집 싸리문에 기대고 앉았다.

어둠이 짙게 깔린 입석 마을 오두막집에는 사십이 훨씬 넘은 노총각 이 홀어머니를 모시고 살고 있었다. 노총각 어머니는 홍서영의 남루한 옷차림을 보고 단번에 산사람임을 알아차렸지만, 경계하지 않고 부엌 으로 들어가 저녁 밥상을 차려왔다.

홍서영은 저녁을 먹고 난 후 노총각 어머니의 제안대로 마산이 있는 동쪽을 향해 큰절을 올리고, 노총각과 첫날밤을 지냈다.

폭탄에 쫓겨 흩어진 대원들의 생사를 알지 못한 홍서영은 그리움과 안도감에 눈물을 흘리며 아침밥을 하기 위해 부엌 아궁이에 불을 피웠 다.

이른 아침 섬진강에서 물고기를 잡아온 새신랑은 부엌문을 열고 홍 서영에게 다가가 물안개 자욱한 섬진강변을 가르키며, 뾰족하게 보이 는 곳이 외얏날이라 했다. 오른쪽은 국사봉이고 앞에 보이는 입석리 구 암 마을에는 숙부네가 살고, 밑의 잿마을에는 외삼촌 내외가 산다고 했 다.

홍서영은 바깥일을 보러 간 남편을 기다리다 국사봉 너머로 해가 지는 것을 보고, 저녁 군불을 피우기 위해 허청에 쌓아 놓은 땔감을 주워 담아 부엌 쪽으로 걸어갔다. 그녀는 민족의 비극과 고단한 삶의 여정을 그곳에서 내려놓았다.